# HISTOIRE

# DE LA LITTÉRATURE FRANÇAISE

## AU DIX-HUITIÈME SIÈCLE.

### TOME I.

PARIS. — IMPRIMERIE DE CH. MEYRUEIS ET COMP.,
rue Saint-Benoit, 7. — 1853.

# HISTOIRE

### DE LA

# LITTÉRATURE FRANÇAISE

## AU DIX - HUITIÈME SIÈCLE,

###### PAR

## A. VINET.

### TOME PREMIER.

## PARIS,

#### CHEZ LES ÉDITEURS, RUE DE CLICHY, 47.

### 1853.

# AVERTISSEMENT

## DES ÉDITEURS.

Le cours que nous offrons ici au public, donné par M. Vinet en 1846, pendant le semestre d'été, n'a pu être entièrement terminé. Au milieu de ses leçons sur J. J. Rousseau, l'auteur a été interrompu par l'aggravation de la maladie à laquelle il a succombé peu de mois plus tard. M. Vinet avait formé le projet d'écrire une histoire complète de la littérature française, et les matériaux en étaient déjà préparés. Parmi ce qui nous en reste, les études sur le dix-huitième siècle ont attiré particulièrement notre attention, soit à cause de l'importance de cette époque relativement à la nôtre, soit en raison de la manière indépendante, impartiale, équitable, dont ce penseur chrétien l'a envisagée. Des qualités analogues recommandent le bel ouvrage de M. Villemain et celui de M. de Barante, auxquels personne ne rendait plus cordialement justice que M. Vinet; mais les points de départ sont différents, l'intention et la mesure ne sont pas les mêmes; nous avons donc le sentiment de ne point offrir au public un livre superflu. C'est à ce public qu'il appartient d'en apprécier la valeur pour la philosophie, la morale, le sens chrétien, la délicatesse de la critique littéraire. La jeunesse y puisera, nous l'espérons, des jouissances et des forces ; elle trouverait difficilement un guide plus sûr.

Le texte de ces deux volumes a été rédigé d'après les notes laissées par M. Vinet, et les développements qu'il leur donnait dans l'improvisation. On a comparé à cet effet les cahiers de quatre de ses élèves. On s'est attaché avec le dernier scrupule à ne rien ajouter à la pensée du professeur ; mais le peu de développement de ses manuscrits n'a pas permis de suivre ici la méthode employée pour le cours de *Théologie pastorale* et pour l'*Homilétique*. En général, les notes écrites de la main de l'auteur sont des jalons indiquant la marche de la pensée, des sommaires, d'heureuses épithètes, souvent l'indication de passages à citer. Il s'y trouve sans doute des morceaux plus suivis ; un petit nombre sont rédigés d'une manière à peu près complète. En comparant les notes avec les cahiers des élèves, on est frappé de tout ce que la parole de M. Vinet ajoutait aux premiers linéaments de sa pensée ; nous ne faisons pas allusion ici à la suite, au développement, à la liaison des idées, mais aux points de vue nouveaux qui jaillissent à chaque minute des cahiers reproduisant la réalité de son enseignement. Pour rester fidèle à la pensée du professeur, il a fallu la saisir surtout dans l'édition parlée, qui est de beaucoup la plus vraie et la plus achevée. Toujours, chez M. Vinet, l'idée engendre l'idée ; mais dans l'action de la parole, cette idée naît avec bien plus d'aisance, de simplicité et de largeur.

On a cru devoir, en général, adopter l'ordre des matières suivi dans les cahiers, plutôt que celui des notes, lorsqu'il s'est trouvé à cet égard quelque différence. Ces changements sont fréquents, mais peu importants ; ils expriment le dernier choix auquel s'était arrêtée la pensée du maître. Ces circonstances, jointes au peu de développement des manuscrits, ont détourné de l'emploi des crochets, dont la répétition serait devenue fatigante. Les morceaux entièrement écrits de la main de l'auteur sont ici l'heureuse exception ; ils ne forment pas le tissu général. Le lecteur discernera sans effort cette plume concise et aiguisée, de la parole un peu moins précise, mais non moins vivante et colorée qui a passé dans les cahiers des étudiants. Si l'on veut comparer notre texte au cours sur Madame de Staël et Chateaubriand, sténographié sous les yeux de l'auteur, et qui forme aujourd'hui le premier volume des *Études sur la littérature française au dix-neuvième siècle*, on reconnaîtra l'analogie des deux manières.

Quelquefois M. Vinet a reproduit les appréciations de sa *Chrestomathie française*. On a eu soin d'indiquer la citation et la source.

Ce que nous regrettons plus encore peut-être que la continuité d'un style frappé à un coin si net, ce sont les justes proportions auxquelles l'auteur lui-même aurait ramené son cours. Nous n'avons pu y suppléer, ni effacer quelques répétitions. Ce défaut

est devenu plus sensible par l'inévitable réunion de
matériaux de deux sortes : ceux du cours donné à
Lausanne en 1846, qui forment de beaucoup l'essentiel de l'œuvre, et ceux du cours de Bâle sur les moralistes français. Ces derniers, qui datent de 1833,
déjà annoncés dans l'avertissement des *Études sur
Pascal,* ne concernent qu'un certain nombre d'auteurs,
et ils ne les envisagent guère que sous le point de vue
indiqué par le titre de ce travail. Nous les avons sub-
ordonnés au cours de 1846, les introduisant à mesure au lieu qu'ils devaient occuper, avec d'autant
moins de scrupule que M. Vinet s'en est servi de la
même manière, et a plusieurs fois indiqué avec soin
la place des renvois. Ces fragments qui complètent
l'appréciation des auteurs, ont sans doute accru la
disproportion, soit dans les citations, soit dans le
texte; mais on n'aurait pu y remédier sans s'écarter
du système auquel on s'est attaché, celui du respect
scrupuleux de la pensée de M. Vinet.

Les auteurs pour lesquels on a employé les débris
du cours sur les moralistes, sont principalement Voltaire, Montesquieu, Vauvenargues. Il y faut ajouter
quelques mots sur Fontenelle, sur Madame de Lambert, sur Buffon, sur Diderot; Duclos en est entièrement tiré. Il en est de même, il y a lieu de le rappeler, pour la partie la plus considérable de l'article
concernant J. J. Rousseau. La marche rapide des événements et des idées aurait sans doute donné un
nouvel accent au jugement de M. Vinet sur un écrivain dont les théories sont, pour ainsi dire, toutes fraî-

ches, tandis qu'ici le point de vue du moraliste l'emporte de beaucoup sur celui du publiciste.

On doit au cours de 1833 deux morceaux précieux. C'est la leçon d'ouverture et la fin de la dernière leçon, toutes deux complétement rédigées de la main de M. Vinet. Afin d'éviter la confusion, on a placé dans l'appendice ces deux fragments, intéressants à la fois comme résumé des tendances morales du dix-huitième siècle, et comme témoignage de l'individualité particulière de l'auteur. Le lecteur pourra juger jusqu'où s'était modifiée l'appréciation du professeur sur cette grande époque pendant les douze ou treize années qui séparèrent ses deux enseignements. Le dix-neuvième siècle, en dessinant plus nettement son caractère, avait en quelque sorte relevé son prédécesseur dans l'estime de M. Vinet. Il reconnaissait à ce dernier une certaine foi dans ses idées, qui le place au-dessus de l'indifférence égoïste de notre âge. Tout insuffisante et altérée que fût sa morale, le dix-huitième siècle avait cependant une morale, ce qui semble à notre auteur préférable à la prétention systématique de se passer d'en avoir une. La manière dont les rapports de ces deux époques sont présentés, n'est pas la moins remarquable face de ce travail.

Les divisions de la table des matières résultent du plan et des classifications de M. Vinet. (Voir tome I, pages 23, 56, 204, et tome II, page 77.)

# HISTOIRE

## DE LA

# LITTÉRATURE FRANÇAISE

## AU DIX - HUITIÈME SIÈCLE.

## INTRODUCTION.

MESSIEURS,

C'est d'une histoire qu'il s'agit ici avant tout, d'une histoire bien plus que d'une série de notices, de jugements, d'analyses. Ces deux points de vue cependant se touchent et se confondent. Le dix-septième et le dix-huitième siècles sont déjà pour nous une antiquité. Les auteurs qui appartiennent à ces deux époques ne nous semblent guère que les ornements d'une littérature dont le temps est écoulé; ceux mêmes qui jouirent de la popularité la moins contestée sont généralement peu lus aujourd'hui.

Commençons par jeter un dernier coup d'œil sur le dix-septième siècle; essayons d'en résumer les caractères avant d'entrer dans l'examen de la période qui l'a suivi.

1

Le dix-septième siècle, pris dans son ensemble, mais considéré surtout dans sa seconde moitié, a été présenté, plus d'une fois, comme une halte, un espace intermédiaire entre deux époques de critique et de négation. Le seizième siècle fut celui de Montaigne et de Charron. Au dix-huitième, les tendances de Montaigne et de Charron trouvèrent de nouveaux représentants dans Voltaire, Diderot, d'Alembert, Rousseau. Entre deux, le fleuve avait suspendu son cours; il était devenu un lac transparent et vaste; mais à l'issue du lac, au travers des rocs et des précipices, le courant retrouve sa force. Après un jour de repos, l'esprit humain se remet en marche : non que ce repos ait été un temps d'inertie; ce fut, au contraire, une activité réglée et continue, qui eut pour objet et pour effet de fixer l'esprit humain dans certaines doctrines. Le torrent de doute et de négation fut remplacé par un travail de construction. Au seizième siècle, on nie et on interroge; au dix-septième, on répond et on affirme; au dix-huitième, les questions vont recommencer.

Ne considérons pas comme un hasard, Messieurs, un état des esprits qui s'explique facilement. Le dix-septième siècle est la suite logique, le produit naturel du seizième. En matière de philosophie, de pensée en général, c'est ainsi que procède l'esprit humain. Il marche par antithèse et par réaction; il ressemble au pendule dont les oscillations vont sans cesse de droite à gauche et de gauche à droite. Mais le pendule demeure enchaîné, la valeur d'une de ses oscillations

est perpétuellement compensée par celle de l'autre,
tandis que l'action et la réaction de l'esprit humain
ne se détruisent pas complétement ; il reste toujours
un excédant quelconque, et ces excédants additionnés
forment la somme des progrès de l'esprit humain. Au
premier coup d'œil, l'homme nous semble défaire à
mesure ce qu'il vient de faire ; mais si nous embras-
sons un champ plus vaste, nous nous convaincrons de
la marche réelle et progressive de l'humanité. Avance-
t-elle du bon ou du mauvais côté ? ceci est une autre
question.

Le dix-septième siècle est donc bien une halte entre
deux périodes de négation ; et quelque variée que soit
la nature des intelligences, il est évident qu'une certaine satisfaction s'attache communément à l'aspect
d'une époque où l'esprit humain s'est reposé dans
l'affirmation. Ne nous y trompons pas néanmoins,
l'esprit humain n'affirme guère ; ses certitudes sont
rarement pleines et joyeuses ; et lorsqu'une époque
affirme, ou même un homme, il reste toujours à savoir
si cette époque, si cet homme sont sincères, s'ils sont
d'accord avec eux-mêmes. Au sein du bassin limpide,
mais profond, où s'arrête l'esprit du dix-septième siècle, on entrevoit la forme du monstre qui doit plus
tard arriver au jour.

Le caractère général et premier du dix-septième
siècle, c'est l'autorité. Mais *autorité* est-il identique
avec *affirmation ?* Question grave. Oui, quoique les
mots ne soient pas synonymes, ici les deux faits se
rencontrent. Il n'en va pas de même d'une époque

ou d'un peuple que d'un individu. Un homme peut affirmer de par son sentiment individuel ; quand une nation affirme, c'est sous la foi d'une autorité.

Quoi qu'il en soit, le dix-septième siècle porte l'empreinte de l'autorité en religion, en politique, en littérature.

En religion. Nous voyons les troubles religieux s'apaiser en même temps que les troubles civils, dont ils étaient la principale source. Le calvinisme est refoulé dans des limites qu'il ne dépassera plus ; sa province lui est assignée ; on ne l'extermine pas encore, mais on lui trace une enceinte qu'il ne peut franchir. Le scepticisme, cet autre ennemi du catholicisme, est réduit au silence ; mais il ronge son frein, il entretient en secret d'audacieuses pensées ; il ne se borne pas à rejeter dans le vague les dogmes de la religion positive, il traite de même ceux de la religion naturelle. L'incrédulité du dix-septième siècle est athée ; c'est aux athées que s'adressent toujours les arguments des défenseurs de la religion. Il n'y a pas alors de rationalisme religieux ; peu fait pour la France, le rationalisme était alors impossible : pas de milieu entre le catholicisme orthodoxe et l'athéisme. Mais cette incrédulité se dérobe au jour ; elle s'enfonce, pour ainsi dire, sous terre ; elle en sortira un jour sous la forme la plus hideuse.

En revanche, la lutte du jansénisme et du molinisme est publique et importante. Le jansénisme réagit dans deux sens : dans le sens de la piété contre l'esprit mondain du molinisme, et aussi, mais sans le savoir, dans le sens du libre penser contre la contrainte des lois et des institutions. Il est à la fois le représentant d'un christianisme plus fervent et celui des droits de l'esprit humain. Néanmoins ce mouvement, qui vivifie le catholicisme, n'atteint pas l'autorité du principe de ce dernier; il en donne, au contraire, la mesure. Quelle n'était pas la force d'une unité que le jansénisme, appuyé sur son bon droit et sur son génie, n'a pu ébranler? C'est que le dix-septième siècle avait par-dessus tout besoin de repos; heureusement ce repos fut glorieux. Le catholicisme possédait alors de si grands hommes qu'ils firent aimer ou du moins ho-norer son autorité. La politique y trouva son compte.

En politique. L'autorité règne sans contrôle. Les parlements sont muets. La Fronde n'est qu'un mouve-ment sans portée. Les questions politiques sont géné-ralement écartées. Aucun des esprits du temps ne dirige l'attention sur ces points-là, sauf, vers la fin du siècle, Fénelon et Massillon. Partout ailleurs le silence. La Bruyère mérite peut-être une exception.

En littérature enfin. Ici, plus qu'ailleurs, s'il est possible, le même besoin d'autorité se fait sentir. C'est alors que s'établissent des formes convention-nelles, dont quelques-unes se justifient, dont quel-ques autres sont adoptées sans examen. C'est une sorte de religion littéraire, mélangée de superstition sans doute, mais non pas superstition en elle-même, parce qu'elle est fondée sur des principes vrais. Elle se rattache au culte de l'antiquité, de l'antiquité im-parfaitement comprise, il est vrai, mais goûtée, hono-

rée, sentie. Çà et là on aperçoit pourtant quelques
velléités d'indépendance : certains esprits se plaignent
de ce que la littérature n'est pas suffisamment nationale ; ils voudraient la rallier au moyen âge, notre
antiquité propre ; ils voudraient affranchir le style de
certaines lois, de certaines gênes ; mais ce ne sont que
des velléités impuissantes, tentatives de quelques talents secondaires, débiles aspirations vers ce que nous
nommons maintenant le *romantisme*. Aucun homme
éminent n'adopte le symbole de ces médiocrités, li-
vrées au mépris par les oracles de la religion classique,
dont Boileau est le grand-prêtre.

S'il est un point où la liberté se fasse quelque jour,
c'est la philosophie. Ce siècle, auquel on a refusé le
titre de philosophique, est, au fond, plus philosophique que l'époque suivante, où la philosophie ne sera
que de l'analyse et de la critique, et n'aura plus ce
caractère spéculatif et désintéressé qui marque les
écrits de Descartes et de Malebranche.

On se demande comment cette liberté de penser a
pu exister dans un siècle d'autorité. La forte fécondité,
la fertilité intellectuelle de cette époque en fut sans
doute une cause. Un siècle tout à fait littéraire ne peut
être un siècle antiphilosophique. Entre la littérature
et la philosophie, il existe une contiguïté naturelle ; on
ne peut cultiver exclusivement l'un de ces domaines et
négliger entièrement l'autre ; une grande époque littéraire sera toujours une époque de pensée. La pensée
n'y revêtira pas toujours la forme philosophique, mais
elle en possédera le fond ; les poëtes eux-mêmes peu-

vent être philosophes. En s'offrant sous forme de littérature, la philosophie évitait de faire ombrage. Quand elle ne se déguisa pas sous cette enveloppe, elle prévint les défiances en se présentant au combat sous l'armure de la religion. Elle alla s'asseoir au pied de la croix, ou plutôt au pied du siége apostolique. Descartes, Malebranche, Bossuet, firent du libre penser à l'ombre de l'orthodoxie de l'Église. Là, on ne pouvait se défier d'eux. En somme, les philosophes du dix-septième siècle furent d'aussi hardis penseurs que ceux qui leur succédèrent. Ce serait une thèse à développer.

L'autorité enveloppe donc tout, sans rien détruire. L'activité universelle est une garantie de liberté ; pour la liberté, l'inaction seule est mortelle.

Abordons maintenant cette littérature en elle-même. Au dix-septième siècle, quel fut son objet? La matière propre de son activité est le second caractère qui doit servir à la distinguer.

Elle est resserrée dans un cercle étroit. Distinguons cependant : deux littératures existent simultanément, la littérature d'action ou pratique, la littérature esthétique ou littéraire.

La première apparaît en qualité de véhicule : la forme seule des écrits de ce genre appartient à la littérature; leur but s'en sépare nettement. Par eux on veut opérer des changements, amener des résultats, agir sur la vie, en un mot. La littérature pratique du dix-septième siècle est d'une merveilleuse richesse; presque toute la prose lui appartient. Bossuet, Bourdaloue, tous les grands prédicateurs, Pascal, Arnauld, Nicole, en remplissent les rangs. La Bruyère n'y rentre pas. Cette littérature est exclusivement pratique; la forme concourt au but, mais la forme elle-même ne sert jamais de but. Ici se révèle l'admirable supériorité d'hommes tels que Fénelon et Bossuet. Ils n'écrivirent pas un ouvrage dans une vue purement littéraire; ils consacrèrent leur talent à leurs fonctions particulières, et surtout au développement et à la défense des vérités de leur religion. Là fut la direction principale de la littérature d'action.

La littérature esthétique est son but à elle-même; elle veut être littéraire. Les choses, les conditions du monde réel ne sont pour elle que des occasions. Au dix-septième siècle, elle est aussi purement littéraire que l'autre est purement pratique; contraste essentiel avec l'époque suivante, où la littérature d'action sera trop littéraire, et la littérature littéraire trop pratique.

Cette distinction posée, le cercle où se meut la littérature au dix-septième siècle nous paraît se resserrer, comparativement à l'espace qu'il embrassait au seizième siècle. Il ne faut pas cependant nous faire illusion; à toutes les époques, ce cercle pourra nous sembler incomplet. La littérature de toutes les époques passées nous paraîtra avoir négligé certains sujets, un certain ordre d'intérêts et de pensées auquel le temps actuel attache une grande importance. Nous nous laissons frapper par ce que nous avons et non par ce qui nous manque. Aucun temps n'a complétement embrassé la sphère de toutes les idées qu'on peut appeler littéraires; chaque époque a eu sa lacune, autre que celle

de sa devancière. Nous nous figurons maintenant comprendre dans notre étreinte à peu près tout ce qui est
capable de fournir des aliments à l'âme et à l'esprit,
et cette prétention même est un des caractères du dix-
neuvième siècle. Peut-être n'avons-nous pas absolument tort ; peut-être, en ce genre, avons-nous en effet
surpassé nos prédécesseurs ; mais ne nous flattons pas
trop : notre siècle a sa limite aussi, et le dix-huitième
s'imaginait, comme le nôtre, avoir tout embrassé.

Convenons-en néanmoins, le grand siècle présente
de singulières lacunes. Le monde social tel qu'il était
alors, les passions de la vie privée, l'homme vrai,
mais l'homme indépendant des conditions d'âge, de
fortune, de nationalité, en un mot, l'homme social
abstrait, telle est la mine exploitée par cette littérature. Elle écarte avec soin beaucoup de choses que
nous cultivons avec amour : souvenirs nationaux, histoire de la patrie, par exemple ; elle n'y fait pas même
d'allusions volontaires. Elle ne s'occupe pas non plus
du spectacle de la nature ; on dirait même qu'elle ne
voit pas la nature ; par imitation seulement, elle fait
encore usage de quelques formules fanées ; elle a cultivé ou plutôt parodié l'idylle antique. Véritablement,
le dix-septième siècle paraît dépourvu du sentiment
de la nature. Le peuple aussi, ses plaisirs, ses instincts, ses douleurs, tout cela lui est inconnu. Il ne
connaît de la bourgeoisie que le côté du ridicule. Il
reste indifférent aux intérieurs de famille, qui se
trouvent toujours sacrifiés au point de vue de la société. Il représente la vie privée, sans doute, mais

non la vie domestique. Ceci nécessite pourtant quelques exceptions; bornons-nous à citer *Andromaque*.

Concentrée sur l'homme tel que la société le présente, la littérature qui nous occupe n'envisage pas non plus l'homme solitaire, en tête-à-tête avec soi-même, avec les faces mystérieuses de la vie et de la nature humaine, en un mot, avec l'infini. C'est avec l'infini que commerce la solitude intérieure. Cet aspect a entièrement échappé au dix-septième siècle. Il produit beaucoup d'écrits sérieux, mais nulle part les rapports de l'homme avec la religion positive n'y supposent un rapport antérieur de l'individu avec les mystères de Dieu. Peut-être faut-il attribuer cette lacune à la foi chrétienne, bien plus généralement répandue à cette époque. De nos jours, on prend le vague pour de la grandeur; il est dans notre nature de supposer volontiers immense ce dont nous ne voyons pas la fin. Une fausse apparence de grandeur est un caractère propre à une époque de scepticisme. Le dix-septième siècle n'avait pas beaucoup à demander au mystérieux, au vague, à l'indéfini : il affirmait. Sa pensée était limitée par le précis, et dans un sens, par le défini. Disons-le donc ouvertement, mais sans l'exagérer : l'homme, dans ses rapports les plus étendus, les plus élémentaires, dans ce que sa destinée a de plus général, n'a pas occupé le dix-septième siècle, si ce n'est sous le point de vue de la religion.

L'objet de cette littérature ainsi déterminé, voyons maintenant quels en ont été les traits particuliers.

En premier lieu se présente à nous la morale. La

littérature du dix-septième siècle passe pour être plus
morale que celle du dix-huitième. Elle l'est, en effet,
dans la plupart de ses écrits sérieux; mais nous sommes obligé ici à de grandes restrictions. Cette morale
n'est point parfaite dans Corneille, Racine, La Rochefoucauld. La littérature plus légère est, sous ce rapport,
pour le moins indifférente. Molière, sans peut-être se
l'avouer, a porté les coups les plus hardis et fait les
plus profondes blessures à la morale. Les contes de
La Fontaine sont positivement immoraux, ses fables
remplies d'un venin subtil et dangereux. Ce qui donne
faveur à la thèse répétée de la moralité supérieure de
la littérature du dix-septième siècle, c'est que la prédication y fait partie de la littérature. Cela déroute
l'examen; on ne se rend pas compte du premier coup
que les prédicateurs d'alors remplissaient un office
comme ceux de tous les temps. Une fois ceux-là mis
de côté, l'esprit général nous paraîtra sensiblement
changé. Mais cependant, malgré ce qui manque aux
autres en fait de morale, et malgré de nombreuses
exceptions, nous trouverons que la masse des écrivains
a témoigné à cet égard un peu plus de respect qu'on
ne l'avait fait au seizième siècle, et qu'on ne le fit plus
tard au dix-huitième.

Après la morale vient le point de vue esthétique. Le
dix-septième siècle se caractérise par la recherche assi-
due de l'idéal; mais, quoique le véritable idéal de la
vie fût alors le but de cette recherche, le point de vue
adopté était erroné : l'idéal reposait sur une donnée
incomplète, et par conséquent aussi la poésie, qui s'ef-

forçait de le reproduire. L'idée dominante de cette époque était la séparation de deux éléments essentiels de
la vie humaine, le noble et le familier. La littérature
les admettait tous les deux, il est vrai, mais séparément. Une préoccupation, disons vrai, une erreur de
cette importance, mérite notre attention. Sur quoi
donc a-t-elle pu reposer?

La littérature du dix-septième siècle exprimait, imi-
tait l'effort de la société, qui opérait la séparation
des classes selon le degré de leur culture surtout. Une
classe se formait où les mœurs devenaient plus polies
sans doute, mais où la politesse du langage devançait
celle des mœurs. Cette politesse du langage devint
l'idéal de la poésie ; les auteurs prirent pour règle les
conventions dans lesquelles consistait l'élégance factice
des mœurs d'alors. Avant tout, ils voulaient respecter
les bienséances, et ce respect forme un singulier contraste avec ce qu'il restait de grossièreté dans les
mœurs et jusque dans les expressions en usage. Ils
firent du langage de la cour le type du langage de la
poésie en général. La cour et la ville formaient deux
mondes séparés ; la ville était grossière, barbare, en
comparaison de la cour ; les mœurs nobles n'appartenaient qu'à la noblesse ; la bourgeoisie n'en était encore qu'à l'imitation servile et incomplète. La cour
domina les lettres d'une manière absolue ; un moment,
elle fut le seul juge des productions de l'esprit.

Quant aux facultés esthétiques qui se développèrent
dans la littérature du dix-septième siècle, on put remarquer, comme à tout âge d'or de la littérature, et

plus que jamais peut-être, l'équilibre de l'imagination et de la réflexion. L'imagination, puissante et féconde, est alors dirigée, mais non comprimée par la réflexion. La sagesse, la mesure, le bon sens, le goût, caractérisent les compositions. La préférence accordée à l'ensemble sur le détail est un trait distinctif d'une époque classique.

Cette littérature se distingue aussi par ce qu'on pourrait appeler la candeur du beau. Les écrits possèdent, sous le rapport du beau, une certaine innocence, une ingénuité qui s'évanouira plus tard : c'est un troisième caractère et un trait éminent des périodes véritablement classiques. En général, les auteurs y sont préservés de cette préoccupation de l'effet qui travaille les temps de décadence. S'ils sont attentifs à ce qu'ils ont à dire, c'est surtout dans le but de rendre leur pensée ; le beau n'est pour eux qu'une partie du vrai : non qu'ils soient indifférents au beau, car ils enfantent des traits sublimes ; mais ils ne montrent pas la prétention d'être sublimes. Un grand nombre des beautés de Corneille et de Racine ont passé sans être relevées ; on les sentait sans doute, mais on les trouvait naturelles, et on ne s'en rendait pas compte comme aujourd'hui. La synthèse dominait, c'est-à-dire l'instinct ; plus tard, ce sera l'analyse. Au lieu de prendre un ouvrage, un être, une idée dans la totalité de son jet, un artiste qui analyse en décompose et en tire à la surface tous les éléments. Dans ce sens on peut dire que chaque siècle est plus spirituel que son prédécesseur ; inférieur dans la synthèse, il est supérieur dans l'analyse; produisant moins, il juge davantage. La synthèse, c'est l'inspiration, la création puissante, signe distinctif des époques essentiellement littéraires

Mais un doute s'élève dans l'esprit de beaucoup de gens. Comme nous l'avons indiqué, il y a dans le dix-septième siècle proportion entre l'imagination et la réflexion; l'imagination y est prudente, et cet équilibre leur semble de la timidité. Racine, en effet, ne manifeste pas les hardiesses de Victor Hugo; mais plus nous étudions les écrivains de cette belle époque, plus il nous arrive de trouver leur littérature originale et diverse, remplie de nouveautés et d'indépendance. Peut-être la saveur pernicieuse des écrits du dix-huitième siècle nous affriande-t-elle davantage; peut-être le scepticisme de Voltaire et de Rousseau nous paraît-il du courage littéraire : Jean-Jacques et ses contemporains se donnent l'apparence de créateurs parce qu'ils détruisent; mais en soi, l'affirmation n'est pas plus timide que la négation.

Enfin, la littérature du dix-septième siècle est réellement nationale. Elle s'est attachée, il est vrai, à l'imitation des anciens; mais elle est française, parce qu'elle est hors de contact avec d'autres littératures. Les teintes que répandit sur elle la culture espagnole sont bien faibles et bien superficielles. Plus tard, le caractère spécial de la littérature française a été réellement entamé; de nos jours, elle accueille tous les tons, tous les souvenirs; elle est cosmopolite. Elle l'est si bien que les écrivains restés éminemment français,

tels que Béranger et Chateaubriand, deviennent sous
ce rapport l'objet d'une mention particulière. Le dix-
septième siècle n'eût jamais songé à distinguer parmi
la foule des siens ceux qui pouvaient se trouver plus
français que les autres.

La langue, au dix-septième siècle, subit, comme
tout le reste, le joug de l'autorité. Elle est épurée,
mais par là même appauvrie, c'est-à-dire réduite aux
termes et aux tours nécessaires pour exprimer les idées
propres à la civilisation de l'époque. Elle cesse d'être
populaire et bourgeoise ; elle devient langue de cour.
La cour elle-même s'élève, quant à la pensée et à l'expression, à un degré de politesse qui réclame une
langue nouvelle. La langue riche et pittoresque de
Rabelais, de Montaigne, d'Amyot, a fini son temps ;
celle même de Mathurin Régnier est renvoyée au seizième siècle. Ainsi s'accomplit la péripétie inaugurée
par les noms de Malherbe et de Balzac. Pascal ensuite
vient consacrer la langue nouvelle, la fixer, lui appo-
ser le sceau de son génie. Dès lors la révolution est
consommée.

Voilà donc, au dix-septième siècle, une langue nettement distincte de celle du seizième. Jamais différence
plus tranchée ne sépara deux âges contigus. Cette
jeune langue est pure, élégante, flexible, contenue
dans les limites de son vrai génie ; le nombre lui est
acquis ; elle est peu vigoureuse, peu analytique, mais
très convenable à l'état des esprits d'alors. Tout ce
que j'ai dit des caractères de l'esprit de cette époque
peut s'appliquer aux caractères de la langue et pouvait

les faire pressentir. Le caractère d'un peuple et celui de sa langue doivent marcher de compagnie. J'ai parlé d'autorité, et cette mutation du langage est en quelque sorte déterminée par une autorité personnelle. Vers le milieu du dix-septième siècle, Richelieu fonda l'Académie française. Il se figurait dominer le langage comme il dominait la nation : par la force. Cette autorité cependant, quoique acceptée, se fit peu sentir d'abord. Le *Dictionnaire de l'Académie*, d'une date beaucoup plus tardive, n'est dans le fait qu'un registre des acquisitions consacrées par l'usage. Une sorte d'autorité lui est maintenant acquise ; il est invoqué dans certains cas, ainsi dans les contestations judiciaires ; mais, toutefois, c'est à l'usage qu'est demeuré l'empire de la langue.

En tout temps, les langues firent des emprunts aux différentes sphères de la vie humaine ; mais pour lors la langue française en fit peu. Elle créa moins qu'elle ne choisit parmi les éléments mélangés que lui fournissait le passé. Les âges précédents avaient introduit une foule d'expressions proverbiales ou métaphysiques recueillies des mœurs féodales. Les jeux de la noblesse, la chasse, la guerre, sont la principale source de ces figures qui, par un long usage, ont cessé d'être des expressions figurées. Il y faut joindre la religion : la religion et la guerre sont les deux grands traits qui résument le moyen âge.

Le dix-septième siècle ne poursuivit pas cette voie d'emprunt. Toutefois, les écrivains religieux ont laissé une trace marquée dans la langue de Louis XIV. La

plupart des grands prosateurs appartenaient à l'Église ;
ils empruntèrent à la religion des termes nouveaux,
des expressions d'un caractère très élevé ou très intime, dont plus tard le sens s'étendit et s'appliqua à
d'autres objets. Le dix-huitième siècle inventa moins
encore, et s'il le fit, ce ne fut certainement pas dans
la sphère religieuse. Le dix-neuvième a recommencé
à inventer ; nous nous enrichissons d'un nombre considérable de termes inconnus auparavant ; mais puisés
dans la politique, dans la science, dans l'industrie, ces
emprunts sont moins heureux : la langue recule ses
limites, mais elle perd de sa pureté. Il le faut sans
doute ; c'est des mœurs de son époque qu'une langue
se colore ; mais les dépouilles du moyen âge sont plus
fécondes et ses tours plus heureux que les expressions
arrachées à la tendance scientifique et industrielle.

Venons-en maintenant, Messieurs, à la république
des lettres, ou aux littérateurs considérés dans leur
ensemble. Nécessairement il existe des rapports quelconques, des relations plus ou moins intimes entre les
hommes qui suivent à la fois la carrière des lettres ;
mais ces rapports varient selon l'esprit des différentes
époques. Au dix-septième siècle, une grande similitude de vie, de sentiments, de doctrines, un monar-
que absolu autour duquel tout gravitait, toutes ces
circonstances contribuèrent à fortifier l'union entre les
écrivains du premier ordre. La division réelle n'exista
qu'entre ceux-ci et les auteurs du second rang, et
même elle ne fut pas due à la supériorité des uns et
à l'infériorité des autres ; elle vint de ce que les pre·

2

miers s'attachèrent à une école, tandis que les seconds
en suivaient ou en cherchaient une autre. La révolution fut accomplie, l'âge nouveau vainquit le moyen
âge, mais en invoquant l'autorité des anciens.

Aux époques révolutionnaires, en général l'autorité
a un moment de vacance ; comme dans la jeunesse,
on commence par nier l'autorité ancienne, puis on
passe à l'autorité nouvelle dont l'âge mûr aura besoin
à son tour. Ainsi se font la plupart des révolutions
morales et intellectuelles, aussi bien que des révolutions politiques ; voyez la Renaissance et la Réforma-
tion. Mais ce qui caractérise la révolution littéraire du
dix-septième siècle, c'est qu'elle fut déterminée par
une autorité. Quelques hommes l'accomplirent osten-
siblement, on pourrait dire officiellement, entre autres
Boileau, législateur de ce nouveau Parnasse. Tous les
grands auteurs furent classiques. Le classicisme avait
partout des opposants dans les rangs des écrivains secondaires ; mais la bande des insurgés fut bientôt dis-
sipée sous l'influence de cette étude de l'antiquité,
de cet ensemble de goût, de cette politesse de mœurs,
qui s'appellent *la littérature du dix-septième siècle*. Le
moyen âge s'éteignit ; les velléités d'indépendance dis-
parurent. Elles devaient reparaître plus tard.

Quant à la position des hommes de lettres dans
l'État et dans la société, nous la verrons différer de ce
qu'elle fut dans la suite. Ils n'aspirent à aucune influence politique. On ne les voit actifs que dans la
sphère exclusive de la littérature ou dans celle de leurs
devoirs particuliers. Ils n'approchent du trône que

prosternés; leurs sentiments de respect et de reconnaissance ont le caractère du culte ; ils ne demandent
que des récompenses personnelles ; nul partage de
pouvoir, nulle action directe sur la société ne se mêle
à leurs espérances.

Aucune époque ne présente autant d'écrivains du
premier ordre et aussi peu du second. J'ai dit, écrivains du second ordre ; je devrais plutôt dire, écrivains inférieurs. Car, en eux-mêmes, des écrivains
de second ordre peuvent être fort distingués, et le dix-
huitième siècle en a compté plusieurs de ce genre.
Mais au dix-septième, il n'en est point ainsi, et si,
dans ces rangs infimes, quelques noms ont survécu,
tels que celui de Chapelain, ils le doivent plutôt au
ridicule dont ils furent frappés. Les mots que Boileau
a appliqués à la poésie :

> Il n'est point de degrés du médiocre au pire (1),
> Qui ne vole au sommet tombe au plus bas degré (2),

sont vrais pour les lettres en général au dix-septième
siècle.

Une revue des principaux auteurs du dix-septième
siècle serait hors de place ici ; mais nous pouvons
les nommer, en les groupant suivant la nature et la
forme de leurs écrits :

### PROSE.

PHILOSOPHES ET MORALISTES : Pascal. (*Pensées.*) — Nicole. (*Essais de morale.*) — Malebranche. (*Recherche*

---

(1) BOILEAU, *L'Art poétique*, chant IV.        (2) BOILEAU, Satire IX.

*de la vérité.*) — Bossuet. — Fénelon. (Grande majorité de ses ouvrages.) — La Rochefoucauld. — La Bruyère.

ORATEURS ET POLÉMISTES : L'écrivain polémique est un orateur la plume à la main. — Bossuet, dans les deux genres. — Bourdaloue. — Mascaron. — Fléchier. — Massillon. — Fénelon. — Pascal. (*Provinciales.*)

HISTORIENS : Bossuet, présent encore ici par l'*Histoire universelle.* — Mézeray, trop négligé aujourd'hui, mais remarquable. — Saint-Réal, qui a peu écrit, et dont les histoires sont plus ou moins des romans, mais qui possède au plus haut degré la manière des écrivains de l'antiquité.

AUTEURS DE MÉMOIRES : Le cardinal de Retz. — Hamilton. (*Mémoires du chevalier de Grammont.*) — Le duc de Saint-Simon.

ROMANCIERS : Madame de La Fayette. — Hamilton. (*Contes.*) — Fénelon. (*Télémaque.*) — Scarron. (*Roman Comique.*)

GENRE ÉPISTOLAIRE : Cultivé sans succès durable par Balzac et Voiture, il arrive à sa perfection chez Madame de Sévigné et Madame de Maintenon

TRADUCTIONS : Le dix-septième siècle a beaucoup traduit, mais il entendait mal la traduction. Il ne traduisait qu'à son point de vue. Sous le rapport du style cependant, les traductions de cette époque, les moins bonnes mêmes, sont encore remarquables. C'est toujours ce langage dont le secret est perdu, ce style qu'on ne peut, qu'on ne doit pas copier, mais c'est une grande inexactitude quant au sens précis des originaux. Voyez, par exemple, la traduction de *Don*

*Quichotte* par Filleau de Saint-Martin. Qu'est-ce qui
fait de ces livres si agréablement écrits des traductions manquées, si ce n'est le parti pris de tout accommoder aux mœurs françaises d'alors, de faire l'antiquité grecque et latine contemporaine de Louis XIV,
de ne se permettre en fait de langage que ce qu'auto-
risaient la politesse et la dignité de l'époque, d'écarter
toutes les familiarités des auteurs anciens ?

La force contenue est un caractère du dix-septième
siècle. Plus tard on a craint de ne jamais paraître
assez fort, assez surprenant ; on s'est étudié à faire
jaillir les muscles sous la peau. On s'étudiait alors à
amollir les saillies, à abaisser le relief, à amortir le
tranchant. Alors abondaient les : *s'il m'est permis, si
je puis m'exprimer ainsi.* Bossuet est le plus hardi, le
plus romantique des auteurs de cette époque, Bossuet,
et Pascal peut-être. Mais comme les hardiesses de Bossuet sont prudentes ! comme, dans ses élans, il atteint
souvent la limite sans la dépasser jamais ! Racine,
sans doute, est plein de hardiesses pour qui sait le
lire; mais toutes ces audaces sont voilées. C'est ce
goût délicat, c'est ce système un peu exclusif qui s'est
à tort étendu jusqu'à la traduction et qui l'a viciée.
En s'adressant aux Athéniens, le Démosthène du Père
Bouhours les appelle *Messieurs !*

### POÉSIE.

**Poésie dramatique** : Corneille et Racine sont les
deux grands noms de la tragédie. On peut mentionner
Thomas Corneille, mais après les deux maîtres de

l'art. Lafosse est, parmi leurs inférieurs, le seul tragique que je voulusse nommer. Il est sans doute placé
fort au-dessous, mais son *Manlius* est une pièce de
valeur.

La COMÉDIE a Molière, Regnard, Dancourt, Quinault.

L'ÉPOPÉE, la SATIRE, le POÈME DIDACTIQUE n'ont, à eux
trois, qu'un seul représentant : Boileau ; et dans le
premier genre nous ne trouvons même qu'une paro-
die : *Le Lutrin.*

FABLES ET CONTES : La Fontaine.

PASTORALE : Madame Deshoulières ; mais la pastorale n'est chez elle que l'enveloppe de la poésie morale ; ses ouvrages ne sont que du La Rochefoucauld
mis en vers.

L'ÉLÉGIE ne compte qu'une œuvre digne de ce
nom, l'épître de La Fontaine *aux Nymphes de Vaux.*
On peut cependant faire mention de Madame de La
Suze.

POÉSIE LYRIQUE : Elle languit partout, sauf l'éclat
qu'elle jette dans les chœurs d'*Esther* et d'*Athalie.*
Chaulieu et J.-B. Rousseau appartiennent plutôt au
dix-huitième siècle.

Nous le voyons, les genres qui dominent dans la
littérature du dix-septième siècle, sont le drame et
l'éloquence, l'éloquence qui elle-même est un drame.
Cette grande époque porte éminemment le caractère
dramatique.

Telle se caractérise et se résume dans notre pensée
la littérature du siècle de Louis XIV. Pour nous, il

est tout entier compris entre les *Provinciales* et le
*Petit Carême*.

Ce siècle se divise en deux périodes assez distinctes,
dont l'une commence vers 1660 et finit vers 1690.
Ce fut surtout l'époque de la verve et de la force. La
seconde période commence vers 1680 et finit avec
Louis XIV en 1715. Quelques-uns des auteurs de cette
dernière période, Regnard, Fénelon, appartiennent
tout entiers au temps du grand roi ; d'autres, tels que
J. B. Rousseau et Massillon participent aux deux époques, et devraient peut-être former une période intermédiaire.

Le dix-huitième siècle doit également se diviser en
deux périodes (1).

La première commence vers la mort de Louis XIV,
ou quelques années auparavant ; elle se termine à peu
près en 1746, année de la mort de Vauvenargues et
de la publication de ses écrits.

La seconde s'étend de 1746 à 1780, année de l'apparition de l'ouvrage de l'abbé Raynal : *Histoire de
l'établissement des Français dans les Indes.*

Restent, comme une troisième période, les années
comprises entre 1780 et le Consulat (18 brumaire
1799) ; mais la Révolution n'est pas une époque littéraire.

Ces divisions sont naturelles ; elles ont leur fondement dans les faits ; par là elles sont d'une véritable
importance. Mais, pour l'instant, nous devons en faire

(1) Voir là-dessus M. Villemain.

abstraction et prendre le dix-huitième siècle en bloc et dans ses caractères généraux.

Nous venons d'en faire la remarque, Messieurs, le dix-septième siècle fut, à certains égards, une halte, un repos entre deux époques, dont nous allons voir la dernière reprendre l'œuvre commencée antérieurement. Ce siècle forme une solution de continuité entre le seizième et le dix-huitième. Par rapport à son prédécesseur, le dix-huitième siècle est à la fois une continuation, un développement et une réaction.

Une continuation. Ceci ne doit point s'entendre sans restriction. Sur certains points il copie son devancier, mais en le modifiant et l'affaiblissant. Toute continuation, qui n'est ni une réaction ni un développement, est par là même une continuation affaiblie. Celle-ci se prolonge surtout dans trois genres : la tragédie, la comédie, la prédication. La tragédie de Voltaire a bien en elle un élément de développement ; elle n'est pas tout entière une copie ; mais quant à la comédie et surtout à la prédication, il ne s'y trouve guère qu'affaiblissement.

Un développement. Quelle qu'ait été l'infériorité du dix-huitième siècle à l'égard du dix-septième, et lors même qu'on l'envisagerait comme une époque de corruption et de mort quant aux éléments de la société, il a dû cependant apporter à son prédécesseur un développement quelconque. La mort même est féconde, la pourriture produit : du tronc décomposé du vieil arbre poussent au printemps des jets nouveaux.

Ainsi, vers son terme et fatigué d'analyse, le dix-
huitième siècle vit éclore la poésie de la nature.

Enfin, ce siècle est surtout une réaction. Ceci est le
caractère dominant du dix-huitième siècle ; c'est ainsi
que, chez les peuples d'un grand développement intellectuel, les siècles se succèdent, et l'esprit humain
accomplit sa destinée. « Rien de plus opposé, et pourtant rien de plus lié que ces deux époques, » a dit
M. Villemain (1). En effet, il y a liaison, continuité
entre l'action et la réaction, qui est la suite même de
l'action. Au reste, ne nous y trompons pas, les éléments du dix-huitième siècle se trouvaient déjà dans
le dix-septième, non pas morts, mais enfouis sous la
masse des éléments opposés. Ne pouvant se montrer
en plein jour, ils persistaient à l'état virtuel chez
quelques-uns des auteurs les plus connus de l'époque,
et surtout chez beaucoup d'écrivains secondaires.
Saint-Évremond, mort presque centenaire en 1709,
porte l'empreinte exclusive du dix-huitième siècle.
C'étaient des restes dont le seizième siècle, investigateur
des mêmes principes et si hardiment sceptique, avait
déposé les germes sous le splendide édifice du dix-
septième. C'est ainsi qu'en fuyant, des proscrits en-
terrent leurs trésors pour les retrouver un jour ; c'est
ainsi qu'enfoui dans un trou, un lambeau retient le
germe de la peste.

Toute réaction est vindicative et partiale, et ressemble à des représailles. Celle du dix-huitième siècle

(1) VILLEMAIN, *Cours de Littérature française. Dix-huitième siècle.*
I<sup>re</sup> Leçon.

est excessive. Trois autorités sont niées ou ébranlées, les anciens, la religion, les institutions sociales.

Les anciens sont abandonnés et même reniés. On érige des théories qui les détrônent; bientôt même on les éconduit de la pratique, on ne les imite, on ne les étudie pas. En dépit de lui-même cependant, le dix-huitième siècle reste classique plus qu'il ne croit l'être. Il est à la fois incrédule et superstitieux, il honore par habitude les dieux qu'il pense avoir quittés par raison, il continue à se traîner dans l'ornière des allusions mythologiques.

La religion, attaquée souvent avec autant d'habileté que d'injustice, n'est défendue qu'avec la timidité, la maladresse qui naît de l'affaiblissement des convictions, et d'une secrète connivence avec ce qu'on réfute.

En politique enfin, il y a réaction prononcée contre les autorités et les institutions, réaction purement théorique sans doute, réaction par écrit seulement. La monarchie absolue semble subsister tout entière, les pouvoirs sociaux se tiennent encore debout; mais deux choses manquent : la gloire et la foi aux institutions existantes. Celles-ci étaient en elles-mêmes trop vicieuses pour se passer du prestige de la gloire; la gloire évanouie, les institutions devaient nécessairement être mises en question. Elles ne le furent pas toujours dans un esprit subversif; les attaques partirent aussi d'un point de vue scientifique et conservateur. Ainsi Montesquieu écrivit son livre *De l'Esprit des lois* dans un but de conservation et de consolidation ; mais enfin toutes les questions s'y trouvent posées, et c'est ce qui n'aurait pu avoir lieu dans le siècle précédent.

On n'attaque pas de front les choses, mais on ronge tout à l'entour. Quelques-uns n'en voulaient qu'à la religion légale; mais le catholicisme s'était incrusté dans l'ensemble du corps social, comme ce portrait de Phidias qu'on ne pouvait détacher de la statue de Jupiter sans la mettre en pièces. En contestant une partie du passé, on l'ébranlait tout entier. Le tout manquait de racine ou de fondement. Les usufruitiers mêmes des préjugés et des abus prirent peine à ridiculiser leurs titres; la gloire de montrer de l'esprit l'emporta sur tout le reste. Si quelque chose caractérise l'esprit français, c'est précisément ceci. « L'esprit est une dignité dans le monde, » dit Madame de La Fayette; mot hardi pour le dix-septième siècle. En France, l'esprit est d'autant plus nécessaire qu'on y occupe une position mieux en vue; l'homme qui n'a que de l'esprit l'emporte même sur celui qui ne possède que le rang et la fortune. Il y avait donc quelque étourderie dans le mot de Madame de La Fayette. En ne ménageant pas sa position, elle en préparait la ruine. Au dix-huitième siècle, la plupart des hommes de qualité aimèrent mieux leur esprit que leur rang. Chez quelques-uns cependant, il y avait mieux que cela : on trouvait des lumières, un désir sincère de voir corriger les abus, l'amour de ce que l'on commençait à appeler *le bien public*. Mais le pouvoir qui, à défaut de gloire, eût pu se soutenir par l'honneur, dont la gloire n'est que le superflu, conspira à sa propre ruine en s'avilissant. La littérature, enfin, précipita tous ces éléments dans une même direction, ou du moins elle en hâta le cours. La littérature n'est jamais l'expression de la société légale. Elle représente la société morale et intellectuelle, l'état des mœurs et des esprits.

Antiquité, religion, institutions sociales, tels furent donc les trois points sur lesquels porta la réaction du dix-huitième siècle. Passons maintenant à d'autres caractères.

Et d'abord à celui dont ce siècle s'est targué et duquel le nom lui est resté. Il s'est intitulé : *le siècle philosophique*, et cette prétention est en elle-même ce qui le caractérise le plus exactement. Tout barbouilleur de papier se disait philosophe. On était philosophe d'abord, écrivain ensuite ; l'écrivain ne paraissait que pour exprimer les idées du philosophe ; l'épigramme, le madrigal étaient de la philosophie. Mais que fut-elle, cette philosophie du siècle qui nous a précédés?

Elle se composait de trois éléments. D'abord, affectation d'indépendance à l'égard de la tradition et du préjugé. Parmi les *préjugés* que ce siècle battit en brèche, la religion fut le plus haï et passa pour le plus odieux.

L'esprit d'analyse ensuite, le besoin de décomposer, de diviser, de pénétrer les éléments des choses. Le dix-septième siècle avait été l'époque de la synthèse; l'erreur philosophique du dix-huitième fut de ne pas faire sa part à la synthèse. En dehors de la synthèse, on ne philosophe que pour détruire.

Le sensualisme enfin. On est d'autant plus philosophe qu'on est plus sensualiste, qu'on répudie plus complétement les doctrines des penseurs de l'époque précédente. Le dix-huitième siècle a eu sa pédanterie philosophique, laquelle dégradait l'homme et prétendait le ramener au jeu d'une machine. Cette pédanterie, chose étrange, réussit à échauffer les imaginations; on se figura s'élever par ce qui abaisse : le mépris de toute spiritualité, et même l'affranchissement de toute règle des mœurs.

Ajoutons à ces caractères le goût croissant des sciences positives, et surtout des sciences naturelles. Sans doute ces sciences peuvent être cultivées dans une époque spiritualiste; mais toutefois il existe un rapport entre les tendances matérialistes du dix-huitième siècle et le goût des sciences naturelles, l'esprit d'analyse, l'exercice d'observation qui commence à dominer. On observe mieux; la méthode de Bacon accélère le développement des connaissances. L'observation nous sort de nous-mêmes; elle nous met aux prises avec l'élément objectif : la spéculation est proprement l'idée travaillant sur elle-même. Pour être bon philosophe, il faut savoir observer et spéculer. Moins tourné vers l'observation, le dix-septième siècle obtint dans la spéculation un rang éminent. Au dix-huitième, ce fut le contraire.

Autre caractère : la littérature devient utilitaire. Durant le cours du dix-septième siècle, nous avons vu

la littérature d'action rester pratique franchement et
sans arrière-pensée, et la perfection littéraire de sa
forme lui venir seulement de la beauté des éminents
génies qui la cultivèrent. De son côté, la littérature
esthétique conserva sa nature sans mélange. Mais au
dix-huitième siècle, les deux branches se confondent,
il n'y a plus de littérature purement littéraire, la
poésie même se préoccupe du point de vue pratique,
et cherche à agir dans le sens de l'utilité extérieure.
C'est la tendance qui a gâté tant de choses dans les
écrits de Voltaire, qui a fait souvent de ses tragédies
de vrais sermons sur des textes. Il prêche la tolérance,
qui méritait sans doute d'être prêchée, mais qui aurait pu l'être ailleurs. En revanche, la science devient
littéraire et mondaine. Il n'est pas besoin de citer le
livre coquet de Fontenelle sur *la Pluralité des mondes*.
Buffon lui-même est un naturaliste littéraire.

Encore un trait : la littérature du dix-huitième siècle
n'est plus exclusivement française. Sous Louis XIV,
on n'ignorait, il est vrai, ni l'Italie ni l'Espagne ;
mais ces deux littératures ne fournirent à la France
que des nuances : l'Espagne donna la pompe, l'Italie
le jeu d'esprit. C'étaient des taches dont on se débar-
rassa bientôt. Rien de plus français dans son ensemble
que la littérature du dix-septième siècle. Plus tard, ce
caractère change. On se tourne vers le Nord ; au com-
mencement du siècle, c'est l'Angleterre ; l'Allemagne
n'arrive qu'à la fin, et encore son influence demeure
faible. L'Angleterre fournit davantage. Voltaire est le
premier à la révéler. Il profite de Shakspeare, il

familiarise avec Newton ; Milton est traduit par Louis
Racine. Mais ce sont moins des formes qu'on emprunte
que des idées dont on va faire provision ; l'influence
anglaise est plus philosophique que littéraire. En général cependant, il n'y a pas balance dans ce commerce entre l'Europe et la France ; celle-ci donne plus
qu'elle ne reçoit. Elle se dédommage par la pensée de
ce qu'elle perd sous le rapport de la conquête, et si
ses armées comptent plus de revers que de succès,
l'Europe du dix-huitième siècle subit le joug de l'esprit
français bien plus que celle du dix-septième n'avait
subi l'ascendant des armes françaises.

La république des lettres, ou la société des gens de
lettres, s'est accrue depuis le dix-septième siècle. Le
nombre des écrivains du second ordre s'est fort mul-
tiplié. Il existe sans doute encore de grandes fortunes
littéraires, mais il y a beaucoup plus de fortunes ai-
sées. C'est le temps de la médiocrité dorée, au sens
propre comme en métaphore ; l'aisance pécuniaire,
plus généralement répandue, marche du même pas
que les degrés de talent des auteurs du second et du
troisième rang. La culture est plus universelle, on se
sent au lendemain d'une grande époque.

Cette masse d'écrivains a plus de rapports person-
nels avec le monde et les affaires. Ceux du dix-septième siècle se mêlaient beaucoup moins au monde
qu'ils ne se groupaient autour du roi. Maintenant la
cour n'est plus le centre des regards et des ambitions ;
c'est du public qu'on recherche le suffrage. Ce public
contient en soi des points plus élevés, des sphères plus

éminentes, vers lesquelles se portent de préférence les esprits.

Les femmes jouent un rôle particulier dans cette société des lettres. Dans le plein éclat du règne de Louis XIV, on vit sans doute Madame de Sévigné, Madame de La Fayette, Madame Deshoulières en relation avec les beaux esprits ; mais ces relations n'avaient rien d'assez suivi pour prendre le caractère d'un fait général. Après l'hôtel de Rambouillet, qui appartient à une époque un peu antérieure, les femmes n'osèrent pas se mettre à la tête d'une société lettrée ; elles virent disparaître la présidence qu'un moment leur avait accordée. Au dix-huitième siècle, ce rôle recommence, et les salons des femmes deviennent le quartier général des écrivains.

Sous Louis XIV, on n'aperçoit, parmi les gens de lettres, rien qui ressemble à une confédération, une ligue, un parti même. Les guerres théologiques vont leur train ; mais les littérateurs ne diffèrent que sur des questions d'esthétique et de goût. C'était la seule guerre civile permise dans la seconde moitié du dix-septième siècle. D'une part se rangeaient les génies de l'époque, ayant à leur tête Boileau, le grand justicier du Parnasse ; de l'autre, la bande des écrivains secondaires : seule satisfaction que pût s'accorder la turbulente inquiétude de ce peuple si vif qui s'était donné un dernier plaisir dans les querelles de la Fronde.

Au dix-huitième siècle, il existe sans doute des querelles littéraires, mais leur bruit se perd dans l'intérêt des questions sociales et philosophiques. Le parti le plus nombreux se décore du nom de *philosophe;* il a une organisation, une discipline, un plan de campagne; en un mot, il est une faction qui veut le renversement de ce qui existe. En religion, en philosophie, en certaines parties de la politique, il représente la négation de l'ordre actuel. Il a trouvé un chef : Voltaire. L'éminence du talent, l'étonnante variété des aptitudes, l'activité de l'esprit, l'audace de la volonté, l'absence même, tout contribue à faire prévaloir l'ascendant de ce dernier. Le ressentiment de l'exil, la conscience de la disgrâce aiguisèrent une opposition qu'eût peut-être émoussée le libre séjour de la patrie; et d'ailleurs, en le dispensant de toute mesure, l'exil devint pour lui une puissance. Sous le sceptre de Voltaire, la république des lettres se transforma en monarchie, et quoique tempérée par des talents, des spécialités, des rivalités, des inimitiés franchement avouées, jamais la littérature ne subit royauté pareille. Le ton général lui fut donné par Voltaire. Le seul parallèle à cette influence est celle qu'exerça Bossuet au dix-septième siècle.

Bossuet, si imposant par le génie, l'est encore par le nombre des écrits qui sont sortis de sa plume. Parmi les écrivains d'un grand nom, Voltaire seul l'emporte sur lui par la masse de ses productions. Cette fertilité, lorsqu'elle se joint à la création des pensées et au génie du style, est une grande force et un grand mérite. Tous les écrivains du premier ordre l'ont possédée. Et quoique un poëte ait dit quelque part :

.   On ne va point, crois-moi, sur Pégase monté,
        Avec ce lourd bagage à la postérité,

nous croyons être bien sûr que le nombre des œuvres
qu'a produites un homme de génie assure, au lieu de
la ralentir, sa marche vers la postérité. Pour ne parler
que du présent et non de l'avenir, le *multa* n'importe
pas moins que le *multum*, la quantité n'est pas moins
nécessaire que la qualité, pour exercer sur les contemporains, au moyen de la parole, une influence décisive, vaste et profonde. On l'a dit bien souvent : il est
des individualités providentielles ou fatales, en qui se
résume la pensée, en qui s'expriment les tendances
ou les besoins de leur époque, et dont chacune personnifie un siècle tout entier. Sans décider si leur
époque les pousse, comme une plante pousse son jet,
par une force intérieure et d'un mouvement spontané,
ou si du dehors, c'est-à-dire d'en haut, une volonté
souveraine les accorde, les refuse, les impose tour à
tour au siècle qui sans eux ne s'exprimerait pas, ne se
connaîtrait pas même, il est hors de question que certaines époques en ont vu naître de pareilles. Ce sont
tantôt de grands capitaines, tantôt de grands politiques, tantôt de grands écrivains, et, dans tous les cas,
de grands esprits : la forme n'y fait rien. Mais si c'est
un grand écrivain, il ne remplit son rôle, il ne peut
guère personnifier et dominer son époque, qu'en se
multipliant, qu'en se portant rapidement sur tous les
points, qu'en occupant l'espace, qu'en dévorant le
temps. En de certaines circonstances, un seul ouvrage, un grand ouvrage a suffi ; mais en général, la

popularité, l'action immédiate, universelle, ne sont assurées qu'au travail continu, à la fécondité. Pour régner partout, il faut être partout : il faut avoir intellectuellement le don de l'ubiquité.

C'est par le nombre et l'immensité de leurs travaux que Bossuet et Voltaire ont chacun dominé leur siècle. C'est là ce qui m'oblige, en quelque sorte, à rapprocher ces deux noms. Il y a entre leurs deux destinées, entre leurs deux rôles, plus d'un contraste et plus d'un rapport.

L'un et l'autre, par leur naissance, appartiennent à la bourgeoisie, et l'un et l'autre sont nés à l'ombre du sanctuaire des lois; mais la famille de Bossuet était ancienne et notable; celle du jeune Arouet était sans distinction, et la condition légale de son chef était fort inférieure sans doute à celle de l'homme grave à qui Bossuet dut le jour. Il y avait des traditions dans la famille de Bossuet; probablement il n'y en avait point dans celle de Voltaire. Ce dernier vit le jour à Paris, dans le centre de l'agitation, au sein d'une population mobile et toujours avide de nouveautés; c'est dans la vieille Bourgogne et dans la calme gravité d'une cité parlementaire que le futur évêque de Meaux ouvrit les yeux à la lumière. Tout s'affermissait quand Bossuet vint au monde; quand Voltaire naquit, tout était ébranlé; le grand siècle était en retraite, une réaction sourde, mais puissante, irrésistible, avait commencé dans l'opinion publique. Si nous envisageons ces deux écrivains dans leur personnalité, rien de moins équivoque ni de plus prompt

que la vocation de Bossuet : on dirait d'une inspiration suprême ; rien ne ressemble autant à une vocation que les premières impulsions de Voltaire ; tout,
dans l'héritier de la bibliothèque de Ninon, semble
préluder dès l'enfance au sacerdoce de l'impiété.
Toutefois, dès que Bossuet sait quelque chose, il sait
ce qu'il veut ; il n'a connu, sur ce point, ni l'hésita-
tion du début, ni le doute plus tard : Voltaire, entraîné tout enfant vers l'art et vers le plaisir, vers la
fortune et vers la gloire, ne s'attribua d'abord aucune
mission ; mais bientôt, averti par ses instincts et par
l'aspect de la société, guidé par la haine, et pour être
juste, il faut ajouter par l'indignation, le poëte peu à
peu devient chef de parti, et poursuit, avec la ferveur
d'un apôtre, l'anéantissement des mêmes traditions à
l'affermissement desquelles Bossuet avait consacré un
admirable génie, et un zèle peut-être plus admirable
encore.

Quoique mille objets divers semblent s'être disputé
l'esprit et le temps de Voltaire, tandis que Bossuet n'a
pas écrit une page où le catholicisme et l'épiscopat
n'aient laissé leur empreinte, je doute que Voltaire
ait eu, à l'égard de son but, une préoccupation moins
fixe ou moins ardente. Quant à l'activité, elle fut égale
chez ces deux hommes séculaires. Leur vie et leurs
écrits l'attestent à l'envi. Ils ont fait, l'un et l'autre,
de leur temps et de leurs facultés tout ce qu'un
homme en peut faire ; l'un sédentaire et recueilli,
l'autre pressé du besoin de changer de lieu comme
d'occupation ; l'un doué d'une santé athlétique, et

mourant à soixante-dix-sept ans de sa première et
très courte maladie; l'autre chétif en apparence, in-
commodé de mille maux, dont il parle sans cesse, et
dont sa dévorante activité ne semble tenir aucun
compte. Ni l'un ni l'autre ne donnent aucun relâche
à l'attention publique; du souvenir d'un ouvrage à
l'attente d'un autre, aucun intervalle, aucun répit.
Bossuet a composé moins d'écrits; mais à chacun des
coups qu'il porte, un long retentissement, une vaste
rumeur succède : dans la vie de Voltaire, à peine un
mois s'écoule sans qu'un nouvel ouvrage, pareil à ces
cris que poussent, dans la nuit, les sentinelles d'un
camp ou les gardes au sommet des tours, n'ait averti
que le champion des nouvelles doctrines ne s'est point
laissé surprendre au sommeil. Enfermé dans cette
citadelle de l'Église, qui enveloppe et garde tout un
système politique et social, Bossuet paraît, au juste
moment, sur tous les points attaqués; Voltaire, l'en-
vahisseur, se répand, si l'on peut dire ainsi, dans
toutes les directions, occupe tous les postes, ou, vingt
fois abandonnant chaque position, vingt fois l'attaque
et la reprend. Tous deux accroissent leurs forces par
l'étendue et le nombre de leurs relations : Voltaire en
a de toutes sortes; Bossuet n'en a que d'importantes
et de graves; mais, quoi qu'il en soit, ni l'un ni
l'autre ne sont purement écrivains; ils interviennent,
ils agissent par le contact personnel : l'un, il est vrai,
toujours à titre d'office et avec le caractère de l'autorité; l'autre comme simple particulier, et par voie
d'insinuation et d'entraînement.

Toutefois, chez Voltaire, l'artiste, assez souvent compromis par l'homme de parti, reparaît toujours : les lettres sont un de ses objets; la réputation littéraire un de ses buts ; elles ne sont pour Bossuet qu'un simple moyen, et c'est occasionnellement qu'il est devenu le premier des prosateurs de son époque. Mais, par un contraste bien digne d'être remarqué, Voltaire, plus artiste d'intention, l'est beaucoup moins en réalité, si ce n'est dans ses poésies fugitives. Bossuet, qui ne veut être qu'homme d'action, l'emporte comme artiste. Le littérateur de profession est plus passionné ; le littérateur d'occasion, l'homme pratique, le prosateur, s'élève à l'enthousiasme. Celui qui a fait tant de vers n'a peut-être pas fait un seul vers lyrique. Le lyrisme éclate dans les pages de celui qui n'a jamais écrit qu'en vile prose. Si l'éloquence n'est que l'art de pénétrer dans les esprits et de maîtriser les volontés, tous deux furent éloquents; mais si l'éloquence, comme nous aimons à le croire, est la puissance de faire retentir dans le cœur humain les vérités éternelles, la conscience du juste et le sentiment du divin, Voltaire, le prince de l'ironie et le prêtre du sens commun, est rarement éloquent.

En prononçant ici le mot de *sens commun* ou de bon sens, j'indique entre Bossuet et Voltaire un rapport aussi bien qu'une opposition. Le bon sens, l'emploi du bon sens, comme arme polémique, caractérise ces deux grands adversaires, que leurs ouvrages, présents ensemble à nos regards, rendent pour nous contemporains. C'est dans la double intention de la louange et du blâme qu'on peut faire du bon sens l'attribut commun de l'auteur de l'*Histoire des Variations* et de celui de l'*Essai sur les Mœurs*. A ne considérer que le côté polémique de leur œuvre, l'un et l'autre en ont appelé au bon sens, en réservant d'ailleurs, l'un pour ses productions poétiques, l'autre pour le développement de ses pensées religieuses, cette intuition suprême qui est le véritable bon sens de l'âme, et qui porte au bon sens de l'esprit des démentis si péremptoires. Le catholicisme de Bossuet, envisagé dans son opposition à tout ce qui n'est pas lui, s'arme habituellement du sens commun contre la plupart de ses adversaires; et remarquez bien que l'incrédulité ou l'athéisme n'est point au nombre des adversaires qu'a rencontrés Bossuet : contre ceux-là le bon sens n'eût pas suffi ; mais contre le quiétisme, contre les doctrines ultramontaines, et même ou surtout peut-être contre le protestantisme, nul instrument n'était mieux choisi, si du moins on voulait être populaire, et, dans un certain sens, Bossuet voulait l'être. Cette même arme, passant des mains de l'évêque en celles du philosophe, a porté des coups terribles au christianisme et à toute religion. Voltaire, dans un autre point de vue, avec d'autres intentions que Bossuet, est l'apôtre du bon sens; il y a seulement cette différence, que le bon sens n'est pas pour Bossuet ce qu'il est pour Voltaire, la mesure de tout. Ne vous étonnez pas de cette coïncidence; elle n'a rien de fortuit, rien de personnel. Le catholicisme, non en ce qu'il a de chrétien, mais en ce qu'il a de catholique, est l'Église du sens com-

mun; c'est par le sens commun qu'il triomphe : le
protestantisme qui en a l'air, mais l'air seulement, a
des bases plus idéales ; et il s'est placé dans la position
périlleuse et sublime, ou de périr s'il ne veut pas remonter, comme protestantisme, au delà du sens commun, ou de jeter ses ancres au delà du voile s'il ne
veut pas périr.

Le bon sens, d'ailleurs, n'est pas l'analyse. Aussi,
quelque différence, quelque opposition qu'il y ait entre
Voltaire et Bossuet, ni l'un ni l'autre ne sont essentiellement des esprits analytiques.

De l'œuvre accomplie par l'un à celle que l'autre a
consommée, il y a sans doute un abîme. Aucun rapport ne peut être aperçu, aucune conciliation ne peut
être tentée entre les idées dont Voltaire est l'organe et
celles que représente Bossuet : ce sont deux mondes.
Mais ceci n'est qu'un lieu commun, une trivialité : il
faut particulariser.

Le monde de Bossuet, c'est la théocratie ; c'est l'asservissement ou tout ou moins la subordination de
toutes les choses humaines à l'empire d'une tradition
religieuse ; c'est la hiérarchie prétendant à la direction de la société générale. Cette prétention avait, dans
le cours du seizième siècle, couru de terribles dangers.
L'empire des esprits, le gouvernement de l'humanité
était disputé alors par plus de deux compétiteurs.
Après une période assez longue où la politique, la morale et la religion avaient fait l'essai de marcher chacune dans leur voie, sans s'informer l'une de l'autre,
l'impossibilité de continuer de la sorte s'était fait sen-

tir, le besoin d'une unité quelconque était devenu
évident. La religion, telle que le pharisaïsme l'avait
faite, n'était plus qu'un hors-d'œuvre et un embarras ;
la philosophie, qui ne pouvait guère alors être autre
chose que l'athéisme, vota tout simplement la suppression de cet élément du problème. Quant à la morale,
elle devenait ce qu'il plaisait à Dieu ; personne à peu
près ne s'en informait. La question ainsi posée, la religion et la philosophie étant en présence, la philosophie, au moins temporairement, devait l'emporter.
Un tiers survint et fit diversion : ce fut la Réforme ;
voulons-nous mieux dire? ce fut la morale ; car la
Réforme est la réintégration de l'élément moral dans
la religion dont il est la substance, et à laquelle il
donne tout son poids. Oui, sous le nom de protestantisme, la morale, ce troisième terme négligé, dédaigné,
la morale survint ; la morale rentra dans la religion ;
la flamme de la religion, presque éteinte, se ralluma,
et des âges d'homme, des siècles furent ajoutés au catholicisme, qui, sans la Réforme, périssait avec toute
religion. Le catholicisme se réforma autant qu'il pouvait le faire sans renoncer à son principe, sans cesser
d'être le catholicisme. Il se ranima, se recueillit, se
retrempa dans cette lutte ; il y a plus : il se définit
pour la première fois et se rendit compte de lui-même.
L'Église se raffermit sur ses bases ; elle ramena à l'état
de fixité mille éléments flottants et suspendus ; elle
régla, comme elle put, ses rapports avec l'État et la
société ; elle détermina mieux le sens de toutes ses
institutions ; elle marqua avec soin les limites de tous

les pouvoirs ; enfin, dans le domaine de l'érudition et
de la philosophie, elle pourvut à sa défense et créa
son apologétique. Bossuet personnifie, pour la France,
cette œuvre de consolidation et de perfectionnement
intérieur. Entre les menaces du seizième siècle et leur
accomplissement au dix-huitième, le dix-septième siècle fut donné à l'Église, et Bossuet fut donné au dix-
septième siècle. La religion théocratique, resserrée
dans des limites, mais dans des limites que dissimulait
l'harmonie du sacerdoce et de l'Empire, apparaît ma-
jestueuse et calme dans les grandes années du règne
de Louis XIV, et elle a pour elle, non-seulement le
consentement, mais l'intérêt général. Ce siècle est éminemment ecclésiastique comme le nôtre peut-être est
éminemment social et politique. Sous Louis XIV, la
religion est la préoccupation, l'entretien, dirai-je l'a-
musement de tout le monde, et les assemblées du
clergé y excitent une aussi vive et aussi générale curiosité qu'aujourd'hui les délibérations des chambres,
les luttes de la tribune et les chocs des partis. Faute
de mieux, diront les uns, faute de pis, diront les autres, tout cela est alors populaire, et Bossuet en son
temps n'est pas seulement illustre, mais célèbre. Quand
je parle de popularité, j'attache à ce mot un sens relatif; le peuple, dans l'acception la plus étendue de
ce terme, échappe à nos regards dans ce beau et malheureux siècle; La Bruyère seul nous le fait entrevoir
à moitié enseveli dans les sillons qu'il creuse, et une
émeute passagère et impuissante nous le fait apercevoir un instant dans quelques lignes cruellement fri-

voles de Madame de Sévigné. Ce peuple-là, et même celui dont Colbert hâtait l'avénement dans les ports et dans les grandes villes de province, n'était pas sans doute celui au sein duquel Bossuet était populaire..... Le peuple de Bossuet n'était qu'un public. Mais tout ce qu'on pouvait alors appeler *le public* était suspendu aux lèvres de Bossuet, de même qu'au dix-huitième siècle un peuple entier marcha comme enchaîné au char triomphal de Voltaire. Bossuet fut pour son public, en fait de sympathie, de curiosité, de popularité même, ce que plus tard Voltaire fut pour le sien. Et si vous n'avez égard qu'au fait de la préoccupation générale, Voltaire fut le Bossuet de son époque ; Bossuet fut le Voltaire de la sienne.

Mais dans ce triomphe ou dans ces succès de la théocratie au dix-septième siècle, il y avait quelque chose de factice et d'accidentel, encore que la continuité et l'ensemble des efforts, la masse des travaux, la gravité sincère de l'inspiration, nous en donnent une autre idée. Le dix-septième siècle (d'autres l'ont déjà remarqué) fut une halte dont la théocratie sut profiter admirablement. Campée pour un moment sur un terrain qui lui était prêté, au lieu d'y planter des tentes, elle y contruisit des palais, elle y érigea des monuments. Les temps suivaient leur cours ; elle-même, à son insu, en s'imposant à des générations en qui la civilisation matérielle faisait fermenter le besoin de l'émancipation, irritait cet impérieux besoin; et en pesant sur le ressort de la liberté humaine, elle le préparait à rejaillir avec d'autant plus de force. On eût

pu lui dire dès lors, en lui montrant cette humanité,
déjà décidée à faire usage de ses propres moyens, et
à ne compter qu'avec elle-même :

N'allez pas dans ses bras irriter la victoire.

La théocratie, en un mot, se croyait, et on la croyait
encore toute puissante, que déjà tout lui échappait.

Entre la naissance de Voltaire, en 1694, et la mort
de Bossuet, dix années plus tard,

Un grand destin commence, un grand destin s'achève.

L'empire de la religion théocratique a cessé pour jamais, sinon dans les faits, du moins dans l'opinion.
Qu'est-ce qui lui succède? l'impiété sans doute ; car
l'esprit humain n'a point de demi-vengeance, ni de
réaction modique. Mais, sans refuser à ce fait cette
juste et terrible qualification, disons qu'il a pourtant
une autre face. La religion théocratique, autant qu'il
était en elle, niait l'homme, que l'Évangile, au contraire, affirmait hautement et en plein : l'homme s'affirme lui-même, il ne devait pas tarder à s'adorer.
Quelque sévèrement qu'on juge le dix-huitième siècle,
le fait qui le caractérise est l'avénement, au sein de
l'histoire moderne, de l'élément purement humain.
Que disions-nous de Bossuet? qu'en lui la qualité de
prêtre avait restreint celle d'homme, cette *qualité universelle*, dont Pascal faisait tant de cas, et qui, vers la
fin du dix-septième siècle, brille avec tant de douceur
et de pureté dans la personne d'un autre évêque, disciple de Bossuet, l'auteur du *Télémaque*. Eh bien!
Fénelon a légué cette idée au dix-huitième siècle, peu

digne peut-être de la relever, mais qui la relève. Le
dix-huitième siècle l'entrelace à l'incrédulité ; car,
après un intervalle de cent années, Montaigne et
Charron reparaissent, mais ardents, colères et enve-
nimés. Toutefois le dix-huitième siècle est bien le
siècle de l'humanité, comme le dix-septième fut celui
du catholicisme. L'homme se prend à chercher sa loi
dans la nature des choses et dans sa nature même
(mal observée sans doute, car la lampe divine manquait). La révolution est complète et rapide. Les livres
en font foi. La tombe de Bossuet fait la limite entre
deux littératures, deux opinions publiques, deux philosophies. D'un côté le *Discours sur l'Histoire universelle,* de l'autre l'*Essai sur les mœurs;* d'un côté la
*Politique de l'Écriture sainte,* de l'autre l'*Esprit des
lois;* là le *Traité de la connaissance de Dieu et de soi-
même,* ici le livre d'Helvétius. Chacun de ces livres
appartient à son époque et la représente. Ajoutons
que Voltaire au milieu des philosophes, comme Bossuet
au milieu des docteurs, affecte ce juste-milieu qui
constitue, en catholicisme, le caractère et l'autorité de
Bossuet. Le déisme de Voltaire est celui du sens commun, plutôt que du cœur, mais enfin il est déiste
parmi les athées. Violent en religion, mais seulement
pour détruire, il est modéré en politique, et, dans
cette sphère, il se borne à réclamer des usages rai-
sonnables et des lois humaines. Mais ici diffère la
destinée de ces deux hommes célèbres : Bossuet devait
aboutir à être nié, Voltaire devait être dépassé. La
régence dansa sur les cendres du grand évêque; celles

de l'auteur de *la Henriade,* moins patriote peut-être
que Bossuet, mais non moins monarchique, subirent
en 1792 une translation solennelle dans le Panthéon
républicain.

En fait d'autorité, qui des deux en eut davantage?
« Il fut, dit Bossuet en parlant de Cromwell, il fut
« donné à celui-ci de tromper les peuples et de pré-
« valoir contre les rois (1). » Ces mots, transportés à
Voltaire, se trouvent justes, si ce n'est que Voltaire
trompa jusqu'aux rois. Bossuet régna sans doute,
et son règne ne fut pas contesté; mais il dut consacrer son autorité par la dignité de la vie et des
mœurs, dont le siècle suivant dispensa son prophète;
car une faction n'impose pas à son chef les mêmes ob-
servances morales qu'une Église à son conducteur.
Bossuet eut des disciples respectueux, Voltaire des
partisans dévoués ; Bossuet s'associa des collaborateurs,
Voltaire des agents et presque des complices : l'un
gouvernait, l'autre conspira. Il peut sembler au premier coup d'œil que l'un fut populaire, et non l'autre;
mais à voir les choses de près, Bossuet eut toute la
popularité dont un écrivain sérieux pouvait jouir au
dix-septième siècle, et en réalité la seule qu'il pût
avoir. La grande différence, c'est qu'il eut un public
et que Voltaire eut un peuple. Ce peuple, Voltaire le
créa, ou plutôt ses écrits l'évoquèrent. L'enseignement de Bossuet ne pouvait atteindre si loin, si bas
que les sarcasmes de Voltaire; et puis, à certaines
époques, la négation est plus largement populaire

(1) Bossuet, *Oraison funèbre de Henriette de France.*

que l'affirmation ne peut l'être. Le peuple, au quinzième et au seizième siècles, avait eu sa place au banquet de la littérature ; Voltaire l'y fit asseoir de nouveau ; seulement ce ne fut pas, ainsi que s'exprime
l'Écriture, « un banquet de choses purifiées (1). »
Tous deux moururent en pleine possession de leur
renommée, mais l'un gravement, saintement, comme
il convient à l'homme de mourir ; l'autre à la hâte et
violemment, s'il est permis de parler ainsi ; l'un au
milieu de la vénération universelle, l'autre parmi les
explosions bruyantes d'un enthousiasme auquel certainement le respect ne se mêlait pas ; au défenseur
du culte national, soixante-dix-sept années furent ac-
cordées pour élever à ce culte des monuments immortels ; à l'autre, quatre-vingt-quatre années pour
effacer de l'esprit des peuples ce qui, soit vrai, soit
faux, n'y avait été gravé que par la main du préjugé.

En dépit, toutefois, de sa vaste popularité, Voltaire, comme écrivain, n'est pas plus assuré de l'avenir que Bossuet. A certains égards, il a plus vieilli
que son imposant rival. Beaucoup de choses resteront
de Voltaire, beaucoup aussi de Bossuet. Non-seulement
la rare perfection du style et l'inimitable éloquence
feront vivre à jamais, et d'une vie réelle, énergique,
un grand nombre des écrits de l'illustre évêque ; mais
la substance, non moins que la forme, en immortali-
sera plusieurs. La vérité est immortelle, et ce qui est
vrai chez Bossuet, ce qui répond avec tant de force aux

(1) Ésaïe, XXV, 6.

plus profonds besoins de l'âme, à ses vœux les plus
intimes, est si précieux en soi-même, et revêtu chez
Bossuet d'une si incomparable beauté, que les hommes
cultivés de tous les temps se répéteront incessamment
de si magnifiques paroles et en feront éternellement
leurs délices. Personne n'eut jamais autant d'esprit ni
plus de bon sens que Voltaire : l'avenir s'en souvien-
dra ; mais « après l'Écriture, qui a été inspirée par
« l'Esprit-Saint, il n'y a rien de si grand que Bos-
« suet. » L'écrivain dont on a pu parler ainsi vivra
à jamais, par ses écrits, dans la mémoire et dans la
pensée des hommes.

Nous avons vu que l'Académie française fut fondée
au dix-septième siècle par Richelieu, dans le dessein
à la fois ambitieux et frivole de perfectionner et de dominer le langage. Sous ce rapport elle n'exerça, au
temps de sa fondation, qu'une influence fort innocente.
Mais bientôt elle devint un moyen d'émulation entre
les littérateurs ; elle fut une sorte de prytanée ; et surtout elle servit de point de contact entre les grands
seigneurs et les hommes de lettres ; elle leur enseigna
à fraterniser. Les premiers y parurent d'abord dans
l'intention d'honorer les seconds ; mais ils finirent par
trouver qu'en s'y rendant ils s'honoraient eux-mêmes.
Entre toutes les dignités terrestres l'esprit est la première. Les hommes de lettres le sentirent et en profi-
tèrent ; mais à leur tour ils le subirent, en pliant sous
l'ascendant d'une forte individualité.

Au dix-septième siècle nous voyons s'étendre l'in-

fluence de l'Académie. L'indication des questions trai-
tées dans ses concours successifs donne la mesure
de cet accroissement. « Entre toutes les vertus du
« roi quelle est la plus grande? » se demandait-on en
commençant. Maintenant, de véritables intérêts philosophiques et sociaux y sont agités ; les discours de
réception sont des traités, des manifestes, des professions de foi ; ils inaugurent non-seulement la pensée
de celui qui les prononce, mais ils indiquent celle des
esprits devant lesquels ils sont prononcés. Rien de
plus important que ces discours comme signalement
des opinions, de la tendance générale, du terme enfin
vers lequel on aspire.

La langue, ce point important comme instrument et
comme symptôme, que devient-elle au dix-huitième
siècle? Elle gagne et elle perd, mais elle perd plus
qu'elle ne gagne. Elle se perfectionne en précision,
en rigueur, en justesse; on étudie la synonymie,
et c'est alors que le premier livre sur ce sujet voit le
jour. L'idée d'un tel travail avait déjà traversé l'esprit
de Fénelon. En fait de langage, ceci est un signe des
temps. Quelques auteurs cependant se plaignent de
l'introduction des néologismes. Fidèle héritier, pour la
prose, des traditions du dix-septième siècle, Voltaire
pousse un cri d'alarme, et ce cri trouve de l'écho.
Aujourd'hui nous ne le comprenons plus ; la pureté de
la langue de Louis XIV ne nous semble pas sensiblement altérée dans les écrits du temps de Louis XV.
Que sont ces hardiesses à côté des nôtres? Quelques
paillettes d'or jetées sur la robe d'azur et de lumière

du dix-septième siècle. Quant à nous, c'est de laiton,
de cuivre, de verroterie que nous avons chargé notre
langage. Diderot est le plus ébouriffé des écrivains de
son temps, il a même quelque chose d'impudent dans
le style comme dans la pensée, et cependant il a écrit
des pages dont la pureté nous fait envie. Le *Danger de
se mettre au-dessus des lois* est un chef-d'œuvre de simplicité, de naturel, de vérité de langage.

Il en faut convenir cependant, le style du dix-huitième siècle n'a pas la candeur, la fraîcheur, la pudeur, la grâce, la noble aisance de son prédécesseur.
Vers le milieu de l'époque, on voit s'introduire l'usage
et l'abus des termes généraux. Ce caractère abstrait
n'existe pas dans le grand siècle ; jamais la langue n'y
devient incorporelle ; même en traitant de métaphysique, elle conserve ses allures naïves et simples.
Descartes, Malebranche, Fénelon, Bossuet, ont toujours un agrément, une grâce, qui contrastent avec la
roideur et l'emphase que la philosophie du dix-huitième siècle, en se mêlant à tout, fit pénétrer dans la
langue. Elle reste cependant une belle langue, précise, claire, naturelle, énergique et vraie.

Ce qui, surtout, disparaît peu à peu, c'est le style
périodique. Des traces en demeurent, il est vrai ; la
période de Balzac et de Fléchier se montre de loin en
loin. Facile à reconnaître chez le chancelier d'Aguesseau, qui appartient, il est vrai, à la fin du dix-septième siècle, elle reparaît jusque chez Buffon, La Con-
damine, J. J. Rousseau. La belle période trouve encore
sa place ; mais le style périodique, en général, n'est

pas celui du dix-huitième siècle. Il eût cessé d'être
une vérité. C'est le style d'une époque assise, paisible,
reposée, qui croit que l'avenir sera semblable au présent. La forme de la phrase est aussi l'expression de
la société. Une époque où la période développe à l'aise
les longs plis de sa robe flottante, est une ère de stabilité, d'autorité, de confiance. Mais quand la littérature est devenue un moyen d'action, au lieu de
continuer à se servir de but à elle-même, on ne s'amuse
plus à tourner des périodes. La période est contemporaine de la perruque, la période est la perruque du
style. Le dix-huitième siècle a abrégé l'une aussi bien
que l'autre. La perruque atteignant le milieu des
reins ne pouvait convenir, ni aux courtisans de Madame de Pompadour, ni à des hommes ayant hâte
d'accomplir une œuvre de destruction. J. J. Rousseau
lui-même, quand a-t-il été périodique? A coup sûr ce
ne fut pas dans ses pamphlets.

Ajoutons que la prose du dix-septième siècle a conservé des sectateurs fort avant dans l'époque suivante.
Elle a même eu un défenseur, qui, sauf la période,
lui est demeuré fidèle jusqu'au bout. Voltaire a conservé de cette belle prose tout ce qui pouvait en être
transporté dans le dix-huitième siècle; mais nous
disons Voltaire prosateur, et non Voltaire poëte.

Quant à la poésie et à l'éloquence, ces deux éléments esthétiques par excellence de la littérature, on
peut dire que toutes deux s'extravasent, c'est-à-dire
qu'elles sortent spontanément des moules où le siècle
précédent les avait enfermées. « Rome n'est plus dans

« Rome, » dit Sertorius. La poésie n'est plus dans la
poésie, ni l'éloquence dans l'éloquence, au sens que
leur donnait le dix-septième siècle. La poésie alors
c'était le vers : jamais le *Télémaque* n'eût passé pour
un poëme. Mais dans l'âge suivant, la poésie languit
sous sa forme officielle; elle quitte le domaine des vers
pour émigrer sur le territoire de la prose. Ceci n'est
complétement vrai cependant que de la seconde moitié
du siècle. Dans la première, Voltaire soutient la poésie; mais vers 1750 nous voyons J. J. Rousseau préparer la prose poétique. Lui et Bernardin de Saint-
Pierre furent les véritables poëtes de cette époque.

Il en est de même de l'éloquence. Elle n'est plus
dans la chaire; quelquefois on la retrouve au barreau,
mais elle se déploie surtout dans le pamphlet. On ne
se présente plus en chair et en os devant le public,
on a pour intermédiaire le libraire. On affiche, et les
fidèles arrivent. Les orateurs sont Rousseau, Voltaire, Diderot, dans une nuée de brochures et de
pamphlets; jusqu'aux gros livres sont des pamphlets.
Le siècle en bloc mérite le nom de pamphlétaire.
Quand Voltaire lui-même s'essaye au genre oratoire,
son éloquence l'abandonne, témoin l'*Éloge des officiers
morts pendant la campagne de* 1752. Il est touchant
cependant quand il parle de Vauvenargues, qu'il avait
réellement aimé. Mais ouvrez ses pamphlets, lisez
entre autres celui qu'il a intitulé : *Il faut prendre un
parti;* à côté de choses abominables, quelle verve et
quelle puissance !

Deux acquisitions tout à fait nouvelles enrichissent

la littérature française du dix-huitième siècle. Ce sont
la nature et la politique. A une époque de foi dans tous
les sens, de stabilité, de puissance, de gloire, de sécu-
rité, il n'y avait pas de place pour la nature. Tant que
la société suffit à l'homme, il ne jette sur la nature
qu'un regard distrait, et plus l'occupation est vive,
moins le lieu de la scène attire son attention. Nous ne
donnons pas ceci comme une règle absolue, mais c'est
ainsi que nous parvenons à nous expliquer l'absence
complète de la poésie de la nature au dix-septième
siècle.

J'ai dit que le dix-huitième siècle, comme celui qu'il
remplace, comprend deux époques. Il est nécessaire
de les distinguer, car Voltaire seul leur est commun,
et encore le Voltaire de l'une et celui de l'autre sont-
ils deux hommes.

Il y a, dans le siècle qui nous occupe, une remarquable coïncidence entre les dates historiques et les
dates littéraires. Un coup d'œil sur l'histoire politique
des trente années qui s'écoulèrent entre la mort de
Louis XIV (1715) et le traité d'Aix-la-Chapelle suffira
pour nous en convaincre : 1746 est notre date littéraire, et 1748 vit conclure ce traité, cent ans après la
paix de Westphalie. De quoi furent remplies ces années, soit au point de vue politique, soit au point de
vue littéraire?

Elles s'ouvrirent par les désordres de la régence.
La hardiesse des idées n'est pas alors au niveau de la
hardiesse des actions ; la littérature nouvelle ne se

proportionne pas à l'extrême licence des mœurs. Ces
années de trouble ont pour principal épisode le système de Law, éruption dévastatrice qui amena la ruine
d'une multitude de familles. Ces perturbations funestes ne furent pas, à ce qu'on prétend, sans compensation ; elles produisirent quelques résultats avan-
tageux : une amélioration dans le système des finances,
le mélange subit, mais seulement momentané, des
classes, et l'abaissement des rangs privilégiés. Plus
tard, de 1726 à 1743, la France respire sous le ministère du cardinal de Fleury. A l'intérieur se pro-
longent encore les querelles relatives à la bulle *Unigenitus*, qui devint loi de l'État en 1730. A côté de
cette guerre théologique s'en poursuit une autre dont
le théâtre est en Italie, et qui se termine par l'acquisition de la Lorraine. Un an avant sa mort, Fleury se
laisse engager dans la lutte contre Marie-Thérèse. On
sait les désastres des armées françaises en Bohême. Ils
furent réparés à Fontenoy en 1745, avantage qui
amena la paix d'Aix-la-Chapelle. La guerre de sept ans
ne commença que plus tard.

Au total, pendant ces trente années la paix domine;
la France est tranquille au dedans, et par conséquent
prospère. Mais les effets moraux d'une longue tranquillité ne sont pas toujours analogues aux effets matériels. La paix est bonne quand elle s'unit aux
bonnes mœurs et à la justice. La paix peut se transformer en calamité lorsqu'elle échauffe des miasmes
dont la guerre eût favorisé l'évaporation. La paix
de cette époque ne fut salutaire ni aux mœurs ni

au caractère national. En se retirant, le règne de
Louis XIV avait laissé sur la plage un limon qu'une
vague nouvelle aurait pu emporter, mais dont l'atmosphère demeura infectée. Les idées que la force
matérielle avait réduites au silence, mais dont la com-
pression avait doublé l'énergie, se déchaînèrent en représailles terribles, et trouvèrent un facile accueil dans
un public las du passé. La liberté ne peut subsister
seule; il lui faut pour auxiliaire, ou l'action, ou le
danger, ou les principes qui la rendent respectable.
A force d'avoir pesé, la main du despotisme s'était en-
gourdie; elle lâcha prise. L'esprit humain ne persista
qu'en apparence dans son asservissement. Au dix-
huitième siècle, le pouvoir fait semblant d'être souverain, tout en sentant qu'il n'est plus le maître; le
despotisme de cette époque est un despotisme endormi
qui ne s'éveille que par tressaillements, et la liberté
ne se trempe ni dans l'action ni dans le péril.

Littérairement, on peut dire que, pendant cette
première époque, le dix-septième siècle s'épuise,
achève de se vider, se prolonge dans son écho; nous
avons, en quelque sorte, un dix-septième siècle posthume. Toutefois, deux courants parallèles, dont la
source n'est pas commune, s'y distinguent facilement.
L'un est bien évidemment une prolongation, un écou-
lement du siècle de Louis XIV, dont il reproduit les
tendances, et cultive, quoique d'une main lassée, les
traditions, auquel du moins il n'ajoute ou ne substitue presque rien de ce qui fait le caractère du dix-
huitième siècle.

Ce premier courant est celui qui porte : Massillon
(1663-1742), d'Aguesseau (1668-1751), Cochin
(1687-1747), Saint-Simon (1675-1755), Rollin (1661-
1741), Vertot (1655-1735), Madame de Lambert (1667-
1748), Louis Racine (1692-1763), Dubos (1670-
1742), Mademoiselle de Launay (1693-1750), Crébillon (1674-1752), J. B. Rousseau (1671-1741),
Le Sage (1668-1748), Destouches (1680-1754), Prévost
(1697-1773).          •

L'autre courant est encaissé dans un lit plus étroit;
mais entre ses rives profondes il se précipite avec
d'autant plus de force. Il porte : Fontenelle (1657-
1757); celui-ci s'est trouvé en plein dix-septième et
en plein dix-huitième siècle, car jusqu'à sa fin il a
vécu, il est demeuré dans l'entier exercice de toutes
ses facultés); La Motte (1672-1742), Marivaux (1688-
1763), Hénault (1685-1770), Vauvenargues (1715-
1747), Montesquieu (1689-1755), Voltaire (1694-
1778).

Ces deux courants ont coulé ensemble sans se
mêler, sans se troubler, sans que la douceur un peu
fade des eaux du premier se soit altérée par l'amertume du second. Celui-là rappelle Aréthuse sortant
pure du sein de la mer. Ce sont deux littératures con-
temporaines qui ne sont pas sorties l'une de l'autre,
qui subsistent l'une à côté de l'autre, et qui n'ont pas
conscience l'une de l'autre. Il est remarquable que le
premier de ces courants se soit prolongé si large au
travers de tant de passions et de nouveautés, sous la
régence et fort au delà. L'*Histoire ancienne* de Rollin

a paru de 1730 à 1738, le poëme de *la Religion* en 1742, plusieurs des *Odes* de J. B. Rousseau de 1716 à 1741 (1), les *Révolutions romaines* de Vertot en 1719, et son *Histoire de Malte*, en 1726, le chef-d'œuvre de Prévost, *Manon Lescaut*, en 1732, le dernier volume de *Gil Blas* en 1735, le *Glorieux* de Destouches en 1732. Or, tous ces ouvrages, s'ils diffèrent en quelque chose de ceux du dix-septième siècle, ont fort peu ou presque point le caractère propre au dix-huitième.

Quant aux autres littératures de l'Europe, il n'y en avait qu'une alors, c'était celle de la Grande-Bretagne. Le règne de la reine Anne (1702-1714) fut une grande époque sous le point de vue intellectuel et littéraire. L'Angleterre possédait Pope (1688-1744), Swift (1667-1745), Addison (1672-1719), Steele (1675-1729), Prior (1664-1721), Gay (1688-1743), Bolingbroke (1672-1751), Savage (1698-1743).

Revenons sur un oubli. Les mœurs littéraires avaient-elles plus, avaient-elles moins de dignité au dix-huitième siècle qu'au dix-septième? Au premier coup d'œil, on serait tenté d'accuser le dix-septième siècle de plus de servilité. Mais, quoique sous ce rapport on ne puisse pas entièrement absoudre des hommes tels que Bossuet, Fléchier, Racine, Boileau, il faut convenir qu'à tout prendre, les mœurs littéraires de cette époque valaient mieux que celles de l'âge suivant. L'adulation, du moins, tirait sa source d'un sentiment réel. En fait de bassesse, de manéges serviles, de

(1) Il ne paraît pas cependant qu'aucun des chefs-d'œuvre de J. B. Rousseau soit postérieur à 1716. *( Antérieur )*

traits déshonorants, le dix-huitième siècle l'a certainement emporté. Il y a d'honorables exceptions ; on ne
peut rien mettre à la charge de Buffon, de Montesquieu, ni même, à cet égard, à celle de J. J. Rousseau ;
mais, après en avoir tenu compte, il ne faut pas
oublier que l'abbé de Saint-Pierre fut chassé de l'Académie par ses collègues pour avoir soulevé la question
de savoir si Louis XIV méritait vraiment le titre de
*grand*. Fontenelle fut le complaisant du cardinal Dubois ; il lui prodigua les éloges au sein de cette même
académie : honteux démenti donné à la conscience
publique.

Maintenant, si nous étudions dans son ensemble le
mouvement intellectuel, le caractère propre des trente
années de cette première période, nous sommes
frappé d'un contraste. Certaines branches de culture
se développent, d'autres déclinent.

Voyons d'abord celles qui subissent un accroissement. Toute modification qui apporte profite.

Les sciences exactes et naturelles sont cultivées avec
un succès tout nouveau. Voyez Réaumur (1683-1757),
Antoine de Jussieu, Bernard de Jussieu (1686-1777),
si éminents dans l'histoire de la science. Mais la
science n'appartient pas seulement aux hommes spé-
ciaux qui font les découvertes ; elle est encore l'apanage
des talents secondaires qui la propagent et qui mettent
à la portée du grand nombre ce qui n'était que le privilége de quelques-uns. Ainsi Fontenelle, simple
rapporteur des découvertes d'autrui, a rendu de vrais
services à la science en résumant les travaux de ses

confrères. Voyez les *Mémoires de l'Académie des sciences*. Voltaire écrivit la *Philosophie de Newton;* la marquise du Châtelet ne fut pas étrangère à ce genre d'études ; Montesquieu lui-même fit un *Discours sur les glandes*. Entre les ouvrages de cet ordre, le *Spectacle de la Nature* de l'abbé Pluche (1688-1761) se distingue par son caractère religieux.

Les travaux d'érudition sont nombreux. On doit citer parmi ceux qui s'y sont livrés, Fréret (1688-1749), Dom Calmet (1672-1757), le Père Brumoy (1688-1742), qui fit connaître le théâtre grec par une traduction, peu éminente sans doute, mais qui introduisit la première dans ce monde inconnu. M. et Madame Dacier (1651-1722) ont encore de la célébrité. L'abbé Gédoyn (1667-1744) traduisit Quintilien en 1718 ; d'Olivet (1682-1748) fit paraître en français les *Harangues* de Cicéron, et publia sur la prosodie française des remarques estimées. En 1718 , l'abbé Girard (1677-1748) publia son livre sur les *Synonymes français*. La grammaire de Restaut est de 1730. Après cette énumération, et même en y ajoutant Du Cange, l'Académie des Inscriptions et la collection de Montfaucon, nous laissons subsister bien des lacunes dans le champ de l'érudition.

L'histoire subit d'importantes modifications. L'histoire nationale surtout remonte davantage aux sources. C'est le mérite du Père Daniel (1649-1728), dont l'histoire est d'ailleurs écrite à un point de vue de caste et de parti. Mézeray, au contraire, s'était peu soucié des sources ; il avait remplacé l'érudition par le génie.

Le Père Daniel remplace le génie par l'érudition. Voilà pour l'histoire érudite.

Un autre genre d'histoire prend alors naissance, c'est l'histoire critique. Le premier ouvrage de ce genre est dû à l'abbé Dubos (1670-1742). C'est une *Histoire de l'établissement de la monarchie dans les Gaules.* Le livre est systématique. Il ouvre la voie aux travaux que MM. Thierry et de Barante ont publiés de nos jours.

D'autres historiens s'illustrent par le dire de la narration, et rappellent la manière des anciens. L'abbé de Vertot met successivement au jour les *Révolutions de Suède* et de *Portugal*, les *Révolutions romaines*, l'*Histoire de l'Ordre de Malte.* Rollin rentre dans cette catégorie. Son *Histoire ancienne* est un ouvrage immortel, malgré ses défauts : longueurs, réflexions oiseuses, peu de vues d'ensemble, peu de critique et de philosophie. Le livre vit cependant par la couleur antique, la simplicité, la bonhomie, un accent de bon ton qu'on ne saurait imiter, une onction qui se répand sur tous les sujets. L'*Histoire romaine* a moins de valeur. Montesquieu applique à Rollin ce qu'on disait de Xénophon pour l'Attique ; il l'appelle l'abeille de la France.

L'histoire philosophique commence à poindre dans les *Considérations sur l'histoire*, du président Hénault ; elle se caractérise mieux dans le livre de Montesquieu sur la *Grandeur et la décadence des Romains.* Voltaire, qui plus tard se rattachera particulièrement à ce genre d'histoire, appartient pour le moment à la classe des écrivains épiques. Son *Histoire de Charles XII* est une véritable épopée, qu'il s'est surtout attaché à narrer avec une rapidité pittoresque.

Il ne faut pas oublier les auteurs de mémoires, Saint-Simon, Mademoiselle de Launay, Madame de Caylus, Louis Racine.

Les sciences politiques viennent à éclore. L'*Esprit des lois* déborde le cercle où nous nous enfermons; nous retrouverons plus tard cette œuvre importante. Mais les questions sociales sont abordées dans les *Lettres persanes* (1721) et dans le *Sethos* de Terrasson (1731). Les ouvrages de l'abbé de Saint-Pierre ne sont importants que par leur volume. Il n'était pas homme de génie. On lui doit cependant, en ce genre, la première manifestation de la liberté de penser; il fit ce qu'on n'aurait pu faire sous Louis XIV, il osa signaler le mal. Une audace analogue avait coûté cher à Fénelon, qui pourtant n'exprimait ses idées qu'au travers d'un voile dans l'utopie du *Télémaque*. Le *Télémaque* est l'ouvrage politique du dix-septième siècle. Mais le duc d'Orléans était d'un caractère indulgent et facile; il n'aimait pas la liberté par principe, il la tolérait par nature, et son esprit curieux lui faisait goûter tous les genres d'invention. L'ouvrage le plus important de l'époque par la hardiesse et la nouveauté des vues, ce sont les *Lettres sur les Anglais*, de Voltaire (1725). Quoique ce livre ne fût pas imprimé en France, il y produisit un tel effet que Voltaire fut exposé à une peine sévère pour l'avoir publié. Cet écrit, qui nous paraît maintenant peu hardi, l'était

tellement pour le temps, qu'on s'étonne de le devoir
à la plume de Voltaire, conservateur en toutes choses,
sauf en religion. Mais il voulait être neuf, il cherchait
le bruit, il arrivait d'Angleterre, et il s'agissait de
révéler à la France cette terre aussi inconnue que
l'Amérique avant Christophe Colomb.

Dans toutes ces branches, le dix-huitième siècle fait
des acquisitions; nulle part, jusqu'ici du moins, nous
n'avons de déclin à constater. Mais partout il était
question des choses plus que de l'homme. L'homme
intérieur, l'homme abstrait, que le dix-septième siècle
aimait tant à approfondir, a été peu sondé par le dix-
huitième siècle; aussi est-ce dans les branches littéraires qui se rapportent à l'homme que le déclin se
montre sensible. La philosophie s'endort; elle est
comme en suspension; on ne produit pas, on étudie
les systèmes étrangers, celui de Locke en particulier.
Rien dans cette période ne témoigne d'une activité
philosophique; on attend Condillac.

Il en est de même de la morale religieuse. Il n'en
est presque plus question. Duguet (1649-1733), si
substantiel, plus moraliste que théologien, appartient
pour une part à cette époque; mais il découle de la
précédente, il est seul et il a vieilli. On n'a que Madame de Lambert, Vauvenargues, Fontenelle, chez
lesquels la morale se détache tout à fait de la religion.

Déclin aussi dans les beaux-arts. Aucun grand nom,
aucune renommée populaire ne se rencontre.

L'éloquence subit le même sort. Massillon vit encore, mais ses chefs-d'œuvre se rattachent à une époque antérieure. D'Aguesseau, Cochin, Normand (1687-1745) se font remarquer par leurs plaidoyers. Dans le barreau français, ils sont peut-être les plus distingués; mais ils sont loin de s'élever à la hauteur des orateurs du dix-septième siècle.

La poésie, enfin, que serait-elle sans Voltaire? Supprimez Voltaire, que reste-t-il à la poésie de cette période? La poésie lyrique est nulle. J. B. Rousseau vit encore, et sa réputation aussi; mais littérairement, il en est de lui comme de Massillon, il est mort. La poésie épique s'honore de *la Henriade* (1723), production brillante.

La tragédie est soutenue par Voltaire; c'est l'époque d'*OEdipe*, de *Brutus*, de *Zaïre*, d'*Alzire*, de *Mérope*. Sous quelques rapports c'est une tragédie nouvelle; le domaine de la poésie tragique s'est réellement étendu. Crébillon vit encore, mais ses meilleures tragédies ont précédé la mort de Louis XIV. Nous le comprendrons cependant dans le dix-huitième siècle. Un autre auteur, La Motte, eut un jour d'inspiration dans *Inès de Castro* (1723). On peut citer encore la *Didon* de Lefranc de Pompignan (1734) et le *Mahomet II* de Lanoue (1737).

La comédie décline sans doute, puisqu'elle n'a plus Molière; mais une révolution s'y manifeste. L'esprit de Molière se retrouve encore dans Le Sage (voyez *Turcaret*, 1709) et dans l'*École des bourgeois* de d'Allainval (1728). Molière et les auteurs de son école, Le Sage, d'Allainval, Dancourt, Regnard, sont d'accord

pour bannir de la comédie l'élément de l'intérêt et de
la sympathie. Mais, au dix-huitième siècle, cet intérêt
commence à poindre; Destouches approche du drame
sans cependant y tomber; c'est encore de la comédie,
quoique le drame s'y laisse entrevoir. Son *Glorieux*
(1732) renferme des scènes d'un pathétique véritable.
La révolution se consomme dans les ouvrages de La
Chaussée (1692-1756). Ce dernier est proprement l'inventeur de la comédie *intéressante,* celle qui occupe le
cœur plus que l'esprit. L'auteur est du second ordre,
il est vrai ; mais pour cela le genre est-il du second
ordre ?

La comédie analytique a été créée par Marivaux.
C'est une étude à la loupe des secrets du cœur humain,
et surtout du cœur féminin. Marivaux explique les
femmes à elles-mêmes ; il ne cherche pas à reproduire
les caractères les plus saillants, les plus répandus,
mais ces mystères délicats qu'on ne découvre qu'au
plus secret du cœur. C'est le roman porté sur la scène,
c'est la scène transformée en roman. Était-ce la vraie
place du roman? et ne peut-on pas dire que ce fut un
tort?

La poésie didactique fut cultivée par Louis Racine.
On lui doit le poëme de *la Religion* et celui de *la
Grâce.*

La traduction en vers, faible au dix-septième siècle, fournit au dix-huitième d'assez beaux ouvrages.
L'abbé Du Resnel (1692-1761) traduisit avec succès
l'*Essai sur la critique* et l'*Essai sur l'homme* de Pope.
Le Père Porée, instituteur de Voltaire, Vanière, le car-

dinal de Polignac (1661-1741), écrivirent des poëmes latins.

Le roman n'a pas subi de déclin. *La Princesse de Clèves* n'est pas égalée sans doute, mais le dix-huitième siècle nous donne *Gil Blas* (1735), un des premiers romans du monde. L'abbé Prévost produit un genre de roman écrit, pour ainsi dire, au galop, irréprochable sous le rapport des mœurs, le roman d'aventures, le roman romanesque par excellence. *Manon Lescaut* est plus que cela, mais c'est son chef-d'œuvre. Marivaux a fait des romans fort intéressants, entre autres *Marianne*, ouvrage où l'éloquence de la passion est admirable.

Dans la critique littéraire, Rollin et Louis Racine interprètent les doctrines classiques ; ils rendent purement hommage au dix-septième siècle, et maintiennent le culte de l'antiquité. Mais ailleurs il y a révolution. La Motte et Voltaire forment une seconde école qui se permet des innovations. La Motte surtout critique les anciens avec hardiesse. L'abbé Dubos, enfin, sans aller très avant, introduit la philosophie dans le domaine de la critique. Dans son *Essai sur le Goût*, Montesquieu suit la même voie. Ces deux auteurs ont inauguré l'esthétique en France. Ainsi trois écoles distinctes.

Abordons maintenant, Messieurs, la vie littéraire des principaux auteurs de cette période. Elle est digne d'intérêt sans doute ; mais tous les écrivains n'ont pas une histoire ; il en est qui n'ont pas marché, qui n'ont

fait que tourner sur eux-mêmes. D'autres, au contraire,
ont subi des développements, accompli des évolutions.
Dans une histoire littéraire, il faut tenir compte des
auteurs de second ordre. Souvent ils caractérisent mieux
que les premiers l'esprit de l'époque. M. Lerminier en
a fait la remarque : l'écrivain du premier rang vit surtout dans la pensée de l'avenir, tandis qu'un génie
inférieur se nourrit de celle du présent.

# I.

## LE CHANCELIER D'AGUESSEAU.

### 1668—1751.

D'Aguesseau appartient à une famille illustre dans la magistrature. De très bonne heure avocat du roi, il devint plus tard procureur général, et enfin en 1718 chancelier. Sa vie ne fut pas sans orages, par le fait de ses opinions et des événements politiques ; mais dans ses ouvrages se reconnaît la remarquable empreinte du calme intérieur. Déjà sous Louis XIV il avait subi une sorte de disgrâce à l'occasion de la bulle *Unigenitus*. Nourri dans la magistrature française, il en avait hérité l'esprit. Ce que les parlements ont suivi avec le plus de constance, c'est l'opposition aux tendances ultramontaines. Plus tard, sous la régence, il dut rendre les sceaux pour s'être opposé au système de Law. Il fut rappelé, disgracié de nouveau, rappelé encore. Il mourut chancelier. Appelé à jouer un rôle politique, il ne fut cependant pas homme politique comme le chancelier de L'Hôpital. D'Aguesseau est plus savant, meilleur écrivain, d'une culture plus étendue que L'Hôpital ; mais les qualités qui font l'homme d'État lui manquent. Il est, du reste, magistrat éminent. Probité, gravité des mœurs, science vaste et pro-

fonde, il possède toutes ces qualités. Il a beaucoup
écrit sur le droit, sur la religion, sur la philosophie,
mais nul de ses ouvrages n'est marqué du cachet de
l'originalité. Quoique sincèrement religieux, il porte
dans sa philosophie quelque chose du siècle auquel il
appartient. Son style net et pur, mais sans couleur, a
peu de force véritable. Il n'avait pas de génie. Ses es-
timables écrits ne sont pas dans leur ensemble des
ouvrages de grande valeur; ils ne peuvent exercer une
notable influence sur l'esprit ni sur l'imagination; nous
n'avons guère à nous en occuper. Ce sont des *harangues*, des *mercuriales*, discours de répréhension, d'instruction, d'exhortation, prononcés par le représentant du ministère public à l'ouverture des séances du
parlement. D'Aguesseau a choisi en général de beaux
sujets : amour de son état, esprit scientifique, amour
de la patrie, mœurs des magistrats, fermeté, vraie et
fausse justice, connaissance de l'homme indispensable
à l'avocat. C'est un genre analogue à la prédication,
analogue aux discours synodaux d'un évêque, aux con-
férences de Massillon. L'ensemble constitue un véritable cours de *prudence judiciaire* (1). Il doit y avoir
une théorie du ministère judiciaire, aussi bien qu'une
théorie du ministère apostolique.

On comprend que des sujets aussi didactiques ne
prêtent pas à beaucoup de mouvements oratoires. Dans
ses discours, d'Aguesseau est grave, noble, élégant,
harmonieux; il a une élévation de pensée qui inspire

(1) Allusion à la *prudence pastorale,* titre que porte la théorie des devoir du
pasteur dans une partie de la Suisse française. (*Éditeurs.*)

de l'intérêt pour le sujet et pour l'orateur ; on ne peut le lire sans en devenir meilleur, pour un moment du moins. Toutefois son éloquence n'est pas sans apprêt , sans roideur ; sa dignité est solennelle, sa période symétrique ; sa phrase tombe et se relève avec poids et contre-poids, elle se balance ingénieusement, on croit entendre crier la simarre de soie du magistrat. Le goût de l'antithèse y est trop sensible ; l'auteur se laisse aller à des jeux d'esprit qui , si l'on veut, ne sont pas frivoles, mais qui sont des jeux. Le tout manque d'abandon et de simplicité. L'Hôpital est beaucoup plus rude ; il compose mal, mais il est plus éloquent ; il a bien plus de sève et d'originalité ; quelque chose en lui fait battre le cœur. Rien de pareil chez d'Aguesseau. Cependant le discours sur *la Connaissance de l'homme* doit être lu, de même que la septième mercuriale : *De l'Esprit et de la Science.* Voici quelques morceaux dignes de remarque :

« L'étude de la morale et celle de l'éloquence sont « nées en même temps ; et leur union est aussi an- « cienne dans le monde que celle de la pensée et de la « parole.

« On ne séparait point autrefois deux sciences, qui « par leur nature sont inséparables : le philosophe et « l'orateur possédaient en commun l'empire de la sa- « gesse ; ils entretenaient un heureux commerce, une « parfaite intelligence entre l'art de bien penser et celui « de bien parler ; et l'on n'avait point encore imaginé « cette distinction injurieuse aux orateurs, ce divorce « funeste à l'éloquence, de l'esprit et de la raison, des

« expressions et des sentiments, de l'orateur et du
« philosophe. »

— « D'où sont sortis ces effets surprenants d'une
« éloquence plus qu'humaine? Quelle est la source
« de tant de prodiges, dont le simple récit fait en-
« core, après tant de siècles, l'objet de notre admi-
« ration ?

« Ce ne sont point des armes préparées dans l'école
« d'un déclamateur : ces foudres, ces éclairs qui font
« trembler les rois sur leur trône, sont formés dans
« une région supérieure. C'est dans le sein de la sa-
« gesse que Démosthène avait puisé cette politique
« hardie et généreuse, cette liberté constante et intré-
« pide, cet amour invincible de la patrie ; c'est dans
« l'étude de la morale qu'il avait reçu des mains de la
« raison même cet empire absolu, cette puissance
« souveraine sur l'âme de ses auditeurs. Il a fallu un
« Platon pour former un Démosthène, afin que le
« plus grand des orateurs fît hommage de toute sa ré-
« putation au plus grand des philosophes. »

— « Maîtres dans l'art de parler au cœur, ne crai-
« gnez pas de manquer jamais de figures, d'orne-
« ments, et de tout ce qui compose cette innocente
« volupté dont l'orateur doit être l'artisan.

« Ceux qui n'apportent à la profession de l'élo-
« quence qu'une connaissance imparfaite, pour ne pas
« dire une ignorance entière de la science des mœurs,
« peuvent craindre de tomber dans ce défaut ; desti-
« tués du secours des choses, ils recherchent ambitieu-
« sement celui des expressions, comme un voile ma-

« gnifique, à la faveur duquel ils espèrent de cacher
« la disette de leur esprit, et de paraître dire beau-
« coup plus qu'ils ne pensent.

« Mais ces mêmes paroles, qui fuient ceux qui les
« cherchent uniquement, s'offrent en foule à un ora-
« teur qui s'est nourri pendant longtemps de la sub-
« stance des choses mêmes. L'abondance des pensées
« produit celle des expressions ; l'agréable se trouve
« dans l'utile ; et les armes qui ne sont données au
« soldat que pour vaincre, deviennent son plus bel
« ornement (1). »

— « Penser peu, parler de tout, ne douter de rien ;
« n'habiter que les dehors de son âme, et ne cultiver
« que la superficie de son esprit ; s'exprimer heureu-
« sement ; avoir un tour d'imagination agréable, une
« conversation légère et délicate, et savoir plaire sans
« savoir se faire estimer ; être né avec le talent équi-
« voque d'une conception prompte, et se croire par là
« au-dessus de la réflexion ; voler d'objets en objets,
« sans en approfondir aucun ; cueillir rapidement
« toutes les fleurs, et ne donner jamais aux fruits le
« temps de parvenir à leur maturité, c'est une faible
« peinture de ce qu'il plaît à notre siècle d'honorer du
« nom d'esprit.

« Esprit plus brillant que solide, lumière souvent
« trompeuse et infidèle, l'attention le fatigue, la raison
« le contraint, l'autorité le révolte ; incapable de persé-
« vérance dans la recherche de la vérité, elle échappe

(1) *La Connaissance de l'homme.* — Les trois citations précédentes sont tirées
de ce discours.

« encore plus à son inconstance qu'à sa paresse (1). »

Quoique cette manière ne soit pas simple, on ne peut cependant pas la taxer d'affectation. Ce qui caractérise d'Aguesseau, c'est une raison imperturbable; mais pour être orateur, il faut une raison passionnée. Cicéron dit : *Orator, ut ita dicam, tragicus*. C'est que le tragique est le vrai nom du sérieux. D'Aguesseau fut tragique, ou du moins éloquent, une fois. L'esprit de liberté, entretenu par la lecture des anciens et par les traditions parlementaires, s'éveille dans le morceau sur *l'Amour de la patrie*, prononcé deux mois après la mort de Louis XIV. Deux mois auparavant, on n'eût pu donner jour à de telles paroles. Le nom même de *patrie* ne se rencontre pas dix fois dans les auteurs du dix-septième siècle. Quand Racine l'emploie, c'est à l'abri d'un sujet tiré du théâtre grec; peut-être aussi le retrouve-t-on dans Boileau. En écrasant le parlement, le grand roi avait comme étouffé l'esprit patriotique; mais cet esprit vivait chez d'Aguesseau, et pour lui le roi n'était pas l'État :

« Lien sacré de l'autorité des rois et de l'obéissance « des peuples, l'amour de la patrie doit réunir tous « leurs désirs. Mais cet amour presque naturel à « l'homme, cette vertu que nous connaissons par sen- « timent, que nous louons par raison, que nous de- « vrions suivre même par intérêt, jette-t-elle de pro- « fondes racines dans notre cœur? et ne dirait-on pas « que ce soit comme une plante étrangère dans les « monarchies, qui ne croisse heureusement et qui ne

(1) Septième mercuriale : *De l'Esprit et de la Science*.

« fasse goûter des fruits précieux que dans les répu-
« bliques?

« Là, chaque citoyen s'accoutume de bonne heure,
« et presque en naissant, à regarder la fortune de
« l'État comme sa fortune particulière. Cette égalité
« parfaite, et cette espèce de fraternité civique, qui ne
« fait de tous les citoyens que comme une seule fa-
« mille, les intéresse tous également aux biens et aux
« maux de leur patrie. Le sort d'un vaisseau, dont
« chacun croit tenir le gouvernail, ne saurait être in-
« différent. L'amour de la patrie devient une espèce
« d'amour-propre. On s'aime véritablement en aimant
« la république, et l'on parvient enfin à l'aimer plus
« que soi-même.

« L'inflexible Romain immole ses enfants au salut
« de la république. Il en ordonne le supplice ; il fait
« plus, il le voit. Le père est absorbé et comme anéanti
« dans le consul. La nature s'en effraye ; mais la pa-
« trie, plus forte que la nature, lui rend autant d'en-
« fants qu'il conserve de citoyens par la perte de son
« propre sang.

« Serons-nous donc réduits à chercher l'amour de
« la patrie dans les états populaires, et peut-être dans
« les ruines de l'ancienne Rome? Le salut de l'État
« est-il donc moins le salut de chaque citoyen dans les
« pays qui ne connaissent qu'un seul maître? Faudra-
« t-il y apprendre aux hommes à aimer une patrie
« qui leur donne ou qui leur conserve tout ce qu'ils
« aiment dans leurs autres biens? Mais en serons-
« nous surpris? Combien y en a-t-il qui vivent et qui

« meurent sans savoir même s'il y a une patrie !

« Déchargés du soin et privés de l'honneur du gou-
« vernement, ils regardent la fortune de l'État comme
« un vaisseau qui flotte au gré de son maître, et qui
« ne se conserve ou ne périt que pour lui. Si la navi-
« gation est heureuse, nous dormons sur la foi du pi-
« lote qui nous conduit. Si quelque orage imprévu
« nous réveille, il n'excite en nous que des vœux im-
« puissants ou des plaintes téméraires, qui ne servent
« souvent qu'à troubler celui qui tient le gouvernail ;
« et quelquefois même, spectateurs oisifs du naufrage
« de la patrie, telle est notre légèreté, que nous nous
« en consolons par le plaisir de médire des acteurs.
« Un trait de satire, dont le sel nous pique par sa nou-
« veauté, ou nous réjouit par sa malignité, nous dé-
« dommage de tous les malheurs publics ; et l'on dirait
« que nous cherchions plus à venger la patrie par notre
« critique qu'à la défendre par nos services (1). »

Qu'on lise à ce sujet ce que dit Du Vair sur les principales causes de la décadence de l'éloquence.

(1) Dix-neuvième mercuriale : *L'Amour de la patrie.*

# II.

## COCHIN.

### 1687—1747.

Les œuvres de Cochin, recueillies en 1751, forment
six volumes in-quarto. La dignité d'avocat a une date
en France. La magistrature y fut toujours respectée ;
mais le respect qu'inspire la profession du barreau ne
remonte pas si haut. Le quinzième et le seizième siècles nous présentent quelques traces de la considération dont les avocats commencent à être entourés ; c'est
vers la fin du seizième seulement, que cette profession
s'élève, que la gravité parlementaire se communique
à l'avocat, qui finit par devenir une sorte de magistrat.
Au dix-septième siècle, la rhétorique envahit le barreau, qui perd un peu de sa dignité. Le Maître, par
exemple, célèbre par sa retraite à Port-Royal, au milieu de l'éclat de ses succès, est, après tout, un rhéteur. Mais le dix-huitième siècle voit baisser la valeur
de la rhétorique, et se relever la dignité du barreau ;
le beau temps de l'avocat est celui que nous étudions.
Gresset n'en donne pas une idée juste dans ces vers
de *la Chartreuse*, où, après avoir passé en revue tous
les métiers, il conclut que le sien est de n'en point
avoir. Mais si la représentation infidèle ne répond

pas à l'esprit de son temps, les vers sont charmants :

> Égaré dans le noir dédale
> Où le fantôme de Thémis,
> Couché sur la pourpre et les lis,
> Penche sa balance inégale,
> Et tire d'une urne vénale
> Des arrêts dictés par Cypris,
> Irai-je, orateur mercenaire
> Du faux et de la vérité,
> Chargé d'une haine étrangère,
> Vendre aux querelles du vulgaire
> Ma voix et ma tranquillité,
> Et dans l'antre de la chicane,
> Aux lois d'un tribunal profane
> Pliant la loi de l'Immortel,
> Par une éloquence anglicane
> Saper et le trône et l'autel ?

Cochin contribua à faire honorer sa profession. Sa
remarquable probité prenait sa source dans un profond sentiment de piété. Désintéressement, dévouement infatigable, admirable modestie, savoir vaste et
approfondi, il possédait toutes ces distinctions. Il fut
le premier avocat de son temps.

Mais son talent est-il précisément oratoire? Obligé
de nous en tenir à ses plaidoyers tels qu'ils nous sont
parvenus, nous ne pouvons soutenir l'affirmative.
N'oublions pas qu'il ne les écrivait pas comme il les
avait prononcés. Ce sont plutôt des mémoires; en les
rédigeant il en faisait disparaître les traits véritablement oratoires; ce n'est pas le tableau que nous possédons, mais la simple gravure au burin.

Tel qu'il nous reste, Cochin a des qualités plus so-

lides que brillantes, mais il les pousse jusqu'au point
où elles deviennent brillantes. Ce qui le caractérise
avant tout, c'est la force et la simplicité de sa logique.
Il est excellent dialecticien, sans mettre sa dialectique
en évidence. Les logiciens habiles ne manquaient pas;
mais ceux qui savaient modérer l'apparence de leur
logique, *in sapientia retinere modum*, ceux-là étaient
rares. On a beaucoup loué chez lui, et avec raison,
l'unité de conception : « Ce qui est vraiment de son
« invention, a dit l'éditeur de ses œuvres, c'est de ré-
« duire quelque cause que ce soit à un point unique
« de controverse... Nul autre ne s'était fait cette loi
« avant lui. Fidèle observateur de l'unité de sujet,
« tant recommandée aux poëtes, c'est toujours une
« seule proposition qu'il soutient, et de là vient la
« clarté ravissante de ses discours. Sa cause réduite à
« deux moyens, ou tout au plus à trois, il fait marcher
« le plus concluant à la tête ; ensuite il le fait revenir
« dans la discussion du second et dans celle du troi-
« sième. Ainsi, sans laisser les juges dans l'incerti-
« tude, la preuve va toujours en augmentant. Nul
« endroit de ses discours n'est plus concluant que
« l'autre, parce que le moyen victorieux communique
« partout sa vigueur. »

Cochin est accompli dans la narration. La clarté de
la sienne faisait au barreau un effet surprenant. Lorsque Cochin a narré, il a prouvé. « Jamais personne
« a-t-il raconté plus parfaitement, demande l'écrivain
« que nous avons déjà cité. Il peut servir de modèle
« dans quelque espèce de narration que ce soit, grave

« ou enjouée, historique ou fabuleuse. Un homme de
« lettres, qui ne pouvait pardonner aux écrivains fran-
« çais leur indifférence pour l'histoire de la nation,
« étant venu à une de ses grandes causes, quand il
« eut entendu le fait, ne put s'empêcher de s'écrier,
« autant que le permettait le respect du lieu : Quoi!
« M. de Thou ne trouvera-t-il point un continuateur
« capable de narrer avec la clarté, la précision et l'a-
« grément que voilà (1)! »

La bienséance parfaite de son langage est, de plus,
digne de remarque. Et d'abord, bienséance morale,
puis toutes les bienséances particulières, une observation délicate de tout ce qui est propre au sujet, aux
lieux, aux circonstances. Personne n'a mieux pratiqué
le *apté dicere,* sans froide réserve. Une chaleur intérieure se fait toujours sentir, et par là il atteint l'éloquence.

Les causes que Cochin a plaidées sont en général
plus intéressantes pour les hommes de l'art que pour
le public, surtout pour le public de notre temps. Des
questions de juridiction ecclésiastique ou de priviléges
féodaux, plus de causes civiles que d'autres, un assez
grand nombre de questions d'état, c'est-à-dire de gé-
néalogie ou, pour nous exprimer plus exactement, de
filiation. De telles questions sont rares aujourd'hui,
grâce à la bonne administration des registres civils.
Dans ce genre, le seul entre ceux qu'a traités Cochin
qui nous présente maintenant de l'intérêt, le procès
de Mademoiselle Ferrand, est un de ses chefs-d'œuvre.

(1) COCHIN, *Œuvres. Préface de l'éditeur,* page XXXII. Voir jusqu'à la page XXXV.

C'était une personne de quarante-cinq ans, désavouée par sa mère.

Je répète ici ce que j'ai dit souvent à ceux qui étudient l'éloquence : Ne vous bornez pas aux auteurs de votre genre ou de votre espèce. Que l'orateur étudie son art chez les historiens, le prédicateur chez les avocats, tous chez ceux qui ne sont ni orateurs ni écrivains. C'est un principe de rhétorique qui ne se trouve dans aucune rhétorique, et qui est pourtant le **premier de tous. Qu'on veuille être avocat ou prédicateur, il faut étudier la langue dans la vie commune. C'est en se dépaysant, en sortant de son genre, qu'on s'élève à des idées générales sur la nature de l'éloquence.**

# III.

## LE DUC DE SAINT-SIMON.

### 1675—1755.

La gloire du duc de Saint-Simon est une gloire purement posthume. Il a laissé des mémoires dont quelques fragments furent publiés en 1788, et une édition complète et authentique en 1829.

Né d'une race illustre, il fut, selon l'usage, destiné aux armes; mais, mécontent d'un passe-droit, il quitta de bonne heure le service, avant d'y avoir acquis de la réputation. Plus tard, il s'occupa de diplomatie et d'administration sous le régent, qu'il aimait, malgré la différence de leurs caractères. Aucun événement remarquable ne signala sa carrière; son nom figure à peine dans l'histoire; son génie littéraire a seul sauvé sa mémoire de l'oubli. Une seule passion semble avoir dominé sa vie, le respect superstitieux de la naissance et du rang. Il a la religion de la pairie et le culte de la préséance. Il était duc et pair, et si quelque sentiment peut le disputer à celui qu'il a de l'importance de sa dignité, c'est la haine qu'il porte aux princes légitimés, enfants naturels de Louis XIV. En religion, il appartient au bord janséniste; il en épouse non-seulement l'élément polémique, mais la religion sincère et sérieuse.

Ses relations les plus intimes se nouaient avec des hommes de piété ; ainsi nous le voyons étroitement lié d'une part au duc de Beauvilliers, de l'autre à l'abbé de Rancé, le célèbre restaurateur de la Trappe.

Le duc de Saint-Simon présente un singulier mélange d'éléments en apparence contradictoires. Nous sommes habitués à rencontrer des contrastes ; et surtout chez les âmes fortes et les esprits éminents ; mais en lui l'antithèse a plus de relief et mérite d'être signalée. Il possède à un rare degré la faculté de s'élever à des pensées vastes et nobles, et il reste asservi à des préjugés étroits. C'est lui qui appelle *sublime* cette maxime : « Que les rois sont faits pour les peuples et non les « peuples pour les rois. » Il est du petit nombre des hommes de son temps qui ont aperçu le peuple, et qui ont eu pitié de ses souffrances, mais c'est toujours du haut de sa pairie. Il veut la liberté, mais en duc et pair. « Il est, dit M. de Barante, juge sévère d'un « gouvernement que personne ne savait plus juger ; « mais son indépendance n'est ni d'un philosophe, ni « d'un publiciste, ni d'un citoyen (1). »

Il est chrétien, mais sauf la pairie encore ; dans le détail de sa vie, il est sans cesse épris des priviléges nobiliaires, et la sincérité de sa religion ne l'empêche point de se laisser aller aux excès d'un orgueil insupportable, sans qu'à ce sujet nous le voyions jamais rentrer en lui-même. Il appartient encore sous ce rapport à ce siècle de convention et de représentation où la religion, même vraie pour celui qui la professe,

(1) DE BARANTE. *Mélanges littéraires.* Tome II. *De l'Histoire.*

6

conserve par-dessus tout son caractère de bienséance.
On va passer des semaines à la Trappe, auprès de
l'abbé de Rancé, et l'on a commencé par retarder sa
visite afin d'avoir satisfait à toutes les vanités du
monde.

Saint-Simon cependant, ce caractère implacable,
cet esprit plein de causticité, d'âpreté, d'acrimonie, ce
censeur impitoyable, s'il en fût, a le cœur ouvert aux
impressions tendres. La rencontre de la vertu, le souvenir d'un homme vertueux fait tressaillir son âme,
et communique à son style un pathétique que nul n'a
surpassé, parce que nul n'est plus vivement touché
que lui.

Quant aux qualités de son esprit, le coup d'œil ne
saurait être plus vif, ni la pénétration plus intime.
Deux causes rendent l'esprit pénétrant, la sympathie
et l'antipathie, la bienveillance et la malveillance, ce
qu'il y a de meilleur dans l'âme et ce qu'il y a d'atra-
bilaire dans le caractère; mais la pénétration de la
charité est peut-être la plus intime. La haine est péné-
trante sans doute, mais elle aveugle; non-seulement
elle empêche de voir tout ce qui est, elle fait de plus
voir ce qui n'est pas. Saint-Simon puise aux deux
sources; il ne faut ni trop s'y fier, car il est souvent
injuste, ni trop se hâter de le condamner. Les gloires
du temps de Louis XIV sont souvent des gloires de
convention; elles ont le préjugé en leur faveur. On
sent du dépit quand on lit le portrait de Fénelon, et
pourtant dans sa vie on rencontre des traits qui con-
firment le jugement qu'en a porté Saint-Simon.

Avant tout, on doit à Saint-Simon la peinture d'un
règne. Son livre est le vrai *Siècle de Louis XIV.* Voltaire
n'en a fait qu'un portrait flatté ; il pardonne tout à une
époque qui favorisa les arts et la littérature. Ce qui
doit nous étonner, c'est que le prestige dure encore.
Il faut qu'après tout, ce siècle, qu'on ne peut s'empêcher de qualifier d'*hypocrite*, ait vraiment possédé
de la grandeur. Les *Mémoires* de Saint-Simon produi-
sent sous ce rapport une impression pénible, étrange.
Il traite cette mémorable époque à peu près comme on
voit traité dans Quentin Durward le héraut d'armes de
La Marck. Cette cour brillante, tout enveloppée des
bienséances, des politesses de l'esprit et du langage,
est dépouillée, fustigée, mise en lambeaux par un de
ceux qui en faisaient partie. Lui-même, l'aristocrate
par excellence, ne voit pas combien il avilit sa caste.
Mais c'est la royauté surtout qui reste avilie à la suite
de cette lecture. Ridicule de certains côtés, par d'autres elle devient odieuse. Voyez l'histoire de Fargues :

« Il se fit à Saint-Germain une grande partie de
« chasse. Alors c'étaient les chiens, et non les hom-
« mes, qui prenaient les cerfs ; on ignorait encore ce
« nombre immense de chiens, de chevaux, de pi-
« queurs, de relais et de routes à travers les pays. La
« chasse tourna du côté de Dourdan, et se prolongea si
« bien que le roi s'en revint extrêmement tard et
« laissa la chasse. Le comte de Guiche, le comte de-
« puis duc de Lude, Vardes, M. de Lauzun qui me l'a
« conté, je ne sais plus qui encore, s'égarèrent, et les
« voilà à la nuit noire à ne savoir où ils étaient. A

« force d'aller sur leurs chevaux recrus, ils avisèrent
« une lumière; ils y allèrent, et à la fin arrivèrent à
« la porte d'une espèce de château. Ils frappèrent, ils
« crièrent, ils se nommèrent, et demandèrent l'hospi-
« talité. C'était à la fin de l'automne, et il était entre
« dix et onze heures du soir. On leur ouvrit. Le maître
« vint au-devant d'eux, les fit débotter et chauffer, fit
« mettre leurs chevaux dans son écurie, et pendant ce
« temps-là leur fit préparer à souper, dont ils avaient
« grand besoin. Le repas ne se fit pas attendre; il fut
« excellent, et le vin de même de plusieurs sortes.
« Le maître poli, respectueux, ni cérémonieux, ni
« empressé, avec tout l'air et les manières du meilleur
« monde. Ils surent qu'il s'appelait Fargues, et la
« maison Courson; qu'il y était retiré; qu'il n'en était
« point sorti depuis plusieurs années, qu'il y recevait
« quelquefois ses amis, et qu'il n'avait ni femme ni
« enfants. Le domestique leur parut entendu, et la
« maison avoir un air d'aisance. Après avoir bien
« soupé, Fargues ne leur fit point attendre leur lit. Ils
« en trouvèrent chacun un parfaitement bon; ils eu-
« rent chacun leur chambre, et les valets de Fargues
« les servirent très proprement. Ils étaient fort las et
« dormirent longtemps. Dès qu'ils furent habillés, ils
« trouvèrent un excellent déjeuner servi, et au sortir
« de table, leurs chevaux prêts, aussi refaits qu'ils
« l'étaient eux-mêmes. Charmés des manières et de la
« politesse de Fargues, et touchés de sa bonne récep-
« tion, ils lui firent beaucoup d'offres de service, et
« s'en allèrent à Saint-Germain. Leur égarement y

« avait été la nouvelle ; leur retour et ce qu'ils étaient
« devenus toute la nuit en fut une autre.

   « Ces messieurs étaient la fleur de la cour et de la
« galanterie, et tous alors dans toutes les privances du
« roi. Ils lui racontèrent leur aventure, les merveilles
« de leur réception, et se louèrent extrêmement du
« maître, de sa chère et de sa maison. Le roi leur
« demanda son nom. Dès qu'il l'entendit : *Comment*
« *Fargues*, dit-il, *est-il si près d'ici ?* et ces messieurs
« redoublèrent de louanges, et le roi ne dit plus rien.
« Passé chez la reine-mère, il lui parla de cette aven-
« ture, et tous deux trouvèrent que Fargues était bien
« hardi d'habiter si près de la cour, et fort étrange
« qu'ils ne l'apprissent que par cette aventure de
« chasse, depuis si longtemps qu'il demeurait là.

   « Fargues s'était fort signalé dans tous les mouve-
« ments de Paris contre la cour et le cardinal Mazarin.
« S'il n'avait pas été pendu, ce n'avait pas été faute
« d'envie de se venger particulièrement de lui ; mais
« il avait été protégé par son parti, et formellement
« compris dans l'amnistie. La haine qu'il avait encou-
« rue, et sous laquelle il avait pensé succomber, lui
« fit prendre le parti de quitter Paris pour toujours,
« afin d'éviter toute noise, et de se retirer chez lui
« sans faire parler de lui, et jusqu'alors il était de-
« meuré ignoré. Le cardinal Mazarin était mort ; il
« n'était plus question pour personne des affaires pas-
« sées ; mais comme il avait été fort noté, il craignait
« qu'on lui en suscitât une nouvelle, et pour cela vivait
« fort retiré et fort en paix avec tous ses voisins, fort

« en repos des troubles passés, sur la foi de l'amnistie
« et depuis longtemps. Le roi et la reine sa mère, qui
« ne lui avaient pardonné que par force, mandèrent
« le premier président Lamoignon, et le chargèrent
« d'éplucher secrètement la conduite et la vie de Far-
« gues, de bien examiner s'il n'y aurait point moyen
« de châtier ses insolences passées, et de le faire re-
« pentir de se narguer si près de la cour dans son opu-
« lence et sa tranquillité. Ils lui contèrent l'aventure
« de la chasse qui leur avait appris sa demeure, et
« témoignèrent à Lamoignon un extrême désir qu'il
« pût trouver des moyens juridiques de le perdre.

« Lamoignon, avide et bon courtisan, résolut bien
« de les satisfaire et d'y trouver son profit. Il fit ses
« recherches, en rendit compte, et fouilla tant et si
« bien, qu'il trouva moyen d'impliquer Fargues dans
« un meurtre commis à Paris au plus fort des troubles,
« sur quoi il le décréta sourdement, et un matin l'en-
« voya saisir par des huissiers, et mener dans les
« prisons de la Conciergerie. Fargues, qui depuis
« l'amnistie était bien sûr de n'être tombé en quoi que
« ce fût de répréhensible, se trouva bien étonné. Mais
« il le fut bien plus, quand par l'interrogatoire il ap-
« prit de quoi il s'agissait. Il se défendit très bien de
« ce dont on l'accusait, et de plus allégua que le
« meurtre dont il s'agissait ayant été commis au fort
« des troubles et de la révolte de Paris dans Paris
« même, l'amnistie qui les avait suivis effaçait la mé-
« moire de tout ce qui s'était passé dans ces temps de
« confusion, et couvrait chacune de ces choses qu'on

« n'aurait pu suffire à exprimer à l'égard de chacun,
« suivant l'esprit, le droit, l'usage et l'effet des am-
« nisties, non mis en doute aucun jusqu'à présent.
« Les courtisans distingués qui avaient été si bien reçus
« chez ce malheureux homme firent toutes sortes d'ef-
« forts auprès de ses juges et auprès du roi ; mais tout
« fut inutile. Fargues eut très promptement la tête
« coupée, et sa confiscation donnée en récompense au
« premier président. Elle était fort à sa bienséance, et
« fut le partage de son second fils. Il n'y a guère
« qu'une lieue de Basville à Courson. Ainsi le beau-
« père et le gendre s'enrichirent successivement dans
« la même charge, l'un du sang de l'innocent, l'autre
« du dépôt que son ami lui avait confié à garder,
« qu'il déclara ensuite au roi qu'il (qui) le lui donna,
« et dont il sut très bien s'accommoder (1). »

Du reste, le tableau de ce grand règne est tracé
non-seulement avec une pénétration rare, mais avec
génie. Ces mémoires sont véritablement une histoire.
Saint-Simon est narrateur accompli, rapide, abondant, coloré, pittoresque, qu'il raconte des batailles
ou des anecdotes. Dans ce dernier genre, personne ne
réussit mieux que lui. Il est de plus raisonneur éloquent, pour le compte d'autrui comme pour le sien.
Impossible de rapporter avec plus d'intérêt les discussions du conseil du roi. Qu'on suive, par exemple, le
récit de l'affaire de la succession d'Espagne.

Ce qui frappe le plus chez Saint-Simon, ce sont les
portraits. On en faisait beaucoup dans la société du

(1) *Mémoires complets de Saint-Simon.* Tome IV, pages 416-420.

dix-septième siècle. On y mettait tout l'esprit qu'on avait ; c'était un genre convenu , un peu factice ; on y disait moins ce qu'était l'original que ce qu'il aurait dû être ; l'antithèse et le jeu d'esprit n'y faisaient pas faute. Voyez Madame de La Fayette, M. de La Rochefoucauld, le cardinal de Retz. Rien de commun entre Saint-Simon et ces portraits-là ! Il n'en fait jamais pour en faire. Il est plein de son sujet, il se livre à la vivacité de ses souvenirs, à la puissance de ses impressions, il est tout à ses aversions et à ses amitiés ; il procède sans ordre, jette les premières idées qui se présentent à son esprit, accumule les traits, mêle le général au particulier, insère, sous forme de parenthèse, toute une histoire à la suite d'un mot, reprend ce qu'il a laissé, s'interrompt de nouveau, revient encore à son affaire, et ne s'arrête que lorsqu'il s'est entièrement vidé sur son homme. Rien d'analytique dans son procédé ; c'est de la synthèse, de la vie toute pure. Il s'acharne à son personnage, il poursuit sans relâche ce dernier mot, point central qui constitue l'individualité, et qui n'est que l'effort suprême par lequel il atteint son but. C'est la manière propre de son génie ; mais pour nous, ces préliminaires sont le portrait. Le personnage s'agite, marche, parle devant nous. Il y a du rapport entre cette méthode, qui chez Saint-Simon n'en est pas une, et celle de M. Sainte-Beuve. Ce dernier, aussi , nous donne entrée dans l'intimité de ses originaux.

Parmi tant de portraits d'un si admirable relief, nous en remarquerons quelques-uns, celui de Fénelon d'abord : nous en avons déjà dit un mot ; ajoutons que personne n'a jugé Fénelon avec tant de sévérité, non plus que loué avec tant d'abandon ; celui du maréchal de Villars, injuste peut-être, en une certaine mesure, et dans lequel se trouvent ces sévères paroles : « Tel « fut en gros Villars, à qui ses succès de guerre et de « cour acquerront dans la suite un grand nom dans « l'histoire, quand le temps l'aura fait perdre de vue « lui-même, et que l'oubli aura effacé ce qui n'est « guère connu qu'aux contemporains.... Le nom qu'un « infatigable bonheur lui a acquis pour des temps à « venir m'a souvent dégoûté de l'histoire, et j'ai trouvé « une infinité de gens dans cette réflexion. » Saint-Simon termine ainsi : « La mère de Villars, dans « l'éclat de sa nouvelle fortune, lui disait toujours : « *Mon fils, parlez toujours de vous au roi, et n'en par-* « *lez jamais à d'autres.* Il profita utilement de la pre- « mière partie de cette grande leçon, mais non pas « de l'autre, et il ne cessa jamais d'étourdir et de fa- « tiguer tout le monde de soi (1). »

Le portrait de la princesse d'Harcourt est d'un autre genre :

« Cette princesse d'Harcourt fut une sorte de per- « sonnage qu'il est bon de faire connaître, pour faire « connaître plus particulièrement une cour qui ne « laissait pas d'en recevoir de pareils.... C'était alors « une grande et grasse créature, fort allante, couleur « de soupe au lait, avec de grosses et vilaines lipes, et « des cheveux de filasse toujours sortants et traînants

(1) *Mémoires complets de Saint-Simon*, tome III, pag. 372-376.

« comme tout son habillement. Sale, malpropre, tou-
« jours intriguant, prétendant, entreprenant, toujours
« querellant et toujours basse comme l'herbe, ou sur
« l'arc-en-ciel, selon ceux à qui elle avait affaire;
« c'était une furie blonde, et de plus une harpie. Elle
« en avait l'effronterie, la méchanceté, la fourbe et la
« violence. Elle en avait l'avarice et l'avidité.... Elle
« faisait des affaires à toutes mains, et courait autant
« pour cent livres que pour cent mille; les contrôleurs
« généraux ne s'en défaisaient pas aisément; et, tant
« qu'elle pouvait, trompant les gens d'affaires pour
« en tirer davantage. Sa hardiesse à voler au jeu était
« inconcevable, et cela ouvertement. On l'y surpre-
« nait, elle chantait pouille et empochait; comme il
« n'en était jamais autre chose, on la regardait comme
« une harangère avec qui on ne voulait pas se com-
« mettre, et cela en plein salon de Marly, au lansque-
« net, en présence de Monseigneur et de Madame la
« duchesse de Bourgogne. A d'autres jeux, comme
« l'ombre, etc., on l'évitait, mais cela ne se pouvait
« pas toujours; comme elle y volait aussi tant qu'elle
« pouvait, elle ne manquait jamais de dire à la fin
« des parties qu'elle donnait ce qui pouvait n'avoir
« pas été de beau jeu, et demandait aussi qu'on le lui
« donnât, et s'en assurait sans qu'on lui répondît.
« C'est qu'elle était grande dévote de profession,
« comptait de mettre ainsi sa conscience en sûreté,
« parce que, ajoutait-elle, dans le jeu, il y a toujours
« quelque méprise. Elle allait à toutes les dévotions
« et communiait incessamment, fort ordinairement

« après avoir joué jusqu'à quatre heures du ma-
« tin (1). »

Voici encore le portrait du duc de Bourgogne :

« Ce prince, héritier nécessaire, puis présomptif de
« la couronne, naquit terrible, et sa première jeunesse
« fit trembler; dur et colère jusqu'aux derniers em-
« portements, et jusque contre les choses inanimées;
« impétueux avec fureur; incapable de souffrir la
« moindre résistance, même des heures et des élé-
« ments, sans entrer en des fougues à faire craindre
« que tout ne se rompît dans son corps; opiniâtre à
« l'excès; passionné pour toute espèce de volupté.
« Il aimait le vin, la bonne chère, la chasse avec fu-
« reur, la musique avec une sorte de ravissement, et
« le jeu encore, où il ne pouvait supporter d'être
« vaincu, et où le danger avec lui était extrême; enfin,
« livré à toutes les passions et transporté de tous les
« plaisirs; souvent farouche, naturellement porté à la
« cruauté; barbare en railleries et à produire les ridi-
« cules avec une justesse qui assommait. De la hauteur
« des cieux, il ne regardait les hommes que comme
« des atomes avec qui il n'avait aucune ressemblance
« quels qu'ils fussent. A peine MM. ses frères lui pa-
« raissaient-ils intermédiaires entre lui et le genre
« humain, quoiqu'on eût toujours affecté de les élever
« tous trois ensemble dans une égalité parfaite. L'es-
« prit, la pénétration brillaient en lui de toutes parts.
« Jusque dans ses furies, ses réponses étonnaient.
« Ses raisonnements tendaient toujours au juste et au

(1) *Mémoires complets de Saint-Simon*, tome III, page 397.

« profond, même dans ses emportements. Il se jouait
« des connaissances les plus abstraites. L'étendue et
« la vivacité de son esprit étaient prodigieuses, et l'em-
« pêchaient de s'appliquer à une seule chose à la fois,
« jusqu'à l'en rendre incapable. La nécessité de le
« laisser dessiner en étudiant, à quoi il avait beaucoup
« de goût et d'adresse, et sans quoi son étude était in-
« fructueuse, a peut-être beaucoup nui à sa taille.

« Il était plutôt petit que grand, le visage long et
« brun, le haut parfait avec les plus beaux yeux du
« monde, un regard vif, touchant, frappant, admi-
« rable, assez ordinairement doux, toujours perçant,
« et une physionomie agréable, haute, fine, spiri-
« tuelle jusqu'à inspirer de l'esprit. Le bas du visage
« assez pointu, et le nez long, élevé, mais point beau,
« n'allait pas si bien ; des cheveux châtains si crépus
« et en telle quantité qu'ils bouffaient à l'excès ; les
« lèvres et la bouche agréables, quand il ne parlait
« point ; mais quoique ses dents ne fussent pas vi-
« laines, le ratelier supérieur s'avançait trop, et em-
« boîtait presque celui de dessous, ce qui, en parlant
« et en riant, faisait un effet désagréable. Il avait les
« plus belles jambes et les plus beaux pieds qu'après
« le roi j'aie jamais vus à personne, mais trop lon-
« gues, aussi bien que ses cuisses, pour la propor-
« tion de son corps. Il sortit droit d'entre les mains
« des femmes. On s'aperçut de bonne heure que sa
« taille commençait à tourner. On employa aussitôt et
« longtemps le collier et la croix de fer, qu'il portait
« tant qu'il était dans son appartement, même devant

« le monde, et on n'oublia aucun des jeux et des
« exercices propres à le redresser. La nature demeura
« la plus forte. Il devint bossu, mais si particulière-
« ment d'une épaule, qu'il en fut enfin boiteux, non
« qu'il n'eût les cuisses et les jambes parfaitement
« égales, mais parce que, à mesure que cette épaule
« grossit, il n'y eut plus, des deux hanches jusqu'aux
« deux pieds, la même distance, et au lieu d'être à
« plomb il pencha d'un côté. Il n'en marchait ni moins
« aisément, ni moins longtemps, ni moins vite, ni
« moins volontiers, et il n'en aima pas moins la pro-
« menade à pied, et à monter à cheval, quoiqu'il y fût
« très mal. Ce qui doit surprendre, c'est qu'avec des
« yeux, tant d'esprit si élevé, et parvenu à la vertu la
« plus extraordinaire et à la plus éminente et la plus
« solide piété, ce prince ne se vit jamais tel qu'il était
« pour sa taille, ou ne s'y accoutuma jamais. C'était
« une faiblesse qui mettait en garde contre les distrac-
« tions et les indiscrétions, et qui donnait de la peine
« à ceux de ses gens qui, dans son habillement et
« dans l'arrangement de ses cheveux, masquaient ce
« défaut naturel le plus qu'il leur était possible, mais
« bien en garde de lui laisser sentir qu'ils aperçussent
« ce qui était si visible. Il en faut conclure qu'il n'est
« pas donné à l'homme d'être ici-bas exactement par-
« fait.

« Tant d'esprit, et une telle sorte d'esprit, joint à
« une telle vivacité, à une telle sensibilité, à de telles
« passions, et toutes si ardentes, n'étaient pas d'une
« éducation facile. Le duc de Beauvilliers, qui en sen-

« tait également les difficultés et les conséquences, s'y
« surpassa lui-même par son application, sa patience,
« la variété des remèdes. Peu aidé par les sous-gouver-
« neurs, il se secourut de tout ce qu'il trouva sous sa
« main. Fénelon, Fleury, sous-précepteur, qui a donné
« une si belle *Histoire de l'Église*, quelques gentils-
« hommes de la manche, Moreau, premier valet de
« chambre, fort au-dessus de son état sans se mé-
« connaître, quelques rares valets de l'intérieur, le
« duc de Chevreuse seul du dehors, tous mis en œuvre
« et tous en même esprit, travaillèrent chacun sous la
« direction du gouverneur, dont l'art, déployé dans
« un récit, ferait un juste ouvrage également curieux
« et instructif. Mais Dieu, qui est le maître des cœurs,
« et dont le divin esprit souffle où il veut, fit de ce
« prince un ouvrage de sa droite, et entre dix-huit et
« vingt ans il accomplit son œuvre. De cet abîme
« sortit un prince affable, doux, humain, modéré,
« patient, modeste, pénitent, et, autant et quelquefois
« au delà de ce que son état pouvait comporter, hum-
« ble et austère pour soi. Tout appliqué à ses devoirs
« et les comprenant immenses, il ne pensa plus qu'à
« allier les devoirs de fils et de sujet avec ceux aux-
« quels il se voyait destiné. La brièveté des jours fai-
« sait toute sa douleur. Il mit toute sa force et sa con-
« solation dans la prière, et ses préservatifs en de
« pieuses lectures. Son goût pour les sciences abstrai-
« tes, sa facilité à les pénétrer, lui déroba d'abord un
« temps qu'il reconnut bientôt devoir à l'instruction
« des choses de son état, et à la bienséance d'un rang

« destiné à régner, et à tenir en attendant une
« cour.

« L'apprentissage de la dévotion et l'appréhension
« de sa faiblesse pour les plaisirs le rendirent d'abord
« sauvage. La vigilance sur lui-même, à qui il ne
« passait rien et à qui il croyait devoir ne rien passer,
« le renferma dans son cabinet comme dans un asile
« impénétrable aux occasions. Que le monde est étran-
« ge ! il l'eût abhorré dans son premier état, et il fut
« tenté de mépriser le second. Le prince le sentit, il
« le supporta, il attacha avec joie cette sorte d'oppro-
« bre à la croix de son Sauveur, pour se confondre
« soi-même dans l'amer souvenir de son orgueil passé.
« Ce qui lui fut de plus pénible, il le trouva dans les
« traits appesantis de sa plus intime famille. Le roi,
« avec sa dévotion et sa régularité d'écorce, vit bientôt
« avec un secret dépit un prince de cet âge censurer,
« sans le vouloir, sa vie par la sienne, se refuser un
« bureau neuf pour donner aux pauvres le prix qui y
« était destiné, et le remercier modestement d'une
« dorure nouvelle dont on voulait rajeunir son petit
« appartement. On a vu combien il fut piqué de son
« refus trop obstiné de se trouver à un bal de Marly
« le jour des Rois. Véritablement ce fut la faute d'un
« novice. Il devait ce respect, tranchons le mot, cette
« charitable condescendance, au roi son grand-père,
« de ne l'irriter pas par cet étrange contraste ; mais au
« fond et en soi, c'était une action bien grande qui
« l'exposait à toutes les suites du dégoût de soi qu'il
« donnait au roi, et aux propos d'une cour dont le roi

« était l'idole, et qui tournait en ridicule une telle
« singularité.

« Monseigneur ne lui était pas une épine moins
« aiguë ; tout livré à la matière et à autrui dont la poli-
« tique redoutait déjà ce jeune prince, n'en apercevait
« que l'écorce et la rudesse, et s'en aliénait comme
« d'un censeur. Madame la duchesse de Bourgogne,
« alarmée d'un époux si austère, n'oubliait rien pour
« lui adoucir les mœurs. Ses charmes dont il était pé-
« nétré, la politique et les importunités effrénées des
« jeunes dames de sa suite déguisées en cent formes
« diverses, l'appât des plaisirs et des parties auxquels
« il n'était rien moins qu'insensible, tout était déployé
« chaque jour. Suivaient dans l'intérieur des cabinets
« les remontrances de la dévote fée et les traits pi-
« quants du roi, l'aliénation de Monseigneur grossiè-
« rement marquée, les préférences malignes de sa
« cour intérieure, et les siennes trop naturelles pour
« M. le duc de Berry, que son aîné, traité là en étran-
« ger qui pèse, voyait chéri et attiré avec applaudis-
« sement. Il faut une âme bien forte pour soutenir de
« telles épreuves, et tous les jours sans en être ébranlé ;
« il faut être puissamment soutenu de la main invi-
« sible quand tout appui se refuse au dehors, et qu'un
« prince de ce rang se voit livré aux dégoûts des siens
« devant qui tout fléchit, et presque au mépris d'une
« cour qui n'était plus retenue, et qui avait une se-
« crète frayeur de se trouver un jour sous ses lois.
« Cependant, rentré de plus en lui-même par le
« scrupule de déplaire au roi, de rebuter Monsei-

« gneur, de donner aux autres de l'éloignement de la
« vertu, l'écorce rude et dure peu à peu s'adoucit,
« mais sans intéresser la solidité du tronc. Il comprit
« enfin ce que c'est que quitter Dieu pour Dieu, et
« que la pratique fidèle des devoirs propres de l'état
« où Dieu a mis est la piété solide qui lui est la plus
« agréable. Il se mit donc à s'appliquer presque uni-
« quement aux choses qui pouvaient l'instruire au
« gouvernement; il se prêta plus au monde, il le fit
« même avec tant de grâce et un air si naturel, qu'on
« sentit bientôt sa raison de s'y être refusé, et sa peine
« à ne faire que s'y prêter, et le monde qui se plaît
« tant à être aimé commença à devenir réconciliable.

... « On crut sa présence nécessaire pour ranimer
« les armées et y rétablir la discipline perdue. Ce fut
« en 1708. On a vu l'horoscope que la connaissance
« des intérêts et des intrigues m'en fit faire au duc de
« Beauvilliers dans les jardins de Marly, avant que la
« déclaration fût publique, et on a vu l'incroyable
« succès, et par quels rapides degrés de mensonge,
« d'art, de hardiesse démesurée d'une impudence à
« trahir le roi, l'État, la vérité, jusqu'alors inouïe,
« une infernale cabale, la mieux organisée qui fut
« jamais, effaça ce prince dans le royaume dont il
« devait porter la couronne, et dans sa maison pater-
« nelle, jusqu'à rendre odieux et dangereux d'y dire
« un mot en sa faveur. Une épreuve si étrangement
« nouvelle et cruelle était bien dure à un prince qui
« voyait tout réuni contre lui, et qui n'avait pour soi
« que la vérité suffoquée par tous les prestiges des

7

« magiciens de Pharaon ; il la sentit dans tout son
« poids, dans toute son étendue, dans toutes ses
« pointes. Il la soutint aussi avec toute la patience, la
« fermeté, et surtout avec toute la charité d'un élu
« qui ne voit que Dieu en tout, qui s'humilie sous sa
« main, qui se purifie dans le creuset que cette divine
« main lui présente, qui lui rend grâce de tout, qui
« porte la magnanimité jusqu'à ne vouloir dire ou faire
« que très précisément ce qu'il doit à l'État, à la vé-
« rité, et qui est tellement en garde contre l'humanité
« qu'il demeure bien en deçà des bornes les plus
« justes et les plus saintes.

« Tant de vertu trouva enfin sa récompense dès ce
« monde, et avec d'autant plus de pureté, que le
« prince, bien loin d'y contribuer, se tint encore fort
« en arrière. Ce fut alors qu'il redoubla plus que ja-
« mais d'application aux choses du gouvernement, et
« à s'instruire de tout ce qui pouvait l'en rendre plus
« capable. Il bannit tout amusement de sciences pour
« partager son cabinet entre la prière qu'il abrégea et
« l'instruction qu'il multiplia, et le dehors entre son
« assiduité auprès du roi, ses soins pour Madame de
« Maintenon, la bienséance et son goût pour son
« épouse, et l'attention à tenir une cour, et à s'y
« rendre accessible et aimable. Plus le roi l'éleva,
« plus il affecta de se tenir soumis en sa main ; plus
« il lui montra de considération et de confiance, plus
« il y sut répondre par le sentiment, la sagesse, les
« connaissances, surtout par une modération éloignée
« de tout désir et de toute complaisance en soi-même,

« beaucoup moins de la plus légère présomption. Son
« secret et celui des autres fut toujours impénétrable
« chez lui. Sa confiance en son confesseur n'allait pas
« jusqu'aux affaires.

... « Le discernement de ce prince n'était donc point
« asservi ; mais comme l'abeille, il recueillait la plus
« parfaite substance des plus belles et des meilleures
« fleurs. Il tâchait de connaître les hommes, de tirer
« d'eux les instructions et les lumières qu'il en pou-
« vait espérer. Il conférait quelquefois, mais rarement
« avec quelques-uns, mais à la passade, sur des ma-
« tières particulières ; plus rarement en secret sur
« des éclaircissements qu'il jugeait nécessaires, mais
« sans retour et sans habitude..... Hors de ce nombre,
« j'étais le seul qui eût ses derrières libres et fré-
« quents, soit de sa part, soit de la mienne. Là, il dé-
« couvrait son âme et pour le présent et pour l'avenir
« avec confiance, et toutefois avec sagesse, avec rete-
« nue, avec discrétion. Il se laissait aller sur les plans
« qu'il croyait nécessaires, il se livrait sur les choses
« générales, il se retenait sur les particulières ; mais
« comme il voulait sur cela même tirer de moi tout ce
« qui pouvait lui servir, je lui donnais adroitement
« lieu à des échappées, et souvent avec succès.

« Un volume ne décrirait pas suffisamment ces di-
« vers tête-à-tête entre ce prince et moi. Quel amour
« du bien ! quel dépouillement de soi-même ! quelles
« recherches ! quels fruits ! quelle pureté d'objets,
« oserai-je le dire, quel reflet de la divinité dans cette
« âme candide, simple, forte, qui, autant qu'il est

« donné ici-bas, en avait conservé l'image ! On y sen-
« tait briller les traits d'une éducation également la-
« borieuse et industrieuse, également savante, sage,
« chrétienne, et les réflexions d'un disciple lumineux,
« qui était né pour le commandement. Là s'éclipsaient
« les scrupules qui le dominaient en public. Il voulait
« savoir à qui il avait et à qui il aurait à faire ; il met-
« tait au jeu le premier pour profiter d'un tête-à-tête
« sans fard et sans intérêt. Mais que le tête-à-tête avait
« de vaste, et que les charmes qui s'y trouvaient
« étaient agités par la variété où le prince s'espaçait
« par art, et par entraînement de curiosité, et par la
« soif de savoir ! De l'un à l'autre il promenait son
« homme sur tant de matières, sur tant de choses, de
« gens et de faits, que qui n'aurait pas eu à la main
« de quoi le satisfaire, en serait sorti bien mal content
« de soi, et ne l'aurait pas laissé satisfait..... De cette
« façon, son homme qui avait compté ordinairement
« sur une matière à traiter avec lui pour un quart
« d'heure, pour une demi-heure, y passait deux
« heures et plus, suivant que le temps laissait plus ou
« moins de liberté au prince. Il le ramenait toujours à
« la matière qu'il avait destinée de traiter en prin-
« cipal ; mais à travers les parenthèses qu'il présen-
« tait, et qu'il maniait en maître, et dont quelques-
« unes étaient assez souvent son principal objet. Là,
« nul verbiage, nul compliment, nulle louange, nulle
« cheville, aucune préface, aucun conte, pas la plus
« légère plaisanterie ; tout objet, tout dessein, tout
« serré, substantiel, au fait, au but, rien sans raison,

« sans cause, rien par amusement et par plaisir; c'é-
« tait là que la charité générale l'emportait sur la cha-
« rité particulière, et que ce qui était sur le compte de
« chacun se discutait exactement; c'était là que les
« plans, les arrangements, les changements, les choix
« se formaient, se mûrissaient, se découvraient, sou-
« vent tout mâchés, sans le paraître.

« Avec tant et de si grandes parties, ce prince si
« admirable ne laissait pas de laisser voir un recoin
« d'homme, c'est-à-dire quelques défauts, et quelque-
« fois même peu décents; et c'est ce que, avec tant de
« solide et de grand, on avait peine à comprendre,
« parce qu'on ne voulait pas se souvenir qu'il n'avait
« été que vices et que défauts, ni réfléchir sur le pro-
« digieux changement, et ce qu'il avait dû coûter, qui
« en avait fait un prince déjà si proche de toute per-
« fection, qu'on s'étonnait, en le voyant de près,
« qu'il ne l'eût pas encore atteinte jusqu'à son comble.
« J'ai touché ailleurs quelques-uns de ses légers dé-
« fauts, qui, malgré son âge, étaient encore des
« enfances, qui se corrigeaient assez tous les jours
« pour faire sainement augurer que bientôt elles dis-
« paraîtraient toutes.

« Cette grande et sublime maxime : que les rois
« sont faits pour les peuples, et non les peuples pour
« les rois ni aux rois, était si avant imprimée en son
« âme, qu'elle lui avait rendu le luxe et la guerre
« odieux. C'est ce qui le faisait s'expliquer quelque-
« fois trop vivement sur la dernière, emporté par une
« vérité trop dure pour les oreilles du monde, qui a

« fait quelquefois dire sinistrement qu'il n'aimait pas
« la guerre. Sa justice était munie de ce bandeau im-
« pénétrable qui en fait toute la sûreté.

« Sa conversation était aimable, tant qu'il pouvait
« solide, et par goût; toujours mesurée à ceux avec
« qui il parlait. Il se délassait volontiers à la prome-
« nade, c'était là où il causait le plus. S'il s'y trouvait
« quelqu'un avec qui il pût parler de science, c'était
« son plaisir, mais plaisir modeste, et seulement pour
« s'amuser et s'instruire en dissertant quelque peu,
« et en écoutant davantage. Mais ce qu'il y cherchait
« le plus, c'était l'utile, des gens à faire parler sur la
« guerre et les places, sur la marine et le commerce,
« sur les cours et les pays étrangers, quelquefois sur
« des faits particuliers mais publics, et sur des points
« d'histoire ou des guerres passées depuis longtemps.
« Ces promenades, qui l'instruisaient beaucoup, lui
« conciliaient les esprits, les cœurs, l'admiration, les
« plus grandes espérances. Il avait mis à la place des
« spectacles, qu'il s'était retranchés depuis fort long-
« temps, un petit jeu où les plus médiocres bourses
« pouvaient atteindre.

... « Tant que Monseigneur vécut, il lui rendit tout
« ce qu'il devait avec soin... Il aimait les princes
« ses frères avec tendresse, et son épouse avec la plus
« grande passion. La douleur de sa perte pénétra ses
« plus intimes moelles. La piété y surnagea par les
« plus prodigieux efforts. Le sacrifice fut entier, mais
« il fut sanglant. Dans cette terrible affliction rien de
« bas, rien de petit, rien d'indécent. On voyait un

« homme hors de soi, qui s'extorquait une surface
« unie et qui y succombait.

« Les jours de cette affliction furent tôt abrégés. Il
« fut le même dans sa maladie. Il ne crut point en
« relever ; il en raisonnait avec ses médecins dans
« cette opinion ; il ne cacha pas sur quoi elle était
« fondée ; on l'a dit il n'y a pas longtemps, et tout ce
« qu'il sentit depuis le premier jour jusqu'au dernier
« l'y confirma de plus en plus. Quelle épouvantable
« conviction de la fin de son épouse et de la sienne !
« Mais, grand Dieu ! quel spectacle vous donnâtes en
« lui, et que n'est-il permis encore d'en révéler des
« parties également secrètes, et si sublimes qu'il n'y
« a que vous qui les puissiez donner et en connaître
« tout le prix ! quelle imitation de Jésus-Christ sur la
« croix ! on ne dit pas seulement à l'égard de la mort
« et des souffrances, elle s'éleva bien au-dessus. Quel-
« les tendres, mais tranquilles vues ! quel surcroît de
« détachement ! quels vifs élans d'actions de grâces
« d'être préservé du sceptre et du compte qu'il en faut
« rendre ! quelle soumission, et combien parfaite !
« quel ardent amour de Dieu ! quel perçant regard sur
« son néant et ses péchés ! quelle magnifique idée de
« l'infinie miséricorde ! quelle religieuse et humble
« crainte ! quelle tempérée confiance ! quelle sage
« paix ! quelles lectures ! quelles prières continuelles !
« quel ardent désir des derniers sacrements ! quel
« profond recueillement ! quelle invincible patience !
« quelle douceur, quelle constante bonté pour tout ce
« qui l'approchait ! quelle charité pure qui le pressait

« d'aller à Dieu ! La France tomba enfin sous ce der-
« nier châtiment ; Dieu lui montra un prince qu'elle
« ne méritait pas. La terre n'en était pas digne, il était
« mûr déjà pour la bienheureuse éternité (1). »

La langue française est un coursier moins fougueux
que rétif que chaque écrivain à son tour a soumis au
mors et à l'éperon ; mais le duc de Saint-Simon en a
été peut-être le plus étonnant dompteur. Personne ne
l'a lancée à travers champs comme lui ; personne ne
lui a fait plus impérieusement rompre ses habitudes
et varier ses allures. Aucun écrivain n'a mieux fait
voir de combien d'articulations elle est pourvue qu'on
ne lui soupçonnait pas, et de combien de mouvements
elle est capable qui lui semblaient refusés. La proportion du conventionnel et de l'arrêté paraît faible dans
ce dialecte extraordinaire, au prix du libre et du flexible. Que l'incorrection et l'obscurité soient fréquentes
dans un langage si aventureux, c'est ce que nous n'a-
vons garde de nier ou d'excuser. Mais pour être bien
éloigné du classique, ce style n'en est pas moins un
style de génie.

Toujours bien sûr de son but, mais peu soucieux du
chemin qui l'y conduira, Saint-Simon jette sa phrase
dans une direction quelconque, décidé à ne s'en point
repentir, et à ne point rebrousser chemin. Que si, par
quelque raison tirée de la langue, la forme du com-

---

(1) *Mémoires complets de Saint-Simon,* tome X, pages 197-217. Voir ce morceau annoté par M. Vinet, et les réflexions qui vont suivre, dans la *Chrestomathie
française,* troisième édition, tome III, pages 42-53. (*Éditeurs.*)

mencement ne convient point à la suite de sa pensée,
il force la règle, ou la courbe, ou l'étend, ou la fait ingénieusement rentrer dans son dessein ; ce premier
dessein s'assimile, de force ou de gré, tout ce qui suit ;
de là des fautes plus ou moins choquantes ; mais de là
aussi d'heureuses découvertes, et de véritables grâces
de style. « Tant d'esprit, dit-il, et une telle sorte d'es-
« prit, joint à une telle vivacité, à une telle sensibilité,
« à de telles passions, *et toutes si ardentes*, n'étaient
« pas *d'une éducation facile.* » — « La bienséance *d'un*
« *rang destiné à régner*, et à tenir en attendant une
« cour. » — « Monseigneur, tout livré à la matière et
« à autrui. » — « Il comprit enfin ce que c'est que
« quitter Dieu pour Dieu, et *que* la pratique fidèle des
« devoirs de l'état où Dieu a mis est la piété solide
« qui lui est la plus agréable. » — « On a vu l'incroya-
« ble succès, et *par* quels rapides degrés une infernale
« cabale effaça ce prince.... » — « On ne voulait pas
« se souvenir qu'il n'avait été que vices et que défauts,
« ni réfléchir sur le prodigieux changement (*qui s'était*
« *fait en lui*), et *ce* qu'il avait dû coûter, *qui* en avait fait
« un prince déjà si proche de toute perfection... » —
« Ces promenades.... lui *conciliaient* les esprits, les
« cœurs, l'admiration, *les plus grandes espérances.* » —
« Incapable de souffrir la moindre *résistance*, même des
« *heures* et des éléments. »

Tout plein de souvenirs, assailli par les nombreuses
circonstances des faits qu'il rapporte, pressé de les dire
toutes, et manquant de loisir pour les distribuer, Saint-
Simon en charge sa phrase, les accrochant, pour ainsi

dire, à chaque saillie de la période, sous forme d'inci-
dente, d'épithète ou de parenthèse, et trouvant dans
la double nécessité de tout dire et d'avancer, le secret
d'une concision souvent surprenante, qui fait jaillir
chaque circonstance comme une étincelle. C'est souvent un véritable phénomène que la phrase de Saint-
Simon, pleine, drue, distendue à force de substance,
où les idées semblent foisonner, se croiser et s'agiter
comme la foule dans une place publique. Ce n'est
point la beauté de la période oratoire, ses larges proportions, sa distribution savante et noble ; c'est quelquefois un tour de force pénible ; mais bien souvent
aussi un modèle d'énergie et d'adresse, et, pour un
génie de la trempe de Saint-Simon, une occasion de
conquêtes sur la langue et de traits de style étonnants.

Le choix des matériaux de la phrase n'est pas moins
remarquable que son architecture. Ici, même liberté
que dans tout le reste. Je ne parle pas de métaphores
si extraordinaires que leurs analogues se trouveraient
difficilement ailleurs. Dans ce genre la liberté n'a pas
des limites tracées et connues d'avance. Toute métaphore est une substitution fondée sur un rapport ; que
ce rapport soit vrai, que le terme substitué convienne
à la couleur du sujet, telles sont les règles ; mais c'est
au goût et à la raison, non à l'usage, qu'il appartient
d'en connaître. La liberté de l'usage se fait voir davantage à modifier l'acception usuelle des mots et le
mode de leur emploi ; car ici la règle est d'autant plus
inflexible qu'elle est plus arbitraire. C'est là le propre
de Saint-Simon : faisant doucement glisser les mots

de dessus leur base, il les oblige à recouvrir plus d'espace ; et il le fait souvent avec assez de tact et de bonheur pour qu'on se demande s'il a fait autre chose que
se prévaloir d'un droit négligé, mais incontestable. Et
soit qu'il enfreigne l'usage, soit qu'il le respecte, ses
expressions, même les plus courtes, jettent la lumière
la plus vive sur l'ensemble de l'idée. Dans cette langue d'exception, le duc de Bourgogne est *un disciple
lumineux,* quoique *lumineux* ne s'applique point aux
personnes ; mais qu'on essaye de dire autrement ! Les
charmes d'un entretien sont « agités par la variété où
« le prince s'espace par art. » *Des charmes agités !* Cette
expression prend l'analyse au dépourvu, mais l'imagination l'adopte avec empressement. « La duchesse,
« alarmée d'un époux si austère... » *L'austérité de son
époux,* plus régulier, aurait moins de grâce. « Ce qui
« a fait dire *sinistrement* qu'il n'aimait pas la guerre. »
L'application de cet adverbe est inusitée, mais bien
expressive. « Il s'extorquait une surface unie. » Le
goût tremble devant de telles expressions ; mais on
voit avec plaisir ce verbe *extorquer* sortir des limites
de son acception traditionnelle. Il faut pourtant l'a-
vouer, dans une telle liberté, l'abus est bien près de
l'usage ; l'usage est presque un abus. Cette liberté menace les fondements du langage. La langue, ainsi que
la société civile, repose sur le respect de la propriété ;
en grammaire comme en politique, il y a des droits
acquis ; chaque mot réclame son idée, comme chaque
individu son bien. Que ces droits soient livrés au bon
plaisir de tous ou d'un seul, la langue s'écroule ainsi

que la société ; mais d'une autre part, dans l'immobilité forcée de la propriété, la langue et la société
croupissent. La langue française doit sa vie et son progrès au mouvement continuel que lui ont imprimé des
innovations sinon égales, du moins semblables à celles
que nous venons de signaler. Mais il faut que ce mouvement de la langue s'opère lentement et sans violence ; plus il est insensible, plus il est sûr ; il se légi-
time d'autant mieux qu'on en connaît moins la source ;
autant que possible, il faut qu'il soit anonyme. De
nos jours, il est bien loin de demeurer dans ces conditions ; en fait de langue, la propriété est de toutes
parts menacée ; l'arbitraire individuel se substitue à
l'arbitraire légal ; la convention, base du langage, tend
à s'effacer, et par conséquent la confusion à s'introduire.

# IV.

## ROLLIN.

### 1661—1741.

Passer de Saint-Simon à Rollin, c'est vraiment passer de l'absinthe au miel. Et cependant, malgré cette opposition de nature, malgré toutes celles qni séparent le grand seigneur et le fils du coutelier, des rapports unissent ces deux hommes. Ils furent du même temps, et les plus chères de leurs opinions leur furent communes. Nous sommes ici en plein jansénisme; Saint-Simon et Rollin appartiennent tous deux à ce parti sincère et illustre.

Rollin dut à la bienveillance d'un religieux, qui fréquentait la maison de son père, le bienfait d'une éducation soignée et d'une carrière savante. Plus tard, un riche financier ou homme de robe, dont les fils étaient ses condisciples, lui fournit les moyens de poursuivre ses études classiques. Rollin n'était pas homme à oublier cela, et dans son *Traité des Études* on rencontre des allusions aux libéralités dont sa jeunesse fut l'objet :

« Je ne sais s'il y a, pour un homme de lettres et
« pour un homme de bien, une joie plus pure que
« celle d'avoir contribué par ses soins et par ses libé-

« ralités à former des jeunes gens qui dans la suite
« deviennent d'habiles professeurs et par leurs rares
« talents font honneur à l'Université. Cette joie, ce
« me semble, devient encore infiniment plus sensible,
« quand c'est à titre de gratitude qu'on leur a rendu
« ces services, pour reconnaître et pour payer en quel-
« que sorte ceux qu'on a reçus soi-même lorsqu'on
« était dans une pareille situation (1). »

Il étudia quelque temps la théologie, mais il n'entra
pas dans les ordres. Son inclination le portait vers
l'éducation de la jeunesse ; il enseigna d'abord les
belles-lettres dans un collége de Paris; puis, s'étant
acquis un modeste revenu, six à sept cents livres en-
viron, il se retira pour s'adonner à des études séden-
taires, ne conservant que quelques fonctions au collége
de France. Sa réputation était déjà grande. En 1694,
il devint recteur de l'Université, fonction temporaire,
accordée à des hommes éminents; il laissa de ce rec-
torat les plus honorables souvenirs. En 1699, nous le
voyons tout à fait consacré à l'enseignement; il devient principal du collége de Beauvais, alors presque
ruiné par une mauvaise administration. Il le relève et
le fait prospérer par la sagesse et la douceur de son
gouvernement. Il a écrit l'histoire de son paisible règne
dans la partie du *Traité des Études* où il s'occupe du
gouvernement des colléges.

Une telle carrière, toute concentrée dans les labeurs
des écoles, semblait devoir être à l'abri des orages.
Mais Rollin était janséniste, il fut même ami de Du-

(1) *Traité des Études.* Livre VIII, partie II, chap. I, art. II.

guet. A cette époque, le jansénisme était en butte aux
persécutions, à l'occasion de la bulle *Unigenitus*, et le
mauvais vouloir atteignait jusqu'aux laïques. Rollin
était doux, mais ferme; il avait des convictions arrê-
tées; sans mettre la moindre âpreté dans les formes,
il savait au fond rester inébranlable. La douceur n'ex-
clut point la fermeté; il y a de la douceur dans les
caractères véritablement forts, et chez Rollin la tendresse ne bannissait pas l'énergie. La doctrine janséniste n'est nulle part formulée dans ses ouvrages, mais
son catholicisme a la saveur janséniste; il est du genre
qui se rapproche le plus de l'Évangile; il n'y a qu'à
le lire pour pressentir qu'il était *de ces gens-là;* son
langage le fait reconnaître. De plus, il y eut dans sa
vie des actes qui le signalèrent comme janséniste.
En conséquence il fut destitué de son principalat en
1712, et entièrement rendu à la vie privée. Il faut lire
dans le *Tableau du dix-huitième siècle* de M. Villemain
le récit de cette vie (1). « Rollin, dit-il, fut le véri-
« table saint de l'enseignement, comme Pestalozzi fut
« le Vincent de Paul de l'éducation. »

Ce mot est très juste. Le nom de Rollin éveille les
sentiments les plus respectueux et les plus tendres;
il fait involontairement penser à Fénelon. On se sent
doucement attiré vers tous les deux, vers le fils de
l'artisan comme vers l'archevêque; on voudrait tous
deux les avoir connus. Ce sont deux tempéraments de
même famille, énergie de conviction, force dissimu-
lée, tendresse d'âme, douceur de caractère. Mais

(1) VILLEMAIN, *Cours de littérature française. Dix-huitième siècle.* X° leçon.

quoique Rollin égale, pour le moins, en vertu, en piété, en élévation morale, l'auteur du *Télémaque*, sa gloire intimide moins, on se familiarise avec le *bon* recteur plus qu'on ne l'oserait avec l'illustre prélat.

Rollin a pu avoir des égaux, mais il a possédé la plus difficile des vertus de l'enseignement, l'humilité. L'Allemagne, l'Angleterre ont produit des Rollins obscurs; mais ce qui distingue le nôtre, outre sa vertu, c'est qu'il est éminemment français. Chrétien pénétré et fervent, le christianisme qui généralise tout n'a pas émoussé en lui les grâces de l'esprit français. Sa bonté semble avoir tout envahi; on croit avoir tout dit quand on a dit le *bon* Rollin; mais, dans le fait, il possède autant de grâce dans l'esprit que dans le caractère.

L'antiquité et le christianisme, ces ressorts de l'éducation publique en France, sont les éléments qui paraissent se combiner dans Rollin. Il est également imbu de ces deux sources qui ont entre elles des affinités merveilleuses, et qui formeront toujours la perfection de l'éducation. L'antiquité et le christianisme sont les deux âges primitifs de l'humanité. L'antiquité, c'est l'homme dans la plénitude et la simplicité de son développement humain; le christianisme, c'est la plénitude et la simplicité de l'homme divinisé. Il y a des rapports entre ces termes, que sans doute un abîme sépare : l'antiquité achève, au sens esthétique, un développement dont la base, toute morale, est élargie et corrigée par le christianisme. Le développement humain ne sera complet que par ces deux moyens : culture de l'âme par le christianisme, culture de l'esprit et du goût par l'étude de l'antiquité. Rollin est antique des deux manières, car le christianisme aussi est une antiquité.

Rollin fut l'objet d'une vénération universelle. Malgré les différences d'opinion, personne ne songea à lui refuser un hommage senti. Ce même Rollin qui avait pu *causer d'études*, dans sa jeunesse,

> Les soirs d'hiver avec *Racine* (1),

reçut dans sa maturité les louanges de Voltaire. En 1731, lorsque le *Traité des Études* était le seul ouvrage connu de Rollin, Voltaire, dans son *Temple du Goût*, consacre quelques lignes au *bon* recteur :

> Non loin de là Rollin dictait
> Quelques leçons à la jeunesse ;
> Et quoiqu'en robe, on l'écoutait.

Frédéric le Grand, cet autre héros du dix-huitième siècle, a cultivé Rollin et particulièrement cherché à attirer son attention. On possède leur correspondance.

Les ouvrages de Rollin sont volumineux, mais peu nombreux. Ce sont, outre une édition de Quintilien avec des notes latines (1725), le *Traité des Études, ou de la manière d'enseigner et d'étudier les belles-lettres pour former l'esprit et le cœur* (1726-1728), l'*Histoire ancienne* (1730-1738) et l'*Histoire romaine* (1738). Ce fut l'ouvrage de ses dernières années.

Dans le *Traité des Études*, après une introduction

_____
(1) Sainte-Beuve, *Consolations.* — *Les larmes de Racine.*

8

sur les études de la première enfance et sur l'éducation des filles, Rollin traite de six objets : *des langues,*
c'est-à-dire des langues française, grecque et latine ;
*de la poésie ; de l'éloquence ; de l'histoire ; de la philoso-*
*phie,* titre où il fait rentrer tout ce qui n'appartient ni
à la philologie ni à l'histoire ; *du gouvernement des col-*
*léges.*

Ce qui mérite, avant tout, d'être loué dans cet ouvrage, c'est l'excellence morale : tout y est rapporté,
subordonné à l'éducation du cœur, mais subordonné
et non sacrifié. Ensuite, la droiture du jugement, et
ceci emporte quelque chose : tout esprit droit est un
esprit indépendant ; la candeur produit l'originalité
de la pensée. Rollin, qu'on prend volontiers pour
l'élève docile de la tradition, a dit plus de choses
nouvelles qu'on ne le pense, et il en est qui le sont
encore. Il est le premier qui ait fait ressortir l'importance de l'étude de l'histoire dans l'éducation, et surtout de l'histoire nationale ; le premier qui ait recom-
mandé pour l'enseignement de la langue maternelle
une méthode et des exercices. Qu'on étudie, par exemple, l'analyse qu'il fait du récit de l'élection d'Am-
broise à l'évêché de Milan, tiré de l'*Histoire de Théodose,*
par Fléchier. En voici la conclusion :

« Après ces observations grammaticales, on fera une
« seconde lecture du même récit ; et à chaque période
« on demandera aux jeunes gens ce qu'ils trouvent de
« remarquable, soit pour l'expression, soit pour les
« pensées, soit pour la conduite des mœurs. Cette
« sorte d'interrogation les rend plus attentifs, les

« oblige à faire usage de leur esprit, donne lieu de
« leur former le goût et le jugement, les intéresse plus
« vivement à l'intelligence de l'auteur par la secrète
« complaisance qu'ils ont d'en découvrir par eux-
« mêmes toutes les beautés, et les met peu à peu en
« état de se passer du secours du maître, qui est le
« but où doit tendre la peine qu'il se donne de les
« instruire (1). »

Et ailleurs :

« Il y a une manière d'interroger qui contribue
« beaucoup à faire paraître le répondant, et d'où l'on
« peut dire que dépend tout le succès d'un exercice.
« Il ne s'agit pas pour lors d'instruire l'écolier, encore
« moins de l'embarrasser par des questions recher-
« chées et difficiles, mais de lui donner lieu de pro-
« duire au dehors ce qu'il sait. Il faut sonder son es-
« prit et ses forces; ne lui rien proposer qui soit au
« delà de sa portée et à quoi l'on ne doive raisonnable-
« ment présumer qu'il pourra répondre ; choisir les
« beaux endroits d'un auteur, sur lesquels on peut
« être sûr qu'il est mieux préparé que sur tous les
« autres ; quand il fait un récit, ne l'interrompre point
« mal à propos, mais le lui laisser continuer de suite
« jusqu'à ce qu'il soit achevé ; proposer alors ses diffi-
« cultés avec tant de netteté et tant d'art, que l'éco-
« lier, s'il a un peu d'esprit, y découvre la solution
« qu'il en doit donner ; avoir pour règle de parler
« peu, mais de faire parler beaucoup le répondant ;
« enfin, songer uniquement à le faire paraître en s'ou-

(1) *Traité des Études.* Livre II, chap. I, art. II.

« bliant soi-même, par où l'on ne manque jamais de
« plaire à l'auditoire et de s'attirer son estime.

« Un jeune homme répond sur l'Évangile grec selon
« saint Luc. Après que, pour faire ses preuves, il a
« expliqué, comme je l'ai dit, quelques lignes de côté
« et d'autre à l'ouverture du livre, il s'arrête aux his-
« toires les plus remarquables, par exemple à celle de
« Lazare et du mauvais riche. Il en fait le récit, en y
« mêlant les passages latins et même grecs de l'Évan-
« gile qui renferment quelque belle maxime. On de-
« mande à l'écolier lequel il aurait mieux aimé être,
« ou du riche ou de Lazare : il n'hésite pas sur le
« choix. On lui en demande ensuite les raisons ; l'en-
« droit même qu'il explique les lui fournit. Par là on
« le met sur les voies, et on lui donne lieu de tirer de
« son propre fonds, ou du moins du livre qu'il a entre
« les mains, des réflexions très solides sur les princi-
« pales circonstances de cette histoire. A cette occa-
« sion, on lui fait rapporter tout ce qui est dit dans le
« même Évangile sur la pauvreté et sur les richesses.
« Il est aisé de comprendre combien, sous le prétexte
« d'enseigner la langue grecque à un jeune homme,
« on lui peut mettre d'excellents principes dans l'es-
« prit (1). »

Aujourd'hui encore, la lecture analytique des auteurs, recommandée par Rollin, reste malheureusement négligée.

Chez lui, rien de méfiant, rien d'exclusif. Il ne se
pique pas d'être large et libéral dans ses conseils, mais

(1) *Traité des Études.* Livre VIII, partie II, chap. II, art. II.

il l'est sans le savoir, et même à un point qui pourrait nous étonner. L'innocence de son caractère lui a fermé les yeux sur certaines choses, ainsi sur les fables de La Fontaine, qu'il indique sans faire de choix ni d'exception (1). L'innocence de La Fontaine est de la malice.

Rollin a un sentiment exquis du beau et du bon ; il le communique, non par des préceptes et des déductions, mais parce qu'il sait faire aimer et goûter les choses dont il parle. Rien de raffiné, rien de subtil, rien de systématique ; il aime le bien dans tous les genres, il aime la nature, il aime l'antiquité ; partout il répand la bonne odeur de son excellente littérature. On profite de lui parce qu'on vit en lui. Il est des livres plus méthodiques, plus savants que son *Traité des Études ;* il n'en est aucun, dans ce genre, capable de faire un plus grand bien. C'est un livre que chacun devrait lire et que personne ne lit.

On se figure peut-être Rollin attaché aux traditions scolastiques. Nullement. Avec Fénelon il est le restaurateur de l'enseignement littéraire. Tous deux ont le mérite de rappeler à la nature, de remonter aux principes premiers. Fénelon a une plus grande intelligence, une pénétration supérieure, plus de génie en un mot ; mais Rollin a donné les mêmes conseils avec autant de goût, de justesse, et un aussi réel affranchissement de la routine.

La forme du *Traité des Études* est singulièrement aisée et gracieuse. L'auteur ne craint pas de s'épan-

---

(1) *Traité des Études.* Livre I, chap. IV.

cher, il répand son cœur tout plein de sentiments
chrétiens et de grâces classiques. C'est par là que ce
livre acquiert quelque chose de pénétrant. Il est écrit
avec tant de tendresse, on sent si bien qu'il ne s'étend
que par amour de la jeunesse, qu'on ne peut s'empêcher de l'aimer. Il ne redoute pas les digressions, il
mêle les récits aux préceptes avec une bonhomie charmante. Voyez, entre autres, la description de l'amitié
de Basile et de Grégoire :

« Ils étaient tous deux sortis de familles fort nobles
« selon le monde, et encore plus selon Dieu. Ils naqui-
« rent presque en même temps ; et leur naissance fut
« le fruit des prières et de la piété de leurs mères,
« qui dès ce moment même les offrirent à Dieu , dont
« elles les avaient reçus. Celle de saint Grégoire, le lui
« présentant dans l'église, sanctifia ses mains par les
« livres sacrés qu'elle lui fit toucher.

« Ils avaient l'un et l'autre tout ce qui rend les en-
« fants aimables, beauté de corps, agrément dans
« l'esprit, douceur et politesse dans les manières.

« Le naturel heureux que Dieu leur avait accordé
« fut cultivé avec tout le soin possible. Après les études
« domestiques, on les envoya séparément dans les
« villes de la Grèce qui avaient le plus de réputation
« pour les sciences, et ils y prirent les leçons des plus
« excellents maîtres.

« Enfin ils se rejoignirent à Athènes. On sait que
« cette ville était comme le théâtre et le centre des
« belles-lettres et de toute érudition. Elle fut aussi
« comme le berceau de l'amitié fameuse de nos deux

« saints ; ou du moins elle servit beaucoup à en serrer
« les nœuds d'une manière plus étroite. Une aventure
« assez extraordinaire y donna occasion. Il y avait à
« Athènes une coutume fort bizarre par rapport aux
« écoliers nouveaux venus qui s'y rendaient de diffé-
« rentes provinces. On commençait par les introduire
« dans une assemblée nombreuse de jeunes gens
« comme eux, et là on leur faisait essuyer mille bro-
« cards, mille railleries, mille insolences ; après quoi
« on les menait aux bains publics en cérémonie, à
« travers la ville, escortés et précédés par tous ces
« jeunes gens qui marchaient deux à deux. Lorsqu'on
« y était arrivé, toute la troupe s'arrêtait, jetait de
« grands cris, et faisait mine de vouloir enfoncer les
« portes, comme si l'on refusait de les leur ouvrir.
« Quand le nouveau venu y avait été admis, pour lors
« il recouvrait sa liberté. Grégoire, qui était arrivé le
« premier à Athènes, et qui sentait combien cette ri-
« dicule cérémonie était contraire et coûterait au carac-
« tère grave et sérieux de Basile, eut assez de crédit
« parmi ses compagnons pour l'en faire dispenser. Ce
« fut là, dit saint Grégoire de Nazianze, dans l'admi-
« rable récit qu'il fait lui-même de cette aventure, ce
« qui donna lieu à notre sainte amitié, ce qui com-
« mença à allumer en nous cette flamme qui depuis
« ne s'éteignit jamais, et ce qui perça nos cœurs d'un
« trait qui y demeura toujours. Heureuse Athènes !
« s'écrie-t-il, et source de tout mon bonheur ! Je n'y
« étais allé que pour acquérir de la science, et j'y
« découvris le plus précieux de tous les trésors, un

« ami tendre et fidèle : plus heureux en cela que
« Saül, qui, ne cherchant que des ânesses, trouva
« un royaume.

« Cette liaison, formée et commencée comme je
« viens de le dire, se fortifia toujours de plus en plus,
« surtout lorsque ces deux amis, qui n'avaient rien
« de secret l'un pour l'autre, s'ouvrant mutuellement
« leurs cœurs, eurent reconnu qu'ils avaient tous deux
« le même but et cherchaient le même trésor, je veux
« dire la sagesse et la vertu. Ils vivaient sous le même
« toit, mangeaient à la même table, avaient les mê-
« mes exercices et les mêmes plaisirs, et n'étaient, à
« proprement parler, qu'une même âme : union mer-
« veilleuse, dit saint Grégoire, qui ne peut être réelle-
« ment produite que par une amitié chaste et chré-
« tienne.

« Nous aspirions tous deux également à la science,
« objet le plus capable d'exciter des sentiments d'en-
« vie et de jalousie ; et néanmoins, absolument exempts
« de cette passion subtile et maligne, nous ne con-
« naissions et n'éprouvions entre nous qu'une noble
« émulation. Chacun de nous, plus sensible à la gloire
« de son ami qu'à la sienne propre, cherchait, non
« à l'emporter sur lui, mais à lui céder et à l'imiter.

« Notre principale étude et notre unique but était
« la vertu. Nous songions à rendre notre amitié éter-
« nelle en nous préparant nous-mêmes à la bienheu-
« reuse immortalité, et en nous détachant de plus en
« plus de l'amour des choses de la terre. Nous prenions
« pour conducteur et pour guide la parole de Dieu.

« Nous nous servions nous-mêmes de maîtres et de
« surveillants, en nous exhortant mutuellement à la
« piété; et je pourrais dire, s'il n'y avait point quel-
« que sorte de vanité à s'exprimer ainsi, que nous
« nous tenions lieu de règle l'un à l'autre, pour dis-
« cerner le faux du vrai, et le bon du mauvais.

« Ces deux saints, et l'on ne peut trop le répéter
« aux jeunes gens, brillèrent toujours parmi leurs
« compagnons par la beauté et la vivacité de leur es-
« prit, par leur assiduité au travail, par le succès
« extraordinaire qu'ils eurent dans toutes leurs études,
« par la facilité et la promptitude avec laquelle ils sai-
« sirent toutes les sciences qu'on enseignait à Athènes,
« belles-lettres, poésie, éloquence, philosophie; mais
« ils se distinguèrent encore plus par une innocence
« de mœurs qui était alarmée à la vue du moindre
« danger, et qui craignait jusqu'à l'ombre du mal. Un
« songe qu'eut saint Grégoire dans sa plus tendre jeu-
« nesse, et dont il nous a laissé en vers une élégante
« description, contribua beaucoup à lui inspirer de
« tels sentiments. Pendant qu'il dormait, il crut
« voir deux vierges de même âge et d'une égale beauté,
« vêtues d'une manière modeste, et sans aucune de
« ces parures que recherchent les personnes du siècle.
« Elles avaient les yeux baissés en terre, et le visage
« couvert d'un voile qui n'empêchait pas qu'on n'en-
« trevît la rougeur que répandait sur leurs joues une
« pudeur virginale. Leur vue, ajoute le saint, me
« remplit de joie; car elles me paraissaient avoir quel-
« que chose au-dessus de l'humain. Elles, de leur

« côté, m'embrassèrent et me caressèrent comme un
« enfant qu'elles aimaient tendrement; et, quand je
« leur demandai qui elles étaient, elles me dirent,
« l'une, qu'elle était la Pureté, et l'autre la Conti-
« nence, mais toutes deux les compagnes de Jésus-
« Christ, et les amies de ceux qui renoncent au ma-
« riage pour mener une vie céleste. Elles m'exhor-
« tèrent d'unir mon cœur et mon esprit au leur, afin
« que, m'ayant rempli de l'éclat de la virginité, elles
« pussent me présenter devant la lumière de la Tri-
« nité immortelle. Après ces paroles, elles s'envolèrent
« au ciel, et mes yeux les suivirent le plus loin qu'ils
« purent. Tout cela n'était qu'un songe, mais qui fit
« un effet très réel sur le cœur du saint. Il n'oublia
« jamais cette image si agréable de la chasteté.

« Ils avaient grand besoin, lui et Basile, d'une
« telle vertu pour se soutenir au milieu des périls
« d'Athènes, la ville du monde la plus dangereuse
« pour les mœurs; mais, dit saint Grégoire, nous
« eûmes le bonheur d'éprouver dans cette ville cor-
« rompue quelque chose de pareil à ce que disent les
« poëtes d'un fleuve qui conserve la douceur de ses
« eaux au milieu de l'amertume de celles de la mer,
« et d'un animal qui subsiste au milieu du feu.

« Il semble que des jeunes gens de ce caractère,
« qui se séparaient de toute société, qui n'avaient
« aucune part aux plaisirs et aux divertissements de
« ceux de leur âge, dont la vie pure et innocente
« était une censure continuelle du déréglement des
« autres, devaient être en butte à tous leurs compa-

« gnons, et devenir l'objet de leur haine ou du moins
« de leur mépris et de leurs railleries. Ce fut tout le
« contraire; et rien n'est plus glorieux à la mémoire de
« ces deux illustres amis, et, j'ose le dire, ne fait plus
« d'honneur à la piété même, qu'un tel événement.
« Il fallait, en effet, que leur vertu fût bien pure, et
« leur conduite bien sage et bien mesurée, pour avoir
« su, non-seulement éviter l'envie et la haine, mais
« s'attirer généralement l'estime, l'amour, le respect
« de tous leurs compagnons (1). »

La langue de Rollin est bien la pure langue du dix-
septième siècle, douce, nombreuse, flexible, sans mollesse et sans lâcheté. Sa diction est harmonieuse; il
cultive quelquefois la période, mais sans tomber dans
le style périodique; enfin, il n'est point dépourvu d'originalité. L'originalité est la vertu littéraire sans laquelle
toutes les autres se réduisent à rien. On trouve dans ce
livre une âme, une individualité, on sent qu'un homme
seul, Rollin et non pas un autre, a pu le concevoir et
l'écrire. C'est, dit M. Villemain, « l'un des livres le
« mieux écrit dans notre langue, après les livres de
« génie (2). »

L'*Histoire ancienne*, en treize volumes, parut de
1730 à 1738. Elle fut, comme les autres ouvrages de
l'auteur, écrite pour l'éducation de la jeunesse. Jamais
Rollin ne s'est adressé au public, qui cependant a
joui de ses écrits. Il est bon de s'en souvenir; en per-

---

(1) *Traité des Études*. Livre VIII, partie II, chap. V.
(2) VILLEMAIN, *Cours de Littérature française. Dix-huitième siècle*. Xe Leçon.

dant de vue ce caractère, on risquerait d'être injuste.
Ce but excuse en partie ce qui lui manque en fait de
critique, l'absence de cette pénétration philosophique
qui fait deviner les causes, qui lie ensemble les événements, et qui fait de l'histoire d'une nation le développement d'une idée. Avouons encore que ses
réflexions peuvent parfois sembler oiseuses, que son
ton n'est pas toujours exempt de puérilité. Il prend
de temps en temps la manière d'une tendre nourrice,
il descend aussi bas que sa nature le lui permet. Quelquefois il plaisante, mais sa plaisanterie sent le collége
ou la bonne d'enfant. Voltaire relève ce trait dans une
des notes du *Temple du goût :* « On lui reproche de
« descendre dans des minutes. Il ne s'est guère
« éloigné du bon goût que quand il a voulu plaisan-
« ter. » Du reste, Rollin prend rarement ce ton-là ;
le sourire lui va, mais non le rire.

On s'est exagéré les côtés faibles et les défauts de
son livre. Rollin a le jugement bien plus ferme qu'on
ne le croit. Il cultive la faculté du raisonnement ; sans
avoir beaucoup de critique, il n'en est pas dépourvu ;
il examine, il sait dans l'occasion réfuter des fables ou
des opinions convenues. Voyez de quelle manière il relève le jugement de Tite-Live au sujet du séjour
d'Annibal à Capoue :

« Je ne sais si tout ce que dit Tite-Live des suites
« funestes qu'eurent les quartiers d'hiver passés par
« l'armée carthaginoise dans cette ville délicieuse est
« bien juste et bien fondé. Quand on examine avec
« soin toutes les circonstances de cette histoire, on a

« de la peine à se persuader qu'il faille attribuer le
« peu de progrès qu'eurent les armes d'Annibal dans
« la suite au séjour de Capoue. C'en est bien une
« cause, mais la moins considérable, et la bravoure
« avec laquelle les Carthaginois battirent depuis ce
« temps-là des consuls et des préteurs, prirent des
« villes à la vue des Romains, maintinrent leurs con-
« quêtes, et restèrent encore quatorze ans en Italie
« sans en pouvoir être chassés, tout cela porte assez à
« croire que Tite-Live exagère les pernicieux effets des
« délices de Capoue. La véritable cause de la chute
« des affaires d'Annibal, c'est le défaut de secours et
« de recrues de la part de sa patrie (1), etc. »

Sans doute on ne trouve pas chez Rollin ce qu'on
recherche aujourd'hui de préférence dans l'histoire.
Mais sa tendance, toute morale et religieuse, ne l'empêche pas d'avoir bien plus de libéralisme que ses
contemporains. Cet excellent pédagogue avait respiré
chez les anciens le parfum de la liberté. Partout il
flétrit la tyrannie, il blâme les conquêtes, l'ambition,
le despotisme; partout il exprime son attachement à
l'humanité et à la justice; il aime naïvement la liberté
et l'égalité, la république chrétienne et morale. Il est
curieux de l'entendre parler sur les lois de Sparte, et
se montrer partisan de la communauté des biens :

« Le dessein que forma Lycurgue de faire un par-
« tage égal des terres parmi les citoyens, et de bannir

---

(1) *Histoire Romaine*, livre XV, § II. — Voyez encore l'histoire de Tigrane, fils
aîné du roi d'Arménie, et les réflexions dont Rollin l'accompagne. (Livre XXXVI,
§ L)

« entièrement de Sparte le luxe, l'avarice, les procès,
« les dissensions, en même temps qu'il en bannirait
« l'usage de l'or et de l'argent, nous paraîtrait un plan
« de république sagement imaginé, mais impraticable
« dans l'exécution, si l'histoire ne nous apprenait que
« Sparte a subsisté dans cet état pendant plusieurs
« siècles.

« En mettant au rang des choses louables dans les
« lois de Lycurgue l'établissement dont je parle ici,
« je ne prétends pas le donner comme absolument
« irrépréhensible. Car j'ai peine à le concilier avec
« cette loi naturelle qui défend d'ôter à l'un ce qui lui
« appartient pour le donner à un autre, et c'est pour-
« tant ce qui arriva pour lors. Je ne considère donc
« dans ce partage des terres que ce qu'il a de beau en
« lui-même, et de digne d'admiration.

« Concevons-nous, en effet, qu'on ait pu persuader
« à des citoyens qui étaient les plus riches et les plus
« opulents de leur ville, de renoncer à tous leurs biens
« et à tous leurs revenus, de se confondre en tout
« avec les plus pauvres, de s'assujettir à un régime
« de vivre très dur et très gênant, de s'interdire en un
« mot l'usage de tout ce qui est regardé ailleurs comme
« faisant la douceur et la félicité de la vie? Voilà pour-
« tant de quoi Lycurgue est venu à bout (1). »

Rollin se prononce en faveur de la philosophie ancienne, dans ce sens qu'il la regarde comme un moyen
providentiel de préparation à l'Évangile :

« L'arbitre souverain du monde n'a pas permis que

---

(1) *Histoire Ancienne*. Livre V, art. VII.

« la nature humaine, livrée à toute sa corruption, dé-
« générât en une barbarie absolue, et s'abrutît entiè-
« rement par l'obscurcissement des premiers principes
« de la loi naturelle, comme nous le remarquons dans
« plusieurs nations sauvages. Cet obstacle aurait trop
« retardé le cours rapide qu'il avait promis aux pre-
« miers prédicateurs de la doctrine de son Fils.

« Il a jeté de loin dans l'esprit des hommes des
« semences de plusieurs grandes vérités, pour les dis-
« poser à en recevoir d'autres plus importantes. Il les
« a préparés aux instructions de l'Évangile par celles
« des philosophes ; et c'est dans cette vue que Dieu a
« permis que dans leurs écoles ils examinassent plu-
« sieurs questions et établissent plusieurs principes
« qui ont un grand rapport à la religion, et qu'ils y
« rendissent les peuples attentifs par l'éclat de leurs
« disputes. On sait que les philosophes enseignent
« partout dans leurs livres l'existence d'un Dieu, la
« nécessité d'une Providence qui préside au gouver-
« nement du monde, l'immortalité de l'âme, la der-
« nière fin de l'homme, la récompense des bons et la
« punition des méchants, la nature des devoirs qui
« sont le lien de la société, le caractère des vertus qui
« font la base de la morale, comme la prudence, la
« justice, la force, la tempérance, et d'autres pa-
« reilles vérités, qui n'étaient pas capables de con-
« duire l'homme à la justice, mais qui servaient à
« écarter certains nuages, et à dissiper certaines obs-
« curités (1). »

(1) *Histoire Ancienne*. Préface, § 1.

Pour l'ensemble de ses idées, on pourrait comparer Rollin aux libéraux les plus avancés de notre
époque.

Ce qui fait encore aujourd'hui le charme de son
livre, c'est l'abondance des détails, l'heureuse fusion
des textes originaux dans le sien, l'admirable sentiment de l'antiquité. Une scène intéressante se pré-
sente-t-elle à lui, il ne redoute pas la disproportion, il
la reproduit avec tous les traits qui lui donnent la vie,
et qui la gravent dans la mémoire. Une occasion de
digression se rencontre-t-elle, il ne craint point de s'y
laisser aller. Voyez le caractère de Scipion Émilien (1),
et un peu plus loin (2), les réflexions sur la reddition
de Carthage.

Sans doute il s'est trompé sur bien des points, il n'a
pas compris l'antiquité de la même manière que la
font maintenant comprendre les auteurs modernes;
mais il restera parce qu'il est pénétré. Aucune autre
histoire n'a remplacé la sienne; il en est de celle-ci
comme de la traduction d'Homère par Madame Dacier.
Elle et Rollin sont les deux auteurs qui ont le mieux
senti, et par conséquent le mieux fait sentir l'antiquité.

L'onction est le principal caractère du style de
Rollin, dans son *Histoire* comme dans le *Traité des
Études.* On y respire quelque chose de communicatif,
de paternel; jamais d'effort, jamais de prétention;
partout il s'efface lui-même. C'est un Nestor chrétien,
avec l'humilité de plus, car il ne parle jamais de lui;

(1) *Histoire Romaine.* Livre XXVI, § II.    (2) *Ibid.* Livre XXVI, § III.

ses discours communiquent la grâce à ceux qui les écoutent.

De nos jours, Rollin est plus méconnu qu'il n'est oublié. La mémoire de l'homme excellent, du maître accompli, fait trop souvent négliger celle de l'excellent écrivain.

Montesquieu a dit en parlant de lui : « Un honnête « homme, M. Rollin, a par ses ouvrages d'histoire « enchanté le public. C'est le cœur qui parle au cœur; « on sent une secrète satisfaction d'entendre parler la « vertu : c'est l'abeille de la France (1). » Et M. de Chateaubriand, dans le *Génie du christianisme* : « Rol- « lin est le Fénelon de l'histoire, et, comme lui, il a « embelli l'Égypte et la Grèce. Les premiers volumes « de l'*Histoire ancienne* respirent le génie de l'anti- « quité : la narration du vertueux recteur est pleine, « simple et tranquille; et le christianisme, attendris- « sant sa plume, lui a donné quelque chose qui remue « les entrailles. Ses écrits décèlent *cet homme de bien* « *dont le cœur est une fête continuelle*, selon l'expression « merveilleuse de l'Écriture. Nous ne connaissons « point d'ouvrages qui reposent plus doucement l'âme. « Rollin a répandu sur les crimes des hommes le « calme d'une conscience sans reproche, et l'onctueuse « charité d'un apôtre de Jésus-Christ (2). »

(1) MONTESQUIEU, *Pensées diverses : Des modernes.*
(2) CHATEAUBRIAND, *Le Génie du christianisme.* Livre III, chap. VII.

9

# V.

## LOUIS RACINE.

### 1692—1763.

Ici encore nous sommes dans l'école janséniste. Louis Racine fut comtemporain de Rollin, et l'un des hommes caractérisant le mieux cette branche d'écrivains qui, au dix-huitième siècle, appartiennent de fait au dix-septième. Louis Racine avait des raisons de famille pour s'attacher à cette grande époque : *Vestigia semper adoremus.*

Orphelin dès l'âge de six ans, en 1699, il fut élevé sous les yeux de Rollin et de Boileau, le meilleur ami de son père. Ce dernier, toutefois, ne tint pas sur les fonts son génie naissant, puisqu'il chercha à le détourner de la poésie. De bonne heure attaché aux doctrines de Port-Royal, Louis Racine, d'ailleurs, ne put permettre à son talent tout l'essor que son père, dans son temps de mondanité, avait laissé à son beau génie. Il faut l'avouer, un christianisme sérieux resserre, par certains côtés, le génie littéraire. Louis Racine fut tenté du théâtre ; ses amis et sa piété l'en détournèrent. Il se souvint que son père s'était repenti d'avoir fait des tragédies. Rien, au reste, ne révèle en lui une vocation pour les compositions dramatiques.

Il se déroba à la faveur publique qui se fût volontiers attachée à son vrai talent et à l'influence du nom paternel. Janséniste qu'il était, il n'eut pas le vent en poupe du côté de la cour, et fut peu mêlé à son siècle. Il fut de l'Académie des inscriptions et belles-lettres, mais il ne fut point de l'Académie française ; le cardinal de Fleury s'opposa à son élection comme janséniste, et après la mort de ce ministre, on ne songea pas à le faire entrer. Il était vieux, et ne cherchait pas les distinctions. C'est avec raison qu'on a loué la noble modestie de Louis Racine ; mais il ne faut pas oublier qu'au fils d'un père illustre il est plus facile d'être humble : la gloire paternelle est une auréole. Quand on s'en trouve couronné, il en est comme des distinctions de l'aristocratie héréditaire, on se contente aisément de n'être rien par soi-même. Du reste, Louis Racine vécut peu dans le monde ; des circonstances de fortune l'obligèrent à accepter en province des places peu importantes et fort opposées à ses goûts. Plus tard, il revint à Paris, mais il y fut comme perdu. Il vécut jusqu'en 1763, toujours homme du siècle qui l'avait précédé. Jugeons-en par un trait : souvent il parle du théâtre, et il y a des noms, comme celui de Voltaire, qu'on rencontre à peine une ou deux fois sous sa plume. Le dix-huitième siècle tout entier est comme absent de chez lui. En deux points, cependant, Louis Racine accepta l'esprit de son époque ; il lisait Pope dans l'original et il traduisit Milton. De plus, il aborda un genre nouveau : la philosophie de l'art et du goût.

Cette vie, écoulée dans des emplois obscurs, offre peu d'événements. Le seul considérable en est aussi le plus douloureux : la perte de son fils unique. On eût dit qu'un pressentiment amer dictait à Louis Racine ces vers qu'il écrivait en 1730, après deux ans de mariage :

> Ah! d'un stérile hymen quand vous osez vous plaindre,
>     Mortels impatients,
> Avez-vous oublié que l'hymen est à craindre
>     Jusque dans ses présents (1)?

On avait cherché à détourner Louis Racine de la poésie; il chercha de même à en éloigner son fils; il lui fit adopter la carrière du commerce. Le jeune homme périt dans le tremblement de terre de Lisbonne, en 1755. Il était né pour les lettres, si l'on en croit son ami Lefranc de Pompignan, qui a consacré à sa mémoire des vers beaux et tendres :

> Il n'est donc plus, et sa tendresse,
> Aux derniers jours de ta vieillesse,
> N'aidera point tes faibles pas!
> Ami, ses vertus ni les tiennes,
> Ni ses mœurs douces et chrétiennes,
> N'ont pu le sauver du trépas.
>
> Cet objet des vœux les plus tendres
> N'ira point déposer tes cendres
> Sous ce marbre rongé des ans,
> Où son aïeul et ton modèle
> Attend la dépouille mortelle
> De l'héritier de ses talents.
>
> Loin de tes yeux, loin de sa mère,
> Au sein d'une plage étrangère,

(1) Ode III.

Son corps est le jouet des flots ;
Mais son âme, du ciel chérie,
N'en doute point, dans sa patrie,
Jouit d'un éternel repos.

O lois saintes! ô providence!
C'est bien souvent sur l'innocence
Que tombent tes coups redoutés.
Un enfant du siècle prospère :
L'homme qui n'a que Dieu pour père
Gémit dans les adversités.

Le Brun, dans son *Ode sur le Désastre de Lisbonne* (1),
déplore également la perte du fils de Louis Racine, et
fait allusion à ses dispositions poétiques.

Quoi qu'il en soit, la vie de Louis Racine ne fut dès
lors qu'un long deuil. Il cessa d'écrire ; son dernier
ouvrage date de la nuit où il perdit son fils. Nous ne
savons plus rien de lui, sinon que son existence fut
toute consacrée aux vertus domestiques. Il ne se mêla
point aux querelles littéraires qui déshonorèrent le
dix-huitième siècle, et quoique janséniste, il fut épar-
gné par ces hommes qui n'épargnaient rien. Avec lui
s'éteignit un grand nom.

Louis Racine a laissé des odes bien écrites et qui
témoignent d'un vrai talent de versification, qu'on peut
appeler *satisfaisantes,* mais qui ne sont guère plus que
cela. Elles sont peu lyriques ; il faut admettre cependant quelques exceptions. On distingue parmi les *O des
saintes* l'ode XIX, imitation d'Ésaïe, XIV, 4-21 :

(1) LE BRUN, *Odes.* Livre II, ode XVIII.

Comment est disparu ce maître impitoyable ;
Et comment du tribut dont nous fûmes chargés,
            Sommes-nous soulagés !
Le Seigneur a brisé le sceptre redoutable,
Dont le poids accablait les humains languissants :
Ce sceptre qui frappa d'une plaie incurable
            Les peuples gémissants.

Roi cruel, ton aspect fit trembler les lieux sombres :
Tout l'enfer se troubla, les plus superbes ombres
            Coururent pour te voir.
Les rois des nations, descendant de leur trône,
            T'allèrent recevoir.
« Toi-même, dirent-ils, ô roi de Babylone,
« Toi-même, comme nous, te voilà donc percé !
            « Sur la poussière renversé,
            « Des vers tu deviens la pâture ;
            « Et ton lit est la fange impure !

            « Comment es-tu tombé des cieux,
            « Astre brillant, fils de l'Aurore ?
            « Puissant roi, prince audacieux,
            « La terre aujourd'hui te dévore.
            « Comment es-tu tombé des cieux,
            « Astre brillant, fils de l'Aurore ? »

Dans ton cœur tu disais : « A Dieu même pareil,
« J'établirai mon trône au-dessus du soleil ;
« Et près de l'Aquilon, sur la montagne sainte,
            « J'irai m'asseoir sans crainte ;
« A mes pieds trembleront les humains éperdus ! »
            Tu le disais, et tu n'es plus.

Les passants qui verront ton cadavre paraître,
Diront, en se baissant, pour te mieux reconnaître :
« Est-ce là ce mortel, l'effroi de l'univers,
« Par qui tant de captifs soupiraient dans les fers ;
« Ce mortel dont le bras détruisit tant de villes,
            « Sous qui les champs les plus fertiles
            « Devenaient d'arides déserts ? »

Tous les rois de la terre ont de la sépulture
Obtenu le dernier honneur.
Toi seul privé de ce bonheur,
En tous lieux rejeté, l'horreur de la nature,
Homicide d'un peuple à tes soins confié,
De ce peuple aujourd'hui tu te vois oublié.

Qu'on prépare à la mort ses enfants misérables :
La race des méchants ne subsistera pas ;
Courez à tous ses fils annoncer le trépas.
Qu'ils périssent : l'auteur de leurs jours déplorables
Les a remplis de son iniquité.
Frappez, faites sortir de leurs veines coupables
Tout le malheureux sang dont ils ont hérité.

On doit remarquer aussi une *Ode sur l'Harmonie*, où Louis Racine cherche à caractériser l'harmonie propre aux plus célèbres poëtes :

Par quel art le chantre d'Achille
Me rend-il tant de bruits divers ?

S'il me présente ce coupable
Qui, dans l'empire ténébreux,
Roule une pierre épouvantable
Jusqu'au sommet d'un mont affreux ;
Ses genoux tremblants qui fléchissent,
Ses bras nerveux qui se roidissent,
Me font pour lui pâlir d'effroi :
Le malheureux enfin succombe,
Et de la roche qui retombe,
Le bruit résonne jusqu'à moi.

Par la cadence de Virgile
Un coursier devance l'éclair ;
Souvent, prêt à suivre Camille,
Comme elle, je me crois en l'air ;
Du bœuf tardif que rien n'étonne,
Et qu'en vain son maître aiguillonne,
Tantôt je presse la lenteur ;

Et tantôt d'un géant énorme,
La masse lourde, horrible, informe,
M'accable sous sa pesanteur.

Au moindre zéphyr, dont l'haleine
Fait rider la face de l'eau,
L'aimable et tendre La Fontaine
M'intéresse pour un roseau.
Mais s'il appelle la tempête
Contre cette orgueilleuse tête
Qui veut en braver les efforts,
Quelle chute! quelle ruine!
Le chêne qu'elle déracine
Touchait à l'empire des morts (1).

En 1722 ou 1726 parut le poëme de *la Grâce*, divisé en quatre chants. Au cinquième siècle, saint Prosper avait versifié la doctrine de son maître Augustin dans un poëme dont le titre est plus poétique que le contenu : *Contre les Ingrats.* Il voulait justifier la prédestination et la grâce libre ; il fallait alors en effet s'attaquer aux ingrats. Mais rester didactique sur ce point dans un poëme, c'est vouloir allier deux choses dont l'accord est impossible : la théologie proprement dite et la poésie.

Or le poëme de *la Grâce* est le développement et la preuve des doctrines jansénistes. Le jansénisme est un calvinisme modéré ; chez Louis Racine, il l'est sur deux points surtout : il admet le libre arbitre, et déclare que la grâce ne le contrarie jamais ; il soutient que Jésus-Christ a aimé tous les hommes et qu'il est mort pour tous. C'est la souveraineté de la grâce di-

(1) *Poésies sur différents sujets.* Ode VII.

vine, la complète liberté du décret de Dieu relativement au salut des uns et à la perte des autres, que
Racine veut mettre en lumière. Sujet ingrat, rebelle à
la poésie, dont l'auteur n'a peut-être pas tiré tout le
parti possible, mais qu'un grand poëte n'eût jamais
choisi.

Tel qu'il est, l'originalité manque au poëme de
*la Grâce*. Peut-être n'était-elle pas permise à Louis
Racine qui, d'ailleurs, tenait beaucoup plus à être orthodoxe qu'original. Il ne fait guère que versifier saint
Augustin, Pascal, Bossuet :

> Formé dans leurs écrits, et plein de leurs maximes,
> Je les vais annoncer, n'y prêtant que mes rimes (1).

Çà et là, du reste, on rencontre de beaux vers,
jetés avec une certaine hardiesse. Louis Racine s'entendait aux beaux vers, et il en a fait beaucoup. Il en
a plus que de beaux morceaux ; cependant on compte
deux ou trois de ceux-ci, où la poésie reprend ses
droits, dans le poëme de *la Grâce* :

> Ce Dieu d'un seul regard confond toute grandeur :
> Des astres devant lui s'éclipse la splendeur ;
> Prosterné près du trône où sa gloire étincelle,
> Le chérubin tremblant se couvre de son aile.
> Rentrez dans le néant, mortels audacieux !
> Il vole sur les vents, il s'assied sur les cieux.
> Il a dit à la mer : « Brise-toi sur ta rive ; »
> Et dans son lit étroit la mer reste captive (2).

Voici un morceau beaucoup plus étendu. Racine
voulant nous apprendre

(1) *La Grâce,* chant II.     (2) *La Grâce,* chant IV.

Ce que l'homme est sans Dieu, ce que Dieu peut sur lui,

fait parler ainsi saint Augustin :

> Ma fougueuse jeunesse, ardente pour les crimes,
> Me fit courir d'abord d'abîmes en abîmes.
> Je vous fuyais, Seigneur, vous ne me quittiez pas ;
> Et la verge à la main, me suivant pas à pas,
> Par d'utiles dégoûts vous me rendiez amères
> Ces mêmes voluptés à tant d'autres si chères.
> Vous tonniez sur ma tête : à vos pressants avis
> Ma mère s'unissait en pleurant sur son fils.
> Je n'entendais alors que le bruit de ma chaîne :
> Chaîne de passions qu'un misérable traîne.
> Ma mère par ses pleurs ne pouvait m'ébranler,
> Et vous tonniez, grand Dieu, sans me faire trembler !
> Enfin de mes plaisirs l'ardeur fut amortie ;
> Je revins à moi-même et détestai ma vie.
> Je voyais le chemin, j'y voulais avancer ;
> Mais un funeste poids me faisait balancer.
> J'avais trouvé, j'aimais cette perle si belle,
> Sans pouvoir me résoudre à tout vendre pour elle.
> Par deux puissants rivaux tour à tour attiré,
> J'étais de leurs combats au dedans déchiré.
> Mon Dieu m'aimait encore, et sa bonté suprême
> A mes tristes regards me présentait moi-même.
> Hélas ! qu'en ce moment je me trouvais affreux !
> Mais j'oubliais bientôt mon état malheureux :
> Un sommeil léthargique accablait ma paupière.
> M'éveillant quelquefois je cherchais la lumière ;
> Et dès qu'un faible jour paraissait se lever,
> Je refermais les yeux de peur de le trouver.
> Une voix me criait : « Sors de cette demeure ! »
> Et moi, je répondais : « Un moment, tout à l'heure ! »
> Mais ce fatal moment ne pouvait point finir,
> Et cette heure toujours différait à venir.
> De mes premiers plaisirs la troupe enchanteresse,
> Voltigeant près de moi, me répétait sans cesse :

« Nous t'offrons tous nos biens et tu veux nous quitter?
« Sans nous, sans nos douceurs, qui peut se contenter?
« Le sage, en nous cherchant, trouve un secours facile;
« Son corps est satisfait et son âme est tranquille.
« Mortels, vivez heureux et profitez du temps;
« Du torrent de la joie enivrez tous vos sens.
« Fuyez de la vertu l'importune tristesse;
« Couchez-vous sur les fleurs, dormez dans la mollesse.
« Et toi que dès longtemps nos bienfaits ont charmé,
« Crois-tu donc qu'avec nous ton cœur accoutumé
« Puisse ainsi s'arracher aux délices qu'il aime?
« Hélas! en nous gardant tu te perdras toi-même! »
Mais devant moi l'aimable et douce Chasteté,
D'un air pur et serein, pleine de majesté,
Me montrant ses amis de tout sexe et tout âge,
Avec un ris moqueur me tenait ce langage :
« Tu m'aimes, je t'appelle, et tu n'oses venir.
« Faible et lâche Augustin, qui peut te retenir?
« Ce que d'autres ont fait, ne le pourras-tu faire?
« Incertain, chancelant, à toi-même contraire,
« Tu veux rompre tes fers, tu veux et ne veux plus.
« Ne fixeras-tu point tes pas irrésolus?
« Regarde à mes côtés ces colombes fidèles;
« Pour voler jusqu'à moi, Dieu leur donna des ailes;
« Ce Dieu t'ouvre son sein, jette-toi dans ses bras. »
Hélas! je le savais, mais je n'y courais pas!
Un jour enfin, lassé de cette vive guerre,
Je pleurais, je criais, je m'agitais par terre,
Quand tout à coup frappé d'un son venu des cieux,
Et des mots du Saint Livre où je jetai les yeux,
L'orage se calma, mes troubles s'apaisèrent;
Par votre main, Seigneur, mes chaînes se brisèrent;
Mon esprit ne fut plus vers la terre courbé :
Je sortis de la fange où j'étais embourbé.
Ma volonté changea : ce qui vous est contraire
Me déplut, et j'aimai tout ce qui peut vous plaire.
Ma mère qu'à vos pieds vous vîtes tant de fois

Pleurer sur un ingrat, rebelle à votre voix,
Ma tendre mère enfin sortit de ses alarmes,
Et retrouva vivant le fils de tant de larmes.
Je connus bien alors que votre joug est doux.
Non, Seigneur, il n'est rien qui soit semblable à vous.
Dès ici-bas ma bouche unie avec les anges,
Ne se lassera point de chanter vos louanges.
Je n'aimerai que vous : vous serez désormais
Ma gloire, mon salut, mon asile, ma paix.
O loi sainte, ô loi chère, ô douceur éternelle,
Ineffable grandeur, beauté toujours nouvelle,
Vérité qui trop tard avez su me charmer,
Hélas! que j'ai perdu de temps sans vous aimer (1)!

Citons encore les vers suivants :

L'Église enfin triomphe, et brillante de gloire,
Fait retentir le ciel des chants de sa victoire.
Elle chante, tandis qu'esclaves, désolés,
Nous gémissons encor sur la terre exilés.
Près de l'Euphrate assis, nous pleurons sur ses rives.
Une juste douleur tient nos langues captives.
Et comment pourrions-nous, au milieu des méchants,
O céleste Sion, faire entendre tes chants ?
Hélas! nous nous taisons! Nos lyres détendues
Languissent en silence aux saules suspendues.
Que mon exil est long! O tranquille cité,
Sainte Jérusalem, ô chère Éternité,
Quand irai-je au torrent de ta volupté pure
Boire l'heureux oubli des peines que j'endure;
Quand irai-je goûter ton adorable paix ?
Quand verrai-je ce jour qui ne finit jamais (2) ?

Le poëme de *la Religion* a plus de célébrité que celui de *la Grâce*. Composé de six chants, il parut en 1742. Le titre en indique le sujet. C'est en effet la

(1) *La Grâce*, chant III.          (2) *La Grâce*, chant II.

religion dans son sens le plus étendu. L'auteur argumente en faveur de la religion naturelle contre les athées, de la religion révélée contre les déistes, de la morale évangélique contre les chrétiens relâchés. Véritablement pieux, il n'a pu s'appliquer à lui-même ce qu'il dit dans son *Discours sur le Paradis perdu* : « Un « poëte qui, attendant pour son travail sa récompense « des hommes, chante la religion, a mal choisi son « sujet. »

Louis Racine argumente fort bien, il a pris la fleur de l'argumentation des plus grands apologistes du christianisme, mais enfin il argumente presque toujours; sa marche, sa forme sont essentiellement didactiques; l'élément dramatique, l'élément épique font défaut. Il y a des exceptions cependant, le morceau où il raconte les miracles de Jésus-Christ et celui sur la première prédication de l'Évangile :

Cependant il parait à ce peuple étonné
Un homme, si ce nom lui peut être donné,
Qui, sortant tout à coup d'une retraite obscure,
En maitre, et comme Dieu, commande à la nature.
A sa voix sont ouverts des yeux longtemps fermés,
Du soleil qui les frappe éblouis et charmés.
D'un mot il fait tomber la barrière invincible,
Qui rendait une oreille aux sons inaccessible;
Et la langue qui sort de la captivité,
Par de rapides chants bénit sa liberté.
Des malheureux trainaient leurs membres inutiles,
Qu'à son ordre à l'instant ils retrouvent dociles.
Le mourant étendu sur un lit de douleurs,
De ses fils désolés court essuyer les pleurs.
La mort même n'est plus certaine de sa proie.

Objet tout à la fois d'épouvante et de joie,
Celui que du tombeau rappelle un cri puissant
Se relève, et sa sœur pâlit en l'embrassant.
Il ne repousse point les fleuves vers leur source;
Il ne dérange pas les astres dans leur course.
On lui demande en vain des signes dans les cieux.
Vient-il pour contenter les esprits curieux?
Ce qu'il fait d'éclatant, c'est sur nous qu'il l'opère,
Et pour nous sort de lui sa vertu salutaire.
Il guérit nos langueurs, il nous rappelle au jour :
Sa puissance toujours annonce son amour.
Mais c'est peu d'enchanter les yeux par ces merveilles;
Il parle : ses discours ravissent les oreilles.
Par lui sont annoncés de terribles arrêts;
Par lui sont révélés de sublimes secrets.
Lui seul n'est point ému des secrets qu'il révèle :
Il parle froidement d'une gloire éternelle;
Il étonne le monde et n'est point étonné :
Dans cette même gloire il semble qu'il soit né;
Il paraît ici-bas peu jaloux de la sienne (1).

Voici notre seconde citation :

L'oracle est accompli. Le juste est immolé.
Tout s'émeut; et des bords du Jourdain désolé
Au Tibre en un moment le bruit s'en fait entendre.
D'intrépides humains courent pour le répandre;
Ils volent : l'univers est rempli de leur voix. —
« Repentez-vous, pleurez, et montez à sa croix.
« Quel que soit le forfait, la victime l'expie.
« Vous avez fait mourir le maître de la vie.
« Celui que vos bourreaux traînaient en criminel,
« Est l'image, l'éclat, le fils de l'Éternel.
« Ce Dieu dont la parole enfanta la lumière,
« Couché dans un tombeau, dormait dans la poussière;
« Mais la mort est vaincue et l'enfer dépouillé.
« La nature a frémi, son Dieu s'est réveillé.

(1) *La Religion*, chant IV.

« Il vit, nos yeux l'ont vu : croyez! » Parole étrange !
Ils commandent de croire : on les croit, et tout change (1).

Et plus loin :

Prodige inconcevable, un instrument d'horreur,
La croix est l'ornement du front d'un empereur !
Constantin triomphant fait triompher la gloire
Du signe lumineux qui promit sa victoire.
Cérès dans Eleusis voit ses initiés
Fouler robe, couronne et corbeille à leurs pieds.
Diane, tu n'es plus ; soutiens de ta puissance,
Tes orfévres d'Éphèse ont perdu l'espérance.
Les temples sont déserts, et le prêtre interdit,
Renversant l'encensoir de son Dieu sans crédit,
Abandonne un autel toujours vide d'offrandes.
Delphes, jadis si prompt à répondre aux demandes,
D'un silence honteux subit les tristes lois.
Enfin, comme Apollon, tous les dieux sont sans voix.
Aux tombeaux des martyrs, fertiles en miracles,
Les peuples et les rois cherchent de vrais oracles.
On implore un mortel qu'on avait massacré,
Et l'on brise le dieu qu'on avait adoré (2).

Le premier chant de ce poëme a aussi, par sa nature, un caractère plus sensible ; l'auteur y développe
les preuves de l'existence de Dieu par les merveilles
de la création et par la conscience des peuples ; le
cœur et l'imagination peuvent mieux y prendre leur
part. Mais, en tout, on lui voudrait plus d'invention
philosophique et poétique. L'argumentation finit toujours par être une triste chose quand le talent dramatique ne vient pas l'animer. Est-ce le respect qui arrête Louis Racine? est-ce impuissance? Ce qui lui
manque surtout, c'est la subjectivité. Son poëme est

(1) *La Religion*, chant IV.         (2) *La Religion*, chant IV.

purement objectif. L'auteur fait droit à la matière qu'il doit traiter, mais il ne s'y mêle pas. Or, tout grand écrivain, tout poëte doit être l'incarnation d'une idée. Il faut qu'il y ait fusion, identification entre l'auteur et le sujet, que les deux ne fassent qu'un, que l'auteur communique au sujet la couleur de son âme, et qu'il reçoive lui-même la teinte de son sujet. On voudrait pouvoir dire plus souvent de Louis Racine ce qu'il faut dire d'un poëte :

> Ces vers ne sont qu'à lui, lui seul a pu les faire.

Montesquieu a, dans son *Essai sur le goût,* un chapitre intitulé : *Du je ne sais quoi.* Ce *je ne sais quoi* est, je me le suis persuadé, le *propriè communia* d'Horace, l'originalité ; et c'est pourquoi cet auteur élégant et pur, cet excellent versificateur, ce poëte rempli de beaux vers, ne laisse pas cette ineffaçable impression, cachet des talents supérieurs. Quelquefois, il est vrai, on rencontre chez lui de ces vers dont on se souvient, mais ils sont en petit nombre.

L'abandon, l'effusion manquent encore à ce poëme. La versification en est trop sévère ; Louis Racine est timide ; il cherche à bien faire, non pour être applaudi, mais pour avoir bien fait ; il s'acquitte de la poésie comme d'un devoir ; il est janséniste, même en fait de vers. Toutefois il lui vient des moments de sensibilité expansive, une veine cachée de Jean Racine s'entr'ouvre, et l'on dirait alors un écho d'*Esther.* Jean Racine est une flamme vive qui reluit parfois chez son fils comme au travers d'un verre dépoli. Le rayon est

amorti, mais la lumière n'est pas étouffée, on la retrouve dans plusieurs morceaux. Celui des migrations
des oiseaux en est un exemple :

> Ceux qui de nos hivers redoutant le courroux,
> Vont se réfugier dans des climats plus doux,
> Ne laisseront jamais la saison rigoureuse
> Surprendre parmi nous leur troupe paresseuse.
> Dans un sage conseil par les chefs assemblé,
> Du départ général le grand jour est réglé;
> Il arrive : tout part; le plus jeune peut-être
> Demande, en regardant les lieux qui l'ont vu naître,
> Quand viendra ce printemps par qui tant d'exilés
> Dans les champs paternels se verront rappelés (1).

Au sixième chant, Louis Racine fait parler ainsi le
chrétien :

> La grandeur, ô mon Dieu, n'est pas ce qui m'enchante,
> Et jamais des trésors la soif ne me tourmente.
> Ma seule ambition est d'être tout à toi :
> Mon plaisir, ma grandeur, ma richesse est ta loi.
> Je ne soupire point après la renommée.
> Qu'inconnue aux mortels, en toi seul renfermée,
> Ma gloire n'ait jamais que tes yeux pour témoins.
> C'est en toi que je trouve un repos dans mes soins.
> Tu me tiens lieu du jour dans cette nuit profonde.
> Au milieu d'un désert tu me rends tout le monde.
> Les hommes vainement m'offriraient tous leurs biens :
> Les hommes ne pourraient me séparer des tiens.
> Ceux qui ne t'aiment pas, ta loi leur fait entendre
> Qu'aux malheurs les plus grands ils doivent tous s'attendre.
> O menace, mon Dieu, qui ne peut m'alarmer!
> Le plus grand des malheurs est de ne point t'aimer.
> Que ta croix dans mes mains soit à ma dernière heure,
> Et que les yeux sur toi, je t'embrasse et je meure (2).

Avec plus de génie, Louis Racine eût modéré l'in-

(1) *La Religion*, chant I.          (2) *La Religion*, chant VI.

fluence de la versification un peu abandonnée de Voltaire, tantôt trop faiblement articulée, tantôt redondante, manière qui fut celle du dix-huitième siècle jusqu'à Delille. Racine y joint ce qui alors était nouveau, l'habileté technique. Celle-ci naissait au moment où disparaissait le soin du détail. L'éclat des qualités de Voltaire dissimule chez lui ce qui manque à sa méthode de versification; mais les défauts deviennent saillants chez ses imitateurs. Le vers souple, fort, harmonieux, qui se plie avec grâce à tous les mouvements de l'âme, le vers racinien est oublié. Presque seul, Louis Racine reste fidèle aux traditions de l'époque antérieure; il cultive le rhythme savant, la diction pure, la versification mélodieuse et habile, la méthode de son père, en un mot. Cependant il a parfois de grands vers, hardis de forme et de jet, qui font pressentir le vers de Voltaire. Voltaire, en effet, est tout rempli de ces vers jetés avec la plus heureuse nonchalance, faciles, tout d'une venue; c'est même à ce genre qu'on a donné le nom de *voltairien*. Corneille en a beaucoup de cette sorte, et certainement Louis Racine en possède quelques-uns :

Nous allons tous penser, Descartes va paraître.

— « Il vit, nos yeux l'ont vu : croyez. » Parole étrange!
Ils commandent de croire : on les croit, et tout change!

— Je tremble comme vous; espérez comme moi.

— De ses remords secrets triste et lente victime,
Jamais un criminel ne s'absout de son crime.

— A peine du néant l'homme venait d'éclore;
Déjà coulait pour lui le pur sang que j'adore.

— Mais ce n'est qu'à Virgile à chanter les abeilles.

Voici les mêmes allures dans un assez long morceau :

> Je la vois cette Rome, où d'augustes vieillards,
> Héritiers d'un apôtre et vainqueurs des Césars,
> Souverains sans armée et conquérants sans guerre,
> A leur triple couronne ont asservi la terre.
> Le fer n'est pas l'appui de leurs vastes états ;
> Leur trône n'est jamais entouré de soldats.
> Terrible par ses clefs et son glaive invisible,
> Tranquillement assis dans un palais paisible,
> Par l'anneau d'un pêcheur autorisant ses lois,
> Au rang de ses enfants un prêtre met nos rois (1).

Cette forme heureuse peut se jeter çà et là dans le discours, mais elle ne peut en former le tissu.

Louis Racine a fourni les premiers exemples de poésie pittoresque et descriptive, appliquée, il est vrai, à des sujets particuliers, isolés, plus souvent qu'à un ensemble. Le dix-septième siècle n'avait pas abordé ce genre de poésie ; le monde extérieur l'intéressait peu ; il lui fournissait des images et des expressions, mais il ne les employait qu'avec mesure ; sa poésie, tout humaine et morale, fut éminemment spiritualiste. Le dix-huitième siècle fit le contraire, et Louis Racine se trouva avoir fait des concessions à son siècle, mais sans esprit de système. Son sujet l'y conduisait, et l'amenait à soumettre à la poésie des détails techniques qu'elle n'avait pas encore abordés :

> Le père criminel d'une race proscrite
> Peupla d'infortunés une terre maudite.

(1) *La Religion*, chant IV.

Pour prolonger des jours destinés aux douleurs,
Naissent les premiers arts, enfants de nos malheurs.
La branche en longs éclats cède au bras qui l'arrache ;
Par le fer façonnée, elle allonge la hache ;
L'homme avec son secours, non sans un long effort,
Ébranle et fait tomber l'arbre dont elle sort ;
Et tandis qu'au fuseau la laine obéissante
Suit une main légère, une main plus pesante
Frappe à coups redoublés l'enclume qui gémit.
La lime mord l'acier, et l'oreille en frémit.
Le voyageur qu'arrête un obstacle liquide,
A l'écorce d'un bois confie un pied timide.
Retenu par la peur, par l'intérêt pressé,
Il avance en tremblant : le fleuve est traversé.
Bientôt ils oseront, les yeux vers les étoiles,
S'abandonner aux mers sur la foi de leurs voiles.
Avant que dans les pleurs ils pétrissent leur pain,
Avec de longs soupirs ils ont brisé le grain.
Un ruisseau par son cours, le vent par son haleine,
Peut à leurs faibles bras épargner tant de peine ;
Mais ces heureux secours, si présents à nos yeux,
Quand ils les connaîtront, le monde sera vieux (1).

On connaît la sentence de Voltaire sur Louis Racine : « Le bon versificateur Racine, fils du grand « poëte Racine. » Le mot est sévère, mais pas tout à fait injuste. En effet, Louis Racine est plus versificateur que poëte. Il a la poésie du détail, du vers isolé ; mais dans l'ensemble de ses compositions il est peu poëte ; l'invention lui manque. Du reste, l'humble Racine se fût contenté du mince éloge de Voltaire. Il s'était fait peindre tenant les œuvres de son père ouvertes à l'endroit où se lit ce vers de *Phèdre* :

Et moi, fils inconnu d'un si glorieux père (2).

(1) *La Religion*, chant III.        (2) *Phèdre*, acte III, scène V.

Les *Mémoires contenant quelques particularités sur la vie et les ouvrages de Jean Racine, de l'Académie française*, furent publiés en 1748. Louis Racine les adressait à son fils, comme Marmontel les siens à ses enfants, un demi-siècle plus tard. Quel contraste entre ces derniers mémoires, si peu moraux, et ceux de Racine, si purs, si chrétiens !

Il n'avait presque pas connu son père : « Je ne fai-« sais guère que de naître quand il mourut, et ma « mémoire ne peut me rappeler que des caresses (1). » Mais outre des papiers de famille, il avait sa mère, qui mourut seulement en 1732, son frère aîné, et Boileau, qui vécut jusqu'en 1711.

Ces mémoires sont précieux par bien des détails qui seraient perdus sans le soin que prit Louis Racine de les recueillir. Ils ouvrent des jours assez vifs sur la cour, sur les mœurs et la vie des hommes de lettres d'alors, sur Port-Royal et la religion d'un siècle éminemment religieux. Comme forme surtout, la religion jouait un rôle immense; elle explique bien des événements et caractérise bien des personnages. Ainsi le jansénisme qui, ailleurs et en d'autres temps, n'eût été qu'une secte théologique, devient un parti important dans l'histoire nationale.

Mais l'esprit qui anime ces mémoires est surtout ce qui les rend recommandables : on y trouve une noble candeur, un attendrissement pieux, mais contenu, une prévention filiale qui cependant ne fatigue point. C'est un fils qui écrit, mais c'est aussi un homme,

(1) *Mémoires sur la vie de Jean Racine.* Introduction.

c'est un chrétien. Il se glorifie moins du génie que des vertus domestiques de son père :

« Plutarque a déjà pu vous apprendre que Caton
« l'ancien préférait la gloire d'être bon mari à celle
« d'être grand sénateur, et qu'il quittait les affaires
« les plus importantes pour aller voir sa femme remuer
« et emmaillotter son enfant. Cette sensibilité antique
« n'est-elle donc plus dans nos mœurs, et trouvons-
« nous qu'il soit honteux d'avoir un cœur? L'huma-
« nité, toujours belle, se plaît surtout dans les belles
« âmes ; et les choses qui paraissent des faiblesses pué-
« riles aux yeux d'un bel esprit, sont les vrais plaisirs
« d'un grand homme. Celui dont on vous a dit tant
« de fois, et trop souvent peut-être, que vous deviez
« ressusciter le nom, n'était jamais si content que
« quand, libre de quitter la cour, où il trouva dans les
« premières années de si grands agréments, il pou-
« vait venir passer quelques jours avec nous. En pré-
« sence même d'étrangers, il osait être père : il était
« de tous nos jeux ; et je me souviens (je le puis
« écrire, puisque c'est à vous que j'écris), je me sou-
« viens de processions dans lesquelles mes sœurs
« étaient le clergé, j'étais le curé, et l'auteur d'*Athalie*,
« chantant avec nous, portait la croix.

« C'est une simplicité de mœurs si admirable dans
« un homme tout sentiment et tout cœur, qui est cause
« qu'en copiant pour vous ses lettres, je verse à tous
« moments des larmes, parce qu'il me communique
« la tendresse dont il était rempli.

« Oui, mon fils, il était né tendre, et vous l'en-

« tendrez assez dire ; mais il fut tendre pour Dieu
« lorsqu'il revint à lui ; et du jour qu'il revint à ceux
« qui, dans son enfance, lui avaient appris à le con-
« naître, il le fut pour eux sans réserve ; il le fut pour
« ce roi dont il avait tant de plaisir à écrire l'histoire ;
« il le fut toute sa vie pour ses amis; il le fut depuis
« son mariage et jusqu'à la fin de ses jours pour sa
« femme, et pour tous ses enfants sans prédilec-
« tion (1). »

Il s'excuse presque de parler des tragédies de son
père : « Je ne puis me dispenser de rappeler, au moins
« en peu de mots, l'histoire des pièces de théâtre de
« mon père (2). »

Quel salubre et vivifiant parfum s'exhale de ces
pages ! avec quel empressement la jeunesse devrait les
accueillir !

Sous le titre de *Réflexions sur la poésie*, Louis Racine
a mis au jour une suite de discours lus à l'Académie
des Inscriptions, et où il traite des questions générales,
telles que le langage poétique, l'observation des mœurs
au point de vue de la poésie. C'est enfin presque
toute une poétique, où, comme Rollin, Louis Racine
se montre disciple de deux antiquités, l'antiquité ho-
mérique et l'antiquité biblique, les deux mamelles,
pour ainsi dire, de la vraie poésie.

Ces *Réflexions* font preuve d'un goût très pur, de
connaissances littéraires étendues ; mais l'auteur ne
m'y semble pas profond. Cette critique est assez grave :

_____

(1) *Mémoires sur la vie de J. Racine.* Introduction.        (2) *Ibid.*

sans profondeur on n'a que l'apparence de la clarté ;
on n'est vraiment clair qu'en remontant jusqu'à la
raison première, à l'idée complète et simple à la fois.
Il y a une simplicité profonde, il y a une simplicité
superficielle. Ainsi Condillac, par exemple, qui paraît
clair aux esprits superficiels, reste obscur pour les esprits qui ont besoin de profondeur ; ils voient partout
des énigmes à résoudre. On peut éprouver de la satisfaction en voyant la relation d'un effet avec sa cause
prochaine ; mais cette clarté-là instruit mal. Louis
Racine, cependant, remonte parfois aux principes ;
mais d'ordinaire, il n'est pas suffisamment instructif.
C'est ainsi que traitant de l'essence de la poésie, il fait
consister la poésie dans l'enthousiasme, et confond
l'enthousiasme avec la passion.

Les *Remarques sur les tragédies de Jean Racine, sui-
vies d'un traité sur la poésie dramatique, ancienne et
moderne*, forment trois volumes qui parurent en 1752.
C'est une très bonne introduction à l'étude de la littérature dramatique. Les idées en sont justes, sans
être très fortes ; tout cela est précieux, mais sans égaler
Rollin, ni surtout Fénelon. Il y manque la fraîcheur,
la vie, ce je ne sais quoi d'individuel dont nous avons
déjà signalé l'absence chez Louis Racine. Les remarques sur les œuvres de son père sont de peu de
portée, minutieuses, et trop souvent approbatives.

Au reste, il ne me semble pas que les dissertations
de Louis Racine, quoique instructives et judicieuses,
aient fait faire un pas à la philosophie de l'art. Elles
n'ont pas même le mérite de faire pressentir la voie

nouvelle. L'abbé Dubos l'avait indiquée et y était
entré dans ses *Réflexions critiques sur la poésie et la
peinture*, publiées en 1719, et qui me paraissent plus
nouvelles et d'une portée plus philosophique que les
traités de Racine. Sans être profonde, la philosophie
de Dubos a quelque originalité. Il aborde des questions alors peu étudiées : la nature de la jouissance
esthétique ; la différente condition des différents arts
et leur puissance respective ; la part que peuvent avoir
les causes physiques dans le développement du génie,
dans le caractère de ses œuvres, et dans l'éclat littéraire de certaines époques ; l'art de juger en matière esthétique, et la compétence de la critique. C'est
un ouvrage curieux encore aujourd'hui ; la diction
n'en est pas remarquable, mais elle est facile et naturelle. Il est bon de voir le jugement de Voltaire sur
Dubos dans le catalogue des écrivains du siècle de
Louis XIV.

Par sa traduction en prose du *Paradis Perdu* (1755)
Louis Racine entra doublement dans l'esprit de son
siècle. En 1729, Milton avait déjà été traduit par Dupré
de Saint-Maur, et cette première traduction avait obtenu un grand succès. Le système de traduction du
dix-septième siècle est intéressant à étudier ; mieux
qu'autre chose, il caractérise l'esprit du temps. Adoucir,
atténuer les hardiesses ; préférer le vrai abstrait et
affaiblir la part du réel dans le style ; accorder beaucoup aux bienséances et à une dignité de convention ;
transporter aux anciens et aux étrangers le langage
français et moderne, au lieu de plier la langue mo-

derne aux exigences des sujets, voilà quel était alors
l'esprit de la traduction. Cette époque cependant avait
tant de goût et même de candeur, que, malgré les vices
du système, elle a pu donner par de belles traductions une idée de l'antiquité, témoin l'*Homère* de
Madame Dacier. Mais ce système n'est pas celui de
Louis Racine. Au dix-septième siècle, on ne traduisait
que les anciens; il traduit un moderne, un Anglais,
celui que Boileau qualifiait de *barbare*. Il ose être exact;
il ne l'est pas encore assez :

> Tour à tour la sagesse est de craindre ou d'oser.

Longtemps on a préféré Dupré de Saint-Maur, comme
plus élégant. Il a l'élégance du dix-huitième siècle.
Racine a celle du siècle précédent, et il est bien plus
exact. Il a traduit en vers, mais faiblement, quelques
morceaux du même poëme. Delille lui a dérobé, sans
en rien dire, quelques vers heureux, tels que celui-ci,
dans l'invocation à la lumière :

> Tout revient, mais le jour ne revient pas pour moi.

# VI.

## CRÉBILLON.

### 1674 — 1762.

Crébillon appartient réellement à l'époque qui fait le sujet de notre étude. Sa carrière dramatique subit une interruption d'une vingtaine d'années, mais elle fut d'une longueur peu commune. *Idoménée,* sa première tragédie, parut en 1703; sa dernière, le *Triumvirat,* en 1754 : il avait quatre-vingts ans.

Il naquit, en province, d'une famille honorable et de robe; il fut destiné au barreau, et entra chez un procureur après des études assez superficielles, pendant lesquelles il avait fait preuve de facilité plus que d'application. Chose rare, ce fut le procureur lui-même qui poussa Crébillon au théâtre, où le succès d'*Idoménée* décida de son avenir. Sa vie offre d'ailleurs peu d'événements dignes de remarque; ses ouvrages seuls y ont fait époque. Un sentiment excessif d'indépendance rendit son existence solitaire et sauvage. Il resta étranger à l'esprit de son siècle. Pénétré d'enthousiasme pour le républicanisme antique, il aurait facilement trouvé son rôle dans une époque révolutionnaire; mais dans la France monarchique il n'y avait pas de place pour lui. Le cercle de ses idées était

d'ailleurs peu étendu ; il vivait plus par l'imagination
que par la pensée ; et l'on peut dire que cette vie ne
fut qu'un long rêve. Il se tenait chez lui, enveloppé
de fumée de tabac, entouré d'animaux pour lesquels
il avait un goût singulier, composant, sans les écrire,
des romans d'aventures. Le mouvement philosophique
du dix-huitième siècle n'approcha pas de lui. Hors du
théâtre, il n'est rien, il ne comprend rien. On n'a pas
assez d'esprit quand on n'en a que d'une sorte, en
eût-on même beaucoup.

Crébillon n'avait que l'esprit de la tragédie, et pour
la tragédie ce n'est pas même assez. Il y faut de la
philosophie, il n'y en a pas dans ce qui nous reste de
Crébillon. L'espace manque ; point de perspective ; il
ne nous donne qu'un premier plan. Il a, dit-on, ex-
cellé dans la poésie de la terreur ; on veut qu'en ce
genre il ait surpassé Racine et Corneille ; mais ceci est
loin d'être prouvé. La poésie est une activité de l'intelligence. Quand elle ne fait qu'émouvoir, elle confond
le moyen avec le but. La sensation doit être considé-
rée comme le moyen de l'idée ; la poésie, sans doute,
ne néglige pas l'impression sensible, mais elle la traverse pour arriver plus haut. Il faut qu'elle agrandisse
l'horizon de la pensée, qu'elle nous procure le noble
plaisir de la contemplation. Crébillon occupe fort peu
la pensée, l'âme, dans son sens le plus élevé. Nous
avons une âme sensible et une âme intellectuelle ; de
cette dernière, Crébillon ne sait rien. Son énergie incontestable donne prise au blâme autant qu'à l'éloge.
Lorsqu'il s'agit de lui, on ne peut guère séparer l'un

de l'autre. Mais si Crébillon s'arrête à l'impression sensible, il faut convenir qu'il sait la diriger sur les affections nobles de l'homme et qu'il n'est pas moins remarquable dans l'expression des sentiments généreux que dans l'emploi du mobile de la terreur.

L'élément romanesque domine dans la structure des pièces de Crébillon; et l'on peut même dire de lui qu'il a maintenu le roman dans la tragédie. L'esprit romanesque est le grand défaut de la tragédie française, défaut qui tient aux origines mêmes de cette tragédie, à la nature et à l'éducation de celui qui lui donna sa forme : Corneille était romanesque, et la France a longtemps confondu le roman et la poésie. Racine avait presque guéri la tragédie de cette fausse tendance : *Phèdre, Esther, Athalie* ne sont certes pas romanesques; mais Crébillon lui fit subir une rechute. Le romanesque est une pure illusion sur la vie humaine; c'est la fuite du réel et du possible, le rêve d'un monde qui n'existe pas et qui ne peut exister, une sorte de convention dans laquelle vivent certains esprits et certaines époques. La poésie, au contraire, c'est la plus vive compréhension des choses, leur plus intime comme leur plus haute vérité.

Crébillon a le double romanesque des sentiments et des situations. Il peint les passions plus que les caractères, les situations plus que les passions. Or la passion, qui est un accident dans la vie, a quelque chose de plus particulier que le caractère, et la situation est encore plus particulière que la passion. Crébillon est profond, mais sans être large ; grand défaut, car la profondeur sans étendue n'est vraiment pas de la profondeur.

On lui a justement reproché d'avoir mêlé l'amour, ou plutôt une galanterie langoureuse, aux sanglantes horreurs de ses tragédies. Déjà Corneille donne dans ce défaut ; mais comme il sait mieux le racheter ! De plus, le charme du style manque presque entièrement à Crébillon. Son langage rude, inculte, incorrect, va jusqu'à la barbarie ; et quand il n'a pas de défaut grave, il n'a guère non plus de qualités. Il manque de couleur et d'originalité ; il est triste ; on dirait une montagne pelée ; toute verdure a disparu, il ne reste que le roc nu. Ce qu'il a de sauvage peut cependant, en de rares occasions, devenir une beauté. On peut appliquer au style de Crébillon ce que lui-même place dans la bouche de Pharasmane dans *Rhadamiste* :

> La nature marâtre en ces affreux climats
> Ne produit, au lieu d'or, que du fer, des soldats ;
> Son sein tout hérissé n'offre aux désirs de l'homme
> Rien qui puisse tenter l'avarice de Rome (1).

Les tragédies de Crébillon sont *Idoménée*, *Atrée et Thyeste*, *Électre*, *Rhadamiste et Zénobie*, *Xerxès*, *Sémiramis*, *Pyrrhus*, *Catilina*, *le Triumvirat*. Trois surtout sont dignes de remarque : *Électre*, *Rhadamiste*, *Pyrrhus*.

*Électre* parut en 1708. Cette pièce a sans doute de très grands défauts ; l'auteur n'est point resté dans la simplicité antique ; il fait entrer des éléments insipides et faux, le double amour des enfants d'Égisthe et d'A-

---

(1) *Rhadamiste et Zénobie*, acte II, scène II.

gamemnon, dans le sujet le plus tragique qu'il y ait au monde. Mais *Électre* a aussi de grandes beautés ; ainsi le songe de Clytemnestre :

> Deux fois mes sens frappés par un triste réveil
> Pour la troisième fois se livraient au sommeil,
> Quand j'ai cru, par des cris terribles et funèbres,
> Me sentir entraîner dans l'horreur des ténèbres..
> Je suivais, malgré moi, de si lugubres cris ;
> Je ne sais quels remords agitaient mes esprits ;
> Mille foudres grondaient dans un épais nuage,
> Qui semblait cependant céder à mon passage.
> Sous mes pas chancelants un gouffre s'est ouvert ;
> L'affreux séjour des morts à mes yeux s'est offert.
> A travers l'Achéron, la malheureuse Électre,
> A grands pas, où j'étais semblait guider un spectre.
> Je fuyais, il me suit. Ah ! seigneur, à ce nom
> Mon sang se glace : hélas ! c'était Agamemnon.
> « Arrête, m'a-t-il dit d'une voix formidable,
> « Voici de tes forfaits le terme redoutable :
> « Arrête, épouse indigne, et frémis de ce sang
> « Que le cruel Égisthe a tiré de mon flanc. »
> Ce sang, qui ruisselait d'une large blessure,
> Semblait, en s'écoulant, pousser un long murmure.
> A l'instant j'ai cru voir aussi couler le mien :
> Mais, malheureuse ! à peine a-t-il touché le sien,
> Que j'en ai vu renaître un monstre impitoyable,
> Qui m'a lancé d'abord un regard effroyable.
> Deux fois le Styx frappé par ses mugissements
> A longtemps répondu par des gémissements (1).

La reconnaissance d'Oreste et d'Électre est pleine d'inspiration ; le rôle de Palamède, en entier de l'invention de Crébillon, est noblement conçu et noblement exécuté. Enfin, les remords d'Oreste forment un

---

(1) *Électre*, acte I, scène VIII.

morceau admirable; au style près, il est presque supérieur à celui de Racine dans *Andromaque;* on y rencontre un trait de génie : Oreste laisse échapper son
propre nom, et dans son trouble affreux, il le prend
pour une voix échappée des enfers :

> Mais quoi! quelle vapeur vient obscurcir les airs?
> Grâce au ciel, on m'entrouvre un chemin aux enfers;
> Descendons : les enfers n'ont rien qui m'épouvante;
> Suivons le noir sentier que le sort me présente;
> Cachons-nous dans l'horreur de l'éternelle nuit.
> Quelle triste clarté dans ce moment me luit?
> Qui ramène le jour dans ces retraites sombres?
> Que vois-je? mon aspect épouvante les ombres!
> Que de gémissements! que de cris douloureux!
> « Oreste! » Qui m'appelle en ce séjour affreux?
> Égisthe! ah! c'en est trop; il faut qu'à ma colère...
> Que vois-je? dans ses mains la tête de ma mère!
> Quels regards! où fuirai-je? Ah! monstre furieux,
> Quel spectacle oses-tu présenter à mes yeux!
> Je ne souffre que trop; monstre cruel, arrête;
> A mes yeux effrayés dérobe cette tête.
> Ah! ma mère, épargnez votre malheureux fils.
> Ombre d'Agamemnon, sois sensible à mes cris;
> J'implore ton secours, chère ombre de mon père;
> Viens défendre ton fils des fureurs de sa mère;
> Prends pitié de l'état où tu me vois réduit.
> Quoi! jusque dans tes bras la barbare me suit!
> C'en est fait; je succombe à cet affreux supplice (1).

*Rhadamiste* (1711) est fort supérieur à *Électre* et
à tous les autres ouvrages de Crébillon. Mieux écrite,
cette tragédie serait au premier rang de la scène française. Cependant quelque chose y manquerait toujours,
le bon sens; non pas précisément sur la scène, mais

(1) *Électre*, acte V, scène IX.

dans les données de la pièce. Aristote permet l'absurde dans l'avant-scène, parmi les éléments antérieurs à l'action : Crébillon a largement usé de la permission. Rien de plus absurde que les faits racontés dans l'exposition ; celle-ci d'ailleurs se fait à double, au premier et au second acte, et toujours d'une manière compliquée, chargée, confuse. Les situations qui résultent de ces pénibles antécédents sont belles. Dans la scène entre Rhadamiste et son confident Hiéron, on doit remarquer ces vers :

> Et que sais-je, Hiéron? Furieux, incertain,
> Criminel sans penchant, vertueux sans dessein,
> Jouet infortuné de ma douleur extrême,
> Dans l'état où je suis, me connais-je moi-même?
> Mon cœur, de soins divers sans cesse combattu,
> Ennemi du forfait sans aimer la vertu,
> D'un amour malheureux déplorable victime,
> S'abandonne aux remords sans renoncer au crime.
> Je cède au repentir, mais sans en profiter,
> Et je ne me connais que pour me détester.
> Dans ce cruel séjour sais-je ce qui m'entraîne,
> Si c'est le désespoir, ou l'amour, ou la haine?
> J'ai perdu Zénobie; après ce coup affreux,
> Peux-tu me demander encor ce que je veux?
> Désespéré, proscrit, abhorrant la lumière,
> Je voudrais me venger de la nature entière.
> Je ne sais quel poison se répand dans mon cœur ;
> Mais, jusqu'à mes remords, tout y devient fureur (1).

Le dialogue entre Pharasmane et son fils Rhadamiste, qui, sans se faire connaître, se présente comme ambassadeur des Romains, est admirable ; ici l'énergie

(1) *Rhadamiste et Zénobie*, acte II, scène I.

du style et la puissance de la couleur sont au niveau de la pensée.

Ce qui est encore supérieur, c'est la reconnaissance de Rhadamiste et de sa femme Zénobie, qu'il croit avoir immolée. Rien ne surpasse, pas même les rôles de Corneille, la noblesse des sentiments et des expressions de Zénobie :

> Ah cruel ! plût aux dieux que ta main ennemie
> N'eût jamais attenté qu'aux jours de Zénobie !
> Le cœur, à ton aspect, désarmé de courroux,
> Je ferais mon bonheur de revoir mon époux ;
> Et l'amour, s'honorant de ta fureur jalouse,
> Dans tes bras avec joie eût remis ton épouse.
> Ne crois pas cependant que, pour toi sans pitié,
> Je puisse te revoir avec inimitié.

Et plus loin :

> Va, ce n'est pas à nous que les dieux ont remis
> Le pouvoir de punir de si chers ennemis.
> Nomme-moi les climats où tu souhaites vivre ;
> Parle : dès ce moment je suis prête à te suivre,
> Sûre que les remords qui saisissent ton cœur
> Naissent de ta vertu, plus que de ton malheur ;
> Heureuse si pour toi les soins de Zénobie,
> Pouvaient un jour servir d'exemple à l'Arménie,
> La rendre comme moi soumise à ton pouvoir,
> Et l'instruire du moins à suivre son devoir.
>
> .    .    .    .    .    .    .    .    .    .    :
>
> .    .    .    .    .    .    .    .    ,    .    .
> Calme les vains soupçons dont ton âme est saisie,
> Ou cache-m'en du moins l'indigne jalousie ;
> Et souviens-toi qu'un cœur qui peut te pardonner
> Est un cœur que sans crime on ne peut soupçonner.

Rhadamiste, touché de tant de générosité, s'écrie :

Dieux, qui me la rendez, pour combler mes souhaits,
Daignez me faire un cœur digne de vos bienfaits (1) !

Dans le quatrième acte, poussée par la jalousie de Rhadamiste, Zénobie lui fait, devant son frère Arsame, l'aveu du sentiment qu'elle avait dissimulé jusqu'alors à ce dernier :

Mais puisqu'à tes soupçons tu veux t'abandonner,
Connais donc tout ce cœur que tu peux soupçonner ;
Je vais, par un seul trait, te le faire connaître,
Et de mon sort après je te laisse le maître.
Ton frère me fut cher, je ne le puis nier ;
Je ne cherche pas même à m'en justifier ;
Mais, malgré son amour, ce prince qui l'ignore,
Sans tes lâches soupçons l'ignorerait encore.

Elle termine, en sortant, par ces vers fameux :

Je connais la fureur de tes soupçons jaloux ;
Mais j'ai trop de vertu pour craindre mon époux (2).

*Pyrrhus* (1726) n'est pas estimé à sa valeur. Le sujet de cette tragédie est intéressant et assez vraisemblable ; la structure en est à la fois savante et simple ; les caractères sont nobles et attachants. Ici se retrouve une veine de Corneille : le spectacle de la générosité dans de jeunes cœurs ; et c'est un trait de nature que les deux poëtes ont su reproduire. Cette pièce est, de plus, mieux écrite que les autres ; mais, malgré cette supériorité comparative, elle reste encore privée de ce charme qui lui eût assuré une réputation théâtrale.

On voulut opposer Crébillon à Voltaire. Une cabale s'organisa dans ce but, bien moins injuste, il est vrai, que celle qui opposait Pradon à Racine. A certains

(1) *Rhadamiste,* acte III, scène V.     (2) *Rhadamiste,* acte IV, scène V.

égards, en effet, Crébillon méritait de lutter contre
Voltaire ; mais dans l'ensemble des dons poétiques,
son infériorité ressortait de toutes parts. Voltaire fut
trop sensible à l'opposition. Il s'irrita, il montra de la
petitesse, il s'appliqua à prouver que sur tous les sujets
il l'emportait sur Crébillon. Il fit *Oreste* contre *Électre*,
*Sémiramis* et *Rome sauvée* contre la *Sémiramis* et le
*Catilina* de Crébillon. La *Sémiramis* de Voltaire est de
1748, sa *Rome sauvée* de 1750. Sa supériorité dans
ces deux dernières pièces est incontestable, mais on
ne peut en dire autant de l'*Oreste*. Crébillon, d'ailleurs, demeura de sa personne étranger au travail de
la cabale anti-voltairienne, et ne fut que l'instrument
des ennemis de son rival. En définitive, sa réputation
souffrit des efforts par lesquels on prétendit l'égaler à
Voltaire. La place usurpée qu'on lui attribuait le fit
tomber plus bas que son vrai mérite. Aujourd'hui il est
mieux apprécié. On n'a pas encore essayé de remettre
ses tragédies au théâtre ; mais leur tour reviendra
peut-être.

# VII.

## LE SAGE.

### 1668 — 1747.

La vie de Le Sage fut obscure, laborieuse et pauvre. Il travailla beaucoup pour les petits théâtres, surtout pour celui de la Foire, auquel il a laissé cent une comédies, ou farces plutôt. On est attristé d'une telle dégradation du talent. Oublié des grands et du gouvernement, Le Sage, tombé d'assez bonne heure en enfance, fut recueilli par un fils ecclésiastique, chez lequel il s'éteignit lentement.

Les romans de Le Sage sont d'une espèce nouvelle. Il en a écrit plusieurs ; mais après *Gil Blas*, le *Diable boiteux* est le seul qui soit généralement connu. Au moment où l'on allait mettre le roman dans la comédie, Le Sage mit la comédie dans le roman. Le sien est le véritable *roman comique ;* celui de Scarron, qui en porte le titre, n'est qu'une suite de scènes burlesques, racontées jovialement. *Gil Blas* est

Une ample comédie à cent actes divers.

En général, le roman est une petite épopée, l'histoire d'un moment dans une vie ; mais ici l'épopée embrasse une vie entière ; c'est un roman à tiroirs, une suite d'épisodes. Ce sont les mémoires d'un aventurier. Le

Sage ne s'est pas appliqué à un autre genre; celui-là suffisait à son succès, et peut-être le roman réduit à l'unité et fortement intrigué était-il étranger à la nature de son talent.

Quelques-uns veulent voir dans *Gil Blas* la peinture d'une classe particulière, ou d'un moment donné dans la société. Ceci est vrai jusqu'à un certain point : nécessairement *Gil Blas* doit représenter les mœurs de son temps; mais ici la peinture de l'homme en général l'emporte de beaucoup sur celle d'une certaine époque et de certaines conditions. Cette admirable peinture est l'une des plus naïves et des plus profondes qui existent. Après Molière, rien de pareil. On comprend l'enthousiasme de Walter Scott pour Le Sage ; c'étaient deux génies de même trempe, tous deux cadets de Molière, doués tous deux du pouvoir de reproduire la nature humaine dans sa pleine vérité. *Gil Blas* offre une suite de types parfaits, immortels, magasin perpétuellement ouvert aux allusions de l'esprit de société. Qui ne connaît le docteur Sangrado, les homélies de l'archevêque de Grenade, le parasite, le chanoine gourmand? L'intrigue, il est vrai, n'a rien de remarquable ; elle est souvent puérile, elle amuse les enfants, ou ce qu'il y a de l'enfant en chacun de nous. Mais ce qui mérite mieux d'amuser, ce sont tous ces épisodes comparables aux scènes de Molière, relevés par l'invention, l'extrême variété, le comique des incidents ajouté au comique des personnages.

Le style est au niveau de tout le reste : naturel, pureté, correction parfaite, réserve étonnante. Le Sage n'est pas de ces auteurs qui n'ont jamais tout dit et dont l'expression va débordant la pensée. Il se contient ; il laisse quelque chose à deviner ou plutôt à faire à celui qui le lit. C'est un artifice délicat des bons écrivains ; ils savent que le lecteur aime à se mettre de moitié avec l'auteur. Ceux d'aujourd'hui enfoncent la porte ; *Gil Blas* vous l'ouvre doucement.

Les sujets traités par Le Sage commandent d'ailleurs la réserve ; sa plume est aussi chaste que ses sujets malheureusement le sont peu. Aujourd'hui, plus le sujet est périlleux, plus on augmente le péril par l'expression. Le Sage, au contraire, reste froid où il aurait pu se laisser tenter d'être brûlant. Il traite avec ironie des sujets graves ; il vous fait rire du mal, ce qui n'est pas bien sans doute, mais ce qui vaut mieux que de vous mettre en sympathie avec lui. Il peut agir en mal sur votre esprit ; sur vos sens, jamais.

Ce roman ne doit pas cependant être mis entre les mains de tout le monde. Il ne renferme presque pas une figure honnête ; rien que des fripons ou des imbéciles, et les imbéciles mêmes y sont souvent peu honnêtes. C'est une abstraction, le monde réel n'est heureusement pas fait ainsi. La conséquence en est que Le Sage ne nous intéresse à personne, pas même à son héros ; on ne saurait se plaire en si mauvaise compagnie. Même au dénoûment, quand Gil Blas est heureux, qu'il avance en âge, qu'on aime à croire que l'auteur va vous laisser sous une impression un peu douce et sérieuse, c'est alors que, dans la dernière phrase de son livre, il se plaît à vous rejeter dans l'ironie et le scepticisme. *Gil Blas*, en un mot, est la paraphrase de la maxime célèbre de La Rochefoucauld : « La vertu n'est qu'un mot, elle ne se trouve nulle « part sur la terre, et il en faut prendre son parti. »

Le Sage n'excelle pas moins dans l'art du dialogue que dans celui de la narration. *Gil Blas* appartient au genre de la comédie, non-seulement par le fond du livre, mais encore par la forme ; plusieurs chapitres de ce roman sont de véritables scènes, auxquelles rien ne manquerait pour la réussite théâtrale. Aussi ne s'étonne-t-on point que Le Sage ait écrit des comédies, et même des comédies excellentes, telles que *Turcaret* et *Crispin rival de son maître*.

*Crispin* est une farce aussi immorale que possible. Alors on n'entendait ce genre guère autrement ; on applaudissait précisément au triomphe de la friponne-rie audacieuse. Pour la verve comique, le mouvement de l'action, l'originalité, cette pièce mérite d'être clas-sée parmi les meilleures du genre.

*Turcaret* (1709) est à la tête des comédies du second ordre. Sanglante satire de la bassesse, de la cupidité, du stupide orgueil, du désordre moral des traitants, les financiers de l'époque, cette pièce pourrait sem-bler contemporaine du système de Law, qu'elle pré-céda cependant de plusieurs années. Turcaret est un financier, fripon imbécile, dupé et dépouillé par une baronne, friponne spirituelle. Le valet et la chambrière sont pires que les maîtres. Pas un personnage hon-nête ; c'est la lie de la société. Il ne peut donc s'y trou-ver d'intérêt ; mais l'originalité des pensées et la fidélité

des caractères font de cette comédie la meilleure du
dix-huitième siècle et une œuvre digne de Molière.
Ceci me conduit, Messieurs, à quelques observations
plus générales.

L'esprit de la comédie du dix-septième siècle trouva
ses derniers représentants dans Le Sage et dans quelques poëtes contemporains, d'Allainval surtout, auteur
de l'*École des Bourgeois* (1728). Au delà de cette époque
la comédie change de caractère. Quel était donc celui
qui l'avait signalée au siècle précédent ?

En premier lieu, la comédie du dix-septième siècle
fait abstraction, suppression quasi complète de ce qu'on
appelle *l'intérêt*. L'intérêt peut être de deux sortes,
celui qui se rattache aux personnages et celui qui dé-
rive des principes. Mais ces deux intérêts sont voisins ;
ils se mêlent et se confondent le plus souvent ; dans
tous les cas, il y a sympathie entre eux. Il faut le dire
à l'honneur de notre nature, toute déchue qu'elle est,
l'intérêt que nous portons à un personnage quelconque
a toujours pour motif les qualités que nous croyons
reconnaître en lui, et pour mesure, la mesure de ces
qualités ; et c'est par là que l'intérêt du personnage se
rattache à l'intérêt du principe. Or, ni l'un ni l'autre
de ces deux intérêts ne domine dans la comédie du
dix-septième siècle.

Un autre caractère de cette comédie c'est de faire
bon marché de la vraisemblance, non-seulement de la
vraisemblance des incidents, mais aussi, dans un certain sens, de la vraisemblance des caractères. Ceux-ci

partent en général de données justes, mais dans l'exécution ils dépassent la ligne de la réalité. En lisant
Molière au point de vue de la vie commune, on se sen-
tirait dépaysé ; en lisant les comédies de Shakspeare,
l'étonnement redouble ; on se demande dans quel
monde il a pris ces événements, quelquefois même ces
personnages, desquels nous ne rencontrons l'original
nulle part. Cependant Shakspeare et Molière sont les
deux plus grands poëtes comiques qu'ait produits le
monde. Ceci nous révèle un esprit poétique différent
de celui qui prévalut au dix-huitième siècle : la comédie de Shakspeare et, dans un degré inférieur,
celle de Molière sont idéales.

Au dix-huitième siècle, la poésie tombe. Les formes
demeurent, mais l'esprit poétique s'éteint ; la poésie
n'est plus son but à elle-même. Le siècle, sous ce
rapport, peut valoir mieux ; peut-être, après tout, est-
il à l'honneur d'une époque de travailler à reculer
l'art au second plan, et à mettre au premier rang le
but moral et l'application pratique ; mais certainement
l'art lui-même y perd. Au dix-septième siècle, on faisait une comédie pour faire une comédie. On voulait
se réjouir et réjouir les autres. Dans ce point de vue
tout esthétique, Molière pouvait réellement faire bon
marché de la vraisemblance commune. Le spectateur,
se disait-il, ne vient pas ici pour y voir un *fac simile*
de sa vie. Son public, en effet, se gardait bien de lui
demander cette vraisemblance pédantesque. Quant à
l'intérêt, Molière était poëte comique ; ce qu'il avait en
vue, c'était l'aspect comique de chaque caractère. Par

conséquent, il n'allait pas à la piste de l'intérêt ; mais quoiqu'il ne l'ait jamais cherché, il l'a quelquefois rencontré, comme dans le *Misanthrope*. Lisez la scène entre Alceste et Célimène (1). Mais Molière ne se faisait pas un système de cette forme artistique ; il n'en était pas non plus l'unique inventeur. Nous ne disons point que ses impressions individuelles ne fussent pour rien dans la conception de ses comédies ; mais la responsabilité des idées que celles-ci représentaient retombe avant tout sur l'époque où il a vécu. La littérature française du dix-septième siècle a sévèrement distingué deux mondes, l'un tout moqueur et dérisoire, l'autre tout sérieux. Dans la réalité cependant nous voyons ces deux mondes susceptibles de rapprochement, et même de fusion.

La même littérature tenait à distance et répartissait en deux genres différents le noble et le familier. Elle affectait le noble à certains genres de composition, le familier à d'autres. Le familier ne se présente que sous la forme du comique, ou pour mieux dire, le familier vrai n'existe presque pas dans la littérature française. On va s'attendrir aux tragédies de Racine, on va élever son âme à celles de Corneille ; puis on se transporte au théâtre de Molière, mais ce n'est que pour rire et non pour s'émouvoir. D'où cela vient-il ?

Il existe deux sortes de peuples. Ceux d'abord où la famille est l'essentiel de la vie, où dans tous les moments on fait retour vers le foyer domestique, où l'on

(1) *Le Misanthrope*, acte IV, scène III.

ne s'en écarte que pour y revenir, où il est le centre
des pensées journalières et le grand but de l'activité.
Certaines circonstances locales et physiques contribuent
à cette importance : on vit au coin de son feu dans le
Nord, on vit en plein air dans le Midi. Cependant on
rencontre des peuples méridionaux qui ont le caractère de ceux du Nord, et des nations septentrionales
chez lesquelles règnent les mœurs du Midi. La Polo-
gne, par exemple, se trouve dans ce dernier cas. Le
christianisme, d'ailleurs, et c'est une preuve de plus
de sa divinité, a égalisé jusqu'à un certain point les
mœurs des peuples. Mais pour juger de ces influences
dans leur pureté, prenons pour exemple Athènes, cette
ville à la fois païenne et méridionale, où chacun vivait
sous l'azur du ciel et à la lumière du soleil. De combien la vie politique et sociale ne l'emportait-elle pas
à Athènes sur la vie domestique, la cité sur la famille !

Chez ceux des peuples modernes où l'esprit social
déborde essentiellement l'esprit domestique, la séparation du sérieux et du plaisant, du noble et du familier, devait s'opérer naturellement. La vigilance à
observer sur soi-même en dehors de la famille oblige
à une distinction dans le langage et les manières :
le noble représente les rapports conventionnels et superficiels de la société ; le familier exprime la famille.
Où la vie privée se trouve à la tête des intérêts de
l'existence, le mélange, ou plutôt l'unité du noble et
du familier a lieu de soi-même. C'est ce dont témoignent les littératures anglaise et allemande ; ces deux

nations ne séparent point deux éléments qui, pour elles, se confondent dans la vie. En France, où la vie sociale domine l'autre, il n'en est pas de même ; c'est pourquoi la comédie du dix-septième siècle a tellement abondé dans le sens de cette séparation, que même elle n'a accordé aucune place à l'élément de l'intérêt, ni à l'intérêt des personnages ni à celui des principes. Ainsi, sans intention immorale, et par le seul fait d'une distinction absolue, cette comédie a exclu l'intérêt de l'âme, ou pour parler vulgairement, la morale ; elle a été jusqu'à réclamer des applaudissements pour le crime, lorsqu'il est plaisant ou spirituel.

Au dix-huitième siècle, ce n'était plus possible. Ce siècle, déplorable sans doute sous bien des rapports, s'est cependant occupé du but moral de l'art. Il s'en est même trop occupé. Il faut être bon, il faut vouloir réellement le bien, il faut être animé de sentiments nobles et purs, et après cela se laisser librement aller aux inspirations de l'art : « Aimez et faites ce que vous « voudrez. » D'une part, le dix-huitième siècle ne fut point assez bon, de l'autre il fut trop préoccupé du but prochain de l'art. L'art y perdit, et la morale de l'époque fut trop souvent, dans le fait, immorale. Mais notre siècle est pire que le dix-huitième ; au lieu de prêcher une morale imparfaite, c'est l'immoralité qu'on prend peine à ériger en dogme ; la pédanterie se mêle à la prédication du vice.

Au dix-huitième siècle, la comédie devient intéressante. Il faut le dire cependant, philosophiquement

parlant, elle l'est moins que celle de Molière. Dans la
période qui nous occupe, quelques ouvrages isolés trahissent des symptômes de cette révolution. *La Pupille*
(1734), jolie comédie de Fagan, fait transition. Une
pupille s'est attachée à son tuteur, et finit par l'épouser, après avoir repoussé différents partis proposés par
le généreux tuteur, qui ignore l'affection de sa pupille.
Ceci était tout nouveau.

En outre, la comédie s'attache davantage à la vraisemblance. Elle est moins idéale, partant moins poétique. Ajoutons qu'elle s'occupe moins des classes de
la société. Les comiques du dix-huitième siècle s'atta-
quaient surtout à ces classes diverses, et aux ridicules
propres aux membres qui les constituaient : médecins,
bourgeois, courtisans, marquis, dévots même ; car le
*Tartuffe* n'est pas seulement la satire de l'hypocrisie,
mais celle d'un parti dominant alors. Un peu plus
tard, on ridiculisa la noblesse, la robe, la magistrature, puis la finance qui s'engraissait de la substance
du peuple, et se décrassait par l'alliance de quelque
fille noble sans fortune. Mais au dix-huitième siècle,
ce n'est plus guère aux classes qu'on se prend ; on
vise aux caractères, on en veut surtout aux ridicules
attachés à l'humanité même, plus qu'à telle ou telle
condition particulière. Le grand siècle, privé de la liberté de la presse, s'en dédommageait par la liberté
de la chaire, qui en usait largement, et par la liberté
du théâtre comique. C'était le double asile de la liberté
française. Mais sous Louis XV, la presse commence à
s'émanciper, les mœurs sont tout à fait affranchies, et

la comédie abdique le rôle qu'elle avait rempli dans les siècles précédents. Elle est moins politique; elle devient plus morale. Nous arrivons à l'auteur par qui fut consommé ce changement.

# VIII.

## DESTOUCHES.

### 1680—1754.

Destouches accomplit la révolution de la comédie et y introduisit tout à fait cet élément nouveau de l'intérêt, auquel Fagan avait commencé à donner jour. Né à Tours, au cœur et dans la partie la plus française de la France, il était sorti d'une famille honnête et aisée. Il semblait destiné à une vie paisible ; mais contrarié dans ses affections, sa carrière devint difficile et même orageuse. Tour à tour comédien, diplomate, dévot, un attachement de jeunesse lui avait fait abandonner le toit paternel. Il se joignit d'abord à une troupe d'acteurs, qui, de ville en ville, le conduisit à Soleure, où résidait alors l'ambassadeur français. Ce fut là que Destouches fit jouer son premier ouvrage, *le Curieux impertinent*. La pièce fut reçue avec transport ; mais l'auteur aurait été médiocrement glorieux de l'enthousiasme des treize cantons, si leur suffrage n'eût été confirmé par le très favorable accueil fait bientôt après à son œuvre sur la scène française. Cette comédie, d'ailleurs l'une des moins bonnes de Destouches, le fit distinguer par l'ambassadeur, qui, reconnaissant en lui des qualités fort supérieures à l'état de comédien, l'engagea à quitter la scène et l'initia à la diplomatie. Le régent l'envoya à Londres ; il y représenta la France pendant sept ans, s'y maria, et de retour en son pays, y vécut dans la retraite, amusant ses loisirs par la composition de charmantes comédies, qui lui valurent une réputation méritée. Voltaire l'appelait *son cher Térence, son illustre ami*, et se disait son enthousiaste déclaré. On connaît ses vers sur *le Glorieux* :

> Auteur solide, ingénieux,
> Qui du théâtre êtes le maître,
> Vous qui fîtes *le Glorieux*,
> Il ne tiendrait qu'à vous de l'être.

Le théâtre de Destouches est volumineux. Il se compose de dix volumes de pièces en vers et en prose. Les comédies en prose sont généralement médiocres ; parmi les comédies en vers, les meilleures sont *le Philosophe marié* (1727), *le Glorieux* (1732) et *le Dissipateur* (1753).

Pour la conduite de l'action, l'intelligence de la scène, le naturel et la vivacité du dialogue, l'élégante pureté du style, le talent de la versification, Destouches a droit au premier rang après Molière et Regnard. Plus que tous deux, il est intéressant et moral ; sa morale, toute imparfaite qu'elle soit, a une valeur relative que personne ne peut lui contester.

Mais un poëte comique doit être comique avant tout. Destouches l'est-il véritablement ? Son comique est bien moins profond et original que celui de Molière, bien moins vif et étincelant que celui de Regnard ; chez lui

rien ne rappelle cette folle verve de l'auteur du *Léga-*
*taire*, à laquelle on ne résiste pas. Le comique de Destouches n'est pas très franc ; quelquefois même il est
un peu forcé ; quand il fait rire, ce n'est guère qu'au
moyen de la plaisanterie ; pour racheter ce défaut, il en
double parfois la dose, et voilà un comique qui n'est
plus de bon aloi. Ce qu'il en reste, d'ailleurs, est
plutôt dans les situations que dans les caractères. On
sent très bien que la nature de Destouches le portait
vers le sérieux, même vers le pathétique. La comédie
avec lui aboutirait aisément au drame.

On a blâmé surtout le choix de ses sujets : cette critique, la plus forte et la plus fondée qu'on ait pu faire
des comédies de Destouches, s'étend jusqu'à ses chefs-
d'œuvre. *Le Philosophe marié* est une pièce charmante, mais c'est un sujet tout à fait exceptionnel.
Marié par amour, le philosophe dissimule son mariage
par fausse honte. Destouches lui-même a senti le peu
de naturel de son personnage, puisque c'est à la *fausse*
honte, c'est-à-dire à un sentiment factice, qu'il attribue sa répugnance à laisser connaître l'union qui le
rend heureux.

*Le Glorieux* a été critiqué par Voltaire, qui a prétendu que le caractère principal était manqué. Peut-
être est-il un peu surchargé, mais il ne l'est guère plus
que *l'Avare* et *le Misanthrope* ; et d'ailleurs, en justification de Destouches, nous trouvons le nom de *comte*
*de Tufière* resté dans la langue comme un type, signe
excellent de la vérité du personnage. Mais le défaut
essentiel de la pièce, c'est que, malgré son orgueil, sa

vanité, son ingratitude, le *Glorieux* en est bien le
héros, qu'on réclame pour lui la sympathie des spectateurs, et qu'enfin c'est lui qui l'emporte. Ce vice est
pallié par la conduite de l'action et par une admirable
scène entre le comte et son père. Le pathétique vrai
et profond s'y élève jusqu'à l'accent tragique.

*Le Dissipateur* donne prise à la même observation.
C'est une pièce pleine de verve, mais la donnée en est
ingrate. La fiancée du dissipateur, jeune et vertueuse,
veut sauver son amant de la ruine, et pour y parvenir
elle abaisse son caractère, en feignant de se mettre au
rang de ceux qui profitent de ses dépouilles. Le détail,
l'agencement des scènes, le mouvement de l'action
sont admirables.

En somme, le rang que la critique a assigné à Destouches, celui du troisième des comiques français, me
semble parfaitement juste.

# IX.

## L'ABBÉ PRÉVOST.

### 1697—1773.

L'abbé Prévost fut l'un des plus laborieux polygraphes du dix-huitième siècle. Il traduisit des ouvrages anciens, il traduisit des ouvrages modernes, il fit des compilations, enfin il composa plusieurs romans fort volumineux. Le besoin était à la source de tant d'activité; il fut pauvre, et il fallait vivre. Il écrivait avec facilité et grâce, mais avec une précipitation extrême, qui ne lui laissait trop souvent ni couleur ni saveur. Il en faut excepter ses propres romans; il était né pour ce genre; la nature avait doué ce romancier du caractère romanesque. Sa vie fut très orageuse; on a même prétendu, mais à ce qu'il paraît sans raison valable, qu'il eut l'affreux malheur d'être la cause involontaire de la mort de son père, à la suite d'une querelle où ce dernier insulta la femme que Prévost aimait. Sa fin fut tragique : un évanouissement le fit tomber dans un fossé; on le crut mort, et le chirurgien ignorant chez lequel il fut transporté, le tua d'un coup de scalpel.

Dans ses romans il est romanesque à bride abattue. Il n'est préoccupé, ni de faire la satire du genre humain, ni d'approfondir un caractère, ni de peindre la société, ni de faire valoir aucune idée philosophique. La simplicité d'intention ne saurait aller plus loin. Il veut être intéressant, et surtout pour le vulgaire ; mais tout le monde est vulgaire sous un certain point de vue, et l'abbé Prévost connaissait le monde. Il a voulu être moral ; voici comment il affecte cette prétention à la tête du plus célèbre de ses romans, de *Manon Lescaut*, qui n'est certes rien moins qu'un traité de morale :

« Le public verra dans la conduite de M. Des Grieux
« un exemple terrible de la force des passions..... Les
« personnes de bon sens ne regarderont point un
« ouvrage de cette nature comme un travail inutile.
« Outre le plaisir d'une lecture agréable, on y trouvera
« peu d'événements qui ne puissent servir à l'instruc-
« tion des mœurs ; et c'est rendre, à mon avis, un ser-
« vice considérable au public que de l'instruire en
« l'amusant..... L'expérience n'est point un avantage
« qu'il soit libre à tout le monde de se donner ; elle
« dépend des situations différentes où l'on se trouve
« placé par la fortune. Il ne reste donc que l'exemple
« qui puisse servir de règle à quantité de personnes
« dans l'exercice de la vertu. C'est précisément pour
« cette sorte de lecteurs que des ouvrages tels que
« celui-ci peuvent être d'une extrême utilité, du moins
« lorsqu'ils sont écrits par une personne d'honneur et
« de bon sens. Chaque fait qu'on y rapporte est un
« degré de lumière, une instruction qui supplée à
« l'expérience ; chaque aventure est un modèle d'a-
« près lequel on peut se former..... L'ouvrage entier

« est un traité de morale réduit agréablement en
« exercice (1). »

L'impression dominante que laissent les romans de
Prévost n'est, sans doute, nullement morale; on ne
peut rien en conclure ni en bien ni en mal, voilà
tout. On peut leur appliquer ce que disait Madame de
Lambert des tragédies de Corneille : « Souvent les
« meilleures vous donnent des leçons de vertu et vous
« laissent l'impression du vice (2). »

Quoi qu'il en soit, l'abbé Prévost est du moins très
chaste dans la forme, si ses sujets ne le sont guère.
On ne rencontre pas même chez lui de ces réticences
qui sont pires souvent que l'expression ouverte du
vice, et le plus répréhensible de ses romans par le fond
n'a peut-être pas une ligne à laquelle on puisse faire
le procès quant à la forme.

Mais la sensibilité, l'extrême bonne foi du récit, la
vérité dans la peinture des passions et dans l'expression du sentiment, la grâce naïve et l'abandon d'un
style transparent comme l'âme elle-même de l'auteur,
tout cela, chez Prévost, se rencontre à un point qu'on
n'a pas dépassé; tout cela, concentré et ramené à la
plus grande simplicité de conception dans *Manon Lescaut*, fait de cet épisode un des chefs-d'œuvre de notre
littérature. Il n'y a, pour ainsi dire, qu'un acte et
deux personnages; mais ceux-ci attirent constamment
l'attention et ne la lassent jamais. C'est le chevalier
Des Grieux, jeune homme de bonne famille, jeté dans

(1) *Manon Lescaut*. Avis de l'Auteur.
(2) MADAME DE LAMBERT, *Avis d'une mère à sa fille.*

le désordre par son amour pour une courtisane, Manon, et qui, poussé par la détresse de celle qu'il aime, finit par devenir chevalier d'industrie. Malgré ce qu'il y a de honteux dans leur vie, l'un a tant de simplicité, l'autre tant de grâce, que l'homme le plus sérieux ne peut leur refuser son intérêt, non parce qu'ils le méritent, mais parce que rien n'est plus naturel et plus vrai que leur situation et leur caractère. *Manon Lescaut* exerce sur le lecteur une fascination réelle, qui s'explique par l'admirable vérité de cette peinture. La vérité dans les ouvrages d'art, voilà donc la première des conditions. On s'est mis en grands frais pour être frappant ou pathétique; mais *Manon Lescaut*, en négligé, efface les beautés les plus parées.

> Que la nature est pleine d'injustice!
> A qui va-t-elle accorder la beauté?
> C'est un affront fait à la qualité (1).

Il semble extraordinaire et même un peu forcé de rapprocher de *Manon Lescaut*, *Atala*, cette histoire si remplie de poésie, d'ornements, de brillants développements de passion; mais il est dificile de ne pas soupçonner qu'en décrivant les funérailles d'Atala, M. de Chateaubriand ne se soit rappelé l'abbé Prévost. L'avantage est loin d'être du côté de l'auteur du *Génie du christianisme*:

« Prenant un peu de poussière dans ma main et « gardant un silence effroyable, j'attachai pour la dernière fois mes yeux sur le visage d'Atala. Ensuite je « répandis la terre du sommeil sur un front de dix-

(1) VOLTAIRE, *Nanine*.

« huit printemps; je vis graduellement disparaître les
« traits de ma sœur, et ses grâces se cacher sous le
« rideau de l'éternité. » (*Atala*.)

« J'ouvris dans le sable une large fosse; j'y plaçai
« l'idole de mon cœur, après avoir pris soin de l'enve-
« lopper de tous mes habits pour empêcher le sable de
« la toucher. Je ne la mis dans cet état qu'après l'a-
« voir embrassée mille fois avec toute l'ardeur du plus
« parfait amour. Je m'assis encore près d'elle; je la
« considérai longtemps; je ne pouvais me résoudre à
« fermer sa fosse. Enfin, mes forces recommençant à
« s'affaiblir, et craignant d'en manquer tout à fait
« avant la fin de mon entreprise, j'ensevelis pour
« toujours dans le sein de la terre ce qu'elle avait
« porté de plus parfait et de plus aimable. » (*Manon
Lescaut.*)

Il est des styles qui n'apparaissent qu'une fois. On
n'écrira plus comme l'abbé Prévost, ni comme Madame de La Fayette. *Paul et Virginie* n'approche pas
de la simplicité de *Manon*. Bernardin de Saint-Pierre
est simple, mais d'une simplicité réfléchie qui a conscience d'elle-même. Celle de Prévost est une simplicité simple. *Paul et Virginie*, dans l'ensemble du livre,
doit être placé au-dessus de *Manon*; mais l'abbé Prévost
est le dernier exemplaire d'un style perdu.

*Manon Lescaut* et *Cléveland* sont de 1732. *Cléveland*
est apprécié avec finesse, et le genre de jouissance que
procure cet ouvrage est fort bien caractérisé par Xavier
de Maistre dans son *Voyage autour de ma chambre*:
« Combien de fois n'ai-je pas maudit ce *Cléveland* qui

« s'embarque à tout instant dans de nouveaux mal-
« heurs qu'il pourrait éviter! Je ne puis souffrir ce
« livre et cet enchaînement de calamités; mais si je
« l'ouvre par distraction, il faut que je le dévore jus-
« qu'à la fin (1), etc. »

On peut citer encore, parmi les romans de l'abbé
Prévost, *le Doyen de Killerine* et les *Mémoires d'un
homme de qualité*, dont *Manon Lescaut* est un épisode.

(1) XAVIER DE MAISTRE, *Voyage autour de ma chambre*, chapitre XXXVI.

# X.

## LA MARQUISE DE LAMBERT.

### 1647 — 1733.

La marquise de Lambert ne fut point un écrivain de profession, mais une femme de qualité qui passa sa vie au milieu d'une société choisie. Son salon servait de rendez-vous à des hommes tels que Fontenelle, La Motte, Sacy, en général à ce qu'on peut appeler le parti moderne, en opposition à l'entourage de Madame Dacier, qui réunissait les adorateurs de l'antiquité. Madame de Lambert compta cependant parmi ses amis Fénelon, doué à un si haut point de la délicatesse du goût antique.

Elle occupa sa longue vie de quelques essais de morale qui n'étaient pas destinés au public, mais dont quelques-uns virent le jour malgré elle. Ce sont des *Avis d'une mère à son fils, à sa fille* (1), un *Traité de l'Amitié*, un autre *de la Vieillesse*, des *Réflexions* sur divers sujets, des *Lettres*. Ces écrits sont renfermés dans un petit volume, mais ce sont des pages exquises, un véritable *nardi parvus onyx*.

Madame de Lambert est au premier rang de ces.

---

(1) Voir dans la *Chrestomathie française*, tome II, page 199, troisième édition, un fragment étendu des *Avis d'une mère à sa fille*, et quelques-unes des réflexions de M. Vinet reproduites ici. (*Éditeurs.*)

femmes qui sont sorties de l'obscurité sans sortir de leur sexe, et dont les écrits réunissent à la fermeté du jugement, à la précision de la pensée, à la concision piquante de l'expression, ce charme de réserve et de pudeur que la profession d'auteur n'enlève pas nécessairement à une femme. Ses idées morales sont élevées et délicates, et fort au-dessus de celles qui semblent avoir inspiré, dans des ouvrages d'imagination du dix-septième siècle, quelques écrivains de son sexe; mais dans des écrits de morale et d'éducation, le dix-septième siècle eût peut-être exigé, d'une femme surtout, quelque chose de plus positif dans les idées religieuses. On sent, en étudiant les *Avis* de cette mère, que le dix-septième siècle penche déjà vers le dix-huitième, quoique, pour le sentiment des convenances et le respect de son sexe, Madame de Lambert soit tout à fait de l'époque de Louis XIV.

On remarque dans ces conseils une fierté d'âme, un respect de soi-même, qui, combinés avec un caractère généreux et sensible, composent toute sa morale. Son idée favorite, le mot qui revient le plus souvent sous sa plume, c'est la *gloire* : « Si l'on entendait bien ses « intérêts on négligerait la fortune, et l'on n'aurait, « dans toutes les professions, que la gloire pour objet.» Il est vrai qu'elle a soin de distinguer la gloire de la vanité : « La vanité cherche l'approbation d'autrui ; « la vraie gloire, le témoignage secret de la con- « science. » Elle veut que l'homme apprenne « à dis- « puter de gloire avec soi-même; » belle parole qui montre que la gloire, aux yeux de Madame de Lambert, est autre chose que le bruit et les battements de mains d'un public : « Le sentiment de la gloire est le « plus sûr que nous ayons pour la vertu, mais il est « question de choisir la bonne gloire. » Néanmoins, il est visible que, si elle ne veut pas d'une gloire injuste ou frivole, elle veut pourtant la gloire : « L'amour « de l'estime est l'âme de la société ; il nous unit les « uns aux autres. J'ai besoin de votre approbation, « vous avez besoin de la mienne. En s'éloignant des « hommes, on s'éloigne des vertus nécessaires à la « société ; car quand on est seul, on se néglige : le « monde vous force à vous observer. »

Fénelon a dit des *Avis d'une mère à son fils*, d'où les citations précédentes sont tirées : « Je ne serais « peut-être pas tout à fait d'accord avec elle, sur toute « l'ambition qu'elle demande de lui ; mais nous nous « raccommoderions bientôt sur toutes les vertus par « lesquelles elle veut que cette ambition soit soutenue « et modérée (1). »

Dans ses *Avis à sa fille*, l'auteur parle moins de la gloire par une raison assez naturelle : « Les vertus des « femmes sont difficiles parce que la gloire n'aide pas « à les pratiquer. » Cependant la morale, dans ce second écrit, est encore une morale humaine, aussi élevée qu'une telle morale peut l'être, mais manquant d'une base fixe et d'une sensible unité. Une foule d'observations justes, fines, et de conseils judicieux donnent à ce petit nombre de pages une valeur peu commune ; on peut dire que Madame de Lambert n'a

(1) FÉNELON, *Lettre à M. de Sacy.*

pas une ligne qui soit vulgaire et pas une expression qui soit recherchée.

Fénelon, qui touche avec délicatesse le point faible de l'ambition, aurait-il pu davantage être d'accord avec cette mère sur la religion? Elle en parle avec révérence et elle la recommande à ses enfants : « Les ver- « tus morales, dit-elle, sont en danger sans les chré- « tiennes... On n'attaque point la religion quand onn' a « point intérêt de l'attaquer (1). » Mais on ne démêle pas facilement quelle place la religion, j'entends le christianisme, pourrait occuper dans son système. Où la religion entre, elle remplit tout, elle déborde tout. Voici ce que Madame de Lambert en dit dans son *Traité de la Vieillesse*, remarquable d'ailleurs par la noblesse du sentiment :

« La dévotion est un sentiment décent chez les « femmes, et convenable à tous les sexes. La vieil- « lesse sans religion est pesante. Tous les plaisirs de « dehors nous abandonnent ; nous nous quittons nous- « mêmes. Les meilleurs biens, la santé et la jeunesse, « ont disparu. Le passé vous fournit des regrets ; le « présent vous échappe, et l'avenir vous fait trembler. « Pour ceux qui sont assez heureux pour être touchés « de la religion, la piété les console ; elle est aussi « plus aisée à pratiquer. Tous les liens qui attachent à « la vie sont presque rompus ; c'est l'ouvrage de la « nature de nous détacher, plus que celui de la rai- « son... Nous ne tirons pas tant du monde que de la « dévotion ; elle a bien d'autres ressources. »

_____

(1) *Avis d'une mère à son fils.*

On voit que la religion l'occupe surtout sous le point
de vue de l'utilité ; elle n'y voit pas le besoin intérieur, l'attrait puissant, le devoir enfin. Elle est moins
chrétienne que stoïcienne, d'un stoïcisme modéré, attendri, tel que peut l'être celui d'une femme. Un auteur qui a dit : « Croyez que nous sommes aussi forts
« que nous voulons l'être (1), » et qui n'ajoute pas
aussitôt que la force de vouloir est ce qui nous manque
le plus, n'a pas bien connu l'humanité. Il s'est formé
dans le monde moderne, à l'ombre du christianisme,
une morale qui n'est cependant pas chrétienne, mais
qui emprunte au christianisme quelque chose de ce
qu'il a de tendre. Un mot de Quintilien pourrait servir
à caractériser cette morale : *Quod decet, ce qui convient.*
Telle est précisément celle de Madame de Lambert ;
une haute convenance, un respect délicat, tranchons
le mot, une grande adoration de soi-même. C'est par
respect pour soi-même qu'on accorde à Dieu quelque
chose. Plus tard, chez Vauvenargues, il ne sera plus
même question de Dieu ; la morale deviendra seulement une habitude de sentiments élévés. Il ne s'agira
plus de plaire à Dieu, mais de se plaire à soi-même.
C'est un amour-propre relevé, bien entendu, qui s'ap-
puie sur un fonds réel de justice, d'équité, de bienveillance, mais dont le sentiment de la dignité personnelle fait l'âme.

S'il y eût regardé de plus près, Fénelon eût plus
sérieusement jugé cette morale. A-t-il pu approuver ce
que Madame de Lambert dit à son fils des devoirs

(1) *Avis d'une mère à sa fille.*

d'un homme envers *la femme qui lui a confié son honneur ?* Cette expression toute française exprime avec
une admirable délicatesse ce qui n'était pas facile à
rendre. Mais est-ce tout ce que pouvait dire une mère
chrétienne ? Après tout, la morale du dix-septième
siècle ne valait pas mieux sur ce point ; mais une
femme alors n'en eût pas parlé comme Madame de
Lambert l'a fait ici.

Voici encore quelques courts passages que nous lui
empruntons :

« La naissance fait moins d'honneur qu'elle n'en
« ordonne ; et vanter sa race, c'est louer le mérite
« d'autrui (1). »

— « Les bons cœurs sentent l'obligation de faire du
« bien, plus qu'on ne sent les autres besoins de la
« vie (2). »

— « La raillerie, qui fait une partie des amuse-
« ments de la conversation, est difficile à manier.....
« De la plus douce raillerie à l'offense, il n'y a qu'un
« pas à faire. Souvent le faux ami, abusant du
« droit de plaisanter, vous blesse ; mais la personne
« que vous attaquez a seule droit de juger si vous
« plaisantez ; dès qu'on la blesse, elle n'est plus raillée,
« elle est offensée (3). »

— « L'objet de la raillerie doit tomber sur des dé-
« fauts si légers, que la personne intéressée en plai-
« sante elle-même. La raillerie délicate est un composé
« de louange et de blâme. Elle ne touche légèrement
« sur des petits défauts que pour mieux appuyer sur

(1) *Avis d'une mère à son fils.*        (2) *Ibid.*        (3) *Ibid.*

« de grandes qualités. M. de La Rochefoucauld dit,
« *que le déshonorant offense moins que le ridicule.* Je
« penserais comme lui, par la raison qu'il n'est au
« pouvoir de personne d'en déshonorer un autre ; c'est
« notre propre conduite, et non les discours d'autrui,
« qui nous déshonorent. Les causes du déshonneur
« sont connues et certaines ; le ridicule est purement
« arbitraire : il dépend de la manière que les objets
« se présentent, de la manière de penser et de sen-
« tir (1). »

— « Il ne faut jamais compter à la rigueur avec per-
« sonne. L'exacte honnêteté ne demande point tout ce
« qui vous est dû. Avec vos amis ne craignez point
« d'être en avance. Si vous voulez être une amie ai-
« mable, n'exigez rien avec trop de rigueur. Mais afin
« que les manières ne se démentent point, comme
« elles expriment les dispositions du dedans, faites
« souvent de sérieuses réflexions sur vos faiblesses, et
« vous montrez à vous-même à découvert. Vous tirerez
« de cet examen des sentiments d'humilité pour vous
« et d'indulgence pour les autres (2). »

— « Il faudrait, dans les jugements particuliers,
« imiter l'équité des jugements solennels. Jamais les
« juges ne décident sans avoir examiné, écouté et con-
« fronté les témoins avec les intéressés ; mais nous,
« sans mission, nous nous rendons les arbitres de la
« réputation : toute preuve suffit, toute autorité paraît
« bonne, quand il faut condamner. Conseillés par la

(1) *Avis d'une mère à son fils.*
(2) *Avis d'une mère à sa fille.*

« malignité naturelle, nous croyons nous donner ce
« que nous ôtons aux autres (1). »

— « Accoutumez-vous à avoir de la bonté et de l'hu-
« manité pour vos domestiques. Un ancien dit, *qu'il*
« *faut les regarder comme des amis malheureux.* Songez
« que vous ne devez qu'au hasard l'extrême différence
« qu'il y a de vous à eux ; ne leur faites point sentir
« leur état; n'appesantissez point leur peine. Rien
« n'est si bas que d'être haut à qui vous est soumis.
« N'usez point de termes durs; il en est d'une espèce
« qui doivent être ignorés d'une personne polie et dé-
« licate. Le service étant établi contre l'égalité natu-
« relle des hommes, il faut l'adoucir. Sommes-nous en
« droit de vouloir nos domestiques sans défauts, nous
« qui leur en montrons tous les jours (2)? »

— « Vivre dans l'embarras, c'est vivre à la
« hâte : le repos allonge la vie. Le monde nous dé-
« robe à nous-mêmes, et la solitude nous y rend.
« Le monde n'est qu'une troupe de fugitifs d'eux-
« mêmes (3). »

— « Quand nous avons le cœur sain, nous tirons
« parti de tout, et tout se tourne en plaisirs. Nous ap-
« prochons des plaisirs avec un goût de malade; sou-
« vent nous croyons être délicats, que nous ne sommes
« que dégoûtés. Quand on ne s'est pas gâté l'esprit et
« le cœur par les sentiments qui séduisent l'imagina-
« tion, ni par aucune passion ardente, la joie se trouve
« aisément : la santé et l'innocence en sont les vraies

(1) *Avis d'une mère à sa fille.*                    (2) *Ibid.*
(3) *Traité de la Vieillesse.*

13

« sources. Mais dès qu'on a eu le malheur de s'accou-
« tumer aux plaisirs vifs, on devient insensible aux
« plaisirs modérés. On se gâte le goût par les diver-
« tissements ; on s'accoutume tellement aux plaisirs
« ardents, qu'on ne peut se rabattre sur les sim-
« ples (1). »

Nous ne ferons plus qu'une seule citation : « Ap-
« prouvez, mais admirez rarement ; l'admiration est
« le partage des sots (2). » Mais dans la route sublime de la pensée, ne faut-il pas que l'impulsion
nous vienne d'un caractère enthousiaste ; ne faut-il
pas être partial pour ou contre , louer trop, blâmer
trop, enfin posséder en soi-même un mouvement et
une volonté assez forte pour la communiquer aux
autres?

Quant au style proprement dit, on n'en était déjà
plus, du temps de Madame de Lambert, à la phrase
nombreuse, liée et doucement sinueuse ; le tour bref
et sentencieux commençait à prévaloir ; la *Lettre* de
Fénelon *à l'Académie française* nous en offre un
exemple : à une époque qui avait été littéraire de fort
bonne foi et fort à son aise, succédait celle d'un style
moins écrit et plus semblable à l'action. Les *Avis* de
Madame de Lambert sont comme un chapelet de maximes, mais chaque grain de ce chapelet est une perle.
Il n'y a pourtant, malgré cette façon d'écrire, ni affectation , ni roideur ; et dans cette grande précision de
la pensée et de l'expression , la grâce est bien loin de
manquer. *Incessu patuit fœmina.*

(1) *Avis d'une mère à sa fille.*          (2) *Ibid.*

Mais les *Lettres* de Madame de Lambert font contraste avec tout le reste ; elles ont un caractère précieux et quintessencié ; elles trahissent de la prétention ; elles montrent enfin que ce genre n'était réellement **pas fait pour leur auteur.**

# XI.

## MADEMOISELLE DE LAUNAY.
### (Madame de Staal.)

#### 1693—1750.

Une naissance obscure, peut-être irrégulière, une éducation exclusivement reçue au couvent, pour toute famille une sœur, sa rivale et son ennemie, telles furent les conditions sous lesquelles Mademoiselle de Launay entra dans le monde. On sent cela dans ses *Mémoires*; on voit que, circonstance essentielle pour un écrivain, la vie de famille lui a toujours manqué. De tels antécédents contribuent à déterminer le caractère d'un style. Il en est de même du mariage ou du célibat; la manière d'un célibataire peut se ressentir toujours de ce qui lui a fait défaut.

Mademoiselle de Launay, cependant, fut élevée avec une tendresse extrême par les religieuses de son couvent; mais un amour de fantaisie n'est pas le sentiment maternel, et cette douceur artificielle ne servit guère qu'à relever l'amertume de ce qu'elle éprouva dans la suite.

Son intelligence fut vive et précoce; elle se distingua, tout enfant, par une grande avidité de connaître, et les lectures d'agrément l'attirèrent avec moins de force que les livres abstraits. Très jeune encore, elle lut avec empressement la *Recherche de la vérité* de Malebranche. Voici ce qu'elle dit à ce sujet :

« Je me passionnai du système de l'auteur. Pour « vérifier si j'y comprenais quelque chose, je m'atta- « chais à prévoir les conséquences de ses principes, « que je ne manquais guère de retrouver. Cela me fit « croire que je l'entendais. Il se peut faire qu'une tête « toute neuve, qui n'est imbue d'aucune opinion, re- « çoive plus aisément des idées abstraites, que celles « qui sont déjà remplies de diverses pensées propres à « s'embarrasser les unes avec les autres. »

De très bonne heure elle manifesta une grande force d'esprit et de volonté, toute gâtée qu'elle fût par ses religieuses. Elle l'exerça non-seulement par les études viriles auxquelles elle s'appliqua, mais par son empire sur elle-même :

« Des pensionnaires d'un âge beaucoup plus avancé « que le mien me prêtèrent des romans. On vit que « je faisais de ces lectures dangereuses, et l'on me dit « qu'il y fallait renoncer. Je le fis si exactement qu'é- « tant restée tout au travers d'un incident qui me cau- « sait une grande inquiétude, je n'en voulus pas voir « le dénoûment ; et, quelque instance qu'on me fît « pour l'achever secrètement, j'y résistai. J'ai fait peu « de choses qui m'aient autant coûté. »

Et plus loin :

« Je me résolus de souffrir la misère, d'aller cher- « cher la servitude, plutôt que de démentir mon ca- « ractère, persuadée qu'il n'y a que nos propres

« actions qui puissent nous dégrader. Je ne me con-
« naîtrais pas, si je ne m'étais vue à cette épreuve :
« elle m'a appris que nous cédons à la nécessité, moins
« par sa force que par notre faiblesse. »

Mademoiselle de Launay se distingue réellement par
sa droiture d'esprit et de cœur. « Mon caractère et mon
« esprit sont comme ma figure, dit-elle, il n'y a rien
« de travers ; mais, ajoute-t-elle, aucun agrément. »
En effet, rien n'est de travers en elle ; le déraison-
nable est étranger à son esprit et à son caractère; mais
cette raison est sans âpreté, et même elle devient de l'é-
quité quand il s'agit de juger les autres et jusqu'à ceux
qui l'ont le plus attaquée. Chez autrui elle fait le plus
grand cas de ce genre de raison. « Je n'ai connu,
« dit-elle d'une amie, aucune autre femme aussi par-
« faitement raisonnable, et dont la raison eût si peu
« d'âpreté. » Et ailleurs : « J'avais déjà compris qu'en
« morale, comme en géométrie, le tout est plus grand
« que la partie. »

Mais l'amour de la vérité est ce qui brille le plus
dans ses écrits et son caractère. Elle a été éminemment vraie, et dans des circonstances fort difficiles.
Voici ce qu'elle dit d'une déclaration qu'elle dut faire
au sujet des intrigues politiques de la duchesse du
Maine : « J'observai de n'y rien mettre que de vrai ;
« persuadée que lorsqu'on se trouve dans la nécessité
« de s'écarter de la vérité, il faut néanmoins s'en tenir
« le plus près qu'on peut. C'est le parti le plus sûr et
« le plus honnête. » Et plus tard, après un interrogatoire : « Je fus assez contente de la façon dont je m'é-

« tais tirée de cette première occasion, sans paraître
« embarrassée, ni intimidée, n'ayant dit que ce que
« je voulais dire, et ne m'étant presque pas écartée
« du vrai, dans lequel il me semble que l'esprit,
« forcé à quelque détour, rentre aussi naturellement
« que le corps qui circule rentre dans la ligne
« droite. »

A cette justesse d'esprit et de jugement, à la tête,
en un mot, la plus froide, elle joignait un cœur très
tendre et très inflammable. Ce fut la cause des troubles et des erreurs de sa vie. « Toute passion, dit-elle,
« s'éteint quand on en voit l'objet tel qu'il est. » Mais
la passion empêche précisément de voir l'objet tel qu'il
est. Elle eut le malheur de s'attacher presque toujours
à des objets indignes d'elle, et de repousser l'affection
de gens qui auraient mérité la sienne.

Après beaucoup de difficultés, elle ne trouva de res-
source, malgré son esprit et ses talents, que celle de se
faire admettre chez la duchesse du Maine en qualité de
simple femme de chambre. Rien de plus opposé à ses
goûts, à son caractère, à ses facultés, qu'une pareille
position. Peu à peu cependant, la distinction de son esprit la fit remarquer et lui attira la confiance de la duchesse. Elle se trouva mêlée aux intrigues de la cour
de Sceaux pendant la régence, et la découverte de la
conspiration ourdie entre la duchesse et Albéroni par
l'entremise de l'ambassadeur d'Espagne Cellamare, la
conduisit à la Bastille. Elle y passa deux ans, toujours
fidèle aux intérêts de sa maîtresse. Pendant ce temps,
qu'elle appelle « le plus heureux de sa vie, » elle eut

une intrigue d'un autre genre, dont le récit se trouve tout au long dans ses mémoires.

Au sortir de prison, elle retourna auprès de la duchesse du Maine. Elle s'était dévouée, on s'était servi d'elle ; mais sa récompense ne fut pas proportionnée à sa fidélité, et elle eut l'occasion d'apprendre que les princes sont facilement ingrats. Plus tard cependant, on songea à la pourvoir d'un mari. M de Staal, originaire de Soleure, capitaine aux gardes suisses, se trouva l'homme que, déjà sur le retour, elle épousa, presque sans le connaître.

Elle mourut en 1750, fort regrettée de la société où elle avait vécu, et laissant des *Mémoires* écrits sans nulle prétention historique, et n'ayant pour but que de raconter sa propre vie. Tristes dans leur ensemble, parce qu'ils retracent une destinée malheureuse, ces mémoires forment une des plus agréables lectures par les détails et par la manière dont ils sont écrits. Rapidité du récit, portraits frappants, réflexions justes et vives, délicatesse des observations, allure à la fois ferme et légère, tout se réunit pour faire de ce livre un ouvrage classique. Nombre de morceaux piquants en ont été reproduits dans différents recueils; tels sont sa visite à la duchesse de La Ferté, son entrée chez la duchesse du Maine, son arrivée à la Bastille. Ils sont trop connus pour qu'il soit nécessaire de les donner ici.

Voici un exemple de son goût pour la vérité. Elle vient de raconter une histoire de sa première jeunesse, une préférence et une jalousie jusque-là restées igno-

rées. Elle ajoute aussitôt après ce qu'elle appelle *une
aventure ridicule* : « Je l'aurais supprimée si j'écrivais
« un roman. Je sais que l'héroïne ne doit avoir qu'un
« goût, qu'il doit être pour quelqu'un de parfait, et ne
« jamais finir; mais le vrai est comme il peut, et n'a
« de mérite que d'être ce qu'il est. »

Impossible de douter qu'en effet elle n'ait été vraie,
et c'est le premier charme de ses récits. On peut lui
appliquer à bon droit ce qu'elle dit de la duchesse du
Maine : « Personne n'a jamais parlé avec plus de jus-
« tesse, de netteté, d'une manière à la fois plus noble
« et plus naturelle. Son esprit n'emploie ni tours, ni
« figures, ni rien de ce qu'on appelle invention.
« Frappé vivement des objets, il les rend comme la
« glace d'un miroir les réfléchit, sans ajouter, sans
« omettre et sans rien changer. »

Mademoiselle de Launay se contente aussi d'être
exacte, et on se contente qu'elle le soit et qu'elle
n'emploie *rien de ce qu'on appelle invention.* Elle n'a
pas beaucoup d'imagination, ou elle en fait peu d'u-
sage. Ses façons de parler les plus pittoresques et les
plus piquantes sont empruntées, nous avons déjà pu
le voir, aux mathématiques. En voici un exemple encore : « M. de Rey me témoignait toujours beaucoup
« d'attachement. Je découvris pourtant, sur de légers
« indices, quelque diminution de ses sentiments.
« J'allais souvent voir Mesdemoiselles d'Épinay, chez
« qui il était presque toujours. Comme elles demeu-
« raient fort près de mon couvent, je m'en retournais
« ordinairement à pied, et il ne manquait pas de

« me donner la main pour me conduire jusque chez
« moi. Il y avait une grande place à passer ; et, dans
« les commencements de notre connaissance, il pre-
« nait son chemin par les côtés de cette place. Je vis
« alors qu'il la traversait par le milieu : d'où je jugeai
« que son amour était au moins diminué de la diffé-
« rence de la diagonale aux deux côtés du carré. »

La vérité a une puissance, un charme ; c'est peut-
être le premier des talents littéraires, mais c'est aussi
le plus rare. La parfaite vérité de la pensée et de l'expression, lorsqu'elle est accompagnée de la grandeur
de l'objet et des idées, place l'auteur au premier rang.
Pascal a rejeté toute espèce d'ornements, il les a rem-
placés par la perfection de la vérité ; il est tout à la fois
vrai et grand. Mademoiselle de Launay n'a pas la
grandeur des objets et des pensées, mais elle ressemble à Pascal par la vérité. En lisant de tels auteurs on
serait tenté de croire que le récit d'un fait vrai serait
aussi attrayant qu'un roman, si l'on y mettait, si l'on
y pouvait mettre autant de vérité qu'on en met dans
les fictions. Au fait, la réalité est bien riche et bien
variée. Qu'on étudie le caractère de M. de Maisonrouge
dans les *Mémoires* de Mademoiselle de Launay. Mais,
à talent égal, il est plus difficile et plus rare de mettre
dans le récit d'événements dont on a été témoin autant
de vérité que dans un roman. Ceci a une apparence
paradoxale, et pourtant c'est exact. Dans l'un des cas
nous sommes préoccupés et intéressés, dans l'autre
nous sommes dans la liberté de l'impression que nous
créons. Généralement parlant, l'art est plus vrai que

ce qui n'est pas l'art. Il est des exceptions, soit ; et
Mademoiselle de Launay en est une.

Voici comment Grimm apprécie Mademoiselle de
Launay :

« La prose de M. de Voltaire à part, je n'en con-
« nais point de plus agréable que celle de Madame de
« Staal. Une rapidité étonnante, une touche fine et
« légère, des traits de pinceau sans nombre, des ré-
« flexions neuves, fines et vraies, un naturel et une
« chaleur toujours également soutenus, font le mé-
« rite de ces mémoires, à un point d'autant plus émi-
« nent que l'historique qui en fait le fond est peu
« intéressant en lui-même, et n'a d'autre charme que
« celui que les grâces légères et piquantes de Madame
« de Staal répandent sur tout ce qu'elle manie. Voilà
« donc un modèle pour ceux qui se mêlent d'écrire
« des mémoires ; ils pourront hardiment juger de leur
« mérite et du degré de perfection où ils auront porté
« leurs ouvrages à proportion qu'ils se trouvent plus
« ou moins près de Madame de Staal (1). »

(1) *Correspondance de Grimm,* tome I, page 421.

# XII.

## FONTENELLE.

### 1647—1747.

Nous vous avons parlé, Messieurs, de d'Aguesseau,
de Cochin, de Saint-Simon, de Rollin, de Louis Racine,
de Crébillon, de Le Sage, de Destouches, de Prévost,
de Madame de Lambert et de Mademoiselle de Launay.
Si nous n'avons rien dit de J. B. Rousseau, de Fleury,
de Dubos, c'est qu'ils appartiennent de fait au dix-
septième siècle. Ceux qui nous ont occupés jusqu'ici
s'en rapprochent, et quoique je ne prétende pas qu'ils
soient entièrement étrangers à leur époque par le caractère de leurs écrits, ni qu'ils soient, pour ainsi
dire, égarés dans le dix-huitième siècle, je n'hésite pas
cependant à affirmer qu'ils tranchent avec ceux dont
il nous reste à vous entretenir. Aussi ai-je cru devoir
réunir en un groupe distinct quelques écrivains, fort
inégaux entre eux quant au génie et à l'influence,
mais qui se ressemblent en un point : c'est d'avoir
non-seulement porté d'une manière plus visible l'empreinte de leur époque, mais encore d'avoir, chacun
dans sa mesure et dans sa sphère, contribué à la lui
donner. Dans ce groupe même nous faisons un partage.
Nous nommons ensemble Fontenelle, La Motte, Mari-

vaux, La Chaussée, Hénault, Vauvenargues; nous mettons à part Montesquieu et Voltaire.

On dirait quelquefois que, dans la disposition des hommes et des événements, la Providence est soigneuse de nos jouissances comme de l'accomplissement de ses desseins. On la voit, pour ainsi dire, procéder à la manière des artistes, ménageant dans l'histoire des effets pittoresques, s'attachant à former pour l'œil du contemplateur des groupes, des tableaux, des contrastes. Cette idée nous a été suggérée plus d'une fois par notre sujet. Nous verrons Voltaire dominer, et par la variété de ses dons, et par la durée de sa vie, et par la place qu'elle occupe dans le temps, tout le dix-huitième siècle, et être seul à le représenter dans toute son étendue. Voici Fontenelle, qui, contemporain et émule des grands esprits du dix-septième siècle, appartient au dix-huitième par quelques-uns de ses travaux les plus importants et par son influence personnelle; Fontenelle, qui a vécu tout le temps de sa longue existence, et qui, entré dans la carrière littéraire à l'âge de quatorze ans, forme comme le nœud, le point de transition, la continuité entre ces deux époques, de chacune desquelles il a été le représentant auprès de l'autre. C'est une de ses originalités d'avoir vécu cent ans, et de ne s'être point survécu à lui-même; il influait encore par sa conversation, après avoir si longtemps agi par ses écrits.

Il eut bien d'autres originalités, notamment les contrastes de son caractère, et la fusion de ces contrastes. La puissance intellectuelle tient beaucoup à cette fu-

sion; un homme n'est fort que lorsqu'il porte en lui
quelques antithèses fortement accentuées. Une faculté
sans la faculté opposée n'est pas un pouvoir, c'est un
entraînement; il n'y a de puissance que celle qui se
contient. Nous ne pouvons nous contenir et nous régler qu'autant qu'une de nos facultés est balancée par
son contraire; ce qui contrepèse est ce qui complète.

Sans être une des grandes puissances du monde
intellectuel, Fontenelle a exercé dans l'empire de la
littérature une influence qui n'a pas appartenu à de
plus illustres. La puissance réelle ne se mesure pas au
bruit qu'on fait. Celle de Fontenelle a procédé, surtout, du rare tempérament qui tenait en équilibre ses
facultés opposées : étendu et délié, géométrique et littéraire, philosophe et bel esprit, frivole et pourtant sérieux au fond, esprit amoureux de paradoxes et cependant juste, esprit fin, sans être faible ni faux, ce
qui est digne de remarque, fin, faible et faux mar-
chant ordinairement de compagnie; esprit ingénieux,
mais jusqu'à l'invention exclusivement, car Fontenelle
n'a pas inventé; dans ses opinions, à la fois courageux et circonspect, plein de pressentiments et de
ménagements, froid et sympathique, indépendant et
point frondeur, digne et complaisant, facile, très sociable, égoïste en théorie plus qu'en pratique, il se
vantait d'être pire qu'il ne l'était; ses actions ont souvent démenti ses paroles, et cependant on l'a jugé sur
celles-ci plus que sur sa vie, l'une étant moins connue
que les autres; tempérament qui s'est rencontré en
d'autres hommes, mais chez nul aussi marqué que

chez lui, ni relevé par une si grande supériorité d'intelligence.

Au total, Fontenelle fut un être à part. Dans son *Temple du Goût*, Voltaire le caractérise par une juste épithète, il l'appelle « le *discret* Fontenelle. » *Discret* désigne à la fois un homme qui a de la discrétion et du discernement ; or, dans ces deux sens, Fontenelle a été discret. On l'a nommé l'Érasme du dix-huitième siècle ; mais, en dépit de quelques rapports, les différences sont trop marquées ; tenons-nous-en à l'épithète de Voltaire. Ajoutons que Fontenelle fut moins discret pendant l'époque la plus contenue, et qu'il le devint singulièrement au moment où la société s'éloignait de la réserve. Téméraire sous Louis XIV, portant alors le caractère des temps qui allaient s'ouvrir, il devint prudent à mesure que le dix-huitième siècle avança dans son développement. Il faut en ceci compter chez Fontenelle l'effet de l'âge, et en dehors de lui la marche des esprits ; ce qui naguère aurait passé pour audace, était devenu de la réserve ; mais il ne faut pas méconnaître ce mélange de hardiesse et de circonspection, caractère propre de Fontenelle.

On a dit aussi le *sage* Fontenelle. Les philosophes du dix-huitième siècle le regardaient comme le modèle des sages, parce qu'il avait osé penser, et qu'il n'avait dit que la moitié de sa pensée. C'était une sagesse traitable et passablement égoïste. Il a dit que « s'il avait « la main pleine de vérités, il se garderait bien de « l'ouvrir. » Il entr'ouvrit cette main cependant, mais il ne l'ouvrit jamais tout entière. Nulle part, chez lui,

d'exposé un peu explicite de morale ou de philosophie ;
de l'ensemble de sa vie et de ses écrits résulte néanmoins un système moral et philosophique assez facile
à déduire. Il n'est nulle part et il est partout. Sa philosophie n'est au fond que du scepticisme. Ne rien
affirmer, ne rien croire fermement sur rien, à moins
qu'il ne s'agît de vérités physiques ou mathématiques,
telle était la philosophie d'un siècle qui regardait
comme une sagesse de ne pas croire à la vérité philosophique. Fontenelle, sceptique en histoire comme en
tout le reste, estimait lui-même posséder cette sagesse.
Tout réservé qu'il fût, il a dit qu'il ne se connaissait
aucune folie. La folie, en effet, au point de vue de
l'époque, c'est-à-dire l'exagération, l'excès, n'était pas
dans la nature de Fontenelle. Sa sagesse consiste à
vivre, moralement et intellectuellement, dans une tem-
pérature moyenne : c'est une existence tiède, mais
douce comme tout ce qui est tiède. On peut dire que
son caractère même fut un système ; l'art d'être heureux était chez lui un talent, et, sous ce rapport, sa
vie mérite d'être étudiée. A partir de l'âge de soixante
ans, il se trouva placé dans des circonstances particulièrement favorables ; mais jusque-là, quoique sa nature le mît à l'abri de souffrances aiguës, il fut en
butte à tout un ensemble de contradictions. En guerre
avec les classiques du dix-septième siècle, il faillit être
persécuté pour s'être permis des écrits peu catholiques ;
on l'attaqua dans des libelles, que, du reste, il se faisait une loi de ne pas lire. Ces luttes se prolongèrent
jusqu'à la régence ; à cette époque, l'opinion dominante

ayant changé, il n'eut plus que des admirateurs.
Fontenelle était célibataire, et vraiment né pour le
célibat ; il redoutait par-dessus tout les impressions
vives, et il sut s'en préserver jusqu'à la fin. A ses
derniers moments, on lui demandait ce qu'il éprouvait : « Je ne sens, dit-il, qu'une difficulté d'être. »
Ainsi se termina une vie singulièrement heureuse
dans une carrière qui ne l'est guère, celle des gens de
lettres.

On peut, si l'on veut, considérer son traité *Du
Bonheur* comme son symbole de moraliste. C'est un
opuscule d'une vingtaine de pages, où règne une
sorte d'épicuréisme mitigé, on pourrait dire d'utilita-
risme. Fontenelle, en effet, peut être compté comme
épicurien ; mais modéré, raisonnable, plein de mesure
et de délicatesse, c'est une personnalité décente qui ne
se permet point d'écart. On lui impute le mot qui pose
comme condition essentielle au bonheur d'avoir *le cœur
froid et l'estomac chaud*. Comme d'autres, il a pu le penser ; certainement il ne l'a pas dit. Mais pour nous ré-
concilier avec ce parleur si spirituel, n'oublions pas la
parole célèbre qu'il prononça sur son lit de mort : « Je
« suis Français, j'ai vécu cent ans, et je n'ai jamais
« donné le plus petit ridicule à la plus petite vertu. »

Fontenelle remarque qu'il y a deux opinions sur
le bonheur, l'une qu'il dépend tout à fait de nous,
l'autre qu'il ne dépend point du tout de nous, et que
la dernière opinion est la plus répandue. Il est d'avis
lui-même que « nous pouvons quelque chose à notre
« bonheur, mais que ce n'est que par nos façons de

14

« penser ; » et peu de personnes se soucient de maîtriser la fortune par la pensée.

Pour donner au bonheur entrée dans l'âme, ou du
moins pour qu'il y puisse séjourner, il en faut d'abord
chasser tous les maux imaginaires : « Si on les consi-
« dérait quelque temps d'un œil fixe, ils seraient à
« demi vaincus. » — « Il ne faut pas se presser de
« s'affliger ; attendons que ce qui nous paraît si mau-
« vais se développe. » — « On a pour les violentes
« douleurs je ne sais quelle complaisance qui s'op-
« pose aux remèdes. »

Il fait cas d'ailleurs des bonheurs négatifs : « Un grand
« obstacle au bonheur, c'est de s'attendre à un trop
« grand bonheur. » Il faut faire réflexion sur le grand
nombre de maux dont nous avons été préservés : « Il
« y a tel homme dont tous les désirs se termineraient
« à avoir deux bras. » — « On dédaigne de sentir les
« petits biens, et on n'a pas le même mépris pour les
« maux médiocres. »

Voici maintenant deux réflexions qui sont comme
la conclusion de ce traité *Du Bonheur* :

« ... Puisqu'il y a si peu de biens, il ne faudrait
« négliger aucun de ceux qui tombent dans notre par-
« tage ; cependant on en use comme dans une grande
« abondance, et dans une grande sûreté d'en avoir
« tant qu'on voudra. Nous tenons le présent dans nos
« mains ; mais l'avenir est une espèce de charlatan,
« qui, en nous éblouissant les yeux, nous l'escamote. »

— « Le plus grand secret pour le bonheur, c'est
« d'être bien avec soi. Naturellement tous les acci-

« dents fâcheux qui viennent du dehors nous rejet-
« tent vers nous-mêmes, et il est bon d'y avoir une
« retraite agréable ; mais elle ne peut l'être, si elle n'a
« été préparée par les mains de la vertu. Toute l'in-
« dulgence de l'amour-propre n'empêche point qu'on
« ne se reproche du moins une partie de ce qu'on a à
« se reprocher : et combien est-on encore troublé par
« le soin humiliant de se cacher aux autres, par la
« crainte d'être connu, par le chagrin inévitable de
« l'être ? On se fuit, et avec raison : il n'y a que le
« vertueux qui puisse se voir et se reconnaître. Je ne
« dis pas qu'il rentre en lui-même pour s'admirer et
« pour s'applaudir : et le pourrait-il, quelque vertueux
« qu'il fût ? mais comme on s'aime toujours assez, il
« suffit d'y pouvoir rentrer sans honte pour y rentrer
« avec plaisir. »

On est aisément d'accord avec Fontenelle quant à
cette conclusion ; on voudrait seulement une définition
de ce qu'il entend par le mot de *vertu*. On lui sait gré
encore de réhabiliter les petits biens, ces plaisirs de
chaque moment, qui, évalués comme des dons pater-
nels, peuvent enrichir la vie en apparence la plus dénuée. Ce point de vue est admirablement développé
dans un ouvrage dont l'esprit est tout l'opposé de celui
de Fontenelle, *le Lépreux de la cité d'Aoste*.

Envisagé en qualité d'écrivain, Fontenelle est en
premier lieu remarquable par son universalité. Voltaire a dit, et avec raison, que Fontenelle a été le seul
esprit universel du dix-septième siècle. Sous Louis XIV,

il était, en effet, ce que Voltaire lui-même fut sous
Louis XV. Au dix-septième siècle, l'universalité était
rare. En un sens, elle l'est toujours ; d'ailleurs, il y en
a de plus d'une sorte ; il existe une certaine capacité
universelle qu'on pourrait aussi bien appeler une universelle incapacité. Dans tous les cas, l'universalité de
talent est aussi bien une chimère que la monarchie
universelle. Ce serait, dans toute son étendue, la faculté créatrice. Elle n'a pu être conférée à aucun homme, et l'histoire n'en fournit aucun exemple. Le talent
suppose l'individualité ; or, la notion d'individualité
implique celle de limite ; nous sommes individuels par
ce qui nous manque, aussi bien que par ce que nous
possédons. Souvent même il y a disjonction des genres
les plus voisins, les plus analogues ; tel excelle dans la
satire qui ne vaut rien dans l'épigramme. Mais ici
nous parlons de l'universalité de l'intelligence, du don
de comprendre toutes choses et de parler de toutes
choses sans tomber dans le ridicule. A une certaine
hauteur de génie, on possède cette universalité-là ;
Leibnitz, Haller, Bacon dominent toutes les sphères
de la pensée. Il est une autre universalité, moins glo-
rieuse, et cependant rare et précieuse encore, c'est
celle de Fontenelle. Il n'enferme pas dans son étreinte
tout l'ensemble des facultés humaines, mais il a une
vue claire et facile de toutes choses, et il a cultivé un
grand nombre de genres.

L'esprit du dix-huitième siècle possède réellement
plus d'universalité que celui du dix-septième, et au
dix-neuvième siècle on peut dire que chaque esprit

devient universel. Il n'est plus possible de ne savoir qu'une chose, et de fait, on ne peut en savoir une aujourd'hui sans en savoir beaucoup d'autres : c'est le besoin de notre époque. Bossuet et Fénelon, ces deux plus grands génies du dix-septième siècle, n'ont pas exercé leur esprit d'une manière aussi variée, n'ont pas combiné autant d'éléments divers de la pensée que le firent, dans l'époque suivante, bon nombre d'écrivains de bien moindre valeur; et maintenant presque tout le monde les dépasse sous ce rapport. On n'avait guère, au dix-septième siècle, qu'une sorte d'esprit; Fontenelle seul en eut plusieurs.

Le rôle de Fontenelle cependant, quoique analogue à celui de Voltaire, lui fut certainement inférieur. Mais quoique moins retentissante et moins profonde, son œuvre fut beaucoup plus importante qu'on n'est porté à le croire. Il a travaillé à petit bruit, et ce bruit était couvert par mille autres bruits; nul doute pourtant qu'il n'ait exercé sur l'esprit de son époque une action très sentie. Voltaire, avec plus de puissance et d'éclat, continua l'œuvre de Fontenelle et nous la continuons encore, ne fût-ce que par réaction. Dans l'histoire de l'esprit humain, réagir, n'est-ce pas réellement continuer ?

Les débuts de Fontenelle furent littéraires dans un siècle éminemment littéraire. Chose singulière, ce fut à des vers que s'essaya d'abord l'esprit du monde le moins poétique. Il avait pour excuse l'entraînement de l'exemple et la parenté. Neveu de Corneille, sa plus forte passion fut l'enthousiasme de la gloire de

son oncle. A vrai dire, ce fut la seule, et pour son
bonheur elle cessa de le posséder, car elle l'aurait
rendu ridicule; or, le ridicule est ce qu'il y a de plus
contraire à la nature de Fontenelle. Il jalousait Racine,
l'émule préféré de son oncle, et il se laissa même aller
à faire une épigramme contre *Athalie*. En cela, il n'é-
tait que le complice de son époque; mais on peut
supposer qu'il aurait su juger mieux qu'elle, s'il n'a-
vait pas été le neveu de Corneille.

On a dit que Fontenelle avait été poëte à force d'esprit; on aurait mieux fait de dire qu'à force d'esprit
il fit oublier qu'il n'était pas poëte. Ici se présente une
observation générale qui se rapporte à l'histoire des
lettres. Le siècle de Louis XIV a eu de grands poëtes;
était-il réellement poétique? Il faut voir ce que sont
ceux de ses poëtes qui ne s'appellent pas Corneille,
Racine, La Fontaine, Boileau, Molière! Il faut voir ce
que, d'un commun accord, on appelait du nom de
poésie! Enfin, il faut voir quelles étaient en théorie
les idées de ceux qui faisaient de la théorie. Pourquoi
au-dessous de ces grands noms ne trouve-t-on plus
que des vers et des versificateurs? pourquoi nulle part
la monnaie de ces pièces d'or? n'est-ce pas que, malgré
ces beaux génies, le dix-septième siècle ne fut pas
aussi poétique qu'on l'estime généralement? Aujour-
d'hui sans doute, nous n'avons pas de poëtes à mettre
à côté de Corneille et de Racine; mais, dans son ensemble, il y a plus de poésie dans notre époque que
dans celle qui a pu prendre Fontenelle pour un poëte.

Au reste, Fontenelle a trop d'esprit pour que ses

vers parviennent à le rendre vraiment ridicule. « L'es-
« prit, dit La Rochefoucauld, sert à faire hardiment des
« sottises. » Ajoutons qu'il sert aussi à faire des sottises qui ont l'air moins sottes. En France, l'esprit a le
don de faire tout passer ; un des torts de l'esprit français, c'est de prendre l'esprit pour le talent, quelquefois même pour l'éloquence. C'est à force d'esprit que
Fontenelle a pu réussir, du moins en apparence, dans
des genres si éloignés ; en un mot, c'est à son esprit
qu'il doit l'universalité dont nous venons de parler.

Outre quelques poésies fugitives, dont la plus agréable est le sonnet sur *Daphné*, il a fait des opéras. Celui
de *Thétis et Pélée* eut dans le temps un grand succès ;
mais votre professeur ne s'estime pas juge compétent
d'un opéra. Si Quinault atteint à la beauté, c'est qu'il
s'élève au-dessus du genre ; les opéras de Fontenelle,
non plus que ceux de La Motte, n'inspirent que le plus
parfait ennui. Il fit des pastorales, du droit d'un
esprit universel qui veut s'essayer à tout, et afin que
l'antithèse fût complète. La pastorale exige la simplicité, l'ingénuité, la naïveté ; qu'on juge si, de tous
les écrivains, il n'y était pas le moins propre ! Son
genre d'esprit est tout entier dans ce vers d'une de
ses églogues :

Quand on a le cœur tendre, il ne faut pas qu'on aime (1) ;

et dans la phrase adressée au cardinal Dubois : « Vous
« vous rendez inutile autant que vous le pouvez (2). »

(1) Quatrième églogue : *Délie.*
(2) *Réponse au discours de réception du cardinal Dubois à l'Académie française.*

Il commence par une théorie de la pastorale, dans
laquelle on voit qu'il la regarde comme une simple
forme. Pour lui, la vie pastorale ne pouvait avoir aucun charme, elle lui devait sembler la plus triste des
vies; mais il y discerne cependant un élément : la
tranquillité, qui la rend propre à servir de cadre à une
idée. N'ayant rien dans la pensée, ce qui constitue le
pire pour Fontenelle, le berger n'a rien de mieux à
faire que l'amour : l'amour, c'est-à-dire la métaphysique amoureuse. Fontenelle disait lui-même à Diderot,
trois ans avant sa mort, à l'âge de quatre-vingt-dix-sept
ans : « Il y a quatre-vingts ans que j'ai relégué le sen-
« timent dans l'églogue. » Celui qui parlait ainsi n'a
jamais dû mettre dans l'églogue beaucoup de sentiment. De fait, il n'y en a point, même dans l'églogue
d'*Ismène*, la plus agréable de ses pastorales, morceau
qui n'est qu'ingénieux, mais où cet ingénieux fait
l'effet de la grâce et devient charmant.

Fontenelle a fait même des tragédies. Malgré tous
les priviléges de l'esprit, chaque chose a ses limites,
et lorsque, avec tout l'esprit du monde, on s'essaye à
la tragédie sans avoir ni sensibilité ni chaleur d'âme,
cet esprit n'empêcherait pas qu'on ne se rendît ridicule. Fontenelle eut le bonheur de s'arrêter à temps
dans cette mauvaise route ; jeune encore, vers l'âge de
trente-cinq ans, il cessa de faire des vers. Tout ce qu'il
a écrit dans ce genre, d'un peu considérable, est, si
je ne me trompe, antérieur à la fin du dix-septième
siècle. A l'âge de quatre-vingt-dix-sept ans il fit ces
quatre vers :

Qu'on raisonne *ab hoc et ab hac*,
De mon existence présente,
Je ne suis plus qu'un estomac ;
C'est bien peu, mais je m'en contente.

Il n'avait peut-être que la tête de moins.

D'assez bonne heure, Fontenelle se tourna vers les sujets scientifiques et philosophiques. La science, du moins, le comptait déjà au nombre de ses adeptes, lorsque, en 1686, il donna ses *Entretiens sur la pluralité des mondes.* Le titre en est plus particulier que le sujet ; ce livre renferme toute l'exposition du système du monde, tel qu'on le concevait alors. Cela avait son intérêt scientifique, et véritablement, sauf la doctrine des tourbillons, qui attribue le mouvement des corps célestes aux mouvements de l'éther, l'ouvrage est instructif. Mais, jusqu'à sa mort, Fontenelle demeura fidèle au système de Descartes.

Ce sont, en effet, des *entretiens* de l'auteur avec une dame de qualité, le soir, à la campagne. C'était la première fois qu'on faisait arriver la science dans le boudoir. Fontenelle dit dans sa préface :

« J'ai mis dans ces entretiens une femme que l'on
« instruit, et qui n'a jamais ouï parler de ces choses-
« là. J'ai cru que cette fiction me servirait à rendre
« l'ouvrage plus susceptible d'agrément, et à encou-
« rager les dames par l'exemple d'une femme, qui, ne
« sortant jamais des bornes d'une personne qui n'a
« nulle teinture de science, ne laisse pas d'entendre
« ce qu'on lui dit, et de ranger dans sa tête, sans con-

« fusion, les tourbillons et les mondes. Pourquoi des
« femmes céderaient-elles à cette marquise imaginaire
« qui ne conçoit que ce qu'elle ne peut se dispenser
« de concevoir?... Je ne demande aux dames, pour
« tout ce système de philosophie, que la même appli-
« cation qu'il faut donner à *la Princesse de Clèves*, si
« on veut en suivre bien l'intrigue et en connaître
« toute la beauté. »

En effet, grâce à l'admirable clarté de l'exposition,
les *Mondes* sont aussi faciles à lire que *la Princesse de
Clèves*. Nous voici bien loin des *Femmes savantes*, qui
cependant ne sont antérieures que de quinze ans. Ou
Molière s'était trompé, ou déjà les temps étaient changés, puisqu'un livre savant à l'usage des dames se
publiait au grand applaudissement de chacun. En
effet, les temps étaient changés; il n'y a, pour s'en convaincre, qu'à écouter ce conseil de Madame de Lambert : « N'éteignez point en vous le sentiment de curio-
« sité; il faut seulement le conduire et lui donner un
« bon objet. Mais songez que les jeunes filles doivent
« avoir sur les sciences une pudeur presque aussi ten-
« dre que sur les vices (1). »

Mais c'est un peu parée, un peu coquette, que Fontenelle introduit la science auprès de ses lectrices. Bien
des détails y sentent le boudoir. Voici, par exemple,
une comparaison assez curieuse à la tête d'un ouvrage
d'astronomie :

« Ne trouvez-vous pas, lui dis-je, que le jour même
« n'est pas si beau qu'une belle nuit? — Oui, me ré-

_____

(1) *Conseils d'une mère à sa fille.*

« pondit-elle, la beauté du jour est comme une beauté
« blonde qui a plus de brillant ; mais la beauté de la
« nuit est une beauté brune qui est plus touchante.
« — J'en conviens, répondis-je ; mais, en récompense,
« une blonde comme vous me ferait encore mieux rê-
« ver que la plus belle nuit du monde avec toute sa
« beauté brune (1). »

Et plus loin :

« Il n'y a pas jusqu'à une certaine demoiselle, que
« l'on a vue dans la lune avec des lunettes, il y a
« peut-être quarante ans, qui ne soit considérablement
« vieillie. Elle avait un assez beau visage ; ses joues
« se sont enfoncées, son nez s'est allongé, son front et
« son menton se sont avancés, de sorte que tous ses
« agréments sont évanouis, et que l'on craint même
« pour ses jours. — Que me contez-vous là? inter-
« rompit la marquise. — Ce n'est point une plaisan-
« terie, repris-je. On apercevait dans la lune une figure
« particulière, qui avait l'air d'une tête de femme qui
« sortait d'entre des rochers, et il est arrivé du chan-
« gement dans cet endroit-là. Il est tombé quelques
« morceaux de montagnes, et ils ont laissé à décou-
« vert trois pointes, qui ne peuvent plus servir qu'à
« composer un front, un nez et un menton de
« vieille (2). »

Voici cependant un badinage de meilleur goût :

« Je voudrais bien pouvoir deviner les mauvais rai-
« sonnements que font les philosophes de ce monde-là
« (de la lune) sur ce que notre terre leur paraît immo-

(1) Premier soir.　　　　(2) Sixième soir.

« bile, lorsque tous les autres corps célestes se lèvent
« et se couchent sur leurs têtes en quinze jours. Ils
« attribuent apparemment cette immobilité à sa gros-
« seur, car elle est soixante fois plus grosse que la
« lune; et quand les poëtes veulent louer les princes
« oisifs, je ne doute pas qu'ils ne se servent de l'exem-
« ple de ce repos majestueux. Cependant ce n'est pas
« un repos parfait (1). »

Ces frivolités sont rachetées par quelques traits philosophiques, dont voici un exemple :

« Il semblerait, interrompit la marquise, que
« votre philosophie est une espèce d'enchère, où ceux
« qui offrent de faire les choses à moins de frais l'em-
« portent sur les autres. — Il est vrai, repris-je, et ce
« n'est que par là qu'on peut attraper le plan sur le-
« quel la nature a fait son ouvrage. Elle est d'une
« épargne extraordinaire; tout ce qu'elle pourra faire
« d'une manière qui lui coûtera un peu moins, quand
« ce moins ne serait presque rien, soyez sûre qu'elle ne
« le fera que de cette manière-là. Cette épargne, néan-
« moins, s'accorde avec une magnificence surprenante
« qui brille dans tout ce qu'elle a fait. C'est que la
« magnificence est dans le dessein, et l'épargne dans
« l'exécution. Il n'y a rien de plus beau qu'un grand
« dessein que l'on exécute à peu de frais. Nous autres,
« sommes sujets à renverser souvent tout cela dans
« nos idées. Nous mettons l'épargne dans le dessein
« qu'a eu la nature, et la magnificence dans l'exécu-
« tion (2). »

(1) Troisième soir.                    (2) Premier soir.

D'ailleurs, toutes les fois que le sujet y prête, on rencontre des idées ingénieuses, des récits agréables et pour lors instructifs. Ainsi l'histoire des abeilles dans la troisième soirée, l'hypothèse du salpêtre qui pourrait rafraîchir la planète de Mercure, et les réflexions suivantes sur la diversité qui doit exister entre les habitants et les produits des diverses planètes :

« Ce que la nature pratique en petit entre les hom-« mes pour la distribution du bonheur ou des talents, « elle l'aura sans doute pratiqué en grand entre les « mondes, et elle se sera bien souvenue de mettre en « usage ce secret merveilleux qu'elle a de diversifier « toutes choses, et de les égaler en même temps par « les compensations (1). »

Mais un caractère distinctif des *Entretiens sur la pluralité des mondes,* c'est l'absence complète du sentiment religieux. Ce sujet magnifique n'a pu fournir à son auteur le moindre mot , le plus léger aperçu de philosophie ou de cosmologie religieuse. Le bon goût seul eût dû en introduire quelque chose à la place des puérilités dont l'auteur n'a pas cru pouvoir se dispenser. Nonobstant cette grave lacune, le livre eut beaucoup de popularité.

Ce fut l'année suivante, en 1687, que Fontenelle publia son *Histoire des oracles,* spirituel résumé de l'ouvrage érudit et lourd du Hollandais Van Dale. Le dessein avoué du livre, chez celui-ci comme chez Fontenelle, c'est d'établir « que les oracles, de quelque

_____
(1) Troisième soir.

« nature qu'ils aient été, n'ont point été rendus par les
« démons, et qu'ils n'ont point cessé à la venue de
« Jésus-Christ. Chacun de ces deux points, ajoute Fon-
« tenelle, mérite bien une dissertation (1). » Il abrége
l'ouvrage original en élaguant certains détails, et en
lui donnant une forme ingénieuse, concise et simple.
C'est la seule fois que Fontenelle ait été simple.

Cet ouvrage fit grand scandale parmi les gens d'É-
glise. Leur pénétration ne fut pas en défaut. Le livre
les atteignait : non pas qu'il soit essentiel à la vérité
du christianisme de croire que les oracles ont été rendus par les démons, ni qu'ils aient tous cessé à la
venue de Jésus-Christ ; mais on avait fait de cette
croyance un article de foi : y toucher c'était donc
ébranler la foi, et le livre paraissait une attaque contre
la doctrine des démons. Bref, les circonstances du
temps donnaient à cet ouvrage un caractère qu'il n'aurait point aujourd'hui, qu'il n'a pu avoir qu'alors. Certains traits, jetés avec indifférence, ne laissaient pas
de porter coup. Ainsi, par exemple, l'histoire de la
confession des deux Lacédémoniens :

« Ceux qu'on initiait aux mystères donnaient des
« assurances de leur discrétion ; ils étaient obligés à
« faire aux prêtres une confession de tout ce qu'il y
« avait de plus caché dans leur vie, et c'était après
« cela à ces pauvres initiés à prier les prêtres de leur
« garder le secret. Ce fut sur cette confession qu'un
« Lacédémonien qui s'allait faire initier aux mystères
« de Samothrace dit brusquement aux prêtres : *Si j'ai*

Histoire des oracles. Introduction.

« *fait des crimes, les dieux le savent bien.* Un autre ré-
« pondit à peu près de la même façon : *Est-ce à toi*
« *ou au dieu qu'il faut confesser ses crimes ? — C'est au*
« *dieu,* dit le prêtre. — *Hé bien, retire-toi donc,* reprit
« le Lacédémonien, *et je les confesserai au dieu.* Tous
« ces Lacédémoniens n'avaient pas extrêmement l'es-
« prit de dévotion. Mais ne pouvait-il pas se trouver
« quelque impie qui allât, avec une fausse confession,
« se faire initier aux mystères, et qui en découvrît
« ensuite toute l'extravagance, et publiât la fourberie
« des prêtres (1) ? »

Dans tous les cas, je trouverais un peu imprudent
celui qui voudrait se porter garant de l'innocence des
intentions de Fontenelle. Ce ne sera pas moi qui m'en
aviserai. Le livre, d'ailleurs, est très agréable par le
grand nombre de traits historiques et d'anecdotes piquantes, par la grâce de la narration, par la finesse
des pensées, par un assez grand nombre d'aperçus
philosophiques.

Le joli récit de *la Dent d'or* est dirigé contre ceux
« qui courent naturellement à la cause, et passent par-
« dessus la vérité du fait. »

« Ce malheur, raconte Fontenelle, arriva si plai-
« samment sur la fin du siècle passé à quelques sa-
« vants d'Allemagne, que je ne puis m'empêcher d'en
« parler ici. En 1593, le bruit courut que les dents
« étant tombées à un enfant de Silésie, âgé de sept
« ans, il lui en était venu une d'or, à la place d'une
« de ses grosses dents. Horstius, professeur en méde-

(1) Première dissertation, chapitre XIII.

« cine dans l'université de Helmstadt, écrivit, en 1595,
« l'histoire de cette dent, et prétendit qu'elle était en
« partie naturelle, en partie miraculeuse, et qu'elle avait
« été envoyée de Dieu à cet enfant, pour consoler les
« chrétiens affligés par les Turcs. Figurez-vous quelle
« consolation, et quel rapport de cette dent aux chré-
« tiens ni aux Turcs. En la même année, afin que cette
« dent d'or ne manquât pas d'historiens, Rullandus en
« écrit encore l'histoire. Deux ans après, Ingolsteterus,
« autre savant, écrit contre le sentiment que Rullan-
« dus avait de la dent d'or, et Rullandus fait aussitôt
« une belle et docte réplique. Un autre grand homme,
« nommé Libavius, ramasse tout ce qui avait été dit de
« la dent, et y ajoute son sentiment particulier. Il ne
« manquait autre chose à tant de beaux ouvrages, si-
« non qu'il fût vrai que la dent était d'or. Quand un
« orfévre l'eut examinée, il se trouva que c'était une
« feuille d'or appliquée à la dent avec beaucoup d'a-
« dresse ; mais on commença par faire des livres, et
« puis on consulta l'orfévre (1). »

Voici encore quelques mots dignes de remarque sur
l'autorité respective de ceux qui croient et de ceux qui
ne croient pas une vérité ou une erreur depuis longtemps établie :

« Ces deux autorités ne sont pas égales. Le témoi-
« gnage de ceux qui croient une chose déjà établie n'a
« point de force pour l'appuyer ; mais le témoignage de
« ceux qui ne la croient pas a de la force pour la dé-
« truire. Ceux qui croient peuvent n'être pas instruits

(1) Première dissertation, chapitre IV.

« des raisons de ne point croire ; mais il ne se peut
« guère que ceux qui ne croient point ne soient pas
« instruits des raisons de croire.

« C'est tout le contraire quand la chose s'établit. Le
« témoignage de ceux qui la croient est de soi-même
« plus fort que le témoignage de ceux qui ne la croient
« point ; car naturellement ceux qui la croient doivent
« l'avoir examinée, et ceux qui ne la croient point
« peuvent ne l'avoir pas fait.

« Je ne veux pas dire que dans l'un ni dans l'autre
« cas, l'autorité de ceux qui croient ou ne croient point
« soit de décision ; je veux dire seulement, que si on
« n'a point d'égard aux raisons sur lesquelles les deux
« partis se fondent, l'autorité des uns est tantôt plus
« recevable, tantôt celle des autres. Cela vient, en gé-
« néral, de ce que pour quitter une opinion commune,
« ou pour en recevoir une nouvelle, il faut faire quel-
« que usage de sa raison, bon ou mauvais ; mais il
« n'est point besoin d'en faire aucun pour rejeter une
« opinion nouvelle, ou pour en prendre une qui est
« commune (1). »

Fontenelle apprécie ainsi la religion des païens, à
propos de la manière dont les hommes éclairés, et Cicéron entre autres, se moquaient de leurs sacrifices :

... « Il y a lieu de croire que, chez les païens, la re-
« ligion n'était qu'une pratique, dont la spéculation
« était indifférente. Faites comme les autres, et croyez
« ce qu'il vous plaira. Ce principe est fort extravagant ;
« mais le peuple, qui n'en reconnaissait pas l'imperti-

(1) **Première dissertation, chapitre VIII.**

« nence, s'en contentait, et les gens d'esprit s'y sou-
« mettaient aisément, parce qu'il ne les gênait guère.
« Aussi voit-on que toute la religion païenne ne de-
« mandait que des cérémonies et nuls sentiments du
« cœur. Les dieux sont irrités, tous leurs foudres sont
« prêts à tomber; comment les apaisera-t-on? Faut-il
« se repentir des crimes qu'on a commis? Faut-il ren-
« trer dans les voies de la justice naturelle, qui de-
« vrait être entre tous les hommes? Point du tout; il
« faut seulement prendre un veau de telle couleur, né
« en tel temps, l'égorger avec un tel couteau, et cela
« désarmera tous les dieux : encore vous est-il permis
« de vous moquer en vous-même du sacrifice, si vous
« voulez; il n'en ira pas plus mal (1). »

Voici encore quelques mots sur Platon et sa doctrine
des êtres intermédiaires :

« J'avoue que Platon a deviné une chose qui est
« vraie, et cependant je lui reproche de l'avoir devinée.
« La révélation nous assure de l'existence des anges et
« des démons; mais il n'est point permis à la raison
« humaine de nous en assurer. On est embarrassé de
« cet espace infini qui est entre Dieu et les hommes,
« et on le remplit de génies et de démons; mais de
« quoi remplira-t-on l'espace infini qui sera entre Dieu
« et ces génies ou ces démons mêmes? Car de Dieu à
« quelque créature que ce soit, la distance est infinie.
« Comme il faut que l'action de Dieu traverse, pour
« ainsi dire, ce vide infini pour aller jusqu'aux dé-
« mons, elle pourra bien aller aussi jusqu'aux hommes,

---

(1) Première dissertation, chapitre VII.

« puisqu'ils ne sont plus éloignés que de quelques
« degrés qui n'ont nulle proportion avec ce premier
« éloignement. Lorsque Dieu traite avec les hommes
« par le moyen des anges, ce n'est pas à dire que les
« anges soient nécessaires pour cette communication,
« ainsi que Platon le prétendait ; Dieu les y emploie
« pour des raisons que la philosophie ne pénétrera
« jamais, et qui ne peuvent être parfaitement con-
« nues que de lui seul (1). »

Ces dernières idées sont justes ; mais, en général,
on sent dans cet écrit ce scepticisme que Fontenelle a
porté en tout, excepté dans les sciences exactes et naturelles, et qui se révèle dans ce mot si connu : « L'his-
« toire est une fable convenue. » Il ne croit ni à l'autorité du témoignage, ni à celle du sentiment.

Ce double scepticisme, combiné avec un froid mépris de la nature et de la condition humaines, et assai-
sonné d'une pointe très vive de paradoxe, est l'esprit
dominant des *Dialogues des morts* (1686). Si Fontenelle,
en écrivant ces *Dialogues*, eut une intention sérieuse,
ce dont je doute, ce fut celle d'ébranler tous les principes, et plus encore de porter atteinte au respect que
l'homme se doit à lui-même. Qu'il l'ait ou qu'il ne l'ait
pas voulu, il l'a fait. Il prélude à l'ironie plus insul-
tante et au mépris plus cynique de la nature humaine,
qui surabonde chez Voltaire et dans tout le dix-huitième siècle, lequel semble *aspirer à descendre*. Fontenelle me paraît avoir été, sans passion et sans verve,
tout ce que Voltaire a été passionnément et avec élo-

(1) **Première dissertation, chapitre VI.**

quence. C'est d'ailleurs la même philosophie. Dans les *Dialogues* la preuve en est manifeste. On veut avant tout nous surprendre, d'abord par la singularité de la rencontre entre les personnages (ainsi *Apicius et Galilée*), puis par celle des conclusions auxquelles on nous force de souscrire. Toute l'ambition de l'auteur est de nous faire dire à la fin de chaque dialogue : Cela est bizarre, cela est étrange, mais cela ne laisse pas d'être. Il n'y a point de naïveté, peu de naturel, beaucoup d'esprit. Fontenelle se plaît à arriver au vrai par le faux, au sérieux par le frivole; témoin *Alexandre et Phryné*. Celle-ci dit à Alexandre :

« Si vous n'eussiez fait que conquérir la Grèce, les « îles voisines, et peut-être encore quelque partie de « l'Asie Mineure, et vous en composer un État, il n'y « avait rien de mieux entendu, ni de plus raisonna-« ble ; mais de courir toujours sans savoir où, de pren-« dre toujours des villes, sans savoir pourquoi, et « d'exécuter toujours, sans avoir aucun dessein, c'est « ce qui n'a pas plu à beaucoup de personnes bien « sensées. »

L'homme s'attache à ce qu'il estime la vérité; il croit celle-ci faite pour lui. Mais voyez ce que met Fontenelle dans la bouche d'Homère sur la sympathie de la nature humaine pour le faux :

« Vous vous imaginez que l'esprit humain ne cher-« che que le vrai, détrompez-vous. L'esprit humain et « le faux sympathisent extrêmement. Si vous avez la « vérité à dire, vous ferez fort bien de l'envelopper « dans les fables; elle en plaira beaucoup plus. Si vous

« voulez dire des fables, elles pourront bien plaire,
« sans contenir aucune vérité. Ainsi le vrai a besoin
« d'emprunter la figure du faux pour être agréablement
« reçu dans l'esprit humain ; mais le faux y entre bien
« sous sa propre figure, car c'est le lieu de sa nais-
« sance et de sa demeure ordinaire, et le vrai y est
« étranger (1).... »

Dans *Jeanne de Naples et Anselme*, Fontenelle entre-
prend de montrer la vanité de tous nos efforts. Selon
lui, « l'homme est né pour aspirer à tout et pour ne
« jouir de rien, pour marcher toujours et pour n'arriver
« nulle part. »

Dans *Parménisque et Théocrite*, il s'attache à prouver
que la pensée empêche de vivre :

« Apparemment l'intention de la nature n'a pas été
« qu'on pensât avec beaucoup de raffinement, car elle
« vend ces sortes de pensées-là bien cher. Vous voulez
« faire des réflexions, nous dit-elle ; prenez-y garde,
« je m'en vengerai par la tristesse qu'elles vous cause-
« ront... Elle a mis les hommes au monde pour y vivre ;
« et vivre, c'est ne savoir ce que l'on fait la plupart du
« temps. Quand nous découvrons le peu d'importance
« de ce qui nous occupe et de ce qui nous touche, nous
« arrachons à la nature son secret ; on devient trop
« sage, et on n'est pas assez homme ; on pense, et on
« ne veut plus agir ; voilà ce que la nature ne trouve
« pas bon. »

Plus loin il fait rouler l'entretien sur le dénûment
de l'homme quand il s'agit de connaître : « Si vous ne

(1) *Homère et Ésope.*

« voulez que jouir des choses, rien ne vous manque
« pour en jouir ; mais tout vous manque pour les con-
« naître (1). »

Parlant de la vanité, il fait dire à Soliman par Ju-
liette de Gonzague : « A un certain point, c'est vice ;
« un peu en deçà, c'est vertu. »

Ainsi, la tendance de l'homme à la vérité, la dignité
de la pensée, la capacité de connaître, plus encore, la
distinction entre le vice et la vertu, tout cela n'est
qu'illusion pour Fontenelle. C'est une philosophie par-
tielle et partiale, exclusive, préoccupée de la misère
de l'homme, et aveugle à sa grandeur ; à ses yeux,
l'homme n'a besoin de rien et a besoin de tout. Mais
est-ce bien sincèrement que Fontenelle nous avilit ? Je
n'en sais rien. Voltaire est plus sincère, il y a de la
passion dans son mépris de la nature humaine ; celui
de Fontenelle est froid comme tout ce qui vient de lui.
Du reste, je le répète, ce livre ne doit pas être pris au
sérieux ; c'est un jeu d'esprit, un tour d'adresse perpétuel.

« Lucien, dit Voltaire, ne veut point avoir d'esprit.
« Le défaut de Fontenelle est qu'il en veut toujours
« avoir ; c'est toujours lui qu'on voit, et jamais ses hé-
« ros ; il leur fait dire le contraire de ce qu'ils de-
« vraient dire ; il soutient le pour et le contre, et ne
« veut que briller. Il est vrai qu'il en vient à bout ;
« mais il me semble qu'il fatigue à la longue, parce
« qu'on sait qu'il n'y a rien de vrai dans tout ce
« qu'il vous présente. On s'aperçoit du charlatanisme

1) *Apicius et Galilée.*

« et il rebute. Fontenelle me paraît dans cet ouvrage
« le plus amusant joueur de passe-passe que j'aie ja-
« mais connu. C'est toujours quelque chose, et cela
« amuse (1). »

Je souscris volontiers au jugement de Voltaire sur
ce livre frivole et spirituel. J'ajoute que dans tous les
ouvrages de cette première période, et je n'ai pas
nommé les plus frivoles, Fontenelle me fait toujours
l'effet de valoir mieux que ce qu'il écrit, et de déroger
pour son plaisir. D'autres sont comme suspendus dans
une région qui n'est pas la leur. Ce sont deux formes
du faux : la seconde m'impatiente beaucoup ; la première, qui est celle de Fontenelle, m'indigne un peu.

Quoi qu'il en soit, ces ouvrages valurent à Fontenelle un fauteuil à l'Académie française en 1691. Je
pense qu'il y fut reçu pour eux, et non pour ses doctrines littéraires, qui, à cette époque, n'étaient pas
encore orthodoxes. Il était le chef prudent de la secte
qui avait pour double mot d'ordre le mépris de l'antiquité et de la poésie ; espèce d'athéisme littéraire, pro-
fessé par des barbares en manchettes qui se mêlaient
de faire des vers. Alors, chose étonnante, Fontenelle
abandonna la littérature et se tourna du côté de la
science. Une fois savant, il y gagna fort comme littérateur. Cela était naturel ; ce qui manquait à Fontenelle,
c'était un fond. Il lui fallait quelque chose à dire qui
en valût la peine : nouvel exemple de cette grande
vérité, que la valeur du fond est essentielle à celle de
la forme. Il avait manqué de matière. Il ne s'était inté-

(1) VOLTAIRE, *Lettre au roi de Prusse.*

ressé à rien. Il s'était joué de ses idées ; il ne pouvait
se jouer des faits ; d'ailleurs, les faits de l'ordre naturel, les calculs des sciences exactes étaient pour lui
d'un véritable intérêt.

Nommé membre et secrétaire perpétuel de l'Académie des sciences en 1699, il écrivit pendant quarante-
deux ans les *Mémoires* de cette Académie. C'est son
plus beau titre de gloire. Par là il a rendu à la science
presque autant de services que les savants dont il analyse les études. Maintes recherches, dont le résultat
n'existait guère sans lui hors de la pensée de leurs
auteurs, qui ne savaient pas les faire entendre, ont
reçu de la parfaite clarté de son exposition leur existence objective. Fontenelle, qui n'a rien inventé, a si
merveilleusement compris les découvertes des autres,
qu'il a presque effacé la distance qui sépare l'invention
de l'intelligence. « Les lecteurs les moins appliqués,
« dit Duclos, se crurent savants en parcourant ses ou-
« vrages, et la facilité qu'on trouvait à l'entendre nui-
« sait peut-être à la reconnaissance qu'on devait en
« avoir. »

Nous voici, Messieurs, arrivés à un autre écrit vers
lequel on se trouve souvent rappelé, et qu'on aime à
relire malgré ses défauts ; ce sont les *Éloges des acadé-*
*miciens de l'Académie royale des sciences, morts depuis*
*l'an* 1699. Littérairement, c'est le premier ouvrage de
Fontenelle, le titre qui protège tous les autres.

Ce ne sont pas des panégyriques, ni même, par
l'intention, des éloges. Il n'y faut pas chercher la forme

oratoire, l'auteur n'y a loué que ce qui mérite de l'être.
Ce sont de simples notices, et elles en valent d'autant
mieux. Pour la première fois, en dehors de sujets purement scientifiques, Fontenelle semble avoir saisi la
beauté de son sujet et s'y être uni de cœur. Appelé à
raconter des vies d'entre les plus nobles dont on ait
gardé le souvenir, il a su parler dignement des vertus
de ses héros. Il dit quelque part : « Nous sommes
« presque las de relever le mérite des hommes dont
« nous avons à parler. » Cette parole qui manque, il
est vrai, de simplicité, peint cependant le caractère
moral des savants de cette époque. Avec quel plaisir
l'œil se repose sur toutes ces figures graves et sereines !
Comme les héros de Fontenelle appartiennent bien au
siècle contemplateur, et non au siècle contempteur
dont lui-même est le représentant !

Qui méprise toujours est bien près d'être méprisa-
ble, le *nihil admirari* n'est pas loin d'atteindre à la
sottise. Madame de Lambert est tout à fait de son siècle quand elle dit : « L'admiration est le partage des
« sots (1); » mais l'admiration vraie, l'admiration réfléchie appartient aux grandes âmes. Le dix-septième
siècle était contemplateur. Les hommes de cette époque étaient des hommes de foi. Tous ont rendu hommage au Créateur. Ajoutons que la dignité de la vie
est bien plus ordinaire aux savants qu'aux littérateurs, parce que leurs passions ne sont pas l'étoffe de
leurs travaux. Les derniers vivent dans le monde de
l'homme, les autres dans le monde de Dieu ; la soli-

1) *Avis d'une mère à sa fille*

tude du littérateur n'est pas une vraie solitude ; dans
ses livres il vit avec les morts et avec les vivants ; il
vit avec lui-même surtout, ce qui n'est souvent pas
trop bonne compagnie. Mettez les vies de soixante-
neuf littérateurs en parallèle avec celles de soixante-
neuf savants, vous serez indigné des unes et probablement édifié des autres. Fontenelle, sans doute, n'a
pas prétendu faire un livre édifiant, mais il décrit la
vie de ces hommes avec vérité, avec gravité, avec une
simplicité comparative ; il fait goûter la paix de cette
vie, en général étrangère à la vanité.

Il faut louer la concision, l'ingénieuse, la charmante
clarté avec laquelle il sait résumer, outre les découvertes de ces savants, leurs systèmes et leurs idées.
Il jette une multitude d'observations fines et judicieuses
sur la nature humaine, les singularités du cœur, les
particularités de la vie sociale. En voici quelques exemples.

Il dit dans l'éloge de Cassini : « Dans les dernières
« années de sa vie, il perdit la vue, malheur qui lui
« a été commun avec le grand Galilée, et peut-être par
« la même raison ; car les observations subtiles deman-
« dent un grand effort des yeux. Selon l'esprit des
« fables, ces deux grands hommes, qui ont fait tant de
« découvertes dans le ciel, ressembleraient à Tirésie,
« qui devint aveugle pour avoir vu quelque secret des
« dieux. »

Dans celui de Régis : « Quoiqu'il fût accoutumé à
« instruire, sa conversation n'en était pas plus impé-
« rieuse ; mais elle était plus facile et plus simple,

« parce qu'il était accoutumé à se proportionner à tout
« le monde. Son savoir ne l'avait pas rendu dédai-
« gneux pour les ignorants ; et en effet, on l'est ordi-
« nairement d'autant moins à leur égard que l'on sait
« davantage, car on en sait mieux combien on leur
« ressemble encore. »

En parlant de Malebranche : « Dans une édition
« suivante de ses *Conversations chrétiennes*, le Père
« Malebranche ajouta des méditations, où d'une *consi-*
« *dération* philosophique il tire toujours une *élévation*
« à Dieu. Peut-être voulut-il par là répondre à quel-
« ques bonnes âmes, qui lui reprochaient que sa
« philosophie abstraite, et par conséquent sèche, ne
« pouvait produire des mouvements de piété assez
« affectueux et assez tendres. Il y a cependant assez
« d'apparence qu'à cet égard les idées métaphysiques
« seront toujours pour la plupart du monde comme
« la flamme de l'esprit de vin, qui est trop subtile
« pour brûler du bois. »

La remarque suivante se rencontre dans l'éloge de
Littre : « Un simple anatomiste peut se passer d'élo-
« quence, mais un médecin ne le peut guère. L'un
« n'a que des faits à découvrir et à exposer aux yeux ;
« mais l'autre, éternellement obligé de conjecturer sur
« des matières très douteuses, l'est aussi d'appuyer
« ses conjectures par des raisonnements assez solides,
« ou qui du moins rassurent et flattent l'imagination
« effrayée ; il doit quelquefois parler, presque sans
« autre but que de parler ; car il a le malheur de ne
« traiter avec les hommes que dans le temps précisé-

« ment où ils sont plus faibles et plus enfants que ja-
« mais. S'il n'a pas le don de la parole, il faut presque
« qu'il ait en récompense celui des miracles. »

Il dit de Newton : « Il ne parlait jamais de lui ou
« des autres ; il n'agissait jamais d'une manière à
« faire soupçonner aux observateurs les plus malins le
« moindre sentiment de vanité. Il est vrai qu'on lui
« épargnait assez le soin de se faire valoir ; mais com-
« bien d'autres n'auraient pas laissé de prendre encore
« un soin dont on se charge si volontiers, et dont il est
« si difficile de se reposer sur personne. »

Ces traits de mœurs sont quelquefois entrelacés à
quelque anecdote piquante : « Boerhaave voyageait
« dans une barque, où il prit part à une conversation
« qui roulait sur le spinosisme. Un inconnu, plus or-
« thodoxe qu'habile, attaqua si mal ce système, que
« Boerhaave lui demanda s'il avait lu Spinosa. Il fut
« obligé d'avouer que non ; mais il ne pardonna pas à
« Boerhaave. Il n'y avait rien de plus aisé que de
« donner pour un zélé et ardent défenseur de Spinosa,
« celui qui demandait seulement que l'on connût Spi-
« nosa quand on l'attaquait ; aussi le mauvais raison-
« neur de la barque n'y manqua-t-il pas : le public,
« non-seulement très susceptible, mais avide de mau-
« vaises impressions, le seconda bien, et en peu de
« temps Boerhaave fut déclaré spinosiste. Ce spinosiste
« cependant a été toute sa vie fort régulier à certaines
« pratiques de piété, par exemple, à ses prières du
« matin et du soir. Il ne prononçait jamais le nom de
« Dieu, même en matière de physique, sans se décou-

« vrir la tête ; respect qui, à la vérité, peut paraître
« petit, mais qu'un hypocrite n'aurait pas le front d'af-
« fecter. »

D'autres fois les observations de Fontenelle se déta-
chent en sentences concises et nettes :

« Un homme de mérite n'est pas destiné à n'être
« qu'un critique, même excellent, c'est-à-dire habile
« seulement à relever les défauts dans les productions
« d'autrui, impuissant à produire de lui-même (1). »

— « L'histoire doit avouer les fautes des grands
« hommes ; ils en ont eux-mêmes donné l'exemple (2).»

Malgré ses incontestables qualités, ce livre donne
prise à une grave critique. Il y manque cette simplicité, cette largeur de touche, cette vigueur de pinceau
et cette chaleur sans lesquelles on n'est point un écrivain éloquent. Tout y est furtif et à moitié dérobé,
même ce qui a le plus de vérité et d'intérêt. Fontenelle emploie la moitié de son esprit à en cacher l'autre
moitié, non pour l'ensevelir, mais pour le faire chercher. Il se donne l'air simple et négligé, à proportion
qu'il l'est moins en réalité. Cette coquetterie de langage, peu digne d'un esprit mâle et sérieux, étonne
dans un ouvrage où il y a beaucoup de vues et, à ce
qu'il semble, de la sympathie pour le bon et le vrai
moral ;

Et fugit ad salices, et se cupit ante videri (3).

Fontenelle avait dit lui-même dans le *Portrait de
Clarice* :

(1) *Éloge de Valincourt.*          (2) *Éloge du czar Pierre.*
(3) Virgile, Églogue III.

Ce qui serait encor bien nécessaire,
Ce serait un esprit qui pensât finement,
Et qui crût être un esprit ordinaire.

Le style de Fontenelle a failli devenir celui du dix-
huitième siècle. Sous ce point de vue, il exige de notre
part une attention particulière. Au milieu du siècle
précédent, le même danger se présenta. Les *concetti*,
le maniéré, l'affectation allaient envahir la langue,
lorsque Pascal, Molière, Boileau la ramenèrent à la
raison. Le genre nouveau qui s'introduisait sous les
auspices de Fontenelle, que d'autres écrivains favo-
risaient, auquel Montesquieu lui-même se laissait
aller, aurait fini par se naturaliser, si Voltaire, à
force de gloire et de génie, ne s'était opposé à cette
recrudescence du bel esprit. Deux fois donc nous
voyons le bel esprit chassé de la littérature française.

Le genre propre à Fontenelle est aussi mauvais qu'il
est charmant. Sous le couvert de l'esprit le plus ingénieux se glisse une manière qui eût été détestable
avec un esprit plus vulgaire. Il veut être deviné; mais
bien qu'il le soit sans beaucoup de peine, il a toujours,
comme s'il craignait de l'être, quelque chose d'oblique
et de louche. Cet effort, quoique léger et presque insensible, ne laisse pas de fatiguer même les plus pé-
nétrants, lorsqu'on le leur impose trop souvent; un
travail plus fort, mais plus sérieux, donnerait moins
d'impatience. Il ne faut pas en juger par quelques
traits isolés, dont chacun, pris à part, fait plaisir;
ainsi nous rencontrons volontiers des insinuations dé-

licates ou malicieuses, comme dans l'éloge de Des
Billettes :

« Une certaine candeur, qui peut n'accompagner
« pas de grandes vertus, mais qui les embellit beau-
« coup, était une de ses qualités dominantes. Le bien
« public, l'ordre, ou plutôt tous les différents éta-
« blissements particuliers d'ordre que la société de-
« mande, toujours sacrifiés sans scrupule, et même
« violés par une mauvaise gloire, étaient pour lui des
« objets d'une passion vive et délicate. Il la portait à
« tel point, et en même temps cette sorte de passion
« est si rare, qu'il est peut-être dangereux d'exposer
« au public, que quand il passait sur les marches du
« Pont-Neuf, il en prenait les bouts qui étaient moins
« usés, afin que le milieu, qui l'est toujours davan-
« tage, ne devînt pas trop tôt un glacis. Mais une si
« petite attention s'ennoblissait par son principe ; et
« combien ne serait-il pas à souhaiter que le bien
« public fût toujours aimé avec autant de supersti-
« tion ? »

Voici le tour de l'archevêque de Reims, à propos
de l'abbé de Louvois : « Feu l'archevêque de Reims,
« son oncle, lui donna de l'emploi dans son diocèse,
« pour le former aux affaires ecclésiastiques. L'école
« était bonne, mais sévère, à tel point qu'elle eût
« pu le corriger des défauts mêmes que l'on reprochait
« au prélat qui le formait.... On retrouvait en l'abbé
« de Louvois la capacité, le savoir, l'esprit de gouver-
« nement, enfin toutes les bonnes qualités de son
« oncle, accompagnées de quelques autres qu'il pou-

« vait avoir apprises de lui, mais qu'il n'en avait pas
« imitées. »

Ailleurs ce sont des réticences piquantes, et même
plaisantes :

« Sauveur a été marié deux fois. A la première, il
« prit une précaution assez nouvelle ; il ne voulut point
« voir celle qu'il devait épouser jusqu'à ce qu'il eût
« été chez un notaire faire rédiger par un écrit les
« conditions qu'il demandait ; il craignit de n'en être
« pas assez le maître après avoir vu. La seconde fois,
« il était plus aguerri (1). »

« Au milieu du douzième siècle, observait Leibnitz,
« on discernait encore le vrai d'avec le faux ; mais en-
« suite les fables, renfermées auparavant dans les
« cloîtres et dans les légendes, se débordèrent impé-
« tueusement et inondèrent tout. Ce sont à peu près
« ses propres termes. Il attribue la principale cause
« du mal à des gens qui étant pauvres par institut,
« inventaient par nécessité (2). »

Mais cette manie de réticences, ce demi-jour, ce
clair-obscur perpétuel va jusqu'à compromettre la gravité du genre quand il en traite de graves ; quelquefois
d'ailleurs il devient tout à fait énigmatique. Quand la
finesse domine dans l'esprit ou dans le style, elle est
moins une force qu'une faiblesse ; elle est, sinon la
source, du moins la compagne de beaucoup de défauts.
Au premier abord, un esprit très fin paraît supérieur ;
et en effet, c'est là une supériorité d'un certain genre.
Mais combien, au jugement des grands esprits, et du

(1) *Éloge de Sauveur.*          (2) *Éloge de Leibnitz.*

public qu'ils finissent par entraîner, la finesse est au-
dessous de la simplicité! combien l'esprit en qui elle
domine, est d'habitude froid, faible, frivole, souvent
faux! Les beautés simples sont durables, mais la finesse se flétrit. D'ailleurs, il y a en soi plus d'esprit
dans la simplicité que dans la finesse. Ce qui est simple et spirituel est bien plus spirituel que ce qui n'est
que spirituel et fin « Il n'y a que les grands cœurs
« qui sachent combien il y a de gloire à être bon, »
dit Fénelon d'après Sophocle. Il n'y a que les grands
esprits qui sachent combien il y a de gloire à être
simple. La postérité distingue toujours cette gloire-là ;
mais les contemporains peuvent s'y tromper.

Il faut l'avouer cependant, il y a eu de grands esprits
qui n'ont pas été simples. Nous venons de nommer
Montesquieu ; saint Augustin, saint Bernard ne sont
pas simples. Mais il faut faire la part du goût faussé
de leur époque, et des grandes idées par lesquelles ils
rachètent ce manque de simplicité.

Au reste, Fontenelle a des pages écrites d'un style
que le goût le plus pur avouerait. Ainsi, dans l'*Éloge
de d'Argenson* :

« Les citoyens d'une ville bien policée jouissent de
« l'ordre qui y est établi, sans songer combien il en
« coûte de peines à ceux qui l'établissent ou le conser-
« vent, à peu près comme tous les hommes jouissent
« de la régularité des mouvements célestes sans en
« avoir aucune connaissance ; et même plus l'ordre
« d'une police ressemble par son uniformité à celui
« des corps célestes, plus il est insensible, et par con-

16

« séquent il est toujours d'autant plus ignoré qu'il est
« plus parfait. Mais qui voudrait le connaître et l'ap-
« profondir en serait effrayé. Entretenir perpétuelle-
« ment dans une ville telle que Paris une consom-
« mation immense, dont une infinité d'accidents
« peuvent toujours tarir quelques sources ; réprimer
« la tyrannie des marchands à l'égard du public, et
« en même temps animer leur commerce ; empêcher
« les usurpations mutuelles des uns sur les autres,
« souvent difficiles à démêler ; reconnaître dans une
« foule infinie tous ceux qui peuvent si aisément y
« cacher une industrie pernicieuse ; en purger la so-
« ciété, ou ne les tolérer qu'autant qu'ils lui peuvent
« être utiles par des emplois dont d'autres qu'eux ne
« se chargeraient pas, ou ne s'acquitteraient pas si
« bien ; tenir les abus nécessaires dans les bornes
« précises de la nécessité qu'ils sont toujours prêts à
« franchir ; les renfermer dans l'obscurité à laquelle
« ils doivent être condamnés, et ne les en tirer pas
« même par des châtiments trop éclatants ; ignorer ce
« qu'il vaut mieux ignorer que punir, et ne punir que
« rarement et utilement ; pénétrer, par des conduits
« souterrains, dans l'intérieur des familles, et leur gar-
« der les secrets qu'elles n'ont pas confiés, tant qu'il
« n'est pas nécessaire d'en faire usage ; être présent
« partout sans être vu ; enfin, mouvoir ou arrêter à
« son gré une multitude immense et tumultueuse, et
« être l'âme toujours agissante et presque inconnue de
« ce grand corps : voilà quelles sont en général les
« fonctions du magistrat de la police. Il ne semble pas

« qu'un homme seul y puisse suffire, ni par la quan-
« tité des choses dont il faut être instruit, ni par celle
« des vues qu'il faut suivre, ni par l'application qu'il
« faut apporter, ni par la variété des conduites qu'il
« faut tenir et des caractères qu'il faut prendre ; mais
« la voix publique répondra si d'Argenson a suffi à
« tout. »

Entre les soixante-neuf éloges composés par Fonte-
nelle, j'indiquerai parmi les hommes illustres, Vauban,
**Newton**, Ruysch, Malebranche, Leibnitz, le czar
**Pierre**, d'Argenson, Boerhaave ; et parmi les hommes
**moins connus**, Renau, Dodart, Des Billettes, Couplet,
**Morin.**

# XIII.

## HOUDARD DE LA MOTTE.

### 1672—1742.

Nous passons, Messieurs, à un ami, un allié, peut-on dire, de Fontenelle. La Motte, aveugle dès sa jeunesse, se trouva par là même relégué dans le domaine exclusif de la littérature. Mêlé, dans la première période de sa vie, à l'affaire de J. B. Rousseau et de ses couplets infâmes, ce fut très innocemment qu'il devint l'objet de cette odieuse agression. Plus tard, sa carrière se remplit de la controverse qu'il soutint contre la prééminence des anciens et contre la supériorité de la poésie sur la prose. On peut donner à ces agitations le nom d'orages ; mais quelles brises légères auprès des tempêtes qui remplissent la vie de tant d'écrivains ! La première de ces questions ne lui appartenait pas en propre ; mais le signal de l'attaque dirigée contre la poésie vint de lui. La Motte avait alors pour lui le nombre, la foule, que l'esprit dominant poussait à la prose. Quoi qu'il en soit, et malgré cette controverse, il fut généralement aimé, contre la fortune ordinaire des littérateurs. Il méritait de l'être par la douceur et l'aménité de son caractère ; on cite de lui des traits charmants.

C'était un esprit ingénieux et naturel ; moins de finesse que Fontenelle, moins de concision, mais un peu plus de sensibilité, sans en avoir cependant beaucoup ; car si, pour être vraiment poëte, quelque chose lui fit défaut, ce fut la sensibilité ; il a néanmoins dans ce genre quelques vers qu'avec tout son esprit Fontenelle n'eût jamais trouvés.

Ce qui domine chez La Motte, c'est le bon sens. Son défaut ou sa faiblesse, ce n'est pas d'en avoir eu trop, mais de lui avoir trop accordé, d'avoir cru que le bon sens tenait lieu de tout, que le bon sens, base du génie, était le génie même, et qu'il pouvait suffire pour faire de bons et même de beaux vers. Comment se fait-il qu'avec ce bon sens, parfois un peu terne, mais qui domine tout chez La Motte, il ait pu aborder les genres les plus opposés à sa nature, et même les plus antipathiques aux convictions qu'il avouait ? Il a écrit en vers contre la poésie ; il a traduit en prose l'ode de La Faye ; il s'est lui-même traduit en prose. J. B. Rousseau ne le comparait pas sans raison au renard qui a la queue coupée. La Motte passa sa vie à se contredire, et nous offre ainsi quelques échantillons des mille contradictions de l'esprit humain : avec ses milliers de vers, il ne crut pas à la poésie ; il traduisit Homère et ne crut pas aux anciens ; il manqua d'imagination et il fit des odes. Il y eut en lui deux hommes : le critique, ou si l'on veut le littérateur, et le poëte. Ce dernier s'essaya à tous les genres : tragédies, comédies, opéras, églogues, odes, fables, traductions en vers.

Les tragédies de La Motte sont *les Macchabées, Romulus, OEdipe* et *Inès de Castro*. Tout cela eut beaucoup de succès, mais la moindre de ces pièces plus que les autres. *Inès*, le chef-d'œuvre de La Motte, essuya plus de critiques que les *Macchabées*. *Inès* est du petit nombre des tragédies du second ordre qui n'ont pas vieilli. Ceci est rare ; nous possédons beaucoup de tragédies du second ordre qu'on cite encore, mais qu'on ne lit plus ; *Inès* a conservé toute sa fraîcheur, et si elle avait le charme du coloris et la vigueur du style, elle compterait parmi les chefs-d'œuvre de la scène. Le sujet en est admirable, et La Motte n'a altéré la simplicité du récit du Camoëns que d'une manière heureuse, par l'introduction du rôle généreux de Constance. La conduite de l'action est aisée, les caractères sont vrais, nobles, naturels, sans emphase ; le sujet est éminemment tragique. Il n'y a d'odieux que le caractère de la reine, qui fait périr Inès par le poison ; mais l'auteur l'a relégué au second plan. Ici La Motte est bien servi par son bon sens ; il n'a pas un vers qui sente l'affectation. Tout est beau et simple ; il y a même quelques innovations hardies, entre autres l'introduction des enfants d'Inès qui réussissent à fléchir le roi.

Cette pièce, sans doute, n'est point écrite avec éloquence, et c'est là son principal défaut ; mais elle est semée de vers admirables que le cœur seul peut fournir, et que tout l'esprit du monde ne saurait inspirer. C'est ainsi qu'Inès, empoisonnée à son insu, s'écrie en ressentant les premières atteintes du poison :

Éloignez mes enfants ; ils irritent mes peines...

Ce mot a toujours excité l'applaudissement au théâtre.

Remarquons aussi les vers qu'elle adresse au roi
Alphonse en lui présentant ses enfants :

> D'un œil compatissant regardez l'un et l'autre;
> N'y voyez point mon sang, n'y voyez que le vôtre.
>
> . . . . . . . . . . . . . . .
>
> Épuisez sur moi seule un sévère courroux;
> Mais cachez quelque temps mon sort à mon époux.

Don Pèdre dit à Inès :

> Ne désavouez point, Inès, que je vous aime.

Inès mourante s'adresse à Don Pèdre :

> Consolez votre père;
> Mais n'oubliez jamais combien je vous fus chère.

Elle lui avait dit auparavant :

> Que me promettre, hélas! de ma faible raison,
> Moi qui ne puis sans trouble entendre votre nom!

Dans la scène II de l'acte II, Alphonse s'adresse à
son fils avec noblesse, vérité et une sorte d'éloquence:

> Vos fureurs ne sont pas une règle pour moi;
> Vous parlez en soldat, je dois agir en roi (1).
> Quel est donc l'héritier que je laisse à l'empire?
> Un jeune audacieux dont le cœur ne respire
> Que les sanglants combats, les injustes projets,
> Prêt à compter pour rien le sang de ses sujets!
> Je plains le Portugal des maux que lui prépare
> De ce cœur effréné l'ambition barbare.
> Est-ce pour conquérir que le ciel fit les rois?
> N'aurait-il donc rangé les peuples sous nos lois
> Qu'afin qu'à notre gré la folle tyrannie
> Osât impunément se jouer de leur vie?
> Ah! jugez mieux du trône, et connaissez, mon fils,
> A quel titre sacré nous y sommes assis.

(1) Ce second vers est de Corneille, La Motte l'a reconnu dans sa préface.

Du sang de nos sujets sages dépositaires,
Nous ne sommes pas tant leurs maîtres que leurs pères :
Au péril de nos jours il faut les rendre heureux,
Ne conclure ni paix ni guerre que pour eux,
Ne connaître d'honneur que dans leur avantage
Et quand, dans ses excès, notre aveugle courage
Pour une gloire injuste expose leurs destins,
Nous nous montrons leurs rois moins que leurs assassins.
Songez-y. Quand ma mort, tous les jours plus prochaine,
Aura mis en vos mains la grandeur souveraine,
Rappelez ces devoirs et les accomplissez.
Aujourd'hui mon sujet, don Pèdre, obéissez.

N'oublions pas dans *les Macchabées* le vers suivant :

Rachel suivra Jacob sans emporter ses dieux.

Quant aux opéras de La Motte, le genre une fois admis, et nous n'entrons pas dans cette discussion, celui d'*Issé* mérite des éloges. Il en est de même de la comédie du *Magnifique ;* elle est vraiment originale, mais les autres valent peu de chose.

Ce qu'il y a de pire dans les œuvres de La Motte, ce sont ses odes. Il en avait la manie, et nous devons avouer que le mauvais goût du temps dut l'y encourager. On prenait pour de la poésie tout ce qui était régulier et ingénieux. La Motte est ingénieux sans contredit ; il a des idées, il rime facilement. Du reste, il manque du sentiment de l'harmonie, et beaucoup de proses sont moins sèches que ses vers. Ses odes sont en général de petits traités de morale ; il en a une sur *l'Amour-propre* : on croit lire La Rochefoucauld mis en strophes. Une autre a pour sujet *l'Enthousiasme*. Il feint d'abord de croire à l'enthousiasme, et s'adresse à Polymnie qui lui répond que l'enthousiasme n'est autre chose que le bon sens ! Et tout cela ordonné dans tout l'appareil du lyrisme antique ! Ces odes sont maintenant oubliées ; on ne se souvient plus que des épigrammes de J. B. Rousseau :

Le vieux Ronsard, ayant pris ses besicles,
Pour faire fête au Parnasse assemblé,
Lisait tout haut ces odes par articles,
Dont le public vient d'être régalé.
Ouais ! qu'est ceci ? dit tout à l'heure Horace,
En s'adressant au maître du Parnasse :
Ces odes-là frisent bien le Perrault !
Lors Apollon, bâillant à bouche close :
Messieurs, dit-il, je n'y vois qu'un défaut
C'est que l'auteur les devait faire en prose (1).

Ce qu'il y eut de plaisant, c'est que La Motte suivit le conseil ironique de Rousseau, et remit lui-même ses odes en prose. Il tenait à prouver la supériorité de la prose, et cette fois il avait raison.

Après sa tragédie d'*Inès*, c'est pour ses fables que La Motte est encore estimé. Elles sont ingénieuses, et au mérite d'en avoir inventé les sujets, il joint celui de les avoir traités agréablement. On a remarqué avec justesse que le don de l'invention, qui a pu manquer à de très grands hommes, a quelquefois été l'apanage de talents d'un ordre inférieur. Mais lorsqu'il est arrivé à La Motte de vouloir imiter la naïveté de La Fontaine, il a complétement échoué. Ses animaux ne parlent ni le langage des hommes, ni celui que l'imagination pourrait prêter à des animaux ; ils s'expriment sans naturel, et avec une pompe et une monotonie qui

_____

(1) J. B. ROUSSEAU, *Épigrammes*. Livre II, épigramme XI.

ont fait dire à **J. B.** Rousseau, bon critique, tout méchant qu'il fût, qu'un âne s'y exprime comme un académicien. La fable des *Deux Moineaux,* celle du *Perroquet, la Montre et le Cadran solaire* peuvent être regardées comme les meilleures.

La Motte a traduit Homère en l'abrégeant et en réduisant à douze les vingt-quatre chants de *l'Iliade.* Il faut voir comme il a fait les coupures! Ce travestissement, destitué de toute poésie et de toute couleur antique, fut approuvé des hommes de son temps, et même l'esprit exquis de Madame de Lambert devint complice de l'erreur générale. Ainsi raccourcie, *l'Iliade* paraissait plus longue, et Rousseau eut raison de dire :

> Le traducteur qui rima l'Iliade,
> De douze chants prétendit l'abréger :
> Mais par son style aussi triste que fade,
> De douze en sus il a su l'allonger.
> Or, le lecteur qui se sent affliger,
> Le donne au diable, et dit, perdant haleine,
> Hé ! finissez, rimeur à la douzaine !
> Vos abrégés sont longs au dernier point.
> Ami lecteur, vous voilà bien en peine ;
> Rendons-les courts en ne les lisant point (1).

Comme critique, La Motte a fait beaucoup de dissertations à l'appui de ses propres ouvrages et de son système littéraire. « Il s'était fait, dit d'Alembert, une « poétique d'après ses talents, comme tant de gens se « font une morale suivant leurs intérêts. » Cependant il a beaucoup d'idées, beaucoup d'observations, non pas profondes, mais bonnes à recueillir, nouvelles

(1) J. B. Rousseau, *Épigrammes.* Livre II, épigramme XII.

même. On ne peut être parfaitement naturel sans être
quelquefois nouveau ; or, c'est à force de naturel que
La Motte rencontre la nouveauté ; il pense véritablement sa pensée. Malheureusement, deux graves erreurs enveloppent tout : la méconnaissance de l'antiquité, la négation de la poésie ; c'est un double
athéisme.

De ses écrits en prose rien n'est meilleur que ses
*Réflexions sur la critique*, en réponse à Madame Dacier.
C'est un modèle de polémique honnête et spirituelle ;
mais il n'a guère eu d'imitateurs. Madame Dacier avait
traduit Homère avec une sorte d'instinct ; elle en sentait vivement les beautés, mais elle ne pouvait rendre
raison de son admiration, et en attaquant La Motte,
elle avait beau avoir raison sur le fond, elle se donna
souvent tort par la forme. Elle crut licite le genre de
la polémique antique, et se permit maintes fois d'être
acerbe. La Motte, au contraire, n'employa qu'un peu
de raillerie, une raillerie délicate, et il conserva toujours un ton convenable.

« Alcibiade, dit-il en citant lui-même une phrase de
« Madame Dacier, donna un jour un grand soufflet à
« un rhéteur qui n'avait rien... d'Homère. Que ferait-
« il aujourd'hui à un rhéteur qui lui lirait l'*Iliade* de
« M. de La Motte ? — Heureusement quand je récitai
« un de mes livres à Madame Dacier, elle ne se sou-
« vint pas de ce trait. »

— « Ridicule, impertinence, témérité aveugle, bé-
« vues grossières, folies, ignorances entassées, ces
« beaux mots sont semés dans le livre de Madame Da-

« cier comme ces charmantes particules grecques, qui
« ne signifient rien, mais qui ne laissent pas, à ce
« qu'on dit, de soutenir et d'orner les vers d'Ho-
« mère. »

Voici comment La Motte a été jugé par Duclos, son
contemporain ou à peu près :

« Quoiqu'il ait fait nombre de beaux vers, il est sûr
« qu'à cet égard il était inférieur à Boileau et à J. B.
« Rousseau ; mais il leur était fort supérieur par l'é-
« tendue de l'esprit, et n'était pas, comme eux, ren-
« fermé dans les bornes du talent. Il passait, dans son
« temps, pour le meilleur écrivain en prose. Voltaire
« n'avait encore écrit qu'en vers, et La Motte n'avait
« pas cette vivacité de coloris ; mais, dans les matières
« susceptibles d'analyse et de discussion, si Voltaire
« est plus brillant, La Motte est plus lumineux. L'un
« éblouit et l'autre éclaire. Ce n'est pas que je veuille
« faire aucune comparaison de lui à Voltaire pour le
« génie, les talents et le goût. Je ne parle ici que de ce
« qui concerne le raisonnement. La Motte a beaucoup
« perdu de sa réputation depuis sa mort ; mais il était,
« de son temps, un des auteurs les plus distingués. Les
« penseurs liront toujours avec plaisir ses discours et
« ses *Réflexions sur la critique*. Ses odes, pleines d'es-
« prit et d'une raison fine, leur plairont plus que celles
« où règne un pompeux délire de mots, qu'on appelle
« enthousiasme, et qui est si vide de sens et si froid.
« *Inès de Castro* restera au théâtre. Ses opéras sont
« estimés, et *l'Europe galante* le fait regarder comme
« l'inventeur de l'opéra-ballet. Il faut oublier qu'il a

« fait une *Iliade*. Ses fables, dont il a inventé pres-
« que tous les sujets, lui feraient honneur, si le style
« n'en était pas précieux, affecté, et par là sans goût
« dans l'expression. »

# XIV.

## MARIVAUX.

### 1688—1763.

Quoique trop décrié aujourd'hui, on peut dire cependant que Marivaux a été bien jugé; tous les critiques sont d'accord sur ses défauts et ses qualités; toutefois ceux qui ne le connaissent que par les jugements généralement portés de lui, le mettent au-dessous de sa valeur, et s'ils font connaissance avec ses œuvres, ils seront agréablement surpris en trouvant beaucoup mieux qu'ils n'espéraient.

Marivaux est un homme de beaucoup d'esprit, un moraliste délicat et un observateur d'une grande finesse. Il faut ajouter qu'il est, sous le rapport de la morale, un des écrivains les plus purs de son siècle. Il est non-seulement irréprochable, mais élevé. Complice de son temps dans ses opinions littéraires, il sait ne pas l'être dans ses idées philosophiques, et il a toujours témoigné du respect à la religion.

Ce qui lui a nui, ce qui l'a perdu comme écrivain, c'est le goût d'une observation minutieuse qui n'est pas sans rapport avec l'espionnage. Il est l'espion et le délateur du cœur humain; il en a les allures, il a sans cesse l'oreille appliquée à la serrure, et ses délations

ou ses indiscrétions sont une sorte de parfilage, qui
peut sembler quelquefois puéril, mais qui enlève bien
des fils d'or et de soie.

Depuis Marivaux cela s'appelle *marivauder;* c'est un
plus joli mot que *ravauder,* mais c'est à peu près la
même chose. C'est ramasser, c'est mettre à part des
grains de poussière. Qui sait pourtant si Marivaux
n'eût pas été flatté de voir son nom devenir un mot de
la langue? Des défauts brillants peuvent seuls nous
obtenir cet honneur; encore faut-il que ces défauts
soient bien à nous; n'en a pas de cette sorte qui veut;
trop souvent nos défauts mêmes sont d'emprunt. Voltaire a dit : « Marivaux pèse des œufs de mouche dans
« des toiles d'araignée; « et une femme : « Il me fa-
« tigue et se fatigue lui-même à me faire faire vingt
« lieues sur une feuille de parquet. »

A ce goût d'analyse minutieuse il joint l'habitude
de relever la finesse de la pensée par le contraste
d'une expression vulgaire  C'est un genre de coquetterie analogue à celui de Fontenelle. Celui-ci veut paraître simple; Marivaux veut paraître familier.

Autre reproche : la diffusion. Il ne s'arrête que difficilement, et son abondance devient du babil; sa psychologie est du commérage appliqué, non à tel ou tel
individu, mais à la nature humaine.

Il a fait plusieurs comédies intéressantes, pleines
des plus aimables délicatesses; mais tout le monde y
marivaude jusqu'aux laquais. On peut citer *le Legs,*
*les Jeux de l'amour et du hasard, les Fausses confi-*
*dences, l'École des mères.* L'une des meilleures est inti-

tulée *la Surprise de l'amour;* ce titre pourrait convenir à presque toutes. On voit dans toutes un cœur de femme *surpris* ou insensiblement envahi par un sentiment dont il paraît d'abord très éloigné ; on observe avec curiosité, pourvu qu'on ait une bonne loupe, les transformations successives de cet embryon ; on découvre un mélange singulier de naïveté et d'hypocrisie dans un cœur tendre ; on le voit conspirant à la tromperie qui s'essaye sur lui. C'est un plaisir pour le spectateur ; mais est-ce un plaisir bien esthétique ? Rien, dans ce genre, ne vaut la pièce des *Fausses confidences.* Le personnage principal, *Araminte,* est très noble ; l'action est intéressante ; quant à la peinture du cœur, c'est Racine en miniature ou en pieds de mouche.

Marivaux a fait des romans, *le Paysan parvenu,* la *Vie de Marianne.* Les personnages du premier sont souvent vulgaires, et l'ensemble manque de distinction ; mais la *Vie de Marianne* est le chef-d'œuvre de l'auteur. Il s'y trouve, il est vrai, peu de plan, peu d'invention, des digressions nombreuses, un épisode disproportionné, vrai roman intercalé dans l'autre, et qui occupe bien le tiers de l'ouvrage. Mais les romans de Marivaux ne sont point romanesques quant à l'idée qu'ils donnent de la nature humaine. C'est un premier et grand éloge. L'auteur égale Walter Scott pour la fidélité de la peinture. On voit que son intention est la représentation sincère de l'homme, et que le roman n'est pour lui qu'une forme commode pour arriver à ce but. De fait, sous le rapport de la vérité, Marivaux n'est pas éloigné de Molière. Il nous apprend lui-même à quoi il vise, à propos de l'histoire de l'infidélité de Valville :

« Valville n'est point un monstre comme vous vous
« le figurez. Non ; c'est un homme fort ordinaire, Ma-
« dame ; tout est plein de gens qui lui ressemblent,
« et ce n'est que par méprise que vous êtes indignée
« contre lui, par pure méprise. C'est qu'au lieu d'une
« histoire véritable, vous avez cru lire un roman. Vous
« avez oublié que c'était ma vie que je vous racontais :
« voilà ce qui a fait que Valville vous a tant déplu ; et
« dans ce sens-là vous avez eu raison de me dire : Ne
« m'en parlez plus. Un héros de roman infidèle ! on
« n'aurait jamais rien vu de pareil. Il est réglé qu'ils
« doivent tous être constants ; on ne s'intéresse à eux
« que sur ce pied-là, et il est d'ailleurs si aisé de les
« rendre tels ! Il n'en coûte rien à la nature, c'est la
« fiction qui en fait les frais (1). »

De plus, les caractères sont heureusement conçus, nettement dessinés, bien soutenus. Après l'héroïne, il faut remarquer Madame de Miran, Madame Dorsin, M. de Climal surtout, le tartufe tel qu'un roman le comporte : la scène le veut tout autre. Je dis la scène, je pourrais dire aussi la poésie.

Enfin, remarquons beaucoup de peintures fines, d'observations justes, ingénieuses, quelquefois profondes. Mais c'est ici que Marivaux marivaude, et quelquefois sans mesure :

« Oh ! pour le coup, ce fut ce beau linge qu'il voulut

(1) Huitième partie.

« que je prisse, qui me mit au fait de ses sentiments ;
« je m'étonnai même que l'habit, qui était très pro-
« pre, m'eût encore laissé quelque doute, car la charité
« n'est pas galante dans ses présents ; l'amitié même,
« si secourable, donne du bon et ne songe point au
« magnifique. Les vertus des hommes ne remplissent
« que bien précisément leur devoir ; elles seraient
« plus volontiers mesquines que prodigues dans ce
« qu'elles font de bien : il n'y a que les vices qui n'ont
« point de ménage (1). »

   — « Elle avait de ces yeux toujours remuants, tou-
« jours occupés à regarder, et qui cherchent à fournir
« à l'amusement d'une âme vide, oisive, d'une âme
« qui n'a rien à voir en elle-même ; car il y a de cer-
« taines gens dont l'esprit n'est en mouvement que
« par pure disette d'idées ; c'est ce qui les rend si
« affamés d'objets étrangers, d'autant plus qu'il ne
« leur reste rien, que tout passe en eux, que tout en
« sort ; gens toujours regardants, toujours écoutants,
« jamais pensants. Je les compare à un homme qui
« passerait sa vie à se tenir à sa fenêtre : voilà l'image
« que je me fais d'eux, et des fonctions de leur es-
« prit (2). »

   — « L'objet qui m'occupa d'abord, vous allez croire
« que ce fut la malheureuse situation où je restais :
« non, cette situation ne regardait que ma vie ; et ce
« qui m'occupa me regardait, moi. Vous direz que je
« rêve de distinguer cela ; point du tout : notre vie,
« pour ainsi dire, nous est moins chère que nous, que

---

(1) Première partie.          (2) Cinquième partie.

« nos passions. A voir quelquefois ce qui se passe
« dans notre instinct là-dessus, on dirait que, pour
« être, il n'est pas nécessaire de vivre; que ce n'est que
« par accident que nous vivons, mais que c'est natu-
« rellement que nous sommes. On dirait que, lorsqu'un
« homme se tue, par exemple, il ne quitte la vie que
« pour se sauver, que pour se débarrasser d'une chose
« incommode; ce n'est pas lui dont il ne veut plus,
« mais bien du fardeau qu'il porte (1). »

— « Qu'une femme soit un peu laide, il n'y a pas
« grand malheur, si elle a la main belle : il y a une
« infinité d'hommes plus touchés de cette beauté-là
« que d'un visage aimable; et la raison de cela, vous
« la dirai-je? Je crois l'avoir sentie. C'est que ce n'est
« point une nudité qu'un visage, quelque aimable
« qu'il soit; nos yeux ne l'entendent pas ainsi : mais
« une belle main commence à en devenir une; et,
« pour fixer de certaines gens, il est bien aussi sûr de
« les tenter que de leur plaire (2). »

— « Vous savez que j'étais bien mise; et quoi-
« qu'elle ne me vît pas au visage, il y a je ne sais quoi
« d'agile et de léger qui est répandu dans une jeune
« et jolie figure, et qui lui fit aisément deviner mon
« âge. Mon affliction, qui lui parut extrême, la toucha;
« ma jeunesse, ma bonne façon, peut-être aussi ma
« parure, l'attendrirent pour moi; quand je parle de
« parure, c'est que cela n'y nuit pas... Rien ne nous
« aide tant à être généreux envers les gens, rien ne
« nous fait tant goûter l'honneur et le plaisir de

(1) Troisième partie.   (2) Deuxième partie.

« l'être, que de leur voir un air distingué (1). »

— « Oh! voilà ce qui devait me faire trembler, et
« non pas ma boutique ; c'était là le véritable oppro-
« bre qui méritait mon attention. Je ne l'aperçus pour-
« tant que le dernier : et cela est dans l'ordre. On va
« d'abord au plus pressé ; et le plus pressé pour nous,
« c'est nous-mêmes, c'est-à-dire notre orgueil ; car
« notre orgueil et nous ce n'est qu'un, au lieu que
« nous et notre vertu c'est deux : n'est-ce pas, Ma-
« dame? Cette vertu, il faut qu'on nous la donne ;
« c'est en partie une affaire d'acquisition. Cet orgueil,
« on ne nous le donne pas, nous l'apportons en nais-
« sant ; nous l'avons tant, qu'on ne saurait nous l'ôter ;
« et comme il est le premier en date, il est, dans
« l'occasion, le premier servi. C'est la nature qui a le
« pas sur l'éducation (2). »

— « On croit souvent avoir la conscience délicate,
« non pas à cause des sacrifices qu'on lui fait, mais à
« cause de la peine qu'on prend avec elle pour
« s'exempter de lui en faire (3). »

C'est dans ce genre, ai-je dit, que Marivaux marivaude, et quelquefois sans mesure. Une fois entré
dans ces détails d'observation, il n'est pas toujours
précis, il ne sait pas toujours ménager son bien, il le
gaspille. Cependant il n'a pas seulement des pensées
fines, il en a aussi de très nobles :

« On ne saurait payer ces traits de bonté-là. De
« toutes les obligations qu'on peut avoir à une belle
« âme, ces tendres attentions, ces secrètes politesses

---

(1) Troisième partie.        2) Deuxième partie.        (3) *Ibid.*

« de sentiments sont les plus touchantes. Je les appelle
« secrètes, parce que le cœur qui les a pour vous ne
« vous les compte point, ne veut point en charger
« votre reconnaissance ; il croit qu'il n'y a que lui qui
« les sait ; il vous les soustrait, il en enterre le mérite ;
« et cela est adorable... Je me jetai avec transport,
« quoique avec respect, sur la main de cette dame,
« que je baisai longtemps, et que je mouillai des plus
« tendres et des plus délicieuses larmes que j'aie ver-
« sées de ma vie : c'est que notre âme est haute, et
« que tout ce qui a un air de respect pour sa dignité
« la pénètre et l'enchante ; aussi notre orgueil ne fut-il
« jamais ingrat (1). »

Enfin, Marivaux a beaucoup de vie, et souvent de
l'éloquence dans les discours, avec un flux de langue,
il faut l'avouer, qui, s'il n'ôte rien à la vérité, ne laisse
pas de fatiguer un peu. On peut remarquer, en fait de
discours, celui de Marianne au ministre (2).

De plus, il est le seul auteur qui soit descendu dans
le peuple, qui l'ait connu et qui s'en soit servi. Au
dix-septième siècle, La Bruyère seul s'en était infor-
mé. La comédie n'en avait fait qu'un repoussoir.

« Le peuple à Paris, dit Marivaux, n'est pas comme
« ailleurs. En d'autres endroits, vous le verrez quel-
« quefois commencer par être méchant, et puis finir
« par être humain. Se querelle-t-on, il excite, il ani-
« me : veut-on se battre, il sépare. En d'autres pays,
« il laisse faire, parce qu'il continue d'être méchant.
« Celui de Paris n'est pas de même ; il est moins ca-

(1) Troisième partie.                    (2) Septième partie.

« naille, et plus peuple que les autres peuples. Quand
« il accourt en pareils cas, ce n'est pas pour s'amuser
« de ce qui se passe, ni comme qui dirait pour s'en
« réjouir; non, il n'a pas cette maligne espièglerie-là:
« il ne va pas rire, car il pleurera peut-être, et ce sera
« tant mieux pour lui; il va voir, il va ouvrir des yeux
« stupidement avides; il va jouir bien sérieusement
« de ce qu'il verra. En un mot, alors il n'est ni po-
« lisson ni méchant; et c'est en quoi j'ai dit qu'il était
« moins canaille : il est seulement curieux, d'une cu-
« riosité sotte et brutale, qui ne veut ni bien ni mal
« à personne, qui n'entend point d'autre finesse que
« de venir se repaître de ce qui arrivera. Ce sont des
« émotions d'âme que ce peuple demande; les plus
« fortes sont les meilleures; il cherche à vous plaindre
« si on vous outrage, à s'attendrir pour vous si on vous
« blesse, à frémir pour votre vie si on la menace :
« voilà ses délices; et si votre ennemi n'avait pas as-
« sez de place pour vous battre, il lui en ferait lui-
« même, sans en être plus malintentionné, et lui
« dirait volontiers : Tenez, faites à votre aise, et ne
« nous retranchez rien du plaisir que nous avons à
« frémir pour ce malheureux. Ce ne sont pourtant pas
« les choses cruelles qu'il aime, il en a peur au con-
« traire; mais il aime l'effroi qu'elles lui donnent:
« cela remue son âme qui ne sait jamais rien, qui n'a
« jamais rien vu, qui est toujours toute neuve. Tel est
« le peuple de Paris, à ce que j'ai remarqué dans l'oc-
« casion (1). »

1 Deuxième partie.

Marivaux a de l'esprit, il a du cœur, mais il a le
goût peu sûr. Il l'a bien montré par son mépris pour
l'antiquité. Il était du parti de La Motte, et même il
exagérait ce dernier. Il a travesti l'*Iliade*.

# XV.

## LA CHAUSSÉE.

### 1692 — 1754.

Né dans l'opulence, Nivelle de La Chaussée cultiva les lettres uniquement par goût. Il se donna tard au théâtre, et à l'apparition de son premier ouvrage, il avait près de quarante ans.

Destouches avait introduit l'intérêt dans la comédie; La Chaussée fit un pas de plus, il publia des ouvrages dramatiques dont l'intérêt fait tout l'intérêt. Les pièces de Destouches étaient encore des comédies; celles de La Chaussée n'en sont plus. Ce sont des drames. Cette innovation n'est pas du seul fait de La Chaussée; elle appartient aussi à Voltaire : *l'Enfant prodigue* est de 1736, et les principaux ouvrages de La Chaussée sont postérieurs à cette date; néanmoins il est regardé comme le fondateur d'un genre fort accueilli et fort contesté, auquel, sans contredit, il a donné beaucoup de consistance par le nombre et le succès de ses pièces. On allait pleurer à *Mélanide*, et l'on applaudissait à l'épigramme de Piron sur *les homélies du Révérend Père La Chaussée*.

Ici, Messieurs, deux questions se présentent; l'une sur le fait, l'autre sur le droit. Sur la première, voici

ce que disait Grimm en 1776 : « Il y a deux époques
« dans l'histoire de nos mœurs (au dix-huitième siècle),
« celle qui suivit les folies de la régence,  et celle qui
« a commencé avec les malheurs de l'État, les drames
« et les grands succès de  la philosophie. Le désordre
« des affaires publiques nous rendit tristes ; on aima
« mieux pleurer que rire. On trouva une sorte de con-
« solation dans les injures que  les philosophes dirent
« aux rois et aux  dieux, et l'impuissance d'être gais
« nous fit prendre le parti d'être sensibles et philoso-
« phes (1). » Mais les malheurs de la France sont venus
après les drames de La Chaussée ; la guerre de sept
ans dura de 1756 à 1763. Et puis la France avait été
bien plus malheureuse dans les dernières années de
**Louis XIV,** et ce fut cependant l'époque de Regnard,
de Dancourt, de Le Sage. Le drame, au contraire, est
né au milieu des prospérités de la France, et de la plus
grande tranquillité dont elle ait joui ; la naissance du
drame et sa faveur doivent donc s'expliquer autrement.

On pourrait se contenter de répondre que cet essai
devait se faire une fois, parce qu'il était dans la nature
des choses qu'une fois la veine de la comédie épuisée,
il en fallût chercher une autre, et qu'on s'engagea naturellement alors dans le genre voisin, le drame. Au
reste, une époque moins poétique, plus préoccupée
de la réalité que de l'idéal, une époque où l'esprit,
frappé du sérieux des questions sociales, se tourne vers
la  bourgeoisie , doit être essentiellement propre au

(1) *Correspondance de* Grimm. Tome III, page 342.

drame. Sur la scène, au dix-septième siècle, la bourgeoisie est ridicule ou tenue pour telle. Au dix-huitième, elle y acquiert une importance avouée ; si des
bourgeois y figurent, ce n'est plus en leur qualité de
bourgeois qu'on s'en moque; on ridiculiserait plutôt la
noblesse. Cette disposition devait conduire à la comédie
ou à la tragédie bourgeoise, au drame.

De plus, la poésie est en soi-même indifférente et
désintéressée; la prose est moins impassible. La poésie
aspire à l'idéal, elle vit de contemplation, elle se com-
promet peu dans le choix de ses sujets ; le poëte voit
et choisit de haut et de loin, et ne s'informe guère du
but prochain de l'art. Un siècle qui devient plus pro-
saïque y gagne et y perd tout à la fois : il perd, en descendant de l'idéal; il gagne, en se rapprochant de la
réalité. La poésie recule d'un pas; la prose fait un pas
en avant. La poésie du dix-septième siècle n'a en vue
qu'elle-même; la poésie moins poétique du dix-huitième vise à l'action. La comédie est l'idéal de la nature humaine envisagée du côté du ridicule. La tragédie
en est l'idéal du côté de la fatalité et des passions. Le
drame, genre intermédiaire, a moins de poésie que
l'une et que l'autre. C'est le ballon, contraint à descendre, par le dégagement du fluide subtil qui l'élevait dans les airs.

Voilà pour la question de fait. Quant à celle de droit,
la valeur comparative du genre du drame, il faut bien
convenir que, littérairement parlant, le drame est un
genre inférieur. Une objection se présente : il n'a pas
été cultivé par des hommes de génie. Mais pourquoi le

génie s'est-il refusé à ce genre? Pourquoi un Molière
lui a-t-il manqué? On pourrait dire ici comme Don
Diègue dans *le Cid* :

> En être refusé n'en est pas un bon signe.

Cependant le drame fut cultivé par des esprits distingués : Diderot, La Chaussée, l'ingénieux Sedaine. Mais,
Voltaire mis à part, aucun des auteurs du drame ne
peut s'appeler un homme de génie. Ce genre est d'ailleurs à la fois le plus facile et le plus difficile ; et le roman, plus que le théâtre, semble son véritable terrain.
Il est facile de faire un roman intéressant ; il n'est même
pas difficile de faire un drame intéressant ; mais il est
très difficile de l'idéaliser, de l'élever à la hauteur de
la poésie. On ne peut repousser l'intérêt, et cependant,
après tout, l'intérêt ne constitue pas plus l'essence de
la poésie que l'utilité n'est le principe de la morale,
ou la persuasion la base de l'éloquence.

La Chaussée n'est pas un homme de génie, quoiqu'il
invente heureusement et qu'il combine avec art ; mais il
ne conçoit pas avec puissance et ne fouille pas profondément les caractères. Il écrit naturellement ; il a un
assez grand nombre de vers heureux, pareils à ceux-ci :

> Quand tout le monde a tort, tout le monde a raison.
> — Quand on est comme un autre, on est comme on doit être.

(Mauvaise morale en vers bien frappés.)

> — L'estime d'un mari doit être de l'amour.     .
> — Ah ! j'étais respectée et je ne le suis plus

Et cependant, il n'a pas la puissance du style. Le sien
est mou comme le genre qu'il cultive, et bien différent
de celui de Destouches qui possède un relief singulier.

Les meilleures pièces de La Chaussée sont *le Pré-jugé à la mode, Mélanide, la Gouvernante*. Ces deux dernières sont plutôt deux romans très romanesques transportés sur la scène. *Le Préjugé à la mode* se rapproche plus de la comédie; il est le chef-d'œuvre de La Chaussée, quoique sur un sujet qui, heureusement, ne peut plus intéresser beaucoup. Ce *préjugé* n'est plus *à la mode;* on n'a plus de honte d'être bon mari. Cependant il y a plus de vérité dans cette donnée que dans celle du *Philosophe marié* de Destouches. Il en résulte de belles situations, que La Chaussée a le mérite d'inventer, mais qui ne sont pas assez relevées par le style. Néanmoins on peut dire que dans cette pièce tout est varié et intéressant. On peut y relever les vers suivants :

> Je remarque aujourd'hui qu'il n'est plus du bon air
> D'aimer une compagne à qui l'on s'associe.
> Cet usage n'est plus que chez la bourgeoisie :
> Mais ailleurs on a fait de l'amour conjugal
> Un parfait ridicule, un travers sans égal.
> Un époux, à présent, n'ose plus le paraître;
> On lui reprocherait tout ce qu'il voudrait être.
> Il faut qu'il sacrifie au préjugé cruel
> Les plaisirs d'un amour permis et mutuel.
> En vain il est épris d'une épouse qui l'aime;
> La mode le subjugue en dépit de lui-même,
> Et le réduit bientôt à la nécessité
> De passer de la honte à l'infidélité (1).

Le genre du drame fut cultivé, modifié et défendu plus tard par d'autres, par Voltaire (*l'Enfant prodigue*, 1736; *Nanine*, 1749), Saurin, Diderot, Sedaine, Beaumarchais, Fenouillot de Falbaire.

(1) *Le Préjugé à la mode*. Acte I, scène IV.

# XVI.

## LE PRÉSIDENT HÉNAULT.

### 1685—1770.

Hénault fut, malgré son titre, un homme du monde plus qu'un magistrat. Riche et répandu dans la société philosophique et littéraire de son temps, il possédait un mérite solide, auquel il chercha à en joindre un autre en s'entourant d'hommes d'esprit et de talent. Voltaire, fort bien avec lui, lui adressait ces vers en 1748 :

> Hénault, fameux par vos soupés
> Et par votre *Chronologie*,
> Par des vers au bon coin frappés,
> Pleins de douceur et d'harmonie ;
> Vous qui dans l'étude occupez
> L'heureux loisir de votre vie,
> Daignez m'apprendre, je vous prie,
> Par quel secret vous échappez
> Aux malignités de l'envie, etc.

Hénault fit donc des vers ; c'était un amateur heureux, qui réussit dans quelques madrigaux bien tournés, mais dont personne ne se souvient. On pourrait citer celui qui commence ainsi :

> Ce peu de mots tracés par une main divine.

Il s'essaya aussi dans le drame historique, et com-

posa dans ce genre une pièce intitulée : *François II.*
Les pièces historiques de Shakspeare avaient pu lui
en fournir l'idée. Quoi qu'il en soit, c'était pour la
France un premier essai, qui avait, il est vrai, peu
de valeur en soi, mais qui ouvrait la voie où ont
marché depuis avec succès tant d'auteurs de notre
époque.

Tout cela n'aurait pas conservé la mémoire de Hénault, sans ses liaisons avec le parti philosophique,
son intimité avec Madame du Deffand et la plume de
Voltaire. Il est bon de remarquer que, tout lié qu'il fût
avec les philosophes, il n'épousa pas leurs opinions et
il désapprouva leurs projets. Mais son nom mérite
vraiment d'être signalé pour son *Abrégé chronologique
de l'histoire de France* (1744). C'est un genre mixte
entre la chronologie et l'histoire; de temps en temps
l'auteur dépasse son cadre, il raconte, il juge. Le livre
obtint un succès très grand, auquel les amis aidèrent
sans doute, mais que justifient, en partie du moins,
la nouveauté agréable et commode de la composition,
un grand nombre de renseignements curieux sur les
traditions parlementaires surtout, des appréciations
judicieuses des hommes et des temps, enfin des traits
énergiques, d'une concision expressive.

Ainsi à l'article *Marie de Médicis*, nous rencontrons ces paroles :

« Princesse dont la fin fut digne de pitié, mais d'un
« esprit trop au-dessous de son ambition, et qui ne
« fut peut-être pas assez surprise ni assez affligée de
« la mort funeste d'un de nos plus grands rois. »

Remarquons le bel éloge du chancelier de l'Hospital :

« Qui n'eût cru alors tout perdu ? Mais le chancelier
« de l'Hospital veillait pour la patrie : ce grand homme,
« au milieu des troubles civils, faisait parler les lois,
« qui se taisent d'ordinaire dans ces temps d'orage et
« de tempête ; il ne lui vint jamais dans l'esprit de
« douter de leur pouvoir ; il faisait l'honneur à la rai-
« son et à la justice de penser qu'elles étaient plus
« fortes que les armes mêmes, et que leur sainte ma-
« jesté avait des droits imprescriptibles sur le cœur des
« hommes, quand on savait les faire valoir. De là ces
« lois dont la simplicité noble peut marcher à côté des
« lois romaines ; ces lois dont il a banni, suivant le
« précepte de Sénèque, tout préambule indigne de la
« majesté qui doit les accompagner. De là ces édits
« qui, par leur sage prévoyance, embrassent l'avenir
« comme le présent, et sont devenus depuis une source
« féconde où l'on a puisé la décision des cas mêmes
« qu'ils n'ont pas prévus ; ces ordonnances où la force
« et la sagesse réunies font oublier la faiblesse du règne
« sous lequel elles ont été rendues ; ouvrages immor-
« tels d'un magistrat au-dessus de tout éloge, qui
« sentait l'étendue des devoirs et la force de la su-
« prême dignité qu'il occupait ; qui sut en faire le sa-
« crifice dès qu'il s'aperçut que l'on voulait en gêner
« les fonctions, et d'après lequel on a jugé tous ceux
« qui ont osé s'asseoir sur ce même tribunal, sans avoir
« son courage ni ses lumières. »

Au sujet de Descartes, le parallèle entre les trois
derniers siècles mérite d'être signalé :

« Son siècle avait un tort qu'il lui a fait perdre, c'est
« celui d'une érudition dénuée des lumières de la phi-
« losophie ; en sorte que d'un siècle qui n'était que sa-
« vant, il en a fait un vraiment éclairé. A ces deux
« siècles en a succédé un troisième, où, loin d'adopter
« les opinions des autres, on a peut-être un peu trop
« affecté de ne puiser que dans son propre fonds, et
« où l'ambition de ce que l'on appelle *le bel esprit*,
« a fait que l'on a abusé quelquefois du véritable. Pre-
« nons garde que le dix-huitième siècle ne décrie
« l'esprit, comme le seizième avait décrié l'érudi-
« tion. »

Plus loin voici le portrait du cardinal de Retz :

« On a de la peine à comprendre comment un
« homme qui passa sa vie à cabaler n'eut jamais de
« véritable objet. Il aimait l'intrigue pour intriguer ;
« esprit hardi, délié, vaste et un peu romanesque,
« sachant tirer parti de l'autorité que son état lui don-
« nait sur le peuple, et faisant servir la religion à sa
« politique ; cherchant quelquefois à se faire un mérite
« de ce qu'il ne devait qu'au hasard, et ajustant sou-
« vent après coup les moyens aux événements. Il fit
« la guerre au roi, mais le personnage de rebelle était
« ce qui le flattait le plus dans sa rébellion ; magnifi-
« que, bel esprit, turbulent, ayant plus de saillies
« que de suite, plus de chimères que de vues ; dé-
« placé dans une monarchie et n'ayant pas ce qu'il
« fallait pour être républicain, parce qu'il n'était ni
« sujet fidèle ni bon citoyen ; aussi vain, plus hardi
« et moins honnête homme que Cicéron ; enfin, plus

« d'esprit, moins grand et moins méchant que Catilina.
« Ses *Mémoires* sont très agréables à lire ; mais conçoit-
« on qu'un homme ait le courage, ou plutôt la folie,
« de dire de lui-même plus de mal que n'en eût pu
« dire son plus grand ennemi (1) ? »

Hénault parle ainsi de Colbert :

« Homme mémorable à jamais ! Ses soins étaient
« partagés entre l'économie et la prodigalité ; il écono-
« misait dans son cabinet, par l'esprit d'ordre qui le
« caractérisait, ce qu'il était obligé de prodiguer aux
« yeux de l'Europe, tant pour la gloire de son maître,
« que par la nécessité de lui obéir ; esprit sage, et
« n'ayant point les écarts du génie. *Par negotiis neque*
« *suprà erat.* Il ne fut que huit jours malade ; on a dit
« qu'il était mort hors de la faveur : grande instruc-
« tion pour les ministres ! »

Citons encore le parallèle entre Auguste et Louis XIV :

« On a remarqué avec raison que les règnes d'Au-
« guste et de Louis XIV se ressemblaient par le con-
« cours des grands hommes dans tous les genres qui a
« illustré leurs règnes ; mais on ne doit pas croire que
« ce soit l'effet seul du hasard ; et si ces deux règnes
« ont de grands rapports, c'est qu'ils ont été accom-
« pagnés à peu près des mêmes circonstances. Ces deux
« princes sortaient des guerres civiles ; de ce temps
« où les peuples toujours armés, nourris sans cesse
« au milieu des périls, entêtés des plus hardis desseins,
« ne voient rien où ils ne puissent atteindre ; de ce

(1) Cf. VOLTAIRE, les *Lettres sur les Anglais,* réunies sous le titre de *Lettres philosophiques.*

18

« temps où les événements heureux ou malheureux,
« mille fois répétés, étendent les idées, fortifient l'âme
« à force d'épreuve, augmentent son ressort, et lui
« donnent ce désir de gloire qui ne manque jamais de
« produire de grandes choses.

« Voilà comment Auguste et Louis XIV trouvèrent
« le monde : César s'en était rendu le maître et avait
« devancé Auguste ; Henri IV avait conquis son propre
« royaume et fut l'aïeul de Louis XIV. Même fermenta-
« tion dans les esprits : les peuples, de part et d'au-
« tre, n'avaient été pour la plupart que des soldats, et
« les capitaines des héros. A tant d'agitations, à tant de
« troubles intestins, succède le calme que produit l'au-
« torité réunie ; les prétentions des républicains et les
« folles entreprises des séditieux détruites laissent le
« pouvoir dans la main d'un seul ; et ces deux princes,
« devenus les maîtres, n'ont plus à s'occuper qu'à
« rendre utile à leurs états cette même chaleur, qui,
« jusqu'ici, n'avait servi qu'à ce malheur public. »

Les choses ne sont pas moins bien jugées que les
hommes ; Hénault a bien compris l'importance qu'a-
vaient eue pour la formation de la monarchie française
le triomphe de la royauté sur la féodalité, la régulari-
sation et la centralisation de la justice. Il faut lire, sous
ce rapport, ses *Remarques particulières*, à la fin de la
troisième race.

# XVII.

## VAUVENARGUES.

### 1715—1747.

Il y a, dans la littérature française, deux livres en ruines. Ruines singulières! ce sont des matériaux gisants à l'endroit même d'où ils devaient s'élever en colonnades, en voûtes, en coupoles. Les matériaux ont été apportés de loin, quelques-uns taillés, d'autres sont demeurés bruts; le désordre est partout, mais partout une grande idée se trahit ou un grand dessein se révèle. Je parle des *Pensées* de Pascal et de l'ouvrage que nous a laissé Vauvenargues, sous le titre d'*Introduction à la connaissance de l'esprit humain*. Astre égaré dans l'époque qui le vit naître, Vauvenargues fut véritablement un être à part. Les rapports qu'il offre avec Pascal, vie de souffrances, mort prématurée, travaux laissés imparfaits, ont assez frappé pour qu'on l'ait appelé le Pascal du dix-huitième siècle. Mais si un ouvrage plus régulier a été d'abord dans la pensée de Pascal, et s'il n'a pas tenu à lui que cet ouvrage ne se fît, Vauvenargues n'a jamais songé à faire autre chose que ce qu'il a fait; le titre de son livre révèle toute l'unité de son dessein, et même l'exagère; peut-être, s'il eût vécu, des idées éparses se seraient réunies en

s'étendant ; il en aurait découvert les secrets rapports,
et l'on aurait vu l'unité un peu lâche de son livre se
resserrer autour d'une idée centrale, les matériaux
s'ordonner d'eux-mêmes, et les décombres devenir un
palais. J'ai peine à croire qu'il n'y fût pas arrivé ; car
ces pierres gisantes sont si bien préparées les unes
pour les autres, la forme en indique si bien la place et
la destination, que le lecteur attentif fait sans trop de
peine ce que Vauvenargues n'a pas tenté. Bien hardi,
cependant, qui voudra se faire architecte sur les des-
sins de Vauvenargues et de Pascal : la consommation
de l'œuvre appelle la main des maîtres ; mais il y a
moins de témérité à classer ces matériaux, à rapprocher ceux qui se correspondent, et à tirer de leur comparaison l'idée générale de la forme, des proportions et
du caractère de l'édifice qui est resté comme enseveli
dans la mort de ces deux penseurs. C'est ce que nous
avons essayé de faire ailleurs pour Pascal (1), aidé
des indications de Pascal lui-même, et ce que nous
entreprendrons tout à l'heure pour Vauvenargues, aidé
de la nature même de ses pensées et de la transpa-
rence de son âme.

Mais si l'on a rapproché l'un de l'autre Vauvenargues et Pascal, entre eux le trait essentiel fait défaut :
Vauvenargues ne fut pas chrétien ; il n'a d'ailleurs ni
la profondeur, ni l'énergie, ni la passion de Pascal.
Son éducation, il est vrai, ne fut pas sans analogie
avec celle de Pascal, ou plutôt Vauvenargues ne reçut
d'autre éducation que celle qu'il se donna. Tous deux

(1) Voir les *Études sur Blaise Pascal*, par M. VINET.

se nourrirent peu de lectures, et furent plutôt ensei-
gnés directement par les choses qu'à travers l'exposition qu'en ont faite les esprits distingués de toutes les
époques. L'érudition manqua à tous les deux. Penseurs solitaires, ils écoutaient les voix du dedans bien
plus que celles du dehors. Ils y gagnèrent probablement en candeur, en originalité, en indépendance.
Vauvenargues a lui-même relevé ces avantages, et
peut-être a-t-il un peu trop déprécié le savoir. Mais en
fait de simplicité, de vérité dans l'âme et le style, Pascal n'a de pareil que Vauvenargues.

La vie de Vauvenargues fut singulièrement triste.
Né en Provence, d'une famille ancienne, au moment
où s'éteignait Louis XIV, sa position le destinait au
service. Il y entra fort jeune, et fit la guerre avec bravoure, mais sans éclat; sa constitution, naturellement
faible, n'en put supporter les fatigues, et la campagne
de Bohême ruina tout à la fois sa santé et sa fortune.
Pressé du besoin d'agir, et peut-être aussi sollicité par
des nécessités pécuniaires, il fit de vaines démarches
pour obtenir de l'emploi dans la diplomatie. Deux fois
il s'adressa directement au gouvernement et au roi
lui-même. On a conservé une de ses lettres à Amelot,
alors ministre des affaires étrangères :

« Monseigneur,

« Je suis sensiblement touché que la lettre que j'ai
« eu l'honneur de vous écrire, et celle que j'ai pris la
« liberté de vous adresser pour le roi, n'aient pu atti-
« rer votre attention. Il n'est pas surprenant, peut-

« être, qu'un ministre si occupé ne trouve pas le
« temps d'examiner de pareilles lettres; mais, Mon-
« seigneur, me permettrez-vous de vous dire que c'est
« cette impossibilité morale où se trouve un gentil-
« homme, qui n'a que du zèle de parvenir jusqu'à son
« maître, qui fait le découragement que l'on remarque
« dans la noblesse des provinces, et qui éteint toute
« émulation. J'ai passé, Monseigneur, toute ma jeu-
« nesse loin des distractions du monde, pour tâcher de
« me rendre capable des emplois où j'ai cru que mon
« caractère m'appelait; et j'osais penser qu'une volonté
« si laborieuse me mettrait du moins au niveau de
« ceux qui attendent toute leur fortune de leurs intri-
« gues et de leurs plaisirs. Je suis pénétré, Monsei-
« gneur, qu'une confiance que j'avais principalement
« fondée sur l'amour de mon devoir, se trouve entière-
« ment déçue. Ma santé ne me permettant plus de
« continuer mes services à la guerre, je viens d'é-
« crire à M. le duc de Biron pour le prier de nommer
« à mon emploi. Je n'ai pu, dans une situation si mal-
« heureuse, me refuser à vous faire connaître mon dé-
« sespoir. Pardonnez-moi, Monseigneur, s'il me dicte
« quelque expression qui ne soit pas assez modérée.

    « Je suis, etc. »


Vauvenargues reçut, en réponse à cette lettre, des
paroles flatteuses, des promesses, et rien de plus. Il
avait espéré davantage et s'était retiré dans sa famille
avec le grade de capitaine. Peu après il fut atteint de
la petite vérole, qui l'accabla d'infirmités et finit par le

priver de la vue. Il passa à Paris les dernières années
de sa vie, temps de souffrances et de méditations, dont
la solitude était cependant interrompue par d'illustres
amis, auxquels son caractère inspirait, malgré sa jeunesse, une sorte de vénération filiale. Le plus célèbre
fut Voltaire. Voltaire, si touchant en vers, l'est rarement en prose, et ne le fut jamais tant qu'en parlant
de Vauvenargues :

« Tu n'es plus, ô douce espérance du reste de mes
« jours!... Accablé de souffrances au dedans et au
« dehors, privé de la vue, perdant chaque jour une
« partie de toi-même, ce n'était que par un excès de
« vertu que tu n'étais point malheureux, et que cette
« vertu ne te coûtait point d'effort. Je t'ai vu toujours
« le plus infortuné des hommes et le plus tranquille...
« Par quel prodige avais-tu, à l'âge de vingt-cinq ans,
« la vraie philosophie et la vraie éloquence, sans autre
« étude que le secours de quelques bons livres? Com-
« ment avais-tu pris un essor si haut dans le siècle des
« petitesses? Et comment la simplicité d'un enfant ti-
« mide couvrait-elle cette profondeur et cette force
« de génie? Je sentirai longtemps avec amertume le
« prix de ton amitié; à peine en ai-je goûté les char-
« mes (1). »

On est tenté de croire que Voltaire, en perdant Vauvenargues, a perdu son bon génie. Si Vauvenargues
eût vécu, il semble que Voltaire se fût moins égaré.
Vauvenargues n'avait de passion que celle de la vérité;
il était par conséquent sérieux comme tout homme

(1) VOLTAIRE, *Éloge des officiers morts dans la campagne de Bohême.*

profondément vrai ; il était modéré aussi, et Voltaire,
qui le respectait plus que tout le public à la fois, eût
pu apprendre de lui cette modération qui lui manqua
de plus en plus. La carrière de Voltaire se sépare en
deux périodes, non sans doute étrangères l'une à l'autre, mais dont la mort de Vauvenargues semble marquer le point de séparation, et dont la seconde, pire
que la première, n'a pas pour excuse les passions de
la jeunesse. En effet, à mesure que l'âge avance, Voltaire redouble de témérité.

Cinquante ans après la perte de Vauvenargues,
Marmontel parle encore de lui avec l'enthousiasme de
la jeunesse. Ni la marche du temps, ni celle même de
la pensée, n'ont pu l'effacer de son cœur. Arrivé au
christianisme après avoir partagé les erreurs de la
secte dite philosophique, Marmontel reproduit un trait
caractéristique de la société qui entourait Vauvenargues : « Ceux qui étaient capables d'apprécier un si
« rare mérite, avaient conçu pour lui une si tendre
« vénération que je lui ai entendu donner par quel-
« ques-uns le nom respectable de *père* (1). »

Les œuvres de Vauvenargues sont renfermées dans
un seul petit volume (2). Nous avons déjà nommé l'*Introduction à la connaissance de l'esprit humain*, publiée
en 1746, un an avant sa mort. Dans le plan de l'ouvrage, il passe en revue, d'abord les facultés de l'es-

(1) *Mémoires de Marmontel.* Tome I.

(2) Elles en ont plus tard formé trois dans l'édition de Brière, **Paris, 1821, qui
est à la fois la plus complète et la meilleure. (*Éditeurs.*)

prit, ensuite les passions, enfin les vertus et les vices,
non dans leurs formes, mais dans leurs principes. Il
publia en même temps un recueil de *Réflexions et
Maximes*, au nombre de six cent vingt-trois. La seconde moitié paraît être le premier jet de l'auteur, et
souvent son rebut; la première moitié, son travail dé-
finitif. Bien des maximes de cette première partie se
trouvent reproduites dans la seconde avec désavantage.

Sans séparer ces deux ouvrages, tous deux plus ou
moins fragmentaires, nous tâcherons d'en tirer la véritable doctrine de l'auteur. Il est clair pour nous que
Vauvenargues ne l'avait pas résumée et n'avait pas une
idée nette de son système. Il semble même s'être
assez peu soucié d'en créer un. Aurait-il été en état de
le faire? Peut-être ne pourrait-il désavouer notre analyse; mais à coup sûr nous l'étonnerions.

Son but est de connaître l'homme, afin de connaître tout ce qu'il importe de savoir : morale, religion,
politique.

« Les hommes, dit-il dans son discours préliminaire,
« sont l'unique fin de mes actions et l'objet de toute
« ma vie. »

Et plus loin : « Qu'est-ce que l'on ne trouve pas
« dans la connaissance de l'homme? Les devoirs des
« hommes rassemblés en société, voilà la morale ; les
« intérêts réciproques de ces sociétés, voilà la politi-
« que; leurs obligations envers Dieu, voilà la religion.»

Nous le voyons, Vauvenargues ne prend pas le
point de vue de sa morale dans les profondeurs de
l'âme, mais il la fait ressortir tout entière aux relations

sociales. Il oublie, comme tant d'autres, que si l'homme est membre de la société, ce n'est pas dans le sens que mon pied est un des membres de mon corps. L'assemblage des hommes en société complète l'homme, il est vrai. Seul, eût-il été capable de trouver la parole, partant la pensée, et surtout la plus haute des pensées ? Mais conclure de là que la connaissance de la religion n'existe que par la société, c'est une idée éminemment fausse. L'individualité est inaliénable ; une fois développé au contact de ses semblables, l'individu demeure un être moral, qui, par lui-même, a des rapports avec la loi du devoir, l'infini, Dieu. On est tenté de s'étonner lorsqu'on voit subsister encore de telles erreurs. Et cependant c'est le point de vue dominant des théories de nos jours qui nous présentent l'homme comme un pur animal social, sans rapports ultérieurs, et presque sans être individuel (1).

Mais Vauvenargues ne fait point le bilan de la nature humaine. Il ne porte sur elle aucun jugement sommaire et absolu ; il ne généralise pas. Il a nombre de jugements partiels, il n'a point de sentence définitive. Il ne cherche pas si l'homme est ou non dans un état normal. Il ne part, ni de l'idée de sa déchéance comme le christianisme, ni de celle de sa bonté originelle comme les moralistes d'une autre école ; il dit « qu'il n'y a point de contradictions dans la nature (2), » ce que, dans un autre sens, nous disons aussi, reconnaissant que ses forces et leur coordination n'ont point changé, mais que leur objet est changé.

(1) Ceci a été écrit en 1833. (*Éditeurs.*)         (2) Maxime 289.

Quant à la valeur de l'homme, il paraît la juger mé-
diocre. Il n'y a point, selon lui, d'être tout à fait vertueux ni tout à fait vicieux (1) ; il gémit sur les souil-
lures de nos vertus ; il convient « qu'il n'y a point
« d'âme si forte qui soit tout à fait exempte de peti-
« tesse (2). » Il a même, çà et là, des traits bien
acérés contre la nature humaine, des mots qui dépassent presque La Rochefoucauld :

« Ceux qui croient n'avoir plus besoin d'autrui de-
« viennent intraitables (3). »

— « La plupart des hommes, dans le fond du cœur,
« méprisent la vertu, peu la gloire (4). »

— « Les hommes ont la volonté de rendre service
« jusqu'à ce qu'ils en aient le pouvoir (5). »

Il croit même que le monde empire :

« Le monde est comme un vieillard, qui conserve
« tous les désirs de la jeunesse, mais qui en est hon-
« teux et s'en cache, soit parce qu'il est détrompé du
« mérite de beaucoup de choses, soit parce qu'il veut
« le paraître (6). »

Vauvenargues se soucie donc peu de régler le
compte de l'humanité ; il veut, sans autre, aller en
avant, et tirer parti des ressources quelconques qui lui
restent. Il établit la réalité de la vertu, mais sans
chercher ce qu'elle est, et il déclare que, soit qu'on
la rapporte à l'intérêt, à la raison ou au cœur, il
n'est pas plus possible de la confondre avec le vice que

---

(1) *Introduction,* livre III, § XLIV.     (2) *Ibid,* livre III, § XLV.
(3) Maxime 83.         (4) Maxime 353.         (5) Maxime 81.
(6) Maxime 327.

la santé avec la maladie : « La vertu, dit-il, consiste « principalement dans la bonté et la vigueur de « l'âme (1). » Mais c'est au milieu d'un paragraphe et d'une manière presque accidentelle qu'il a jeté cette définition. Il va même jusqu'à démontrer que la vertu est le but et la destination de l'homme (2). Mais il enlève toute la force de ce principe en écartant la conscience. Sans la nier formellement, il la traite avec tant de mépris qu'il vaudrait mieux ne pas la reconnaître :

« La conscience est la plus changeante des rè-« gles (3). »

— « La conscience est présomptueuse dans les forts, « timide dans les faibles et les malheureux, inquiète « dans les indécis, etc., organe du sentiment qui nous « domine, et des opinions qui nous gouvernent (4). »

Vauvenargues place le siége de la vertu dans le cœur, dans les affections bonnes et bienfaisantes (5). C'est une idée fort accréditée, et fausse cependant, parce qu'elle est incomplète. Des affections bienfaisantes ne sont pas la vertu. *Vertu* signifie *force, résistance;* on n'est pas vertueux parce qu'on a de bons sentiments; on est vertueux lorsque, par devoir, on réussit à combattre ses sentiments déréglés. La seule obéissance constitue le *bon* moral et la morale.

A ce sujet, Messieurs, deux observations se présentent.

(1) Maxime 296.
(2) « Pratiquons la vertu ; c'est tout. » (*Premier discours sur la gloire.*)
(3) Maxime 133.                    (4) Maxime 135.
(5) *Introduction*, livre III, § XLIII.

La première, c'est que l'homme, quoi qu'il dise et qu'il fasse, ne saurait nier la notion du devoir : Vauvenargues lui-même la reconnaît quelquefois. Mais établissez l'existence du devoir relativement à un seul point, reconnaissez que vous devez ou qu'on vous doit quelque chose, à l'instant le devoir se trouve le principe souverain. Si l'idée du devoir existe quelque part, c'est elle qui fonde la morale. A ce propos nous pouvons vous renvoyer à un livre, et à un passage de ce livre, qui manifeste cette vérité avec plus d'autorité et de vigueur que nul homme ne le saurait faire. A l'ouverture de la Bible nous voyons une seule loi et une seule défense s'exprimer par le plus simple des emblèmes. Mais c'est toujours une *loi* et une *défense*, et il fallait l'esprit bassement railleur du siècle dernier pour tourner en ridicule le plus frappant symbole de la plus profonde des vérités : c'est qu'il n'a pas plu à Dieu d'être adoré sans être obéi. Dieu fournit à l'obéissance de l'homme un seul exercice, mais par cette règle unique le devoir entre dans le monde.

En second lieu, remarquons que si la vertu consistait dans le sentiment, elle n'aurait point d'essence propre, elle s'évaporerait, pour ainsi dire, à la rencontre des intérêts et des individualités. Le sentiment est individuel; il pousse chacun de nous à certains actes seulement; chacun de nous a ses affections bonnes ou mauvaises, ou plutôt chacun en a de bonnes et de mauvaises. Au milieu de ce conflit, où sera l'identité, une fois la règle du devoir écartée?

Mais si la vertu n'existe pas sans l'obéissance, elle

ne consiste pas non plus uniquement dans l'obéissance. Il y a une règle qu'il faut d'abord connaître comme imposée du dehors, et qu'il faut ensuite accomplir avec amour ; en d'autres termes, la vertu doit finir par s'absorber dans l'affection. « La vérité morale n'est réali- « sée et complète que chez l'homme qui, par le chemin « du bon, arrive jusqu'au beau, c'est-à-dire par le « sentiment du devoir au sentiment de l'amour. L'a- « mour qui ne veut relever que de lui-même, qui n'o- « béit qu'à lui-même, l'amour instinct, l'amour qui « n'a pas traversé le défilé de la conscience, l'amour « qui vient avant le devoir, ne constitue pas, dans son « intégrité, un être moral ; pas plus au reste que le « devoir qui ne se résout pas en amour. Il faut les deux « éléments et dans l'ordre que j'ai dit (1). »

Il est bien rare, au surplus, que l'homme arrive à un point où la vertu ne lui soit plus qu'un plaisir. Elle l'était dans son état d'innocence, avant que sa volonté se fût détachée de la volonté divine. Il se peut que celui qui, à l'entrée de sa carrière chrétienne, ne s'acquittait de son devoir qu'avec répugnance, parvienne plus tard à l'accomplir avec amour ; mais il est possible aussi, et le plus souvent il arrive, que jusqu'au bout le devoir lui soit pénible en lui-même, quoique rendu agréable dans le sentiment de sa reconnaissance envers Dieu. Avant la chute, il n'y avait pas d'obéissance proprement dite, pas d'obéissance du moins qui eût le sentiment d'elle-même ; l'amour absorbait tout ; l'âme

(1) M. Vinet se cite ici lui-même. Voir les *Études sur la littérature française au dix-neuvième siècle*, tome II, page 507. (*Éditeurs.*)

humaine se mouvait dans la communion de l'âme divine. Maintenant l'idée et le sentiment, le devoir et
l'affection sont deux choses distinctes. Mais le grand
but du christianisme est de nous unir à Dieu de nouveau, de transformer le devoir en sentiment, de nous
apprendre à aimer ce que nous devons faire et à faire
ce que nous devons aimer. L'harmonie parfaite suppose
deux êtres distincts, mais tellement unis, qu'il n'y ait
plus de séparation. L'homme ne pouvait seul retrouver l'harmonie perdue entre le devoir et l'affection ;
l'œuvre de Jésus-Christ a été de la rétablir. Sa vie et
sa mort ont accompli l'hymen mystérieux de la loi et
du sentiment. Par son exemple il a sans doute rendu
la loi plus auguste ; mais ce n'est pas seulement pour
la promulgation d'une loi nouvelle qu'il a paru sur la
terre. Il y est venu pour présenter Dieu à l'homme
sous une face nouvelle, pour lui faire comprendre et
sentir que Dieu est le vrai nom du bonheur, et qu'aimer Dieu, c'est aimer le bonheur. Suivant la belle expression de l'Écriture, Jésus a rendu la loi de Dieu
« bonne, agréable et parfaite (1). » *Bonne* et *parfaite*,
la raison nous le dit ; *agréable*, c'est l'amour seul qui
nous la rend telle. Quand je rencontre une âme que la
reconnaissance pousse à accomplir la volonté divine,
une âme qui agit parce qu'elle aime, je le répète, pour
cette âme la loi n'est point abolie. L'obéissance, quoique facile et spontanée, n'en demeure pas moins l'élément fondamental de la vertu.

Mais parmi les sectateurs de la morale humaine, les

(1) Épître aux Romains, XII, 2.

uns refusent leur cœur et ne veulent qu'obéir, les autres ne veulent qu'aimer et refusent l'obéissance. Ce
sont deux erreurs égales, moitiés toutes deux de la vérité, moitiés belles sans doute ; mais en morale les erreurs sont d'autant plus dangereuses qu'elles sont plus
rapprochées de la vérité. Un esprit un peu droit ne se
laisse pas facilement abuser par les erreurs grossières ;
il a bien plus de chance à être séduit par les belles
erreurs.

Remarquons la progression. L'homme, primitivement soumis à Dieu, a murmuré de cette dépendance
et a retranché Dieu ; mais la conscience restait, et pour
être entièrement souverain, il a retranché la conscience
et il a placé le siége de la vertu dans le sentiment.
Le sentiment, c'est encore *nous,* tandis que la conscience n'est déjà plus *nous* ; elle est hors de nous.

Ce qui suit est plus vrai cependant. Vauvenargues
défend la réalité de la vertu contre ceux qui la rapportent à la coutume ; il la rapporte à la nature. Il ne veut
pas qu'on voie dans la nature une traduction de la
coutume. Il relève cette pensée de Pascal, que ce que
nous prenons pour la nature n'est souvent qu'une
première coutume (1). « Maxime très véritable, observe
« Vauvenargues. Toutefois, avant qu'il y eût une
« première coutume, notre âme existait, et avait ses
« inclinations qui fondaient sa nature ; et ceux qui

(1) « J'ai bien peur que cette nature ne soit elle-même qu'une première coutu-
« me, comme la coutume est une seconde nature. » (PASCAL, *Pensées.* Partie I,
Art. VI, § XIX.)

« réduisent tout à l'opinion et à l'habitude, ne com-
« prennent pas ce qu'ils disent : toute coutume sup-
« pose antérieurement une nature, toute erreur une
« vérité (1). »

Il voit dans la nature un guide, sinon absolument
sûr en morale, du moins plus sûr que la raison, à laquelle il n'attribue en ce sens que des fonctions très
subordonnées :

« La raison nous trompe plus souvent que la na-
« ture (2). »

— « L'esprit ne fait pas connaître la vertu (3). »

Cependant il observe aussi que « la raison et le sen-
« timent se conseillent et se suppléent tour à tour.
« Quiconque ne consulte qu'un des deux et renonce à
« l'autre, se prive inconsidérément d'une partie des
« secours qui nous ont été accordés pour nous con-
« duire (4). »

Il désigne plus particulièrement le sentiment dans
lequel doit consister la vertu. Selon lui, « la préférence
« de l'intérêt général au personnel est la seule défini-
« tion qui soit digne de la vertu et qui doive en fixer
« l'idée (5). » — « Afin qu'une chose soit regardée com-
« me un bien par toute la société, il faut qu'elle tende
« à l'avantage de toute la société ; et afin qu'on la re-
« garde comme un mal, il faut qu'elle tende à sa ruine :
« voilà le grand caractère du bien et du mal moral (6). »
Vauvenargues confond ici le résultat avec le but. Le

(1) *Réflexions sur divers sujets* 11.        (2) Maxime 123.
(3) **Maxime** 516.                        (4) Maxime 150.
(5) *Introduction*, livre III, § XLIII.      (6) *Ibid.*

principe qu'il pose est beau en théorie, sans doute ;
mais je ne sais si l'application de ce principe est facile.
En un sens, tout acte de vertu contribue au bien
commun ; mais que d'actions vertueuses inspirées et
accomplies en dehors de la pensée de l'intérêt général !

A ce compte, demandera-t-on, les vices mêmes ne
peuvent-ils concourir à l'intérêt général ? Vauvenargues
a prévu l'objection ; il y répond ainsi :

« En un sens, cela est très vrai ; mais il faut m'ac-
« corder aussi que le bien produit par le vice est tou-
« jours mêlé de grands maux... A la vérité, la vertu
« ne satisfait pas sans réserve toutes nos passions ;
« mais si nous n'avions aucun vice, nous n'aurions
« pas ces passions à satisfaire ; et nous ferions par de-
« voir ce qu'on fait par ambition, par orgueil, par
« avarice... Quand le vice veut procurer quelque
« grand avantage au monde, pour surprendre l'ad-
« miration, il agit comme la vertu, parce qu'elle
« est le vrai moyen, le moyen naturel du bien ; mais
« celui que le vice opère n'est ni son objet ni son
« but (1). »

Après de telles paroles on est surpris de trouver chez
Vauvenargues une maxime de ce genre : « Aidons-
« nous des mauvais motifs, pour nous fortifier dans les
« bons desseins (2). » Contradiction qui vient de l'absence du christianisme. La *vertu* de Vauvenargues
n'ayant de rapports qu'avec la société, n'a point d'autre
sphère que celle-ci. Les chrétiens savent, au contraire,

---

(1) *Introduction*, livre III, § XLIII.          (2) Maxime 471.

que le but de la vie n'est pas seulement la production
extérieure du bien, mais le bien intérieur, le bien que
réalise l'état d'une âme vraiment bonne. Le bien fait
par nous reçoit sa plus haute valeur de ce qu'il est le
témoignage du bien qui est en nous. La société nous
estime d'après nos actions ; un autre juge estimera ce
que nous sommes ; l'état de notre être moral nous rend
seul capables de la communion de Dieu.

Vauvenargues établit que, dans cette préférence de
l'intérêt général, l'intérêt personnel n'est point réellement sacrifié ; il se retrouve toujours entier dans
l'accomplissement du devoir. Vauvenargues n'est pas
utilitaire néanmoins ; l'idée d'une vertu relative à l'intérêt propre était fort loin de lui ; il blâme la morale
commode :

« Quelques auteurs traitent la morale comme on
« traite la nouvelle architecture, où l'on cherche avant
« toutes choses la commodité (1). »

— « Faisons généreusement, et sans compter, tout
« le bien qui tente nos cœurs : on ne peut être dupe
« d'aucune vertu (2). »

Remarquons, en passant, la beauté de cette expression *tenter*, d'ordinaire employée dans le sens du
mal, quand elle est ainsi appropriée au bien. C'est ici
le cas d'appliquer à Vauvenargues une de ses paroles
les plus célèbres : « Les grandes pensées viennent du
« cœur (3). » Jamais, en effet, la véritable vertu ne
se transformera en un calcul où la mise du jour doive

(1) Maxime 29.          (2) *Réflexions sur divers sujets.* XIX.
(3) Maxime 127.

rapporter sa rentrée du lendemain. Le chrétien sait
qu'il sera payé surabondamment ; mais il ne cherche
sa compensation que dans son cœur, si Dieu y habite
et par sa présence y rétablit l'harmonie.

Vauvenargues couronne les belles réflexions que
nous venons de citer par cette admirable pensée :

« C'est une preuve de petitesse d'esprit lorsqu'on
« distingue toujours ce qui est estimable de ce qui est
« aimable. Les grandes âmes aiment naturellement ce
« qui est digne de leur estime (1). »


L'homme est né pour l'action. Dans toutes les posi-
tions, dans toutes les opinions, n'importe, il faut agir.
C'est notre destination et notre bonheur. Aux yeux
de Vauvenargues la vertu consiste essentiellement
dans l'action :

« La plus fausse de toutes les philosophies est celle
« qui, sous prétexte d'affranchir les hommes des em-
« barras des passions, leur conseille l'oisiveté, l'aban-
« don et l'oubli d'eux-mêmes (2). »

— « L'homme ne peut jouir que par l'action, et
« n'aime qu'elle (3). »

— « Le feu, l'air, l'esprit, la lumière, tout vit par
« l'action. De là la communication et l'alliance de tous
« les êtres ; de là l'unité et l'harmonie dans l'univers.
« Cependant cette loi de la nature si féconde, nous
« trouvons que c'est un vice dans l'homme : et parce
« qu'il est obligé d'y obéir, ne pouvant subsister dans

(1) Maxime 43.          (2) Maxime 145.
3 Maxime 199.

« le repos, nous concluons qu'il est hors de sa
« place (1). »

Vauvenargues fait allusion à Pascal et à son chapitre
de la *Misère de l'homme*. Nous avons discuté ailleurs
l'opinion de Pascal (2) ; convenons ici de nouveau que
ce grand génie n'a peut-être pas fait assez la part de
l'impulsion qui pousse l'homme à agir, et de la nécessité de l'action pour le développement de ses forces.
Encore une portion de vérité devenant une erreur,
détachée de l'ensemble dans lequel la présente le
christianisme! Vouloir prouver d'après lui que la
contemplation remplace l'action, c'est lui imputer un
excès dont il ne fut jamais complice. Le christianisme
peut se comparer à l'air atmosphérique composé de
plusieurs éléments, dont chacun isolé nous tue, mais
qui réunis nous font vivre. C'est dans le centre même
de l'Évangile qu'il faut puiser la vie, et d'un seul coup
saisir toute la vérité.

C'est l'action, selon Vauvenargues, qu'il faut opposer au découragement :

« Ne vous amusez pas à vous plaindre, rien n'est
« moins utile ; mais fixez d'abord vos regards autour
« de vous : on a quelquefois dans sa main des ressour-
« ces que l'on ignore. Si vous n'en découvrez aucune,
« au lieu de vous morfondre tristement dans cette vue,
« osez prendre un plus grand essor : un tour d'imagi-
« nation un peu hardi nous ouvre souvent des chemins
« pleins de lumière..... Laissez croire à ceux qui le
« veulent croire que l'on est misérable dans les em-

(1) Maxime 198.    (2) *Études sur Blaise Pascal.*

« barras des grands desseins. C'est dans l'oisiveté et la
« petitesse que la vertu souffre (1). »

Dans une plus haute sphère, la religion donne les
mêmes recommandations. Elle ne veut pas d'une humilité oisive.

Vauvenargues n'entend pas que la crainte de faire
des fautes nous détourne d'agir :

« Il ne faut pas être timide de peur de faire des
« fautes ; la plus grande faute de toutes est de se priver
« de l'expérience... Qui voudra se former au grand
« doit risquer de faire des fautes, et ne pas s'y laisser
« abattre, ni craindre de se découvrir (2). »

L'action, et par conséquent la vertu, ne se passe
point du souffle des passions. D'après Vauvenargues,
c'est le vent qui enflera nos voiles. Il fait jouer aux passions un grand rôle dans une vie bien ordonnée :

« Nous devons peut-être aux passions les plus grands
« avantages de l'esprit (3). »

— « Les passions ont appris aux hommes la rai-
« son (4). »

— « Aurions-nous cultivé les arts sans les pas-
« sions (5) ? »

— « L'esprit est l'œil de l'âme, non sa force. Sa
« force est dans le cœur, c'est-à-dire dans les passions.
« La raison la plus éclairée ne donne pas d'agir et de
« vouloir. Suffit-il d'avoir la vue bonne pour marcher ?
« Ne faut-il pas encore avoir des pieds, et la volonté
« avec la puissance de les remuer (6) ? »

---

(1) *Réflexions sur divers sujets.* XXIII, § X.          (2) *Ibid.* XVIII.
(3) Maxime 151.          (4) Maxime 154.          (5) Maxime 152.
(6) Maxime 149.

Idée bien philosophique dans toute sa simplicité
d'expression. Tout cela, du reste, est parfaitement vrai
et lumineux ; le mot de *passions*, seulement, est mal
choisi ; son sens populaire revient involontairement à
l'esprit, et trouble pour beaucoup de lecteurs la netteté de ces pensées. Vauvenargues, d'ailleurs, qui ne
mesure pas toujours assez ses termes, et n'évite pas un
peu de confusion, parle aussi, nous l'avons vu, des
passions dans ce sens populaire, et semble ainsi contredire le bien qu'il en a dit. Il se livre même à des
doutes sur la nature des passions, et revient presque
sur l'éloge qu'il en a fait :

« Est-ce force dans les hommes d'avoir des passions,
« ou insuffisance et faiblesse? Est-ce grandeur d'être
« exempt de passion, ou médiocrité de génie? Ou tout
« est-il mêlé de faiblesse et de force, de grandeur et de
« petitesse (1)? »

Si, par aventure, ces passions que Vauvenargues
nous a montrées comme la source de toute grandeur
dans l'homme, étaient en elles-mêmes une faiblesse,
comment alors l'auteur défendrait-il ce qu'il dit si positivement, « qu'il n'y a point de contradiction dans la
« nature (2), » et il parle ici de la nature humaine.
Au lieu de *passion*, il aurait fallu dire *affection*, affection quelconque, affection dominante, et tout se serait
éclairci. Nous sommes plus que de l'avis de Vauvenargues ; nous regardons une affection forte comme la vie
de l'âme, laquelle ne vit point sans mouvement. Pris
dans ce sens, ce mobile est parfaitement d'accord avec

(1) Maxime 340.　　　　(2) Maxime 289.

le christianisme, qui, absorbant la loi dans l'amour,
tend à dominer la vie entière par un sentiment à la
fois impérieux et calme, parce qu'il est céleste. L'a-
mour de Dieu est la seule passion faite pour s'accorder
avec le perfectionnement de notre âme, le seul sentiment auquel il soit permis d'être exclusif et illimité.
La vie n'a d'unité que par un sentiment qui la détermine et la pénètre tout entière, comme la chaleur
pénètre les corps soumis à son influence. Tout homme
qui donne pour unique base à sa vie une pensée, tout
homme dont le système n'a qu'une idée pour racine,
aura toujours quelque chose de roide, de froid, d'incomplet. Mais lorsque l'amour s'empare de la vie du
chrétien, alors elle s'élève et se développe avec la ma-
jestueuse unité d'un temple consacré au Seigneur.

Entre toutes les passions, la plus vivement recommandée par Vauvenargues, c'est l'amour de la gloire :
« Quelles sont les vertus de ceux qui méprisent la
« gloire? L'ont-ils méritée (1)? » Il fait même quelquefois un seul tout de la gloire et de la vertu :

« C'est une chose étrange que tant d'hommes se dé-
« fient de la vertu et de la gloire (2)! »

— « Si les hommes n'avaient pas aimé la gloire, ils
« n'avaient ni assez d'esprit ni assez de vertu pour la
« mériter (3). »

Nous concevons qu'il ait élevé si haut le mobile de
la gloire. Ne donnant point à l'homme celui de l'ap-

(1) *Introduction*, livre II, § XXVII.    (2) *Réflexions sur divers sujets*. XVI.
(3) Maxime 152.

probation de Dieu, il y fallait suppléer par autre
chose. Les satisfactions des sens et de l'intérêt à juste
titre écartées, il ne restait que l'approbation de nos
semblables. La gloire, en effet, ce sentiment primitif
et essentiel de notre nature, n'est vicieux que parce
que nous l'avons détourné de son véritable objet.
Pascal lui-même remarque dans le désir de l'approbation de nos semblables un reste de cette gloire dont
l'homme se trouvait couronné avant sa chute.

Mais quand on arrive aux applications, quand on
voit, comme dit Vauvenargues, que « les contempteurs
« de la gloire se piquent de bien danser (1), » quand
on songe combien les hommes approuvent souvent ce
qui est mal, et quel nombre de mauvaises actions ne
se commettent que pour leur plaire, on aperçoit jusqu'où ce mobile peut conduire. Il y a des erreurs individuelles, il y a des erreurs générales. Toute une nation peut être dupe d'un grossier sophisme; et, dans
cette nation, l'homme de l'esprit le plus éclairé et le
plus ferme est nationalement un sot.

D'autre part, on a prétendu que le témoignage intérieur, l'approbation de la conscience pourrait suffire
pour conduire l'homme au bien. Je n'y crois guère;
si, au fond de sa conscience, si derrière elle, l'homme
en butte à la calomnie ne distingue pas un être supérieur à lui, un Dieu, je ne pense pas que les consolations de cette conscience lui puissent suffire. En pareille affaire, il semble étrange de citer Voltaire, et cependant lui-même a dit : « Mon vengeur est au ciel. »

(1) *Introduction*, livre II, § XXVII.

Oui, il nous faut une approbation en dehors de nous ;
il nous faut l'approbation de Dieu. L'harmonie entre
notre volonté et la volonté divine, la sympathie entre
Dieu et nous, voilà la gloire qui vient de lui, et celle-
là ne produira que de bons effets sur notre vertu. Trois
pensées l'accompagnent sans cesse : Dieu est parfait,
il n'approuve en nous que ce qui tend à la perfection.
Dieu voit tout et juge sans erreur ; il pénètre jusqu'au
dernier fond de notre être, siége intime de notre véritable valeur. Dieu, enfin, est un Dieu jaloux ; il veut
que toute gloire retourne à lui ; il refuse tout de la
sienne à quiconque se la décerne à soi-même et s'ap-
proprie la moindre parcelle du bien qu'il lui a été donné
de faire. L'humilité est la seule parure qu'il admette
en sa présence. Les hommes louent la modestie ; mais
quand la modestie est sincère, elle est l'humilité. C'est
donc au fond l'humilité qu'ils louent et qu'ils aiment.
Et où se trouve-t-elle cette humilité sinon chez celui
qui recherche la gloire qui vient de Dieu ?

Veut-on voir jusqu'à l'évidence si Vauvenargues rattache sa morale à quelque autre chose que la nature
et la société ? Il faut pour cela l'entendre parler sur la
mort. Il ne s'en est point exprimé avec légèreté ou
avec une indifférence affectée. C'est lui qui a dit : « La
« nécessité de mourir est la plus amère de nos afflic-
« tions (1). » Aveu plus simple, et peut-être plus énergique dans son expression que le mot connu de La Rochefoucauld : « Le soleil ni la mort ne se peuvent

(1) Maxime 524.

« regarder fixement. » Vauvenargues ne croit pas au
mépris de la mort ; il blâme ceux qui ont voulu nous
persuader que la pensée de la mort n'excite pas l'effroi :
« Des hommes inquiets et tremblants pour les plus
« petits intérêts affectent de braver la mort (1). » Cependant il ne veut pas que la pensée de la mort influe
en rien sur la vie, par où, sans le vouloir, il avoue
une contradiction dans la condition humaine. Si la mort
est une nécessité, comment peut-elle se trouver pour
nous un objet d'affliction et de terreur, tant que nous
sommes dans l'harmonie de notre être ? Il n'a pas essayé de résoudre cette question. Le remède qu'il conseille, c'est de ne pas songer à la mort :

« Pour exécuter de grandes choses, il faut vivre
« comme si on ne devait jamais mourir (2). » — Apparemment que nous entendons par *grandes choses* des
choses autres que Vauvenargues.

— « La pensée de la mort nous trompe ; car elle
« nous fait oublier de vivre (3). » — Non, mais de vivre
d'une certaine manière. La pensée de Vauvenargues
est vraie de la vue de la mort sans vue au delà. Il paraît du moins qu'on vivrait autrement, à en juger par
le trouble que l'approche de ce moment porte dans les
esprits. Vauvenargues explique ce trouble par des causes physiques, l'abattement des sens, la faiblesse des
nerfs, et déclare que « la conscience des mourants ca-
« lomnie leur vie (4). » Nouvelle contradiction. Il entend
par là un trouble autre que celui des sens. Mais ces

---

(1) Maxime 603.          (2) Maxime 142.
(3) Maxime 143.          (4) Maxime 136.

contradictions sont des preuves de sa candeur. Pourquoi, en effet, les mourants seraient-ils troublés, s'ils n'avaient sujet de l'être? Il est beaucoup plus naturel de penser, que, dans ce moment, la conscience accuse juste. Vauvenargues lui-même a compris que les incrédules peuvent être troublés :

« L'intrépidité d'un homme incrédule, mais mou-
« rant, ne peut le garantir de quelque *trouble*, s'il
« raisonne ainsi : Je me suis trompé mille fois sur mes
« plus palpables intérêts, et j'ai pu me tromper encore
« sur la religion. Or, je n'ai plus le temps ni la force de
« l'approfondir et je meurs (1)... »

Je dis que ce n'est pas cette incertitude spéculative qui pourrait le troubler, s'il avait le sentiment intime d'être devant Dieu ce qu'il doit être. Le vrai sujet de son trouble est dans sa conscience qui lui dit que, si la religion est vraie, il n'est point en sûreté.

Ceci nous conduit à la religion de **Vauvenargues**. Il était déiste. Il y a, dans ses œuvres, bien des traits indirects contre le christianisme :

« Les hommes se défient moins de la coutume
« et de la tradition de leurs ancêtres que de leur
« raison (2). »

— « La force ou la faiblesse de notre créance dépend
« plus de notre courage que de nos lumières. **Tous**
« ceux qui se moquent des augures n'ont pas toujours
« plus d'esprit que ceux qui y croient (3). »

— « Il est aisé de tromper les plus habiles, en leur

_____

(1) Maxime 322.     (2) Maxime 317.     (3) Maxime 318.

« proposant des choses qui passent leur esprit et qui
« intéressent leur cœur (1). »

— « Il n'y a rien que la crainte et l'espérance ne
« persuadent aux hommes (2). »

Comment La Harpe, qui range Vauvenargues parmi
les moralistes chrétiens, n'a-t-il pas pris garde à des
mots pareils? Il cite avec complaisance des passages
comme ceux-ci :

« Si tout finissait par la mort, ce serait une extra-
« vagance de ne pas donner toute notre application à
« bien disposer notre vie, puisque nous n'aurions que
« le présent; mais nous croyons un avenir, et l'aban-
« donnons au hasard ; cela est bien plus inconceva-
« ble (3). »

— « Nos passions ne sont pas distinctes de nous-
« mêmes ; il y en a qui sont tout le fondement et toute
« la substance de notre âme... Cela ne dispense per-
« sonne de combattre ses habitudes, et ne doit inspi-
« rer aux hommes ni abattement, ni tristesse. *Dieu*
« *peut tout* : la vertu sincère n'abandonne pas ses
« amants ; les vices mêmes d'un homme bien né peu-
« vent se tourner à sa gloire (4). »

L'ensemble du livre de Vauvenargues, tout semé de
pensées qui vont à nier la révélation, proteste contre
le parti qu'on voudrait tirer de ces passages, où je ne
puis voir qu'un langage d'accommodation, bien con-
forme à la circonspection de l'auteur. Je crois qu'il

(1) Maxime 319.          (2) Maxime 320.
(3) *Réflexions sur divers sujets*
(4) *Introduction*, livre II. § XLI

parle là dans les principes des chrétiens, à moins qu'on ne veuille lui imputer des moments d'inconséquence, à quoi je consens volontiers. Du reste, plus équitable que les déistes de son temps, il blâmait et méprisait l'arrogance de l'incrédulité et les plaisanteries dont le christianisme était l'objet :

« Il ne faut pas jeter du ridicule sur les opinions « respectées; car on blesse par là leurs partisans, sans « les confondre (1). »

— « L'incrédulité a ses enthousiastes ainsi que la superstition (2). »

— « Ceux qui combattent les préjugés du peuple, « croient n'être pas peuple. Un homme qui avait fait à « Rome un argument contre les poulets sacrés, se re- « gardait peut-être comme un philosophe (3). »

— « Le plus sage et le plus courageux de tous les « hommes, M. de Turenne, a respecté la religion, et « une infinité d'hommes obscurs se placent au rang « des génies et des âmes fortes, seulement à cause « qu'ils la méprisent (4). »

Ceci est une sorte d'hommage à la religion. Le livre de Vauvenargues en renferme encore de plus directs :

« Le bien commun exige de grands sacrifices, et « ne peut se répandre également sur tous les hommes. « La religion, qui répare le vice des choses humaines, « assure des indemnités dignes d'envie à ceux qui « nous semblent lésés (5). »

« Newton, Pascal, Bossuet, Racine, Fénelon, c'est-

---

(1) Maxime 535.  (2) Maxime 537.  (3) Maxime 325.
(4) Maxime 538.  (5) *Introduction*, livre III, § XLIII.

« à-dire les hommes de la terre les plus éclairés, dans
« le plus philosophe de tous les siècles, et dans la
« force de leur esprit et de leur âge, ont cru Jésus-
« Christ ; et le grand Condé, en mourant, répétait ces
« nobles paroles : Oui, nous verrons Dieu comme il
« est, *sicuti est, facie ad faciem* (1). »

On ne peut se dispenser de parler ici d'un morceau
remarquable de Vauvenargues, sa *Méditation sur la
foi,* et de la prière qui la suit. Ce morceau a donné
lieu à différentes suppositions ou explications. D'après
la première, Vauvenargues aurait voulu prouver qu'on
peut écrire éloquemment sur la religion sans être persuadé. D'après la seconde, il aurait choisi un sujet religieux pour s'exercer à une forme de diction qu'il af-
fectionnait, l'introduction de vers de différentes me-
sures dans la prose. Toutes les fois que son style s'est
élevé, il a pris cette forme ; ainsi dans l'*Éloge* du jeune
de Seytres et dans la CCII° de ses *Réflexions.* D'après
la troisième explication, ce morceau prouverait que
Vauvenargues était chrétien. D'après une quatrième,
qui est la nôtre, il y a eu jeu d'esprit, mais en même
temps sentiment réel à quelques égards. Il se serait
pris dans son jeu, et, entraîné par la beauté de son
sujet, il aurait senti lui-même ces vifs regrets qu'il a
si éloquemment dépeints : « Auguste religion ! douce
« et noble créance, comment peut-on vivre sans vous?
« Et n'est-il pas bien manifeste qu'il manque quelque
« chose aux hommes, lorsque leur orgueil vous re-
« jette (2)? »

(1) **Maxime 605.**                    (2) *Méditation sur la foi.*

Plus d'un philosophe, peut-être, partage dans son cœur les regrets de Vauvenargues; tous ceux du moins qui sont parvenus au christianisme, répéteraient volontiers ses paroles. Mais un chrétien qui, chose inouïe, aurait délaissé la foi qui donne la paix pour retourner au doute philosophique, se serait-il jamais écrié : « Auguste philosophie! douce et noble créance, comment peut-on vivre sans vous? »

Ainsi donc, dans l'ensemble de l'œuvre de Vauvenargues, pas de système, pas de proportion, nombre de contradictions, qui n'attestent pas le manque de sincérité, loin de là, mais le manque de coordination dans la pensée. Ceci fait plus évidemment ressortir la nécessité de remonter au principe premier de toutes choses. Il est à remarquer que nulle morale de main d'homme n'a de conséquence, d'harmonie ni de proportion. Qu'elles péchassent toutes par leur principe, nous ne nous en étonnerions pas ; mais comme l'esprit logique fournit un moyen assez facile d'atteindre à la conséquence et à la proportion, on se demande comment il arrive que ces qualités aient fait défaut à tant de théories diverses, et que le christianisme présente le seul système de morale bien lié et conséquent avec soi-même?

Entre toutes les autres, la morale de Vauvenargues se fait remarquer par son inconséquence. Mais ces perpétuelles vacillations font à mes yeux le principal mérite de son livre, et c'est justement pourquoi je l'aime. Sa sincérité ne recule devant aucune des in-

conséquences de sa pensée ; il en a conscience, et il
passe outre. Il a quantité d'observations précieuses,
de tangentes à la vérité. Il n'a que des sentiments,
mais il en a d'admirables. Il diminue, il contredit
souvent ses pensées. L'idée lui manque, parce que le
premier principe lui manque. Tantôt il le nie, tantôt
il l'affirme. La conséquence parfaite d'un livre me
conduirait à suspecter la sincérité d'un auteur, parce
qu'il y a des sujets où elle est impossible ou factice, et
surtout quand le principe premier est absent.

La candeur de Vauvenargues a un charme inex-
primable ; elle est le trait caractéristique de son individualité ; on peut dire de lui *le candide Vauvenargues.*
Il a la candeur de l'esprit comme celle du caractère,
et c'est ce qui donne la clef de ses qualités et de ses
défauts. C'est un esprit qui connaît imparfaitement,
mais qui est toujours loyal.

Vauvenargues était peu instruit, ce qui signifie deux
choses : d'abord, qu'il avait peu de connaissances, et
ensuite que ses connaissances étaient peu organisées,
et que la discipline philosophique lui manquait. Il
n'avait beaucoup pratiqué ni les hommes ni les livres ;
ses connaissances étaient surtout d'intuition, et dans
ce genre elles étaient admirables. Il avait pensé en
lui-même, et pour certains esprits c'est un avantage.
Il dit quelque part : « Les choses que l'on sait le mieux
« sont celles qu'on n'a pas apprises (1). » Et ailleurs :
« L'usage du monde nous donne de penser naturel-
« lement, et l'habitude des sciences de penser profon-

(1) **Maxime 488.**

« dément (1). » Vauvenargues n'avait proprement ni
l'un ni l'autre ; mais il avait l'usage de lui-même.
La Motte a dit qu'il fut nouveau parce qu'il fut naturel. La candeur est à l'âme ce que le naturel est à
l'esprit ; quand on est candide, on ne peut manquer
d'être profond. Les paroles des enfants sont souvent
les plus profondes. Il est certain qu'à un esprit droit
toutes choses se présentent plus pures, n'étant pas
embarrassées de formules, pourvu que ces esprits joi-
gnent à la droiture la force. Des hommes tels que
Vauvenargues sont des enfants dans la république des
lettres ; interrogez-les, la vérité va sortir de leur
bouche.

Il est remarquable que la plupart des esprits qui
ont donné une vive impulsion à la pensée humaine
ont été des esprits peu scientifiques. Ils ont de l'anor-
mal, de l'aventureux : ce n'est pas de la troupe de
ligne ; ce sont des partisans, des tirailleurs ; mais c'est
eux qu'il faut envoyer à la découverte. D'un autre
côté, il faut convenir que leurs découvertes sont quelquefois imaginaires. Sans doute il leur arrive parfois
comme à l'enfant dans le *Moïse sauvé* :

> Là l'enfant éveillé. . . . . . . .
> D'un étrange caillou qu'à ses pieds il rencontre
> Fait au premier venu la précieuse montre,
> Ramasse une coquille et d'aise transporté
> La présente à sa mère avec naïveté.

Et puis, il y a toujours, en de tels esprits, un peu
d'incohérence et de confusion. Ils ont du trop plein et

(1) *Introduction*, livre II, § XXVIII.

des lacunes. Ils fournissent des matériaux pour bâtir ; ils ne construisent guère d'édifice achevé. L'analyse scientifique a manqué à Vauvenargues pour arriver à des résultats précis. Le vrai point des difficultés lui échappe quelquefois. Ses vues fondamentales sont un peu enveloppées de nuages ; ses vues particulières sont quelquefois mal terminées, sans qu'on sache toujours bien si la faute en est à l'expression ou à l'idée :

« Il ne faut pas croire aisément que ce que la nature « a fait aimable soit vicieux (1). »

— « Combien de vertus et de vices sont sans con- « séquence (2) ! »

— « Les abus inévitables sont des lois de la na- « ture (3). »

En résumé, le livre de Vauvenargues est précieux par une multitude d'aveux naïfs ; on y entend un témoin fidèle, une voix pure. Au total, il n'est pas dans la vérité, mais aucun moraliste non chrétien n'y touche par autant de points. Tel auteur de morale, partant de principes assurés, est bien moins vrai dans l'ensemble, bien moins instructif et même édifiant, quelque étrange que ce mot puisse sembler. Ce n'est pas la vérité objective seule qui édifie dans un ouvrage, c'est aussi la vérité subjective, celle qui réside dans l'âme de l'auteur. On ne lit pas seulement le livre de Vauvenargues, c'est son esprit dans lequel on lit.

Comme écrivain, les principes de Vauvenargues se

(1) Maxime 122.
(3) Maxime 26.

2) Maxime 555.

réduisent à deux. Il était convaincu qu'il faut d'abord
avoir pensé pour soi-même :

« Ce qui fait que la plupart des livres de morale
« sont si insipides, et que leurs auteurs ne sont pas
« sincères, c'est que, faibles échos les uns des autres,
« ils n'oseraient produire leurs propres maximes et
« leurs secrets sentiments. Ainsi, non-seulement dans
« la morale, mais en quelque sujet que ce puisse être,
« presque tous les hommes passent leur vie à dire et
« à écrire ce qu'ils ne pensent point (1). »

— « Tout ce qu'on n'a pensé que pour les autres est
« ordinairement peu naturel (2). »

Beaucoup d'autres ont dit qu'il fallait penser *par
soi-même*, Vauvenargues seul a dit *pour soi-même*. L'un
est le moyen de l'autre ; mais l'idée de Vauvenargues
est la plus profonde. Il donne d'ailleurs l'exemple avec
la règle. C'est même un point de vue dangereux que
celui dans lequel se place l'auteur. Il est très difficile
de demeurer dans la ligne exacte de sa propre pensée
en présence des dispositions qu'on suppose naturellement à ses lecteurs.

En second lieu, Vauvenargues recommande de
penser avec son cœur : « Les grandes pensées vien-
« nent du cœur (3) ; » principe singulièrement vrai
dans tous les sujets où le sentiment peut avoir un rôle
à jouer. Le cœur ne pense point ; mais en bien des
cas il détermine le point de vue d'où nous pensons.
Un sentiment élevé est comme une haute montagne
d'où l'on embrasse un plus vaste horizon. Et combien

(1) Maxime 300.     (2) Maxime 371.     (3) Maxime 127.

de grandes pensées ne sont que de grands sentiments
dont l'esprit se rend compte ! Combien de talents ont
été dilatés par le sentiment, combien d'esprits éveillés
par une affection vive ! On voit combien Vauvenargues
a pensé avec son cœur.

Le principal éloge du style de Pascal peut se transporter à celui de Vauvenargues. C'est un style vrai.
C'est Pascal, moins la force et la passion. Tous deux
ont un degré de vérité que peu de littérateurs ont su
atteindre. Vauvenargues, il est vrai, pèche quelquefois
par un peu d'obscurité, un manque de correction,
quelques archaïsmes. Ces tournures vieillies lui venaient naturellement à l'esprit par la lecture journa-
lière des anciens auteurs français. Mais la beauté de
son style, c'est que l'expression est chez lui l'image
fidèle de la pensée. Chaque pensée, à la rigueur, n'a
qu'une seule expression parfaitement adéquate à elle-
même ; toute autre pèche par le trop ou le trop peu,
ou, comme un tableau mal placé, ne présente qu'une
partie de sa surface à la lumière. La forme unique, nécessaire de la pensée, en est la plus belle, sans le secours des images et des tours ; quelquefois l'écrivain y
tombe du premier coup, alors que la pensée, instanta-
nément conçue, vivement aperçue, se saisit aussitôt de
sa forme et naît, pour ainsi dire, avec elle. D'autres
fois la découverte de cette forme pure n'a lieu qu'après
plusieurs essais et le rejet de plusieurs formes moins
parfaites. On rencontre des traces de ce travail chez
La Rochefoucauld et aussi chez Vauvenargues. Tantôt
ce dernier arrive de plein saut à son expression, tantôt

il ne l'atteint que par gradation. Il a voulu être simple,
il n'est satisfait que lorsqu'il est simple. Il a dit :
« Lorsqu'une pensée est trop faible pour porter une
« expression simple, c'est la marque pour la reje-
« ter (1). » Il pensait que « la clarté est la bonne foi
« des philosophes (2); » que l'accueil qu'obtiennent
les erreurs n'est dû qu'à des artifices de langage ;
« qu'il n'y a point d'erreurs qui ne périssent d'elles-
« mêmes, rendues clairement (3) ; » que la vérité est
belle de sa propre beauté, et enfin « que la clarté orne
« les pensées profondes (4). » On pourrait ajouter à
ceci : et la simplicité, les grandes pensées.

Souvent, en effet, la pensée se passe de tours et
d'images ; mais celles-ci sont parfois nécessaires à cause
de la stérilité du langage. Au fond, la langue primitive, la langue type, exprimait tout par des images ; la
nôtre, telle qu'elle est, contient encore nombre d'images que le long usage a transformées en expressions
propres. Les mots qui désignent des objets métaphysiques sont des images tirées du monde matériel ; c'est
ainsi, par exemple, que le mot *âme*, signifie *souffle*.

Vauvenargues a peu d'images, mais il ne s'est cependant pas privé de leur secours, et les siennes, dans
leur rareté, sont si heureuses que l'idée ne vient pas
qu'on eût pu dire autrement :

« Les regards affables ornent le visage des rois (5). »

—— « Les feux de l'aurore ne sont pas si doux que
« les premiers rayons de la gloire (6). »

(1) Maxime 3.        (2) Maxime 372.        (3) Maxime 6.
(4) Maxime 4.        (5) Maxime 394.        (6) Maxime 382.

— « Les conseils de la vieillesse éclairent sans
« échauffer, comme le soleil de l'hiver (1). »

Vauvenargues cause à ses lecteurs des surprises ;
mais en général elles sont l'opposé de celles que La
Bruyère fait éprouver. Celui-ci emploie des tournures
inattendues et singulières, pour arriver à une pensée
commune. Vauvenargues, au contraire, voile souvent
sous une expression commune une pensée de haute
valeur. Cependant la manière de La Bruyère ne lui
est pas absolument etrangère. On reconnaît l'imitation,
ou du moins le genre analogue, dans des pensées telles
que celles-ci :

« Ceux qui nous font acheter leur probité, ne nous
« vendent ordinairement que leur honneur (2). »

— « Celui qui s'habille le matin avant huit heures
« pour entendre plaider à l'audience, ou pour voir
« des tableaux étalés au Louvre, ou pour se trouver
« aux répétitions d'une pièce prête à paraître, et qui
« se pique de juger en tout genre du travail d'autrui,
« est un homme auquel il ne manque souvent que de
« l'esprit et du goût (3). »

Vauvenargues n'est pas seulement un moraliste distingué, mais encore un critique de premier ordre,
d'autant plus intéressant qu'il est plus naïf. Il a l'audace de l'enfance, il ose être de son avis. Deux choses
surtout nous asservissent : trop de défiance de nous-
mêmes ; trop de prétention à paraître indépendants.
Vauvenargues évite ces deux excès, il a un courage

(1) **Maxime** 159.          (2) Maxime 49.
(3) **Maxime** 64.

humble. Ce devrait être celui de tout auteur qui se
mêle de juger les autres. Aussi chez Vauvenargues les
morceaux de critique sont-ils exquis.

Voici quelques pensées choisies, quelques observations profondes, sur lesquelles on est heureux de s'arrêter :

« C'est entreprendre sur la clémence de Dieu, de
« punir sans nécessité (1). »

— « Nous querellons les malheureux pour nous
« dispenser de les plaindre (2). »

— « Nous n'avons pas droit de rendre misérables
« ceux que nous ne pouvons rendre bons (3). »

— « La magnanimité ne doit pas compte à la pru-
« dence de ses motifs (4). »

— « On ne peut être juste, si on n'est humain (5). »

— « Quand on sent qu'on n'a pas de quoi se faire
« estimer de quelqu'un, on est bien près de le
« haïr (6). »

— « C'est être médiocrement habile que de faire des
« dupes (7). »

— « Ceux qui n'ont que de l'habileté, ne tiennent
« en aucun lieu le premier rang (8). »

— « Personne n'est sujet à plus de fautes que ceux
« qui n'agissent que par réflexion (9). »

— « C'est un grand signe de médiocrité de louer
« toujours modérément (10). »

(1) Maxime 165.      (2) Maxime 172.      (3) Maxime 27.
(4) Maxime 130.      (5) Maxime 28.      (6) Maxime 45.
(7) Maxime 97.       (8) Maxime 94.      (9) Maxime 131.
(10) Maxime 12.

— « Ceux qui n'ont pas le courage de chercher la
« vérité dans les rudes épreuves (de la familiarité),
« sont profondément au-dessous de tout ce qu'il y a
« de grand ; surtout c'est une chose basse que de
« craindre la raillerie, qui nous aide à fouler aux pieds
« notre amour-propre, et qui émousse, par l'habitude
« de souffrir, ses honteuses délicatesses (1). »

— « On doit se consoler de n'avoir pas les grands
« talents, comme on se console de n'avoir pas les
« grandes places. On peut être au-dessus de l'un et de
« l'autre par le cœur (2). »

(1) *Réflexions sur divers sujets.* XVII.          (2) Maxime 68.

# XVIII.

## MONTESQUIEU.

### 1689—1755.

J'arrive maintenant, Messieurs, à un homme qu'on n'approche qu'avec respect et sympathie, le seul peut-être entre les grands esprits du dix-huitième siècle pour lequel je me sente un puissant attrait.

Montesquieu est une âme digne et noble, un de ces êtres difficiles à rencontrer au sein de notre déchéance originelle et des égarements de notre civilisation, êtres qui font du bien quand on les contemple, et surtout quand on les retrouve au milieu du dix-huitième siècle.

Sa vie fut peu riche en événements. Issu d'une famille noble, Montesquieu se prépara par de fortes études à l'exercice de la magistrature ; mais les lois naturelles du cœur et de l'esprit humain l'occupèrent plus encore que les lois positives, et s'il étudia les codes des nations, ce fut moins en juriste qu'en philosophe. De bonne heure président au parlement de Bordeaux, il résigna plus tard cette charge, et voulut vivre pour sa propre instruction. Il voyagea dans ce but, ce que n'avaient guère fait les grands auteurs du dix-septième siècle ; l'esprit cosmopolite commençait à s'introduire parmi les gens de lettres. Montesquieu parcourut l'Italie, l'Allemagne et l'Angleterre; c'était pour lors faire le tour du monde. Il y gagna un riche fonds d'observations, et une largeur de vues fort supérieure à celle de ses contemporains. Il étudia le jeu de la machine sociale, grand mystère qui en restera toujours un. De retour en France, il partagea son temps entre Paris et son château de la Brède. A Paris, il sut se posséder lui-même, et résister à l'entraînement des coteries et du mouvement philosophique. C'est de la solitude de la Brède que sortirent ses meilleurs ouvrages, les *Considérations sur les causes de la grandeur des Romains et de leur décadence* et *l'Esprit des lois.*

Dès leur apparition, ses œuvres l'entourèrent de célébrité et de considération, de respect, dans le sens le plus vaste du mot, en France et même en Europe. Plus tard, cependant, sa mort fut peu sentie et même peu remarquée. Ce soleil descendit à l'horizon sans qu'on daignât s'en apercevoir : Voltaire était à son apogée, et le mouvement philosophique dans sa plus grande effervescence.

Les enfants, quand on leur parle d'un homme célèbre, commencent par demander s'il est *bon.* Heureux qui, sur ce point, demeure toujours enfant. Ne résistons pas à une curiosité si naturelle. Autant qu'il est donné à notre nature déchue de réaliser ce divin caractère, cherchons si Montesquieu était bon.

Montesquieu s'est peint par ses actions; sa vie entière s'est chargée de son portrait; mais la mort a donné à cette figure le dernier coup de pinceau en révélant les monologues de l'homme avec lui-même. Chaque

soir il avait l'habitude d'écrire ses réflexions, ses remarques sur son propre caractère, et l'abandon, la né-
gligence de ces aveux montre qu'ils n'étaient destinés
qu'à lui seul, ou tout au plus à son fils. Après sa mort,
ce manuscrit fut imprimé sous le titre de **Pensées.** C'est
des plus remarquables de ces pensées que nous allons
voir ressortir la fidèle représentation de sa nature.
Dans mon opinion, des autobiographies de ce genre,
quand elles sont sincères, valent un livre de morale;
et ici, l'esquisse de la physionomie de l'auteur est
d'autant plus intéressante qu'elle est confirmée par ses
ouvrages.

On est, dès l'abord, frappé des dispositions qu'il
signale :

« Je m'éveille le matin avec une joie secrète de voir
« la lumière; je vois la lumière avec une espèce de
« ravissement; et tout le reste du jour je suis content.
« Je passe la nuit sans m'éveiller; et le soir, quand je
« vais au lit, une espèce d'engourdissement m'empê-
« che de faire des réflexions (1). »

Il était, dit-il, *né heureux,* doué par la Providence
d'un organisme parfait, possédant une sérénité constante, avec le privilége rare, peut-être unique, de
joindre à la vivacité des jouissances et à la modération des désirs une très faible susceptibilité pour la
douleur, ce qui prouve le tempérament le plus facile
et le mieux équilibré.

« J'ai l'ambition qu'il faut pour me faire prendre
« part aux choses de cette vie; je n'ai point celle qui

_____
(1) *Pensées diverses : Portrait de Montesquieu par lui-même.*

« pourrait me faire trouver du dégoût dans le poste où
« la nature m'a mis.

— « Lorsque je goûte un plaisir, je suis affecté ; et
« je suis toujours étonné de l'avoir recherché avec
« tant d'indifférence.

— « Je n'ai presque jamais eu de chagrin, encore
« moins d'ennui.

— « Je n'ai jamais eu de chagrin qu'une heure de
« lecture n'ait dissipé (1). »

L'indignation, chez lui, reste tout intellectuelle ; il
s'indigne bien, il ne s'irrite jamais. La pitié, sentiment
qu'il possède à un haut degré, l'émeut vivement, sans
jamais l'abattre : « Je n'ai jamais vu couler de larmes
« sans en être attendri (2), » a-t-il dit. Sa vie fut l'admirable commentaire de ces paroles, mais il ensevelissait
les actes de sa générosité dans le plus profond mystère. La tombe en a révélé plusieurs. Un passage de
ses *Lettres persanes* nous paraît exprimer très bien la
tendresse naturelle de son cœur :

« Je sens de l'humanité pour les malheureux, comme
« s'il n'y avait qu'eux qui fussent hommes ; et les
« grands mêmes, pour lesquels je trouve dans mon
« cœur de la dureté quand ils sont élevés, je les aime
« sitôt qu'ils tombent. En effet, qu'ont-ils affaire, dans
« la prospérité, d'une inutile tendresse ? Elle approche
« trop de l'égalité. Ils aiment bien mieux du respect,
« qui ne demande point de retour. Mais sitôt qu'ils
« sont déchus de leur grandeur, il n'y a que nos

(1) *Pensées diverses : Portrait de Montesquieu par lui-même.*
(2) *Ibid.*

« plaintes qui puissent leur en rappeler l'idée (1). »

Qu'il est rare de voir dans le même individu tant de sympathie pour l'humanité et jamais d'émotion qui aille jusqu'au trouble !

Montesquieu a peu de goût pour la gloire et peu de besoin de briller ; il est peut-être le seul écrivain qui ait pu sincèrement dire de soi : « Je suis, je crois, le « seul homme qui aie mis des livres au jour sans être « touché de la réputation de bel esprit (2). »

Il y joint peu de zèle pour la fortune :

« J'ai fait de grandes améliorations à mes terres ; « mais je sentais que c'était plutôt pour une certaine « idée d'habileté que cela me donnait, que pour l'idée « de devenir plus riche (3). »

— « Discuter ses intérêts avec une trop grande rigi- « dité est l'éponge de toutes les vertus. »

— « Il faut regarder son bien comme son esclave, « mais il ne faut pas perdre son esclave (4). »

— « Je suis, dit-il ailleurs, amoureux de l'ami- « tié (5), » et il ajoute quelque part, qu'il n'a jamais perdu qu'un seul ami (6).

Il pardonne avec facilité, mais il méprise vigoureu- sement :

« Je pardonne aisément, par la raison que je ne suis « pas haineux : il me semble que la haine est doulou- « reuse (7). »

---

(1) *Lettres persanes.* Lettre CXXVI.
(2) *Pensées diverses : Portrait.*          (3) *Ibid.*
(4) *Pensées diverses : Variétés.*
(5) *Pensées diverses : Portrait.*     (6) *Ibid.*     (7) *Ibid.*

— « J'ai toujours méprisé ceux que je n'estimais pas (1). »

Naturellement une âme si haute devait peu goûter la raillerie, ce petit exercice des petites âmes ; Montesquieu en a l'aversion, et avec l'esprit qu'il possédait, pour un Français, ce n'est pas peu de chose. La Bruyère appelle la moquerie, *indigence d'esprit* (2) ; Montesquieu définit la raillerie, « un discours de son esprit « contre son bon naturel (3) ; » et il dit de lui-même : « Je n'ai jamais aimé à jouir du ridicule des au- « tres (4). »

Il ne s'engage dans nulle querelle ; mais attaqué, il se défend avec dignité.

A cette bienveillance individuelle il joint l'attachement au bien public ; il a l'âme citoyenne au plus haut degré. Cet amour de la patrie, factice chez tant d'hommes, transmis chez tant d'autres par tradition ou par contagion, instinct souvent machinal et sans spontanéité, chez Montesquieu existe plein de vie : « J'ai eu « naturellement de l'amour pour le bien et l'honneur « de ma patrie ; j'ai toujours senti une joie secrète « lorsqu'on a fait quelque règlement qui allait au bien « commun (5). »

Mais Montesquieu va plus loin ; son zèle pour sa patrie est exempt de cet égoïsme qui immolerait volontiers le reste du monde à son pays. Le cosmopolitisme

---

(1) *Pensées diverses : Portrait.*
(2) LA BRUYÈRE, *Les Caractères.* Chapitre V. *De la société et de la conversation.*
(3) *Pensées diverses : Variétés.*
(4) *Pensées diverses : Portrait.*       (5) *Ibid.*

que tant d'autres ont dans l'esprit, il l'avait dans le
cœur :

« Quand j'ai voyagé dans les pays étrangers, je m'y
« suis attaché comme au mien propre ; j'ai pris part à
« leur fortune, et j'aurais souhaité qu'ils fussent dans
« un état florissant (1). »

— « Si je savais quelque chose qui me fût utile et
« qui fût préjudiciable à ma famille, je le rejetterais
« de mon esprit. Si je savais quelque chose qui fût
« utile à ma famille et qui ne le fût pas à ma patrie,
« je chercherais à l'oublier. Si je savais quelque chose
« utile à ma patrie et qui fût préjudiciable à l'Europe
« et au genre humain, je le regarderais comme un
« crime (2). »

En somme, Montesquieu s'est bien connu ; tout dans
ces aveux révèle un caractère pacifique, équitable, indulgent, une âme bienveillante et même tendre, sans
impatience, sans désirs violents, ouverte à tout ce qui
est grand. Point de petitesse, sauf un peu de faiblesse
pour son nom, et il l'avoue :

« Je fais faire une assez sotte chose ; c'est ma généa-
« logie (3). »

— « Quoique mon nom ne soit ni bon ni mauvais,
« n'ayant guère que deux cent cinquante ans de no-
« blesse prouvée, cependant j'y suis attaché, et je
« serais homme à faire des substitutions (4).»

Ce qui frappe le plus chez lui, c'est la sérénité. Je
ne voudrais pas affirmer que tous les esprits du premier
ordre aient été sereins ; mais la plupart et les plus

(1) *Pensées diverses : Portrait.*     (2) *Ibid.*     (3) *Ibid.*     (4) *Ibid.*

grands ont possédé cette haute qualité. La grandeur est sereine, sublime, paisible. De même que dans l'atmosphère il est une zone limpide où les nuages n'arrivent plus, il est aussi dans le monde moral une région que les orages ne peuvent troubler, ou du moins ils n'y pénètrent que par exception.

Encore un trait. Montesquieu, qui aimaittout à la fois le monde et la retraite : « Quand j'ai été dans le « monde, je l'ai aimé comme si je ne pouvais souffrir « la retraite ; quand j'ai été dans mes terres, je n'ai « plus songé au monde (1), » goûtait la société, quoique en un sens il y fût peu propre. Il en jouissait d'une manière passive ; le don de la conversation lui manquait. Plusieurs des génies éminents du dix-huitième siècle ont souffert de la même lacune ; ni Buffon, ni Rousseau n'ont été éloquents ou agréables dans la conversation vulgaire. Entre tous ces grands esprits, Voltaire seul s'y est montré puissant. C'est un mystère qui, pour chacun d'eux, a des causes différentes. Trop d'idées s'offraient à la fois à Rousseau, et il perdait à les combiner le moment de la repartie. A Voltaire, au contraire, les idées arrivaient d'une manière suffisante, mais sans encombrement, et l'expression en sortait claire, vive et rapide. Buffon, de son côté, ne puisait sa force que dans la méditation ; la première vue chez lui ne porte pas loin. Autre chose encore pour Montesquieu, il était timide. La société le troublait. Était-ce amour-propre, vanité, modestie ? Voici ce qu'il en dit lui-même :

(1) *Pensées diverses : Portrait.*

« La timidité a été le fléau de toute ma vie ; elle
« semblait obscurcir jusqu'à mes organes, lier ma
« langue, mettre un nuage sur mes pensées, déran-
« ger mes expressions. J'étais moins sujet à ces abat-
« tements devant des gens d'esprit que devant des
« sots : c'est que j'espérais qu'ils m'entendraient ; cela
« me donnait de la confiance (1). »

D'après ceci, cette timidité ne serait pas tant, ce
nous semble, un trait de caractère qu'un défaut dans
la forme de l'intelligence de Montesquieu. Il était presque dénué de la faculté de lier ses pensées dans un
développement un peu étendu. Aussi ce qu'il a écrit
est-il fragmentaire ; le don de saisir et de reproduire un
vaste ensemble peut donner une grande assurance à
ceux qui écrivent et surtout à ceux qui parlent. Montesquieu avait dans la conversation des idées brillantes,
mais isolées, qui se pressaient à la porte, et qui souvent y restaient.

La doctrine morale de Montesquieu diffère peu du
stoïcisme antique ; mais il ne l'a pas formulée en système. Sa nature était son véritable système. Néanmoins
il ne perd aucune occasion de vanter le stoïcisme en
général :

« Jamais philosophe n'a mieux fait sentir aux hom-
« mes les douceurs de la vertu et la dignité de leur
« être que Marc-Antonin : le cœur est touché, l'âme
« agrandie, l'esprit élevé (2). »

— « Si je pouvais un moment cesser de penser

(1) *Pensées diverses : Portrait.*
(2) *Pensées diverses : Des Anciens.*

« que je suis chrétien, je ne pourrais m'empêcher de
« mettre la destruction de la secte de Zénon au nombre
« des malheurs du genre humain (1). »

Le stoïcisme est cette doctrine haute et sévère, dont
le propre est de considérer le devoir et la vertu comme
unique mobile de l'homme, et de ne faire entrer en
ligne de compte ni le plaisir, ni la douleur. Il poursuit
son but sans dévier ni à droite ni à gauche, et tient
les difficultés et les périls pour nuls et non avenus.
Jusqu'à un certain point ceci est vrai; l'obéissance
absolue à la règle du devoir est belle en soi. Ce serait
la moitié du christianisme, si le christianisme était
susceptible de se fractionner. Mais ce n'est pas à Dieu
que se rend cette obéissance; elle n'est, au fond,
que l'obéissance envers soi-même. Dans ce système,
l'homme devient en quelque sorte son propre dieu.
L'humilité en est bannie; le stoïcisme commande à
l'homme ce qu'il doit faire, mais il ne lui indique ni
ce qui lui manque, ni le moyen d'y suppléer. En lui
laissant ignorer sa faiblesse, il dépouille l'homme du
secours qu'il eût trouvé en Dieu.

Les vrais stoïciens l'ont été par tempérament. C'é-
taient des âmes fortes qui, sous plusieurs rapports,
ont pu arriver très haut, mais qui cependant avaient
des faiblesses qu'elles ignoraient ou qu'elles cares-
saient, et dont les vertus furent contrepesées par l'orgueil. Sans injustice on peut répéter ce qu'en dit
Descartes : « Souvent ce qu'ils appellent du beau nom
« de vertu, n'est qu'une insensibilité, ou un orgueil,

(1) *Esprit des lois*, livre XXIV, chap. X.

« ou un désespoir, ou un parricide. » — « Il renfle
« l'âme et ne la nourrit pas, » a dit Voltaire du stoïcisme.

Si le christianisme n'existait pas, les stoïques four-
niraient quelques beaux échantillons de l'espèce humaine ; mais combien leur doctrine laisserait-elle de
malheureux de plus? Pour tout secours dans leurs faiblesses, pour toute consolation dans leurs peines, ceux-
ci n'entendraient qu'une voix inflexible leur criant
sans cesse : Avance! avance! — Mais je suis infirme,
blessé, paralysé. — N'importe, avance ! *Tu le dois !* —
C'est le mobile unique offert par le stoïcisme. Le christianisme aussi nous dit d'avancer, mais il tend la main
à celui qui se traîne, il soulève celui qui ne peut
marcher; lui seul termine et rejoint ce cercle toujours
entr'ouvert que nulle doctrine humaine n'est capable
d'embrasser.

A ce sujet rappelons une fois pour toutes, d'abord
que nous accordons le titre de *mobile* à ce qui donne
à l'âme l'impulsion et la force d'agir ; en second lieu,
qu'il y a dans la morale humaine deux classes de mobiles. Les premiers se rapportent à la crainte et à l'espérance, mobiles grossiers sans doute, mais dont il
faut reconnaître l'importance dans l'état actuel de la
société. D'un point de vue plus élevé cependant, on
ne saurait fonder une morale digne de ce nom sur la
crainte et l'espérance uniquement, puisqu'on ne ferait
par là que des esclaves ou des égoïstes. De toute nécessité, l'homme, en sa qualité d'individu moral, demande un intérêt profond, un intérêt d'une durée

continue et qui s'empare de son cœur entier. C'est ce
que doit lui fournir toute doctrine vraie, toute religion
méritant ce nom. Cette force vive n'est complète que
dans l'amour : l'amour, de la part de celui qui demande l'obéissance ; l'amour, de la part de celui qui
la rend. L'amour gratuit en Dieu, l'amour pur en
l'homme, tel est en soi et dans son essence le seul
mobile digne de la religion et digne de l'homme, si
l'homme fût demeuré dans sa condition primitive.
Dieu n'est pas un législateur humain ; il est l'être spirituel qui demande le culte du cœur, une adoration
en esprit et en vérité, produite et alimentée par l'a-
mour. C'est à cette fin que Jésus-Christ rétablit en
l'homme l'image divine effacée par le péché, et réha-
bilitée par l'amour seul. La crainte et l'espérance con-
courent sans doute à cette œuvre comme leviers nécessaires et préparatoires ; mais elles n'agissent guère,
la première du moins, que provisoirement, en l'absence ou dans les défaillances du grand mobile de
l'amour, lequel, du reste, ne sera parfait en l'homme
que dans une nouvelle économie.

Le stoïcisme de Montesquieu est un stoïcisme attendri, tempéré par un certain sentiment de religiosité.
Le stoïcisme seul ne pouvait satisfaire cette âme ai-
mante. Dans le tableau qu'il trace des vertus humaines, l'idée de Dieu revient sans cesse, non comme
remplissage, mais comme complément nécessaire.

Il a plusieurs fois saisi l'occasion d'exprimer l'aver
sion très vive qu'il éprouvait pour l'athéisme :

« L'homme pieux et l'athée parlent toujours de re-

« ligion ; l'un parle de ce qu'il aime, et l'autre de ce
« qu'il craint (1). »

Cette aversion, qui avait son principe dans la droiture de son esprit, était fortifiée par la connaissance
des vraies nécessités et des vraies conditions de la société.

Il ne défend pas moins chaudement l'immortalité
de l'âme :

« Quand l'immortalité de l'âme serait une erreur,
« je serais fâché de ne pas la croire : j'avoue que je ne
« suis pas si humble que les athées. Je ne sais com-
« ment ils pensent ; mais pour moi je ne veux pas
« troquer l'idée de mon immortalité contre celle de la
« béatitude d'un jour. Je suis charmé de me croire im-
« mortel comme Dieu même. Indépendamment des
« idées révélées, les idées métaphysiques me donnent
« une très forte espérance de *mon bonheur éternel,* à
« laquelle je ne voudrais pas renoncer (2). »

« L'indifférence pour l'autre vie entraîne dans la
« mollesse pour celle-ci, et nous rend insensibles et
« incapables de tout ce qui suppose un effort (3). »

Montesquieu savait que toute religion est sociale,
tandis que l'athéisme est éminemment antisocial. Le
premier effet d'une religion quelconque est d'obliger
les hommes les uns envers les autres ; car il est impossible qu'ils n'attribuent pas à leurs dieux quelques
bonnes qualités, et il est impossible qu'ils ne se croient
pas tenus d'imiter les bonnes qualités de leurs dieux.

(1) *Esprit des lois,* livre XXV, chap. I.
(2) *Pensées diverses : De la religion.*          (3) *Pensées diverses : Variétés.*

Souvent même ils ne font que transporter à leurs dieux les vertus dont l'existence est nécessaire à la société, et ils les consacrent par là : ainsi Jupiter hospitalier. Et alors des pratiques sociales, que la conscience toute nue n'aurait pas suffisamment garanties, se trouvent scellées par le motif le plus puissant ; comme aussi des vices dont l'existence menace la société reçoivent un frein plus fort que tous ceux que la nature essayerait de leur imposer. Montesquieu a senti tout cela et l'a plus d'une fois exprimé. Non-seulement il reconnaît que « toutes les religions contiennent des « préceptes utiles à la société (1), » mais il déclare que « la religion est toujours le meilleur garant que l'on « puisse avoir des mœurs des hommes (2); » et il va même jusqu'à dire que « toutes les sociétés sont dans « la nécessité d'avoir une religion (3). »

Personne n'a montré mieux que lui le rapport intime de la religion avec la sociabilité, et il est intéressant de faire observer que c'est dans les *Lettres persanes*, c'est-à-dire dans l'ouvrage où il a mis le plus de témérité, où il a le plus accordé aux idées et aux mœurs de son temps, qu'on trouve ce passage remarquable, qui explique si bien ce que nous n'avons fait qu'indiquer :

« Dans quelque religion qu'on vive, l'observation « des lois, l'amour pour les hommes, la piété envers « les parents, sont toujours les premiers actes de reli-

(1) *Lettres persanes.* Lettre LXXXV.
(2) *Grandeur des Romains,* chap. X.
(3) *Dissertation sur la politique des Romains dans la religion.*

« gion... En quelque religion qu'on vive, dès qu'on
« en suppose une, il faut bien que l'on suppose aussi
« que Dieu aime les hommes, puisqu'il établit une re-
« ligion pour les rendre heureux; que s'il aime les
« hommes, on est assuré de lui plaire en les aimant
« aussi, c'est-à-dire en exerçant envers eux tous les
« devoirs de la charité et de l'humanité, et en ne vio-
« lant point les lois sous lesquelles ils vivent (1). »

Dans l'*Esprit des lois* et dans les **Pensées**, nous rencontrons des passages bien plus forts en faveur du
christianisme; ils prouvent que Montesquieu l'a beaucoup mieux compris que les moralistes de son temps,
du moins sous le point de vue philosophique. Ce n'est
pas que çà et là il ne maltraite la dévotion, qu'il ne lui
lance parfois des traits de satire. Ainsi, lorsqu'il dit :
« La dévotion est une croyance qu'on vaut mieux
« qu'un autre (2). » Cependant il ajoute bientôt après :
« J'appelle la dévotion une maladie du cœur, qui
« donne à l'âme une folie dont le caractère est le plus
« aimable de tous (3). »

Le siècle infortuné où vivait Montesquieu lui fournissait peu d'exemplaires d'une piété humble, ferme
et sensée, et la teinte maladive et présomptueuse que,
de nos jours encore, la dévotion contracte si aisément,
explique ce jugement, du moins en partie. Du reste,
le défaut de ce noble caractère était celui du stoïcisme :
l'absence d'humilité. Non qu'il fût disposé à la vanité,
nous venons de voir le contraire, ni même très orgueil-

---

(1) *Lettres persanes.* Lettre XLVI.
(2) *Pensées diverses : De la religion.*          (3) *Ibid.*

leux vis-à-vis des hommes; mais son orgueil subsistait
devant Dieu. Sa facilité à mépriser tient certainement
à ce fonds d'orgueil. Outre cette pensée déjà citée :
« J'ai toujours méprisé ceux que je n'estimais pas (1), »
cette marque de nature se trahit encore dans celle-ci :
« J'ai eu d'abord pour la plupart des grands une
« crainte puérile; dès que j'ai eu fait connaissance,
« j'ai passé presque sans milieu jusqu'au mépris (2). »
S'il reconnaît en soi des faiblesses, il ne les reconnaît
pas toutes, et pourtant il en avait plusieurs; ses
écrits mêmes en font foi. On trouve dans les *Lettres
persanes* des peintures licencieuses dans lesquelles
l'auteur s'est évidemment complu, et on ne peut se
dissimuler qu'il n'a pas été très sévère dans sa vie.

En prenant l'ensemble du caractère et de la carrière
de Montesquieu, il faut ajouter ceci : Montesquieu est
de son siècle; mais plus il a vécu, moins il lui a appartenu. Il ne s'en détache ou ne s'en dégage pas pour
être l'homme des temps antérieurs ou des temps fu-
turs, mais l'homme de tous les temps. Il fallait à la fois
être du dix-huitième siècle et le dominer pour écrire
ce qu'il a écrit. *L'Esprit des lois* est partout chez Montesquieu; il est déjà dans les *Lettres persanes*. Ce fut
l'œuvre de sa vie. Au dix-septième siècle, il n'aurait
pas écrit son livre, parce qu'il n'aurait pas pensé ce
qu'il a pensé. Mais eût-il été du dix-huitième seulement, il y a fort à parier qu'il n'eût pas écrit un livre
sérieux. Toutes les grandes productions ne se trouvent-
elles pas soumises à cette double condition : être de

---

(1) *Pensées diverses : Portrait.*            (2) *Ibid.*

son temps jusqu'à un certain point, et par delà s'en affranchir? Chaque siècle a son individualité, laquelle est en même temps sa limite et sa force. Il faut arriver au niveau du siècle, et de là prendre son élan pour monter plus haut.

Les trois principaux ouvrages de Montesquieu sont les *Lettres persanes*, les *Considérations sur les causes de la grandeur des Romains et de leur décadence*, et l'*Esprit des lois*.

Les *Lettres persanes*, publiées en 1721, peuvent servir de complément au portrait que nous venons de tracer; elles furent, dit-on, composées à d'assez longs intervalles, et en quelque sorte comme délassement après les travaux de la journée. Montesquieu y épanche les idées nombreuses dont il est obsédé; il y remue tout, métaphysique, théologie, politique, morale, littérature. Il y jette toutes sortes de commencements de lui-même, tous les premiers élans de son génie et toute son écume, comme un jeune cheval qui jette son feu. Il n'entrait pas de très bonne heure cependant dans la carrière littéraire, car il avait trente-deux ans. Plusieurs parties de son livre en font preuve, et témoignent d'une véritable maturité d'esprit; sous d'autres rapports, il y a dans les *Lettres persanes* quelque chose de très jeune. L'auteur a deux âges et touche à deux âges. Il est de son siècle encore; la victoire n'est pas remportée, c'est précisément l'heure de la crise.

La forme du livre n'est pas nouvelle. L'auteur se fait Persan pour mieux voir les choses en les voyant de plus loin. Ce procédé l'a servi ; il lui a fait apercevoir des particularités qui, hors de là, auraient pu lui échapper ; il lui a permis de mettre dans la bouche d'un Persan des remarques qui n'auraient pu sortir de celle d'un Français. L'étonnement de l'étranger se communique au lecteur, qui, pour la première fois, se dépréoccupe de son pays et apprend à l'envisager avec une sorte d'indépendance.

Ce livre a deux parties entremêlées, quoique distinctes. Il est très sérieux et très frivole. Le côté frivole est plus que frivole, il est libertin ; tout imprégné des mœurs licencieuses de la régence. Si l'on s'arrête à ce point de vue, on sera frappé de trois contrastes : différence entre la profession de l'auteur et son livre ; différence entre la nature des nombreux sujets qu'il traite ; enfin, contraste entre la licence de ses idées et l'empire qu'au besoin il sait prendre sur elles. Quand Montesquieu est frivole, c'est qu'il est résolu à l'être. Telle lettre de ce recueil n'eût jamais été écrite par un homme de mœurs rigides. Ailleurs il voudra être sérieux. Qu'on lise, par exemple, les deux lettres sur le suicide (1) ; on y reconnaît l'homme qui saura se maîtriser. Il s'avance d'un élan au milieu des témérités de son siècle, mais on devine qu'il ne tardera pas à reprendre le poste qui lui convient :

« Ce sont des jours bien précieux que ceux qui « nous portent à expier les offenses. C'est le temps des « prospérités qu'il faudrait abréger. Que servent toutes « ces impatiences, qu'à faire voir que nous voudrions

(1) Lettres LXXVI et LXXVII.

« être heureux indépendamment de celui qui donne
« les félicités parce qu'il est la félicité même?

« Si un être est composé de deux êtres, et que la
« nécessité de conserver l'union marque plus la sou-
« mission aux ordres du Créateur, on en a pu faire une
« loi religieuse ; si cette nécessité de conserver l'union
« est un meilleur garant des actions des hommes, on
« en a pu faire une loi civile (1). »

Le Montesquieu de *l'Esprit des lois* est déjà presque
tout entier dans les *Lettres persanes* ; il a l'esprit de
modération, de conservation, joint à l'esprit de liberté,
et un sentiment sérieux du fait social, autrement dit
de l'État. Il est des hommes pour lesquels l'État n'est
pas seulement une idée, mais un sentiment ; des
hommes chez lesquels le sens patriotique, doublement développé, donne à tout ce qui se rapporte au
gouvernement de la patrie une vigueur et une importance caractéristiques. Montesquieu est de ce nombre.
« Le sanctuaire de l'honneur, de la réputation et de
« la vertu semble, dit-il, être établi dans les républiques
« et dans les pays où l'on peut prononcer le mot de
« patrie (2). » C'est le même sentiment que L'Hôpital
manifeste avec énergie, que le siècle de Louis XIV
avait effacé, et que nous voyons reparaître avec d'Aguesseau. On sent vibrer quelque chose dans l'âme de ce
dernier, à ces mots antiques de *patrie* et même de
*république*, auxquels ils redonne, pour ainsi dire, un
sens nouveau. Cette émotion seule suffirait pour im-
primer du sérieux à l'ouvrage de Montesquieu. J'en ai

(1) Lettre LXXVII.                    (2) Lettre LXXXIX.

cité un passage relatif à la religion ; voici quelques paroles sur l'observation des lois :

« Il est quelquefois nécessaire de changer certaines
« lois. Mais le cas est rare ; et lorsqu'il arrive, il n'y
« faut toucher que d'une main tremblante : on y doit
« observer tant de solennités, et apporter tant de pré-
« cautions, que le peuple en conclue naturellement que
« les lois sont bien saintes, puisqu'il faut tant de for-
« malités pour les abroger... Quelles que soient les
« lois, il faut toujours les suivre, et les regarder comme
« la conscience publique, à laquelle celle des particu-
« liers doit se conformer toujours (1). »

Mais le sérieux des *Lettres persanes* n'est pas confiné
dans la politique. Le même homme qui semble vouloir exciter des sensations criminelles, qui trace des
tableaux poussés jusqu'à la lubricité, parle peu après
des différents rapports de la famille avec gravité, avec
une sorte d'onction. Cette gravité n'a rien d'affecté ;
Montesquieu, digne et solennel, semble alors rentrer
dans sa nature. Voyez ce qu'il dit sur la puissance paternelle :

« Quelques législateurs ont eu une attention qui
« marque beaucoup de sagesse ; c'est qu'ils ont donné
« aux pères une grande autorité sur leurs enfants.
« Rien ne soulage plus les magistrats, rien ne dégarnit
« plus les tribunaux, rien enfin ne répand plus de
« tranquillité dans un État, où les mœurs font toujours
« de meilleurs citoyens que les lois.

« C'est, de toutes les puissances, celle dont on

(1) Lettre CXXIX.

« abuse le moins; c'est la plus sacrée de toutes les
« magistratures; c'est la seule qui ne dépend pas des
« conventions, et qui les a même précédées.

« On remarque que, dans les pays où l'on met dans
« les mains paternelles plus de récompenses et de pu-
« nitions, les familles sont mieux réglées : les pères
« sont l'image du Créateur de l'univers, qui, quoiqu'il
« puisse conduire les hommes par son amour, ne laisse
« pas de se les attacher encore par les motifs de l'es-
« pérance et de la crainte (1). »

Quel sentiment moral exquis, quelle noblesse d'expression dans les passages suivants :

« J'ai vu des gens chez qui la vertu était si natu-
« relle qu'elle ne se faisait pas même sentir ; ils s'at-
« tachaient à leur devoir sans s'y plier, et s'y portaient
« comme par instinct : bien loin de relever par leurs
« discours leurs rares qualités, il semblait qu'elles
« n'avaient pas percé jusqu'à eux. Voilà les gens que
« j'aime; non pas ces hommes vertueux qui semblent
« être étonnés de l'être, et qui regardent une bonne
« action comme un prodige dont le récit doit surpren-
« dre (2). »

— « Je vois de tous côtés des gens qui parlent sans
« cesse d'eux-mêmes : leurs conversations sont un
« miroir qui présente toujours leur impertinente fi-
« gure : ils vous parleront des moindres choses qui
« leur sont arrivées, et ils veulent que l'intérêt qu'ils
« y prennent les grossisse à vos yeux ; ils ont tout fait,
« tout vu, tout dit, tout pensé : ils sont un modèle

(1) Lettre CXXIX.                    (2) Lettre L.

« universel, un sujet de comparaisons inépuisable,
« une source d'exemples qui ne tarit jamais. Oh! que
« la louange est fade lorsqu'elle réfléchit vers le lieu
« d'où elle part (1) ! »

— « Hommes modestes, venez, que je vous em-
« brasse : vous faites la douceur et le charme de la vie.
« Vous croyez que vous n'avez rien ; et moi, je vous
« dis que vous avez tout. Vous pensez que vous n'hu-
« miliez personne, et vous humiliez tout le monde.
« Et quand je vous compare dans mon idée avec ces
« hommes absolus que je vois partout, je les précipite
« de leur tribunal, et je les mets à vos pieds (2). »

Paroles admirables, qu'il faudrait graver à jamais
dans sa mémoire !

Il serait nécessaire de multiplier beaucoup les citations pour faire connaître tous les passages qui respirent un généreux amour de la justice et de la liberté,
une généreuse haine du despotisme et de la tyrannie;
et la force en est encore augmentée par le calme et la
mesure de l'expression. Montesquieu ne déclame jamais, rarement même il raille sur ces sujets; il se
donne la peine de raisonner et de prouver, mais lumi-
neusement, brièvement et sans réplique. Lisez les lettres CII et CIII, sur le despotisme et sur les questions
de morale politique; la lettre XCV, sur le droit des
gens. Voyez encore, sur la liberté de conscience, la
lettre LXXXV. Il y a beaucoup plus de calme dans les
*Lettres persanes* que dans les autres ouvrages de Montesquieu, écrits à un âge plus mûr. C'est ainsi qu'en

(1) Lettre L.  2 Lettre CXLIV.

parlant de la liberté religieuse, il la demande avec une
froideur presque accablante, comme s'il eût voulu
obliger les tyrans à sentir qu'au regard de la simple
logique, ils sont les plus sots des hommes. Plus tard
il s'exprimera sur ces matières avec un abandon et une
sensibilité remarquables.

Signalons encore le passage suivant sur la vérité due
aux princes :

« C'est un pesant fardeau que celui de la vérité,
« lorsqu'il faut la porter jusqu'aux princes! Ils doivent
« bien penser que ceux qui s'y déterminent y sont
« contraints, et qu'ils ne se résoudraient jamais à faire
« des démarches si tristes et si affligeantes pour ceux
« qui les font, s'ils n'y étaient forcés par leur devoir,
« leur respect, et même leur amour (1). »

Enfin, est-il rien de plus beau, de plus antique,
même dans l'antiquité, que l'histoire des *Troglodytes?*
Montesquieu, réduit à ce seul épisode, compterait
parmi les plus grands écrivains et les philosophes les
plus profonds. De même Fénelon n'eût-il écrit que
les *Aventures d'Aristonoüs*, serait placé au nombre de
nos meilleurs écrivains.

L'histoire des *Troglodytes* ne doit pas être confondue
avec ce qu'on appelle ordinairement une utopie, c'est-
à-dire le rêve d'une imagination bienveillante et tendre
qui se flatte d'inspirer ainsi le goût de la vertu. Ce
n'est pas *Salente*, ce n'est pas la *Bétique*, malgré le
mérite et le charme de ces morceaux, du dernier surtout. En les lisant, on éprouve une impression douce,

(1) Lettre CXL.

salutaire peut-être, mais pas d'idée distincte, ni d'enseignement précis. Il n'en est pas ainsi de l'épisode des *Troglodytes*, tout hasardé qu'il semble, et au premier coup d'œil, plus hasardé que la *Bétique*. Sans doute Montesquieu n'a pas pensé qu'un peuple pareil pût subsister ; mais l'allégorie une fois admise, il ne faut pas s'y tromper, ce récit renferme des idées morales et sociales beaucoup moins éloignées de l'application. Plus Montesquieu a outré la forme de l'utopie, plus il a écarté l'erreur et l'illusion ; il n'a voulu, on le sent, que fournir un cadre à une leçon. Et quelle beauté dans la conclusion de son histoire :

« Je vois bien ce que c'est, ô Troglodytes ! Votre
« vertu commence à vous peser. Dans l'état où vous
« êtes, n'ayant point de chef, il faut que vous soyez
« vertueux malgré vous ; sans cela vous ne sauriez
« subsister, et vous tomberiez dans le malheur de vos
« premiers pères. Mais ce joug vous paraît trop dur :
« vous aimez mieux être soumis à un prince, et obéir
« à ses lois moins rigides que vos mœurs. Vous savez
« que pour lors vous pourrez contenter votre ambi-
« tion, acquérir des richesses, et languir dans une
« lâche volupté ; et que, pourvu que vous évitiez de
« tomber dans les grands crimes, vous n'aurez pas be-
« soin de la vertu (1).

De telles pensées reportent l'esprit vers une de ces paroles dont la signification profonde et multiple y touche sous un rapport : « La loi parfaite, dit saint Jac-
« ques, est la loi de la liberté (2). »

(1) Lettre XIV.                           (2) Épitre de saint Jacques, I, 25.

Il y a donc beaucoup, dans les *Lettres persanes*, pour les esprits sérieux, mais beaucoup aussi pour les esprits frivoles et pour la malignité. Ce qui en fait l'ornement le plus considérable fut sans doute apprécié, mais ne le fut pas plus que les hardiesses philosophiques de l'œuvre. A certaines gens même, la licence eût suffi. C'était l'heure de la réaction; après les dernières années de Louis XIV et l'influence du Père Le Tellier et de Madame de Maintenon, la liberté de l'esprit français se relevait de la contrainte d'une dévotion imposée : les licences les plus graves étaient non-seulement admises, mais accueillies avec empressement. Avec quelle avidité ne se jeta-t-on pas sur un livre qui décrivait toutes les voluptés de l'Orient et tous les ridicules de l'Occident ; qui bravait avec une franchise inaccoutumée et avec un sang-froid accablant d'anciennes idoles; qui représentait le pape comme « un magicien « qui fait croire que le pain qu'on mange n'est pas du « pain, que le vin qu'on boit n'est pas du vin, et mille « autres choses de cette espèce (1); » qui ajoutait que ce même pape « est une vieille idole qu'on encense « par habitude (2); » que « dans l'état présent où est « l'Europe, il n'est pas possible que la religion catho- « lique y subsiste cinq cents ans (3); » qu'il y a « en « France des gens qui disputent sans fin sur la reli- « gion, mais qui combattent en même temps à qui « l'observera le moins (4); » que « le roi de France a « plus de richesses que le roi d'Espagne, parce qu'il

(1) Lettre XXIV.        (2) Lettre XXIX.        (3) Lettre CXVII.
(4) Lettre XLVI.

« les tire de la vanité de ses sujets, plus inépuisable
« que les mines (1). » On aime à se voir si bien raillé,
et c'est un plaisir qu'en général chacun goûte quand
il ne l'est pas seul.

Ce qui plaisait vivement aussi, ce qui plaît encore de
nos jours, ce sont ces petites scènes enfermées dans le
cadre d'une courte lettre, ces portraits si pittoresques,
ces traits de satire si mordants auxquels s'entremêlent
ou succèdent des traits sublimes ou touchants. Il y a
quelques rapports entre ce genre et celui de La Bruyère :
tous deux ont le tour vif et heurté, la manière satirique
et spirituelle; chez tous deux, le style aspire à surprendre; mais la force intime appartient à Montesquieu. Il a la puissance intellectuelle et l'intention morale qui donne du sérieux, même à la raillerie. Voyez,
entre autres, la charmante lettre XXX sur l'habit persan; la lettre LXXXIV sur les Invalides, si pleine de
noblesse; la lettre LXXII sur le *décisionnaire*, ou
l'homme qui tranche toutes les questions; lisez la dis-
pute du géomètre et du philologue (2), le portrait de
l'homme sociable par excellence (3). Pas un de ces tableaux qui ne frappe par sa perfection.

Voici le portrait de l'homme qui représente :

« Il y a quelques jours qu'un homme de ma con-
« naissance me dit : Je vous ai promis de vous produire
« dans les bonnes maisons de Paris : je vous mène à
« présent chez un grand seigneur qui est un des
« hommes du royaume qui représente le mieux.

« Que veut dire cela, Monsieur? Est-ce qu'il est plus

(1) Lettre XXIV.        (2) Lettre CXXVIII.        (3) Lettre LXXXVII.

« poli, plus affable que les autres? — Non, me dit-il.
« — Ah! j'entends : il fait sentir à tous les instants la
« supériorité qu'il a sur tous ceux qui l'approchent :
« si cela est, je n'ai que faire d'y aller; je la lui passe
« tout entière, et je prends condamnation.

« Il fallut pourtant marcher : et je vis un petit
« homme si fier, il prit une prise de tabac avec tant de
« hauteur, il se moucha si impitoyablement, il cracha
« avec tant de flegme, il caressa ses chiens d'une ma-
« nière si offensante pour les hommes, que je ne pou-
« vais me lasser de l'admirer. Ah! bon Dieu! dis-je
« en moi-même, si, lorsque j'étais à la cour de Perse,
« je représentais ainsi, je représentais un grand sot! Il
« aurait fallu, Rica, que nous eussions eu un bien
« mauvais naturel pour aller faire cent petites insultes
« à des gens qui venaient tous les jours chez nous nous
« témoigner leur bienveillance. Ils savaient bien que
« nous étions au-dessus d'eux; et s'ils l'avaient ignoré,
« nos bienfaits le leur auraient appris chaque jour.
« N'ayant rien à faire pour nous faire respecter, nous
« faisions tout pour nous rendre aimables; nous nous
« communiquions aux plus petits; au milieu des gran-
« deurs, qui endurcissent toujours, ils nous trouvaient
« sensibles; ils ne voyaient que notre cœur au-dessus
« d'eux; nous descendions jusqu'à leurs besoins. Mais
« lorsqu'il fallait soutenir la majesté du prince dans les
« cérémonies publiques, lorsqu'il fallait faire respecter
« la nation aux étrangers, lorsqu'enfin dans les occa-
« sions périlleuses il fallait animer les soldats, nous
« remontions cent fois plus haut que nous n'étions des-

« cendus; nous ramenions la fierté sur notre visage,
« et l'on trouvait quelquefois que nous représentions
« assez bien (1). »

Cette lettre, qui respire un sentiment auquel le mot
d'onction ne messied pas, nous révèle que le sérieux
est au fond de toutes les pensées de Montesquieu. Il ne
peut jamais être absolument frivole. La pensée se joint
toujours chez lui à tout, au sentiment, au badinage, à
la licence. Jusque dans ses tableaux voluptueux et
libres, il y a des idées fortes et de la méditation; à plus
forte raison dans sa raillerie. Celle-ci n'est pas seulement amère et incisive, satisfaction ou vengeance du
bon sens outragé par les travers; c'est quelque chose
de plus profond : c'est la pensée, ce sont les principes
qui obéissent au besoin de se faire jour, et s'il est possible, de se faire accepter. Partout Montesquieu vise
à inculquer quelque vérité.

En résumé, si l'on retranchait des *Lettres persanes*
des écarts de jeunesse que l'auteur lui-même a plus
tard regrettés, elles seraient réduites à peu près de
moitié. Mais ce qui en resterait fournit une lecture fort
attrayante, d'un esprit très élevé et fait pour produire une impression salutaire sur ceux qui s'y arrê-
tent. Je ne parle pas seulement ici des vues politiques, mais surtout de celles qui se rapportent à la
morale.

Le style des *Lettres persanes* était d'une nouveauté
singulière et hardie, un peu dur et noueux parfois,
bravant assez souvent l'harmonie, brusque, assez sac-

(1) Lettre LXXIV.

cadé, scintillant, individuel, mâle, où la matière est pressée, condensée, et qui, par l'énergie du trait, ressemble moins à une peinture qu'à un bas-relief. Il n'est ni simple ni naïf; il a plus d'élan que d'abandon; il jaillit plutôt qu'il ne coule; il est semé d'expressions pittoresques dignes de Montaigne, le compatriote de l'auteur, et nobles par-dessus. Le dix-septième siècle a totalement disparu. De même que le style est l'homme, de même qu'un siècle est une individualité collective, ainsi un style est un siècle. Le style de Montesquieu est le dix-huitième siècle même.

L'éclat de ce style, la vivacité du mouvement, la profondeur des pensées, la richesse, la portée intellectuelle que, sous sa forme légère, cet ouvrage révélait au public, fixèrent l'attention. On en remarqua tout de suite les beautés et les défauts, et il paraît que, du premier coup, Montesquieu se trouva classé à son rang, ce qui n'arrive pas toujours aux grands hommes. Littérairement parlant néanmoins, on ne peut dire que l'apparition des *Lettres persanes* ait été un événement tout à fait heureux; rien n'agit si puissamment pour autoriser l'abandon de la belle et gracieuse simplicité du dix-septième siècle. Sous ce rapport, observons que les *Lettres persanes* eurent historiquement la portée des *Provinciales;* elles ont déterminé la langue littéraire de leur siècle, comme l'œuvre de Pascal détermina celle de son temps. Mais ce style si brillant, et sans affectation cependant, car ce perpétuel scintillement d'idées semble la végétation naturelle de l'esprit de Montesquieu, n'étant pas en soi d'une nature absolument saine, devint une des causes de la détérioration du langage.

Montesquieu ne fut reçu à l'Académie que sept ans après la publication des *Lettres persanes*, en 1728. Il est hors de doute que si le mérite de son livre l'y fit entrer, les hardiesses qui s'y trouvaient contenues retardèrent son admission.

Montesquieu avait quarante-cinq ans lorsqu'il mit au jour, en 1734, les *Considérations sur les causes de la grandeur des Romains et de leur décadence*. Deux écrivains l'avaient précédé dans cette voie : Saint-Évremond d'abord, auteur peu qualifié pour une semblable tâche, qui cède à la tentation ordinaire des esprits de second ordre, celle de rapetisser les grandes choses, et de pousser l'esprit de critique jusqu'au dénigrement. Ce goût satirique peut procurer un instant de satisfaction; mais il y a toujours de l'indigence cachée sous cette apparence de supériorité.

Montesquieu eut surtout pour rival et pour devancier le grand Bossuet qui, dans son *Histoire universelle*, a traité en quelques pages le même sujet. Bossuet examine avec une rare sagacité l'influence des institutions sur les événements ; il met, pour ainsi dire, la Providence à la tête de l'histoire ; il est le premier historien philosophe, et quoique, sous plusieurs rapports, Montesquieu lui soit supérieur, il ne faut pas oublier que Bossuet l'a précédé. Sur plusieurs points Montesquieu le répète, mais comme un Montesquieu pouvait répéter ; il reproduit en renouvelant, en joi-

gnant ses propres idées à celles de Bossuet ; il pense
à son tour les mêmes choses, mais à sa manière. L'i-
névitable coïncidence n'est ici que la rencontre des
mêmes sujets. Du reste, Montesquieu est plus spécial,
plus complet, plus érudit, tandis que Bossuet, guide
moins sûr peut-être, saisit bien plus vivement l'imagination. Bossuet, d'ailleurs, présente d'abord les considérations générales et le récit ensuite ; Montesquieu
fait marcher de front l'un et l'autre, distribuant ses
réflexions à mesure, méthode incontestablement préférable. Quant au style, tous deux sont des modèles à
étudier, tous deux sont les plus grands styles de la
littérature française. Bossuet a plus d'images, plus de
couleur, un mouvement plus aisé, quelque chose de
plus large, de plus simple, de moins concentré, de
plus abondant, sans jamais cesser d'être rapide ; la
rapidité est un trait caractéristique de Bossuet. Montesquieu a écrit son livre tout autrement qu'il n'écrit
à son ordinaire : pas d'esprit, pas de traits brillants,
rien d'aigu ni de perçant, point d'étincelles, une lumière uniformément répandue, un style simple et
fort, quelque chose de romain, de stoïque dans le langage. Le stoïcisme naturel à l'auteur a ici passé dans
sa parole. Montesquieu se ressemble plus à lui-même
qu'en aucun autre de ses écrits. S'il a mis de la recherche dans ses autres ouvrages, c'était plutôt une
habitude de son esprit qu'une faiblesse de son âme ;
au dedans de lui-même il était simple, et il a rencontré son vrai style dans ce livre-ci. Cette diction si
pleine de gravité, de simplicité, de nerf, ressemble à

une statue du peuple romain coulée en bronze. Et cependant, tout concis qu'il est, ce style n'a rien d'étranglé ni de contracté : Napoléon disait que c'était la seule histoire de laquelle il n'y eût rien à retrancher. En tout cas, c'est un fait à noter que celui d'un grand auteur écrivant un de ses livres d'une manière entièrement distincte de celle qu'il emploie partout ailleurs. Cette particularité s'est reproduite quant au *Contrat social*. Rousseau est rhéteur, le premier des rhéteurs, un rhéteur sublime, si l'on veut ; mais dans le *Contrat social* il a su ne pas l'être ; un tact très sûr lui a fait comprendre qu'un livre pareil ne pouvait pas être écrit comme *la Nouvelle Héloïse*.

La composition de l'ouvrage de Montesquieu est fort simple : ce n'est que l'énumération des causes de la grandeur de Rome, puis de celles de sa décadence ; plan naturel qui n'a pas besoin d'une unité plus sensible, parce qu'alors elle serait factice. Montesquieu n'avait pas le travers de vouloir créer, par delà l'unité réelle de son sujet, une unité forcée et chimérique. L'affectation du besoin de l'unité est la maladie de notre époque ; rassembler en une seule catégorie les faits analogues, telle est l'unité véritable. Montesquieu ne va pas plus loin.

Il suit la marche chronologique ; il commence par montrer la république couvée dans la monarchie comme l'aigle dans son œuf, le génie puissant des conquêtes se préparant déjà sous ces rois qui furent presque tous de grands hommes, sans en excepter Tarquin. Montesquieu dit, en parlant de ce dernier :

« Les places que la postérité donne sont sujettes,
« comme les autres, aux caprices de la fortune. Mal-
« heur à la réputation de tout prince qui est opprimé
« par un parti qui devient le dominant, ou qui a tenté
« de détruire un préjugé qui lui survit (1)! »

Affranchie de la domination monarchique, la république s'assied sur sa propre base ; et ici l'auteur fait
apparaître certains faits, jusqu'alors peu remarqués,
dont l'influence est devenue vitale ; ainsi le partage
égal des terres et du butin, qui intéressait chaque citoyen à la guerre :

« Ce fut le partage égal des terres qui rendit Rome
« capable de sortir d'abord de son abaissement (2). »

— « Rome étant une ville sans commerce, et pres-
« que sans arts, le pillage était le seul moyen que les
« particuliers eussent pour s'enrichir (3). »

Ainsi l'avenir de Rome dépendait de l'égalité qui se
trouve au début de son histoire. Première cause d'a-
grandissement.

Seconde cause, la sainteté du serment : « Le butin
« était mis en commun, et on le distribuait aux sol-
« dats : rien n'était perdu, parce que, avant de partir,
« chacun avait juré qu'il ne détournerait rien à son
« profit. Or, les Romains étaient le peuple du monde
« le plus religieux sur le serment, qui fut toujours le
« nerf de leur discipline militaire (4). »

Cette inviolabilité, cette sorte de religion sociale, explique en grande partie le succès des armes romaines.

---

(1) Chapitre I.                    (2) Chapitre III.
(3) Chapitre 1.                    (4) Chapitre I.

Quoique, au fond, la religion ne fût à Rome, comme
chez tous les païens, qu'une institution sociale, elle y
était cependant bien moins subordonnée à la politique
qu'elle ne le fut à Sparte. L'idée de patrie y avait revêtu un caractère d'infini; ce qu'il y a naturellement
de vie religieuse dans l'âme humaine, avait passé dans
le patriotisme; Rome elle-même était une divinité;
c'était la voix des dieux qui parlait du haut du Capi-
tole et qui annonçait l'empire futur de Rome sur la
terre. De là cette constance dans les desseins, ce pressentiment prophétique de la victoire, ce courage obstiné dans les revers, cet amour de la patrie qui s'exalte
jusqu'au fanatisme, ce dévouement enthousiaste qui
fait taire les plus forts sentiments de la nature, qui
même impose silence aux partis. Trop souvent, hélas!
notre patrie n'est que notre opinion, notre secte,
notre parti; beaucoup de gens n'ont qu'un patriotisme
de faction. Les factions ne manquaient pas à Rome,
mais le bien de la patrie les faisait taire; on aimait sa
patrie avec autant d'emportement qu'ailleurs on aime
son parti. Et c'est ce qui, malgré le prodigieux accroissement de la république, lui procura une si longue
durée : « Il s'y joignait à la sagesse d'un bon gouver-
« nement toute la force que pourrait avoir une fac-
« tion (1). »

Comme conséquence de ce sentiment, l'obéissance
aux lois, troisième ressort de la grandeur romaine,
était non-seulement respectueuse, mais fervente et
passionnée.

(1) Chapitre IV.

Un autre élément de succès fut le soin constant et
éclairé apporté à l'art de la guerre, cet éclectisme avec
lequel ce peuple si exclusif sut s'approprier sous ce
rapport tout ce qu'il rencontra de bon chez les autres
nations : « Ce qui a le plus contribué à rendre les
« Romains les maîtres du monde, c'est qu'ayant com-
« battu successivement contre tous les peuples, ils ont
« toujours renoncé à leurs usages, sitôt qu'ils en ont
« trouvé de meilleurs (1). »

Par le même bon sens pratique, ils se gardaient
d'imposer aux peuples vaincus des mœurs et des coutumes qui auraient révolté leurs habitudes, sans mieux
assurer leur soumission. En ce sens, ils évitaient d'af-
fecter l'empire.

Mais ce n'est pas seulement dans la force héroïque
et dans la sagesse de Rome que Montesquieu place les
causes de son agrandissement. Il en attribue une partie à ses vices mêmes. Il décrit la terreur qu'inspirait
son nom, le machiavélisme de sa politique, cette com-
plication de ruses et d'intrigues, cet art de semer partout la division, et de rendre en même temps son ar-
bitrage nécessaire, afin d'en venir peu à peu à se
soumettre le monde entier :

« Ce qu'il y a de surprenant, c'est que ces peuples
« (les Gaulois), que les Romains rencontrèrent dans
« presque tous les lieux et dans presque tous les
« temps, se laissèrent détruire les uns après les au-
« tres, sans jamais connaître, chercher, ni prévenir la
« cause de leurs malheurs (2). »

(1) Chapitre I.                    (2) Chapitre IV.

— « Des rois qui vivaient dans le faste et dans les
« délices n'osaient jeter des regards fixes sur le peuple
« romain ; et, perdant le courage, ils attendaient, de
« leur patience et de leurs bassesses, quelque délai
« aux misères dont ils étaient menacés (1). »

Montesquieu dépeint de main de maître, parmi les
ennemis de Rome, deux grandes figures, Annibal et
Mithridate, le dernier surtout, qui ne se laissa jamais
vaincre par la crainte : « Roi magnanime, qui, dans
« les adversités, tel qu'un lion qui regarde ses bles-
« sures, n'en était que plus indigné... Dans l'abîme où
« il était, il forma le dessein de porter la guerre en
« Italie, et d'aller à Rome avec les mêmes nations qui
« l'asservirent quelques siècles après, et par le même
« chemin qu'elles tinrent (2). »

nfin, une dernière cause de la grandeur des Romains ce furent les guerres civiles :

« Il n'y a point d'État qui menace si fort les autres
« d'une conquête que celui qui est dans les horreurs
« de la guerre civile. Tout le monde, noble, bourgeois,
« artisan, laboureur, y devient soldat ; et lorsque par
« la paix les forces y sont réunies, cet État a de
« grands avantages sur les autres qui n'ont guère que
« des citoyens. D'ailleurs, dans les guerres civiles il se
« forme souvent de grands hommes, parce que dans
« la confusion ceux qui ont du mérite se font jour,
« chacun se place et se met à son rang ; au lieu que
« dans les autres temps on est placé, et on l'est pres-
« que toujours tout de travers (3). »

(1) Chapitre VI.          (2) Chapitre VII.          (3) Chapitre XI.

Quant aux causes de la décadence de Rome, voici quelles furent les principales :

D'abord, l'immense accroissement de la ville et de l'Empire. Par l'agrandissement de la ville et l'extension du droit de bourgeoisie, un nombre considérable d'étrangers prit place dans la cité, et l'antique notion de citoyen vit considérablement affadir sa vieille énergie. Par l'agrandissement de l'Empire, les soldats, maintenus dans l'éloignement de Rome, s'attachaient à leurs généraux et se détachaient de la république.

Secondement, la corruption des mœurs, suite d'une prospérité croissante et inouïe. Quand un peuple naturellement dur se corrompt, sa corruption devient affreuse, témoin Sparte et Rome :

« Les Romains, accoutumés à se jouer de la nature
« humaine dans la personne de leurs enfants et de
« leurs esclaves, ne pouvaient guère connaître cette
« vertu que nous appelons humanité. D'où peut venir
« cette férocité que nous trouvons dans les habitants
« de nos colonies, que de cet usage continuel des châ-
« timents sur une malheureuse partie du genre hu-
« main ? Lorsque l'on est cruel dans l'état civil, que
« peut-on attendre de la douceur et de la justice natu-
« relle (1) ? »

Montesquieu poursuit le tableau de cette époque. Après la mort de César, il nous montre la liberté devenue impossible : « Il arriva ce qu'on n'avait
« jamais encore vu, qu'il n'y eut plus de tyran,
« et qu'il n'y eut pas de liberté ; car les causes

---

(1) Chapitre XV.

« qui l'avaient détruite subsistaient toujours (2). »

On vit alors des hommes parvenir au pouvoir, aidés par les défauts mêmes qui en d'autres temps les auraient empêchés de réussir. Ainsi Octave fut préféré pour sa lâcheté : « Cela même l'y porta peut-être : on « le craignit moins. Il n'est pas impossible que les « choses qui le déshonorèrent le plus, aient été celles « qui le servirent le mieux (2). »

Après Auguste, Tibère, Caligula, Claude, Néron et les autres :

« C'est ici qu'il faut se donner le spectacle des « choses humaines. Qu'on voie dans l'histoire de Rome « tant de guerres entreprises, tant de sang répandu, « tant de peuples détruits, tant de grandes actions, « tant de triomphes, tant de politique, de sagesse, de « prudence, de constance, de courage ; ce projet d'en- « vahir tout, si bien formé, si bien soutenu, si bien « fini, à quoi aboutit-il qu'à assouvir de bonheur cinq « ou six monstres (3)? »

Ce marécage sanglant de l'Empire une fois traversé, l'auteur parcourt les vicissitudes de ses deux grandes fractions, l'Orient et l'Occident ; il nous montre les armées vengeresses des Barbares et les causes qui les précipitèrent d'abord sur l'Occident, sur l'Orient ensuite, jusqu'au moment où « l'Empire, réduit aux fau- « bourgs de Constantinople, finit comme le Rhin, qui « n'est plus qu'un ruisseau lorsqu'il se perd dans « l'Océan (4). »

(1) Chapitre XII.                    2) Chapitre XIII.
(3) Chapitre XV.                    4 Chapitre XXIII.

Montesquieu eut l'avantage d'écrire son livre à une
époque tranquille et insignifiante. C'était pendant le
ministère du cardinal de Fleury. Quelquefois on se
figure les temps de tourmente politique comme plus
propres à la composition de l'histoire ; c'est une illusion. Le récit pourra être plus animé ; il sera moins
vrai ; une lumière paisible laisse mieux distinguer les
objets que la lueur blafarde de l'éclair. De même l'é-
crivain qui travaille dans un moment de stagnation
politique a bien plus de chance de saisir les raisons du
passé et les probabilités de l'avenir.

Les histoires, Messieurs, ne sont pas l'histoire.
L'homme qui n'envisage que les faits extérieurs et leur
date, ne connaît pas la véritable histoire, celle qui met
en évidence les ressorts cachés sous la variété et la
succession des faits extérieurs. La tâche sérieuse de
l'historien est de creuser cette apparence pour y reconnaître la signification secrète de ces vicissitudes, les
lois réelles par lesquelles sont régis les événements.
Car ce sont bien des lois ; une observation attentive
reconnaît les caractères de permanence ou d'analogie
sous lesquels, dans les mêmes conditions, se reprodui-
sent les mêmes faits. Sous ce rapport, l'histoire de
l'humanité se rattache au grand ensemble de l'histoire
naturelle, c'est-à-dire que, de l'analyse des faits particuliers, on peut aussi déduire la loi générale qui les
unit et les explique. Mais l'intégrité des jugements
historiques a été fort souvent altérée par l'influence
inévitable du succès. La fortune est une grande cor-
ruptrice de la vérité ; que d'actions comptées comme

grandes et illustres ne le sont devenues qu'à l'aide de ce prestige; et quelle teinte différente n'auraient-elles pas reçue d'un résultat différent! Il est vrai, le succès est la preuve d'une méthode habile à atteindre un certain but, mais il ne prouve rien sur la valeur de ce but; et encore ne prouve-t-il pas absolument en faveur de l'habileté, puisqu'un succès personnel est toujours compliqué de circonstances et de volontés étrangères. Rien n'est souvent plus difficile que de faire la juste part de l'homme qui réussit. Que de renommées perpétuées depuis nombre de siècles ont dû crouler devant le simple bon sens d'un jugement mieux motivé sur les actes et sur les hommes! Cela même a eu son excès; on a tenté récemment de s'attaquer à un de ces types qui sont depuis deux mille ans en possession d'attirer l'admiration; on a prétendu dépouiller César de sa grandeur. Jusqu'où le paradoxe et la prévention ont eu part à cette tentative, je ne le décide point; je me sers de cet exemple uniquement comme signe du pouvoir de l'esprit d'analyse sur les faits historiques, quand on s'est une fois soustrait à l'illusion de la fortune.

De toutes les lois naturelles, celles de l'histoire sont sans contredit les plus difficiles à déterminer. Mais si l'on y réussit, on obtient une sorte de psychologie historique, une science des phénomènes de l'âme sociale, réel agrandissement au domaine de la psychologie individuelle, puisqu'elles manifestent et constatent certains faits qu'on ne peut étudier dans une âme isolée.

Le dix-huitième siècle se rendait peu raison encore de l'influence des causes générales en histoire; on se

demandait alors si Montesquieu n'avait pas commis la
faute de leur trop accorder, et de ne pas assez tenir
compte des faits contingents et particuliers. Mais quoique Montesquieu, il faut en convenir, ait élargi, après
Bossuet, une voie que notre époque a démesurément
dilatée, il s'est, bien moins que d'autres, laissé aller
au défaut où nous tombons si fréquemment et si volontiers. Plus que beaucoup d'écrivains, il a fait la part
des circonstances accidentelles. Au fait, la double influence des idées et des personnalités constitue l'histoire; il faut que chacun de ces deux éléments y rem-
plisse sa fonction. Dans un temps, l'histoire ne s'élevait
au-dessus du roman que par la réalité des faits. Ainsi
Vertot, dans l'*Histoire des chevaliers de Malte;* ainsi
Saint-Réal, dans celle de la *Conjuration de Venise.* Il y a
même telle histoire qui ne peut être conçue autrement,
témoin celle de Charles XII, qui n'est que le récit des
aventures d'un personnage excentrique.

Les *Considérations sur la grandeur et la décadence
des Romains* sont semées de maximes politiques et
d'observations morales d'une haute valeur; elles font
preuve d'une intime pénétration, d'une sorte d'instinct de divination dans l'art de rapporter les effets à
leurs causes; on peut vraiment dire que le regard de
l'auteur embrasse à la fois le passé et l'avenir. Elles
renferment une foule de portraits dessinés avec une
rare vigueur, à la manière de Tacite, ou plutôt à la
manière de Montesquieu; car Montesquieu est un
type. Tacite est passionné et sombre, Montesquieu
véhément, mais serein. Il ressent de l'indignation,

mais il n'est pas dominé par l'impression qu'il éprouve. Partout sa morale est élevée; elle respire l'amour et le respect de l'humanité; il unit le sentiment du progrès social à celui de la stabilité. Nous disons stabilité, et non pas stagnation; Montesquieu veut qu'on puisse corriger, sans rien brusquer ni briser. Sa pensée ressort clairement des passages suivants:

« Lorsque le gouvernement a une forme depuis « longtemps établie, et que les choses se sont mises « dans une certaine situation, il est presque toujours « de la prudence de les y laisser, parce que les rai- « sons, souvent compliquées et inconnues, qui font « qu'un pareil état a subsisté, font qu'il se maintien- « dra encore : mais, quand on change le système « total, on ne peut remédier qu'aux inconvénients « qui se présentent dans la théorie, et on en laisse « d'autres que la pratique seule peut faire décou- « vrir (1). »

— « Un gouvernement libre, c'est-à-dire toujours « agité, ne saurait se maintenir s'il n'est par ses « propres lois capable de correction (2). »

— « Demander, dans un état libre, des gens hardis « dans la guerre, et timides dans la paix, c'est vouloir « des choses impossibles; et, pour règle générale, « toutes les fois qu'on verra tout le monde tranquille « dans un état qui se donne le nom de république, on « peut être assuré que la liberté n'y est pas (3). »

Montesquieu s'attaque avec force à la tyrannie légale :

(1) Chapitre XVII.   (2) Chapitre VIII.   (3 Chapitre IX.

« La vie des empereurs commença donc à être plus
« assurée; ils purent mourir dans leur lit, et cela
« sembla avoir un peu adouci leurs mœurs; ils ne
« versèrent plus le sang avec tant de férocité. Mais,
« comme il fallait que ce pouvoir immense débordât
« quelque part, on vit un autre genre de tyrannie,
« mais plus sourde : ce ne furent plus des massacres,
« mais des jugements iniques, des formes de justice
« qui semblaient n'éloigner la mort que pour flétrir
« la vie : la cour fut gouvernée et gouverna par plus
« d'artifices, par des arts plus exquis, avec un plus
« grand silence : enfin, au lieu de cette hardiesse à
« concevoir une mauvaise action, et de cette impé-
« tuosité à la commettre, on ne vit plus régner que
« les vices des âmes faibles et des crimes réfléchis (1).»

— « Il n'y a point de plus cruelle tyrannie que celle
« que l'on exerce à l'ombre des lois et avec les couleurs
« de la justice, lorsqu'on va, pour ainsi dire, noyer
« des malheureux sur la planche même sur laquelle
« ils s'étaient sauvés (2). »

Montesquieu s'élève au-dessus de l'admiration traditionnelle; il juge ces Romains qui « conquéraient
« tout pour tout détruire; » il les montre grands, mais
odieux; il nous remplit à la fois pour eux d'admiration et de haine. Il est rare de trouver chez quelque
auteur que ce soit plus d'indépendance d'esprit. Il est
digne de remarque que le libre penseur Montesquieu
s'est moins laissé prévenir en faveur des républicains
de Rome que le pontifical Bossuet. Dans le génie su-

(1) Chapitre XVII          (2) Chapitre XIV.

blime de ce dernier, quelque chose s'émouvait à l'aspect de toute grandeur, soit despotique, soit républicaine ; et l'illusion de la fortune lui a fermé les yeux sur bien des points que Montesquieu blâme, et qu'à plus forte raison le christianisme de Bossuet aurait dû condamner.

Relevons, en passant, l'admirable jugement que porte Montesquieu sur la liberté de conscience. Ce qu'il en exprime ne pouvait être de niveau avec ce qu'on a dit plus tard sur ce sujet ; mais, pour l'époque, on ne saurait méconnaître l'importance de tels principes et de telles paroles :

« Ce qui fit le plus de tort à l'état politique du gou-
« vernement, fut le projet qu'il conçut de réduire tous
« les hommes à une même opinion sur les matières de
« religion, dans des circonstances qui rendaient son
« zèle entièrement indiscret.... Il crut avoir augmenté
« le nombre des fidèles ; il n'avait fait que diminuer
« celui des hommes (1). »

Remontant à l'origine d'une pareille tyrannie, Montesquieu la reconnaît dans la confusion du temporel et du spirituel :

« La source la plus empoisonnée de tous les mal-
« heurs des Grecs, c'est qu'ils ne connurent jamais la
« nature ni les bornes de la puissance ecclésiastique
« et de la séculière ; ce qui fit que l'on tomba de part
« et d'autre dans des égarements continuels. Cette
« grande distinction, qui est la base sur laquelle pose
« la tranquillité des peuples, est fondée, non-seule-

(1) Chapitre XX.

« ment sur la religion, mais encore sur la raison et la
« nature, qui veulent que des choses réellement sépa-
« rées, et qui ne peuvent subsister que séparées, ne
« soient jamais confondues (1). »

Montesquieu manifeste un grand respect pour l'humanité, parce que l'homme est digne de respect. Mais
on regrette de rencontrer dans ce beau livre une sorte
d'apologie du suicide, que l'auteur avait si bien com-
battu dans les *Lettres persanes*. Séduit ici par la grandeur de certains personnages, tels que Caton et Brutus,
Montesquieu ne résiste pas, il se laisse subjuguer,
et, après quelques correctifs cependant, il nous dit :
« Il est certain que les hommes sont devenus moins
« libres, moins courageux, moins portés aux gran-
« des entreprises, qu'ils n'étaient lorsque, par cette
« puissance qu'on prenait sur soi-même, on pou-
« vait à tous les instants échapper à toute autre puis-
« sance (2). »

Il est certain que moins l'homme est libre, moins
il est courageux, et qu'en effet il y a quelque chose
d'humainement grand dans la liberté de disposer de
soi-même indépendamment de tout pouvoir. C'est du
suicide accompli par ce seul motif que Montesquieu a
prétendu parler, et non du suicide de désespoir ; et il
faut convenir que plusieurs des grandes actions de
l'antiquité furent favorisées par cette liberté. Mais on
dispose de soi de deux manières : on peut soustraire
sa vie à l'action d'un tyran par le suicide ; on peut
soustraire son être intime aux erreurs et aux attaques

(1) Chapitre XXII.                    (2) Chapitre XII.

par la religion. Sous l'influence chrétienne naissent un
courage, un dévouement inaltérables, fruits de la rési-
gnation calme qui se soumet au choc des événements
parce qu'elle sait que Dieu les dirige, et de la force qui
brave des dangers dont Dieu connaît la limite.

Dans l'ouvrage qui vient de nous occuper, Montesquieu avait été appelé à considérer, dans l'histoire d'un
peuple célèbre, l'influence réciproque des circonstances sur les lois et des lois sur les événements. Tour à
tour les lois s'étaient présentées à lui comme l'expression concentrée de l'état de la nation, et comme une
des causes de cet état. Ce double aspect se rattachait à
sa pensée dominante, celle d'envisager la législation
moins comme un objet d'érudition que comme une
matière philosophique. Magistrat, il avait dû s'occuper
de la lettre des lois; écrivain, il les étudie au point
de vue général et dans leur esprit. *L'Esprit des lois*,
publié en 1749, est en effet, Messieurs, l'examen à
la fois historique et pratique du rapport dans lequel
les lois se trouvent avec les lieux, les temps, la forme
du gouvernement, les buts divers de la société, le
climat, la religion, les mœurs. Cet ouvrage, auquel
Montesquieu consacra vingt années de sa vie, parut
six ans avant sa mort. Il avait fondé sur cette publication de grandes espérances, des espérances meilleures que celles de la renommée.

   *L'Esprit des lois* est divisé en trente et un livres.
Le premier est une introduction générale. Dans les
suivants (II à VIII) l'auteur examine comment la légis-

lation est influencée ou doit l'être par la *forme du gouvernement*. Le gouvernement est toujours, selon lui, monarchique, despotique ou républicain. Cette dernière forme comprend elle-même deux formes bien distinctes, la démocratie et l'aristocratie. Or, dans chacun de ces gouvernements, il y a deux choses qu'il ne faut pas confondre, et à chacune desquelles la législation doit avoir égard : la nature du gouvernement, c'est-à-dire les éléments dont il se compose ou le système sur lequel il est établi ; et le principe du gouvernement, c'est-à-dire l'idée ou plutôt le sentiment qui anime cette forme. Montesquieu porte successivement son attention sur ces deux points de vue, mais beaucoup plus sur le dernier, qui est proprement la pensée dominante de cette partie de son ouvrage. Le principe de la monarchie, selon lui, est *l'honneur;* celui du despotisme, la *crainte;* enfin, celui de la république, la *vertu,* c'est-à-dire l'amour de l'égalité, principe qui, dans la forme aristocratique, se modifie et prend le nom de *modération.* Ces différents principes ont des conséquences nécessaires par rapport à tout ce dont la législation est appelée à s'occuper : l'*éducation,* les *jugements,* le *luxe,* la *condition des femmes;* toutes choses qui doivent varier d'un pays à l'autre, suivant la forme de gouvernement qui s'y trouve établie, et tout particulièrement suivant le principe générateur de cette forme. Nous apprenons ensuite comment chacun de ces gouvernements périt par suite de la corruption ou de l'exagération de son principe, ce qui revient au même. L'auteur, dans la suite de son ouvrage, est ramené par de fréquentes occasions à l'objet de ces premiers livres, je veux dire aux différentes formes de gouvernement ; cependant, à partir du livre IX, cette distinction cesse d'être l'objet direct de ses recherches ; et c'est sous d'autres points de vue qu'il étudie l'esprit des lois. Les rapports de celles-ci avec la *force défensive de l'État,* puis avec la *force offensive,* ou la guerre, l'occupent dans deux livres, les livres IX et X, dont le second trace avec quelque étendue les règles de ce qu'on appelle le *droit des gens.*

Passant à d'autres objets, Montesquieu cherche par quelles combinaisons la liberté politique peut le mieux être garantie à l'ensemble des citoyens (livre XI). C'est principalement par la distinction et la séparation des trois pouvoirs principaux qui existent dans tout État : le pouvoir de faire les lois, celui de les appliquer dans les jugements, et celui de les exécuter dans l'administration des affaires publiques. C'est à cette occasion que Montesquieu donne un premier essor à son admiration pour le gouvernement anglais, qui lui paraît avoir résolu en plein le grand problème de la science politique.

Mais comme la liberté de l'ensemble des citoyens serait de peu de valeur sans la *liberté des individus,* il faut examiner encore les lois sous ce dernier rapport, et chercher dans quel système les droits du citoyen trouvent la plus sûre garantie. Tel est l'objet du livre XII. Cette question de liberté reparaît dans le livre XIII, combinée avec celle de la *levée des impôts,* dont l'auteur discute les sources et le mode de perception. Les livres suivants, XIV à XVII, traitent du *climat*, dont l'auteur fait ressortir l'influence sur les mœurs et les idées des citoyens; cause de difficultés pour le législateur, à qui Montesquieu impose la tâche de contrebalancer cette influence par de sages institutions. C'est à la puissance du climat que l'auteur rapporte l'origine de l'esclavage, qu'il s'attache à flétrir dans trois livres, en le considérant sous les trois formes de l'*esclavage civil*, qui est le fait d'un homme possédé par un homme, de l'*esclavage domestique*, qui est celui des femmes dans certaines contrées, enfin de l'*esclavage politique*, où tout un peuple est possédé par un despote. La nature du terrain, livre XVIII, stérile ou productif, cultivé ou laissé en friche, apporte aussi d'importantes différences dans l'état d'un peuple, détermine son degré d'aptitude à la liberté, et les lois par lesquelles il doit être régi.

Jusqu'ici l'auteur n'a eu, ce semble, qu'à mettre les lois en rapport avec des circonstances extérieures; mais elles ont des relations plus délicates : il y a dans toute nation un *esprit général*, des *mœurs*, des *coutumes*, contre lesquelles les lois ne peuvent rien d'une manière directe; pour les influencer, il faut d'abord les respecter; pour les dominer, il faut d'abord les suivre. C'est le sujet du livre XIX.

Les quatre livres suivants, XX à XXIII, traitent des lois dans leurs rapports avec le *commerce*, les *monnaies* et la *population*. Sur ce dernier objet, Montesquieu revient sur les idées qu'il avait déjà abordées dans les *Lettres persanes*; il cherche les causes de la dépopu-

lation et passe en revue les principales lois par lesquelles on a, en divers temps, tâché d'y porter remède; il regarde cette dépopulation comme un mal
en soi.

Mais tout législateur, à moins qu'il n'ait lui-même
imposé au peuple une religion, trouve *une religion* en
possession du peuple, pour qui elle est nécessairement
la première des lois. Il est impossible que la loi passe
à côté de la religion publique sans en prendre note ;
impossible aussi qu'elle adopte comme règle civile
tous les préceptes de la religion. Une autre difficulté
s'élève : la religion du pays doit-elle en tolérer une
autre? la persécution est-elle dans le droit du législateur et dans l'intérêt de la chose publique et de la
religion dominante ? L'auteur recommande la tolérance. Il donne aussi différentes règles sur la conduite
que doit tenir un gouvernement sage à l'égard des
choses sacrées et à l'égard du clergé (livres XXIV-
XXV).

Dans le livre XXVI, Montesquieu, distinguant les
différents ordres de lois, fait voir que chacun se
rapporte à un ordre de faits particuliers, et montre
l'inconvénient et le danger d'une fausse application,
c'est-à-dire du jugement des faits d'un certain ordre
par les principes d'un autre ordre. Ainsi les faits de
l'ordre religieux ne peuvent pas être jugés par les lois
de l'ordre civil, ni les faits de l'ordre civil par les lois
de l'ordre religieux, et ainsi de suite.

Le reste de l'ouvrage est historique. L'histoire du
droit de succession chez les Romains et chez les Francs,

l'histoire des lois féodales remplissent à peu près les derniers livres. De ces questions beaucoup sont maintenant usées, qui, au moment de l'apparition de l'œuvre de Montesquieu, étaient tout à fait neuves. Entre ces discussions historiques est jeté, sans trop de liaison apparente, le livre XXIX, qui traite de la *manière de composer les lois*.

Cette analyse justifie et fait comprendre le titre de l'ouvrage. Ce n'est ni la loi des lois, ni la règle des lois, ni le guide du législateur; c'est *l'Esprit des lois*, c'est l'explication de ce qui est. Et la définition du dessein de cette œuvre se trouve tout entière dans cette phrase : « Chaque nation trouvera ici les raisons « de ses maximes (1). »

Ce dessein, le seul que Montesquieu annonce, le seul qu'il avoue, constitue la nouveauté de son entreprise. Les ouvrages de Platon et de Cicéron dans l'antiquité, ceux de Bodin et d'Algernon Sidney chez les modernes, sont des plans de gouvernement. Celui de Montesquieu n'est pas même, d'une manière avouée, la critique de telle ou telle forme de gouvernement. C'est l'étude des formes sociales et des principales institutions politiques, considérées tour à tour dans leurs principes et dans leurs conséquences. Il y a plus : Montesquieu se défend d'avoir eu quelque autre dessein, et loin de mériter le titre de révolutionnaire, il semble avoir dédaigné même ou décliné celui de réformateur. C'est ce que son siècle lui reprocha; et en effet, les paroles suivantes ne sont certainement pas de

(1) **Préface.**

celles qu'un révolutionnaire ou un réformateur aurait
dites :

« Si je pouvais faire en sorte que tout le monde eût
« de nouvelles raisons pour aimer ses devoirs, son
« prince, sa patrie, ses lois; qu'on pût mieux sentir
« son bonheur dans chaque pays, dans chaque gouver-
« nement, dans chaque poste où l'on se trouve, je me
« croirais le plus heureux des mortels (1). »

Mais ces paroles ne sont non plus ni d'un homme insensible, ni d'un esclave ; et le but que l'auteur s'y
propose, le vœu qu'il énonce, est tel que tout véritable
ami des hommes et de la vertu peut le former. Montesquieu voudrait qu'on fût content; d'autres semblent
croire que c'est assez d'être heureux. Pourtant, ne l'oublions pas, qui est content est, par là même, heureux;
c'est pourquoi l'art de rendre les hommes contents
vaut bien la peine d'être nommé. Les siècles les plus
heureux ou les moins malheureux, à prendre ces mots
dans leur sens ordinaire, ne sont pas les plus contents;
et il est à remarquer qu'en général, plus un peuple est mécontent, moins il a de sujet de l'être. Sa
plainte alors est plus déterminée et il sait mieux ce
qui lui manque. Regardons le contentement comme
un élément du bonheur de l'homme ; sachons y reconnaître une partie, non-seulement de ce bonheur, mais
de la disposition morale où doit se trouver une société.

Montesquieu, du reste, ne veut pas dire qu'il suffise
à un gouvernement de rendre les hommes contents; il
y joint aussi l'obligation de les rendre heureux. Ceci

(1) Préface.

doit être, selon lui, le but du législateur ; c'est au publiciste surtout qu'il impose le devoir de rendre le peuple content. Mais quel qu'ait été le sens précis de sa pensée, son livre devait avoir un autre effet que celui d'obliger chaque peuple à se féliciter de son état. Car on ne peut remonter des effets aux causes, ou descendre des causes aux effets, sans accuser ou sans louer; on ne peut guère expliquer sans juger. Montesquieu l'entendait bien ainsi. Il se faisait un devoir d'instruire. Il disait : « C'est en cherchant à instruire « les hommes que l'on peut pratiquer cette vertu gé- « nérale qui comprend l'amour de tous (1). » Or, qui dit instruire, dit éclairer et désabuser, non-seulement sur la nature des choses, mais sur leur valeur : autrement on ne voit pas comment l'instruction aurait quelque rapport avec cette *vertu générale* dont parle Montesquieu. Instruire le public, ce n'est pas lui présenter une nomenclature; c'est donc lui ouvrir les yeux sur des désordres et sur des abus, et ce n'est pas le moyen de le rendre content.

Comment devons-nous donc entendre les passages que nous venons de citer? L'auteur a sans doute voulu dire que son livre, tout en signalant les abus et les désordres, relèverait aussi les bons côtés des institutions existantes, ferait ressortir quelques-uns de leurs avantages, moins appréciés ou moins connus, donnerait une raison aux choses qui paraissaient n'en point avoir, attacherait à chaque inconvénient ses compensations naturelles, en un mot établirait une telle balance

(1) Préface.

entre le mal et le bien, qu'il en résulterait dans l'esprit du lecteur un sentiment de satisfaction, ou du moins une disposition à la patience et l'horreur des changements violents.

Montesquieu pensait peut-être que les réformes les plus justes et les plus utiles sont toujours chèrement achetées par l'ébranlement d'une révolution ; qu'il faut se garder d'émouvoir les esprits par un tableau trop vif des désordres publics et par des plaintes trop véhémentes ; qu'il faut présenter les vérités de cet ordre de manière à les faire accueillir par les hommes puissants presque aussi volontiers que par le public ; qu'il ne faut point tout à coup brouiller le pouvoir et les citoyens, mais prévenir au contraire une rupture, que trop de lumières d'un côté et trop d'obstination de l'autre rendraient inévitable ; que, pour tout cela, les questions fondamentales doivent être plus évitées que cherchées, et que, pour aller vers le mieux, il faut partir de ce qui est, et ne pas se porter brusquement au point de vue qu'indiquerait la raison pure, séparée de toute considération historique :

« Dans un temps d'ignorance, on n'a aucun doute, « même lorsqu'on fait les plus grands maux ; dans un « temps de lumière, on tremble encore lorsqu'on fait « les plus grands biens. On sent les abus anciens, on « en voit la correction ; mais on voit encore les abus de « la correction même (1). »

— « Il n'appartient de proposer des changements « qu'à ceux qui sont assez heureusement nés pour

(1) Préface.

« pénétrer d'un coup de génie toute la constitution
« d'un État (1). »

Cette pensée est plausible. Il est permis de croire
qu'adoptée et suivie par tous les écrivains qui, à la
même époque, s'intéressèrent à la réforme sociale,
elle aurait facilité, sans le précipiter, le mouvement
qui se préparait dans l'État. Mais c'est peut-être demander l'impossible : peu d'esprits savent se contenir ;
il est difficile de taire une partie de la vérité lorsqu'on
la sait tout entière ; l'amour-propre porte les écrivains
à enchérir les uns sur les autres ; l'audace est excitée
par le danger, l'impatience irritée par les lenteurs, la
modération déconcertée par l'indignation. Les abus paraissent plus grands à mesure que les lumières augmentent ; ils sont, de fait, plus intolérables quand ils
blessent, non-seulement des intérêts et des droits,
mais la conviction publique ; enfin, l'on dirait que,
vers la fin de leur règne, leur venin devient plus âcre,
leurs prétentions plus exorbitantes, soit que réellement
il en soit ainsi, soit que le contraste en fasse juger de
la sorte.

Quoi qu'il en soit, tenant compte à Montesquieu de
ses principes et de son motif, nous ne jugerons point
sévèrement ce que d'autres ont appelé chez lui réti-
cence timide ou composition avec les préjugés. En reconnaissant que, sur bien des points, son blâme aurait
pu être plus direct et plus incisif, nous n'en ferons pas
l'objet d'un reproche ; nous observerons d'ailleurs que
l'auteur de *l'Esprit des lois* ne s'est montré indulgent

(1) Préface.

pour aucune des institutions qui sont véritablement contraires aux lois de l'humanité et de la nature, et que si nous le trouvons timide, c'est plutôt dans le jugement de certaines formes politiques qui peuvent être mauvaises sans que leurs vices frappent les premiers regards, ou sans qu'il paraisse possible de les remplacer convenablement. Montesquieu, sans doute, n'a pas dû paraître entièrement libre de préjugés, lorsqu'il a parlé de la noblesse, lorsqu'il a exagéré l'importance et l'utilité des corps intermédiaires; mais ces erreurs sont plus que balancées par toutes les vérités répandues dans son ouvrage, et dont plusieurs, à l'époque où il paraissait, étaient neuves, hardies et généreuses.

C'est ici le lieu de relever le contraste que forment chez Montesquieu deux classes de préjugés, très différents dans leur nature et dans leur source. Vous le voyez, d'un côté, fort prévenu pour les institutions de sa patrie; et d'une autre part, les institutions démocratiques de l'antiquité, les écarts mêmes d'une liberté jalouse et tyrannique surprennent trop souvent son admiration : « Je me trouve fort dans mes maximes « lorsque j'ai pour moi les Romains (1). » Il se laisse aller à louer chez les anciens des institutions que l'équité naturelle et le vrai patriotisme condamnent. Ainsi, à propos de l'ostracisme et d'une institution analogue de Rome, il dit : « J'avoue que l'usage des « peuples les plus libres qui aient jamais été sur la « terre me fait croire qu'il y a des cas où il faut mettre, « pour un moment, un voile sur la liberté, comme

(1) Livre VI, chapitre XV.

24

« l'on cache les statues des dieux (1). » On reconnaît ici l'homme d'imagination, le poëte ému de toute grandeur, et portant son hommage aux autels les plus divers, pourvu qu'il y voie briller, sous une forme quelconque, le beau idéal de la nature humaine; et comme un trône entouré d'une vaillante aristocratie a aussi sa grandeur poétique, et que cette forme de gouvernement était celle de son pays, il lui paye un tribut d'admiration. Il n'est pas jusqu'au despotisme embelli par la vertu, qui n'ait obtenu quelques éloges de cette âme fière et sensible; et le peintre de la liberté des Troglodytes a été, avec non moins de sympathie, celui du bonheur des peuples sous *Arsace et Isménie* (2). Toutefois la préférence de son esprit et de son cœur n'est point équivoque : la liberté est à la base de l'idée qu'il se fait du bonheur social et de la perfection politique.

Ces réserves faites, j'avouerai bien qu'il y a dans le point de départ de Montesquieu, dans la conception et, pour ainsi dire, dans l'esprit de *l'Esprit des lois*, quelque chose d'incertain et de douteux. Tantôt, par une indifférence volontaire et systématique, il se met en contradiction avec sa forme, qui n'est pas rigoureusement systématique; tantôt, par des élans d'indignation ou de sympathie, il s'échappe hors du cercle où il semblait vouloir se renfermer; et l'on serait tenté de lui appliquer cette parole : « Le cœur partagé est in- « constant dans toutes ses voies (3). » Bref, la fran-

(1) Livre XII, chap. XIX.     (2) *Arsace et Isménie, histoire orientale.*
(3) Épître de saint Jacques, I, 8.

chise d'allures et de ton semble manquer dans la conception ou dans la forme de l'ouvrage, et en dépit de la haute moralité, de la générosité d'une foule de pensées de Montesquieu, il a semblé à un certain nombre de lecteurs qu'il avait ouvert la voie au fatalisme, à l'athéisme politique, au machiavélisme. Les philosophes et les historiens s'en plaignirent ; les hommes religieux lui en firent le reproche : on était, disaient-ils, contraint à en venir là, sitôt qu'on se réduisait à montrer la liaison des effets et des causes sans remonter à la morale. Mais ce que voulait faire Montesquieu, ce qu'il a fait, suivant moi, c'est l'histoire naturelle des lois. C'était là le neuf et l'original de l'entreprise. On avait écrit l'histoire, la morale, la théologie des lois · Montesquieu en écrivit la philosophie. Les uns étaient préoccupés du dogme, les autres passionnés de leurs idées de politique ou d'humanité ; tous furent surpris de cette manière observatrice et scientifique de traiter les lois. Ce fut le crime de Montesquieu.

Il faut l'avouer cependant, il a quelquefois l'apparence du machiavélisme. Il a l'air de conseiller la tyrannie. Il ne faut ni le faire ni s'en donner l'air; mais le vrai sens de Montesquieu se fait jour sous ces apparences. Pour n'être pas direct, le blâme, dans *l'Esprit des lois,* n'en a peut-être pas moins de portée. Quand Montesquieu nous montre quelles sont les conséquences nécessaires d'un système, et à quoi l'on est invinciblement poussé en partant d'un certain point, il juge en ayant l'air d'expliquer. Quelque chose, sans doute, étonne d'abord l'esprit dans la froide condescendance

avec laquelle, se mettant au point de vue du despotisme, il lui enseigne ce qu'il a de mieux à faire pour
se maintenir; mais ce n'est qu'affaire de forme : il met
en lumière l'esprit du despotisme comme de toute autre
institution; il explique cet esprit, et la conséquence de
son enseignement est de nous inspirer autant de mépris que d'aversion pour cette forme de gouvernement.

En y réfléchissant, on verra peut-être que le point
de vue relatif où Montesquieu se place, partant de ce
qui est donné, et y rapportant tout, coïncide, quant
aux résultats, avec le point de vue absolu, ou le point
de vue du bon et du vrai absolus. En partant de là, il
aurait écrit, non l'*Esprit des lois*, mais *la Loi des lois*.
Il ne l'écrit pas, mais il la suppose. Et si, après tout,
nous ne pouvons l'absoudre complétement quant à la
forme de son livre, nous pouvons dire qu'en prenant
l'ensemble de l'œuvre et l'ensemble des effets qu'elle a
produits, c'est vers la justice, la liberté, la civilisation
que Montesquieu a fait graviter les peuples modernes.

Voilà pour la première critique. On eût voulu, on
voudrait encore qu'à l'époque où écrivit Montesquieu,
il eût franchement et directement poussé les peuples
vers la liberté. Je vous laisse le soin de le juger sur ce
point; en général, depuis l'heure de l'apparition du
livre, le blâme a paru l'emporter sur la louange. Le
*Contrat social* fit regarder Montesquieu comme un ami
de la liberté passablement tiède; et même avant sa
publication, l'*Esprit des lois* avait essuyé des critiques. On s'en étonne, si l'on réfléchit surtout que les

véritables beautés de ce livre ont perdu quelque chose
de leur saveur par le progrès des idées politiques, et
que, par la même raison, les défauts et les erreurs sont
plus vivement sentis. Mais il serait fort injuste de reprocher à Montesquieu de ne pas savoir ce que nous
savons, plus injuste encore de traiter de lieu commun
ce qui l'est devenu dès lors, et peut-être précisément
grâce à Montesquieu. Ce qu'il était beau de penser et
de dire sous Louis XV, est forcément devenu vulgaire,
et les erreurs de 1750 doivent sembler grossières à des
yeux de 1846, sans être pour cela d'un esprit grossier.
Les temps ont bien changé. Aujourd'hui, par exemple, un État ne se forme et ne se constitue point indépendamment des autres États ; une sorte de solida-
rité règne entre tous ; et par suite du même principe,
il n'y a, en réalité, qu'un même gouvernement partout
où l'idée de liberté a pénétré. Le monde civilisé n'est,
pour ainsi dire, qu'un grand peuple dont chaque
État est une province, et quelles que soient les diver-
sités de forme, il y a, au fond, beaucoup plus d'uniformité d'opinions, d'intérêts et de principes politiques
qu'il ne le semble au premier abord. On en est venu
à reconnaître que les lois civiles ont au moins autant
d'influence sur les lois politiques que les lois politiques
sur les lois civiles. L'élément matériel ou matérialiste,
introduit dans les lois par l'économie politique, joue
un rôle plus décidé qu'autrefois dans les idées politiques. Les vues générales sur la population ne sont
plus et ne peuvent plus être les mêmes.

Pour être équitable, la critique ne doit donc relever,

ou du moins ne doit mettre à la charge de Montesquieu
que les fautes que, même alors, il eût pu ne pas commettre.

La plus sérieuse des critiques dont *l'Esprit des lois*
a été l'objet, porte sur la classification des gouvernements d'après la forme de chacun d'eux et d'après le
principe qui préside à cette forme. Selon Montesquieu,
il y a trois formes principales de gouvernement politique : *monarchie, despotisme, république.* L'*aristocratie*
n'est, selon lui, qu'une nuance de la *république.* Or,
cette classification, d'après tout ce qu'on a pu voir dans
l'histoire, semble assez superficielle, et a peut-être
plus d'apparence que de réalité. Pour qu'une classification soit vraiment utile, il faut qu'elle repose sur
quelque autre chose que sur des formes. Une très
grande dissemblance de formes peut cacher une très
grande ressemblance de fond ; et une grande similitude
de formes peut recéler des différences, des oppositions
même, très fondamentales.

Pour n'en donner qu'une preuve, n'est-il pas évident qu'il y a beaucoup plus d'éléments républicains
dans la monarchie anglaise, telle que Montesquieu
la connaissait et l'a célébrée, que dans l'aristocratie de
Venise, à la décrépitude de laquelle il assistait? Ce
fait unique aurait pu suffire à l'avertir que la division
qu'il choisissait était fausse et trompeuse. Il eût fallu
du moins, dans chacune de ces formes principales,
qui, à vrai dire, ne sont que des noms, distinguer et
définir des formes plus particulières, qui seules offrent
des réalités.

En ce genre, Montesquieu n'a distingué que l'aristocratie; et comme pour serrer davantage le nœud et
le rendre inextricable, il a fait de chacune de ses trois
formes un fait psychologique, en lui attachant un principe dont il la fait vivre : à la monarchie, l'*honneur;* au
despotisme, la *crainte;* à la république, la *vertu.* Dans
chaque sorte de gouvernement il rapporte tout, sans
exception, à l'un de ces sentiments, ne lui permettant
pas de quitter son poste et d'aller exercer son influence
dans les deux autres, quoiqu'il s'en défende dans l'a-
vertissement de sa seconde édition. Il ne peut le leur
permettre, en effet, dès qu'il a résolu de caractériser
chaque forme par un de ces mobiles, et de tirer tout
de là. Mais que d'embarras, que de contrariétés il se
prépare, que de tours de force et de jeux de mots il
s'impose, et qu'on a de peine à comprendre qu'il ait
pu dire dans sa préface : « Quand j'ai découvert mes
« principes, tout ce que je cherchais est venu à
« moi ! »

Qu'est-ce que le principe vital d'un gouvernement?
— C'est, dit-il, « la passion humaine qui le fait mou-
« voir (1); » par où il entend un sentiment qui, répandu dans les masses gouvernées, correspond à la
forme du gouvernement et la maintient. Mais si, dans
la monarchie, l'*honneur* est le principe directeur et le
mobile de la classe des nobles, que reste-t-il pour diriger le reste de la nation ; et quand ce reste, qui est la
nation même, devra être intéressé aux affaires, quel
principe lui appliquera-t-on? Il ne restera plus que la

(1) **Livre III, chapitre 1.**

*crainte.* Et qu'est-ce encore que cet honneur dont on fait l'âme de la monarchie? Si l'on en croit Montesquieu lui-même, c'est bien souvent le contraire du véritable honneur :

« L'ambition dans l'oisiveté, la bassesse dans l'or-
« gueil, le désir de s'enrichir sans travail, l'aversion
« pour la vérité, la flatterie, la trahison, la perfidie,
« l'abandon de tous ses engagements, le mépris des
« devoirs du citoyen, la crainte de la vertu du prince,
« l'espérance de ses faiblesses, et, plus que tout cela,
« le ridicule perpétuel jeté sur la vertu, forment, je
« crois, le caractère du plus grand nombre des cour-
« tisans, marqué dans tous les lieux et dans tous les
« temps. Or, il est très malaisé que la plupart des
« principaux d'un État soient malhonnêtes gens, et
« que les inférieurs soient gens de bien; que ceux-là
« soient trompeurs, et que ceux-ci consentent à n'être
« que dupes (1). »

Après toutes ces déductions, que reste-t-il pour la notion d'honneur?

L'auteur nous l'apprend dans le chapitre qui traite de *l'éducation dans la monarchie* : « C'est là que l'on
« entend dire qu'il faut mettre dans les vertus une
« certaine noblesse, dans les mœurs une certaine
« franchise, dans les manières une certaine poli-
« tesse (2). » Je crois le bonheur public fort mal gardé par tout cela; tout cela laisse un libre champ à l'op-
pression, à la tyrannie, au mépris de l'humanité; les membres d'une aristocratie qui n'apporte au pied du

(1) Livre III, chapitre V.                    (2) Livre IV, chapitre II.

trône qu'un tel honneur, peuvent être considérés
comme les cent mains du despotisme. Dans ce cas, ce
que Montesquieu appelle monarchie ne serait que la
combinaison du despotisme et de l'aristocratie, et le
vrai mobile de ce genre de gouvernement serait la
crainte. Si, au contraire, la noblesse exerce dans un
État des attributions politiques effectives, on peut
joindre au mobile de l'honneur celui de la *vertu*. L'action de ce ressort est remarquable dans le corps de la
noblesse anglaise.

Quant à la *crainte*, dont Montesquieu fait le principe du gouvernement despotique, c'est-à-dire, à ce
qu'il me semble, de la monarchie sans corps intermédiaire, elle n'est point ni ne peut être exclusivement
le principe d'un gouvernement. Aucun État, au moins
dans la chrétienté, ni peut-être ailleurs, ne peut reposer uniquement sur le mobile de la crainte. Il faut
quelque chose de mieux, il y a toujours quelque chose
de mieux. Dans tous les cas, il n'y a pas de despotisme absolu concevable sans l'intervention de la *religion ;* et quelle que soit cette religion, cela seul enno-
blit et transforme la servitude, puisque le principe de
la crainte est modifié et tempéré par l'élément libre de
la foi.

Reste la forme républicaine, et d'abord la démocratie, dont la *vertu* est le principe, selon l'auteur. Il
la définit, en premier lieu, *l'amour de l'égalité*. Là-
dessus nous avons trois remarques à faire. Première-
ment, l'amour de l'égalité n'est pas une vertu ; c'est
un instinct, et même un instinct d'un ordre inférieur.

En second lieu, il eût mieux valu dire plus généralement que c'est l'amour d'un gouvernement et d'une
patrie où l'on jouit du bienfait de l'égalité ; en un mot,
l'amour d'un système où l'on est quelque chose, et
où l'on peut quelque chose. Cet amour est si naturel,
si facile à naître, que vous le rencontrez souvent dans
des pays où ce que nous appelons *liberté* n'existe pas,
et où l'individu n'est politiquement rien. Il suffit qu'il
y soit heureux, que ses habitudes soient respectées,
que sa servitude soit ennoblie par des idées de religion, adoucie par la modération du pouvoir, ou par
des rapports de famille entre le souverain et les sujets.
Mais cet amour prend un caractère bien plus énergique lorsque chacun se sent partie de l'État et y exerce
sa part d'influence, ou du moins sent qu'il peut l'exercer. Sans analyser ce sentiment jusqu'au fond, disons
que c'est un amour, que comme tel il ne calcule pas,
et qu'il est beaucoup moins la vertu républicaine en
elle-même que l'âme et le point de départ de cette
vertu. L'auteur l'a bien senti ; car ailleurs il définit la
vertu « un renoncement à soi-même, » et il ajoute :
« C'est dans le gouvernement républicain que l'on a
« besoin de toute la puissance de l'éducation (1). »

Cette définition est bonne ; il reste à savoir si la république, c'est-à-dire la démocratie, est éminemment
propre à développer cette disposition ou cette vertu ;
mais il est certain que c'est là qu'elle est la plus nécessaire, et que dans la démocratie rien ne la peut
suppléer.

(1) Livre IV, chapitre V.

D'ailleurs, quoi qu'en aient dit les commentateurs de Montesquieu, la vertu politique, ainsi que toute vertu, a ce caractère. On pourra dire tant qu'on voudra, et ce n'est pas nous qui y contredirons, que dans ce renoncement l'âme sait bien retrouver son compte ; il nous suffit qu'elle se rembourse immatériellement des sacrifices matériels qu'elle s'impose. On n'ira jamais plus loin ; mais la vertu va jusque-là, et sans cette noble imprudence, ce renoncement à la partie la plus grossière de notre *moi*, il n'y a véritablement rien de grand dans la vie humaine. Toute grande âme est, dans ce sens, mauvaise calculatrice, ou plutôt elle ne calcule point. Ceux des critiques de Montesquieu qui ont méconnu ces vérités ont encouru le reproche que lui-même adressait à certains auteurs qui, selon lui, parlent à l'entendement et non pas à l'âme.

C'est aussi en faisant abstraction de la nature humaine qu'Helvétius, dans ses notes sur *l'Esprit des lois*, reprend Montesquieu d'avoir parlé de la patrie comme d'un objet de nos devoirs et de nos services. Il dit : « La patrie n'est que les citoyens ; en faire un « être réel, c'est occasionner beaucoup de faux raison- « nements (1). » Je ne sais point, Messieurs, quels sont ces *faux raisonnements*. La communauté d'origine, d'habitation, de souvenirs, de lois, d'intérêts et de devoirs a toujours donné et donnera toujours une réalité à l'idée de patrie ; cette idée excite un sentiment naturel comme les affections de famille ; ce sentiment peut devenir égoïste, exclusif comme d'autres

(1) Livre V, chapitre III. Note 3.

sentiments ; mais en lui-même il est innocent et utile ;
quand il se concilie avec l'amour de l'humanité et se
subordonne à l'amour de Dieu, c'est certainement une
des beautés de l'âme humaine.

Dans l'autre forme de la république, dans l'aristocratie, le principe vital est encore la *vertu*; mais ce
n'est plus l'amour de l'égalité, c'est la *modération.* Ce
n'est plus la vertu de tous, mais seulement celle des
hommes du pouvoir, quand ils s'abstiennent de vouloir tout ce qu'ils peuvent. Nous pourrions dire que
ceci est une autre forme du *renoncement à soi-même,*
dont Montesquieu a fait tout à l'heure l'âme de la démocratie. Car qui se modère renonce à soi-même, et
lui-même a dit de la modération : « J'entends celle
« qui est fondée sur la vertu ; non pas celle qui vient
« d'une lâcheté et d'une paresse de l'âme (1). » Toutefois, de ces deux renoncements, l'un est énergique
et passionné, l'autre n'a pas ce caractère ; et je puis
à peine appeler *vertu* la modération que Montesquieu
impose aux aristocraties ; en revanche, je crois celles-ci
capables de vertus plus hautes, plus réelles, plus capables de se passionner. J'emploie à dessein ce dernier mot, me rappelant qu'il a défini le principe vital
de chaque gouvernement « la passion humaine qui le
« fait mouvoir (2); » or, la modération n'est pas une
passion.

Ces observations sont assez sérieuses. Les défauts
qu'elles relèvent sont de ceux qui nuisent à la clarté
et diminuent l'instruction ; mais il ne faut pas s'en

(1) Livre III, chapitre IV.　　　　　(2) Livre III, chapitre I.

exagérer la portée. Ces critiques laissent subsister beaucoup de choses dans les neuf premiers livres de Montesquieu, parce que les idées générales qui s'y trouvent ne pèchent pas tant par être fausses, qu'en ce qu'elles sont incomplètes, peu exactes, peu proportionnées au dessein de l'auteur. Il y a dans ces premiers livres une quantité de vues saines, d'observations qui dénotent une rare sagacité, et en particulier d'explications des phénomènes sociaux et du jeu des différents gouvernements, où l'on est obligé de reconnaître une connaissance très grande du cœur humain et des affaires humaines. Peu d'auteurs, ce me semble, ont démêlé avec autant de pénétration, à travers bien des intermédiaires obscurs, quelles devraient être les conséquences les plus éloignées d'un certain système de gouvernement, ou, si l'on veut, dans quel rapport tel fait qui semble totalement isolé de la politique, se trouve cependant avec cette politique. C'est là sûrement de l'*esprit*, et dans ce sens nous voulons bien qu'on dise que Montesquieu a fait *de l'esprit sur les lois*, comme le prétendait dans un autre une femme plus spirituelle que réfléchie.

Le fond même des idées de l'ouvrage a été sévèrement jugé, surtout dans ces derniers temps. Montesquieu a rapporté trop de choses à l'influence du climat; il a été, sur ce sujet, trop minutieux et trop rigoureux; on s'empêche difficilement de sourire en le voyant introduire dans *l'Esprit des lois*, le récit détaillé des expériences auxquelles il avait soumis une langue de veau. N'oublions pas cependant qu'après avoir beaucoup accordé à l'influence du climat sur les mœurs, il accorde aux lois, c'est-à-dire à l'homme, une puissance décisive sur le climat, et fait au législateur un devoir de combattre l'action de cette circonstance physique.

Mais surtout, le progrès de toutes les sciences, et en particulier de l'économie politique, a laissé, il faut bien en convenir, peu de valeur intrinsèque à plusieurs parties de *l'Esprit des lois*. L'auteur y est revenu, sur le sujet de la population, à des idées assez erronées qu'il avait déjà exprimées dans les *Lettres persanes*. La population n'est pas en elle-même un élément de prospérité ; elle n'en est pas même un signe ; ce n'est donc pas à l'augmenter que le législateur doit tendre ; car où est le profit de multiplier les misérables ? Mais il doit tendre à augmenter tellement les ressources publiques qu'elles suffisent à une population plus nombreuse. Et quant à la circonspection qui prévient des unions précoces, et enlève des années et des vies entières à la reproduction, ce n'est pas l'affaire du législateur de la commander ; mais c'est aux moralistes et aux philanthropes à l'enseigner et à l'éducation à la faire naître.

Il a manqué aussi à Montesquieu, sur le sujet du luxe et du commerce, les lumières que nous avons acquises dans le siècle qui s'est écoulé depuis sa mort. Jamais le génie d'un homme n'a deviné toute une science ; jamais le génie n'a pu suppléer absolument l'observation ni l'expérience.

Pour continuer la critique, disons, Messieurs, que
l'ouvrage de Montesquieu ne paraît pas distribué de
la manière la plus convenable. Des matières analogues
se trouvent séparées par de grandes distances ; des
sujets se trouvent rattachés à d'autres par l'emploi des
mêmes termes plutôt que par la force de la pensée.
Lorsque l'uniformité n'est pas dans les choses, il ne
faut pas la mettre dans les mots. On est étonné de
trouver un grand nombre d'observations générales sur
la législation criminelle placées dans un livre qui traite
du caractère particulier de la législation dans les monarchies ; puis des observations du même genre reproduites quelquefois plus loin sous une rubrique très différente. Voyez, par exemple, le livre XII sur *la liberté
du citoyen*. Quelquefois les titres des livres n'annoncent
pas exactement leur sujet. Souvent les chapitres mêmes n'ont que peu de liaison entre eux ; on ne sait
point où l'auteur veut conduire son lecteur ; on dirait
quelquefois qu'embarrassé du grand nombre de faits,
d'anecdotes et de traits historiques qu'il a recueillis,
il ne sait pas trop à quelle idée générale rapporter
chacun d'eux, et se tire de là en faisant sortir tant bien
que mal une idée générale du fait qu'il rapporte. La
nature de l'ouvrage, le soin de la clarté, peut-être
même l'intérêt de la lecture, s'opposaient à ce que la
matière fût, pour ainsi dire, déchiquetée en tant de
petits morceaux sous le nom de chapitres. Il y a quelque chose de contraire à la gravité du sujet et de la
pensée même de Montesquieu, quelque chose qui
semble dérisoire, à écrire ce qui suit :

## CHAPITRE XV.

*Moyens très efficaces pour la conservation des trois principes.*

« Je ne pourrai me faire entendre que lorsqu'on aura lu les « quatre chapitres suivants. »

## CHAPITRE XVI.

. . . . . . . . . . . . .

Voltaire, quelquefois injuste envers Montesquieu, ne l'a pas été lorsqu'il l'a appelé *le sautillant Montesquieu*; et Buffon ne l'a pas été davantage dans la critique indirecte que renferme son *Discours de réception à l'Académie française :*

« Les interruptions, les repos, les sections ne de-
« vraient être d'usage que quand on traite de sujets
« différents, ou lorsque, ayant à parler de choses
« grandes, épineuses et disparates, la marche du
« génie se trouve interrompue par la multiplicité des
« obstacles, et contrainte par la nécessité des circon-
« stances; autrement, le grand nombre des divisions,
« loin de rendre un ouvrage plus solide, en détruit
« l'assemblage; le livre paraît plus clair aux yeux,
« mais le dessein de l'auteur demeure obscur; il ne
« peut faire impression sur l'esprit du lecteur; il ne
« peut même se faire sentir que par la continuité du
« fil, par la dépendance harmonique des idées, par un
« développement successif, une gradation soutenue,
« un mouvement uniforme, que toute interruption
« détruit ou fait languir. »

La sévérité de forme dont Montesquieu sut revêtir ses *Considérations sur les causes de la grandeur et de la décadence des Romains,* nous est un garant du choix raisonné par lequel il voulut donner à *l'Esprit des lois* un caractère peu d'accord avec la gravité du sujet. Austère dans son précédent ouvrage, il avait sacrifié cet élément poétique qui se retrouve si facilement chez lui à côté de l'élément philosophique. Dans *l'Esprit des lois* il crut pouvoir, devoir même lever l'interdit qu'il avait mis sur sa belle imagination. Il désirait, il attendait sans doute un plus vaste public ; il voulait, dans un sens, être populaire ; tel était, à cet égard, le point de vue où il s'était placé, que primitivement son ouvrage commençait par une invocation aux Muses. Docile aux conseils d'un homme de lettres, il la supprima. Nous pensons que si son imagination eût su se borner, elle aurait pu, sans inconvénient, se permettre de colorer, comme les feux du soleil levant, les plus hautes sommités du sujet ; mais l'imagination de Montesquieu a quelquefois abusé de la permission en s'exerçant sur le fond des choses.

Enfin, s'il est impossible de le disculper entièrement de contradictions et de disparates, ce n'est pas certainement au point d'avoir mérité le mot de Madame du Deffand, auquel nous venons de faire allusion ; encore moins la critique injuste et indécente de Voltaire, qui lui reproche « d'avoir fait le goguenard dans « un livre de jurisprudence universelle. » Appellera-t-on goguenard le chapitre intitulé : *Idée du despotisme?* Le voici tout entier :

« Quand les sauvages de la Louisiane veulent avoir
« du fruit, ils coupent l'arbre au pied et cueillent le
« fruit. Voilà le gouvernement despotique (1). »

Rien, dans tout le livre, ne prête au reproche autant
que cela. Et où est le mal? où est le ridicule d'avoir résumé dans cette image tout le caractère du despotisme?
Il y a de l'esprit sans doute dans *l'Esprit des lois;* il y
en a trop peut-être, mais il n'y a pas de plaisanterie.
L'ironie, à laquelle Montesquieu a quelquefois recours,
dans son désespoir d'avoir à prouver des choses trop
claires, est une ironie nullement plaisante, mais poi-
gnante et de l'effet le plus sérieux. J'en donnerai pour
exemple le chapitre V du livre XV. L'auteur, dans les
chapitres précédents, a feint de chercher sérieusement
une raison valable à l'esclavage; plus il cherche, moins
il trouve, et les raisons qu'il imagine sont une satire
sanglante de ce prétendu droit. Il continue sur ce ton
au sujet de l'esclavage des nègres :

« Si j'avais à soutenir le droit que nous avons eu de
« rendre les nègres esclaves, voici ce que je dirais :

« Les peuples d'Europe ayant exterminé ceux de
« l'Amérique, ils ont dû mettre en esclavage ceux
« de l'Afrique, pour s'en servir à défricher tant de
« terres.

« Le sucre serait trop cher si l'on ne faisait travailler
« la plante qui le produit par des esclaves.

« Ceux dont il s'agit sont noirs depuis les pieds jus-
« qu'à la tête; et ils ont le nez si écrasé qu'il est pres-
« que impossible de les plaindre.

(1) Livre V, chapitre XIII.

« On ne peut se mettre dans l'esprit que Dieu, qui
« est un être très sage, ait mis une âme, surtout une
« âme bonne, dans un corps tout noir.

« On peut juger de la couleur de la peau par celle
« des cheveux, qui, chez les Égyptiens, les meilleurs
« philosophes du monde, était d'une si grande consé-
« quence, qu'ils faisaient mourir tous les hommes roux
qui leur tombaient entre les mains.

« Une preuve que les nègres n'ont pas le sens com-
« mun, c'est qu'ils font plus de cas d'un collier de
« verre que de l'or, qui, chez les nations policées, est
« d'une si grande conséquence.

« Il est impossible que nous supposions que ces
« gens-là soient des hommes, parce que, si nous les
« supposions des hommes, on commencerait à croire
« que nous ne sommes pas nous-mêmes chrétiens.

« De petits esprits exagèrent trop l'injustice que l'on
« fait aux Africains ; car, si elle était telle qu'ils le
« disent, ne serait-il pas venu dans la tête des princes
« d'Europe, qui font entre eux tant de conventions
« inutiles, d'en faire une générale en faveur de la mi-
« séricorde et de la pitié ? »

Quand on a lu ce chapitre, on éprouve une sorte de
soulagement ; il semble que l'humanité soit à demi
vengée.

Un des caractères du style de Montesquieu c'est le
goût, peut-être excessif, mais aussi l'admirable talent
de jeter comme des éclairs une foule de pensées fortes,
profondes, dont une seule pourrait suffire à arrêter
l'attention du lecteur. C'est un défaut souvent ; c'est le

sacrifice de l'ensemble au détail, mais c'est un défaut
dont bien peu d'esprits seraient capables. Voyez la
*Très humble remontrance aux inquisiteurs d'Espagne et de
Portugal :*

« Une Juive de dix-huit ans, brûlée à Lisbonne au
« dernier auto-da-fé, donna occasion à ce petit ouvrage;
« et je crois que c'est le plus inutile qui ait jamais été
« écrit. Quand il s'agit de prouver des choses si claires,
« on est sûr de ne pas convaincre.

« L'auteur déclare que, quoiqu'il soit Juif, il respecte
« la religion chrétienne, et qu'il l'aime assez pour ôter
« aux princes qui ne seront pas chrétiens un prétexte
« plausible pour la persécuter.

« Vous vous plaignez, dit-il aux inquisiteurs, de ce
« que l'empereur du Japon fait brûler à petit feu tous
« les chrétiens qui sont dans ses états; mais il vous
« répondra : Nous vous traitons, vous qui ne croyez pas
« comme nous, comme vous traitez vous-mêmes ceux
« qui ne croient pas comme vous : vous ne pouvez vous
« plaindre que de votre faiblesse, qui vous empêche
« de nous exterminer, et qui fait que nous vous exter-
« minons.

« Mais il faut avouer que vous êtes bien plus cruels
« que cet empereur. Vous nous faites mourir, nous
« qui ne croyons que ce que vous croyez, parce que
« nous ne croyons pas tout ce que vous croyez. Nous
« suivons une religion que vous savez vous-mêmes
« avoir été autrefois chérie de Dieu : nous pensons que
« Dieu l'aime encore, et vous pensez qu'il ne l'aime
« plus; et parce que vous jugez ainsi, vous faites pas-

« ser par le fer et par le feu ceux qui sont dans cette
« erreur si pardonnable, de croire que Dieu aime en-
« core ce qu'il a aimé.

« ... Nous vous conjurons, non pas par le Dieu puis-
« sant que nous servons vous et nous, mais par le
« Christ que vous nous dites avoir pris la condition
« humaine pour vous proposer des exemples que vous
« puissiez suivre ; nous vous conjurons d'agir avec
« nous comme il agirait lui-même, s'il était encore sur
« la terre. Vous voulez que nous soyons chrétiens, et
« vous ne voulez pas l'être.

« Mais si vous ne voulez pas être chrétiens, soyez
« au moins des hommes : traitez-nous comme vous fe-
« riez si, n'ayant que ces faibles lueurs de justice que
« la nature nous donne, vous n'aviez point une religion
« pour vous conduire, et une révélation pour vous
« éclairer.

« Si le ciel vous a assez aimés pour vous faire voir la
« vérité, il vous a fait une grande grâce : mais est-ce
« aux enfants qui ont l'héritage de leur père de baïr
« ceux qui ne l'ont pas eu?

« Que si vous avez cette vérité, ne nous la cachez
« pas par la manière dont vous nous la proposez. Le
« caractère de la vérité, c'est son triomphe sur les
« cœurs et les esprits, et non pas cette impuissance
« que vous avouez, lorsque vous voulez la faire rece-
« voir par des supplices.

« ... Vous vivez dans un siècle où la lumière na-
« turelle est plus vive qu'elle n'a jamais été, où la
« philosophie a éclairé les esprits, où la morale de votre

« Évangile a été plus connue, où les droits respectifs
« des hommes les uns sur les autres, l'empire qu'une
« conscience a sur une autre conscience, sont mieux
« établis. Si donc vous ne revenez pas de vos anciens
« préjugés, qui, si vous n'y prenez garde, sont vos
« passions, il faut avouer que vous êtes incorrigibles,
« incapables de toute lumière et de toute instruction ;
« et une nation est bien malheureuse, qui donne de
« l'autorité à des hommes tels que vous.

    « ... Il faut que nous vous avertissions d'une chose ;
« c'est que, si quelqu'un dans la postérité ose jamais
« dire que dans le siècle où nous vivons, les peuples
« d'Europe étaient policés, on vous citera pour prouver
« qu'ils étaient barbares ; et l'idée que l'on aura de
« vous sera telle qu'elle flétrira votre siècle, et portera
« la haine sur tous vos contemporains (1). »

Je ne me plains pas, Messieurs, qu'on ait trop blâmé
*l'Esprit des lois ;* je me plains seulement qu'on ne le
loue point assez. Quel auteur cependant, au dix-huitième siècle, est plus rempli d'idées grandes, ingénieuses, fécondes, frappantes ? quel auteur a plus vivement et de plus de côtés stimulé la pensée publique ?
quel auteur a fourni aux écrivains politiques plus de
citations et de rapprochements ? Quel livre, dans l'époque agitée de la révolution française, et dans celles qui
l'ont suivie, a dû paraître plus prophétique ? Et si
*l'Esprit des lois* n'est pas un corps de doctrine régulier
et complet, quel trésor de vérités élevées, utiles, ap-
plicables ne nous a-t-il pas ouvert ?

(1) Livre **XXV**, chapitre XIII.

La vertu que Montesquieu impose aux aristocraties est, si l'on ose parler ainsi, celle qui brille dans son livre, c'est la *modération;* mais sa modération, de même que celle qu'il recommande aux gouvernements aristocratiques, n'est point une lâcheté ou une faiblesse de l'esprit. Il est modéré parce qu'il est fort. Il semble aux jeunes esprits qu'il y a plus de force à être absolu ; ils oublient qu'il s'agit ici d'une science et d'une sphère où tout, sauf les principes d'éternelle justice, est essentiellement relatif. C'est ainsi qu'en juge Montesquieu. Il n'y veut ni la rigueur mathématique, ni le caractère absolu de la morale. La politique, en effet, n'a d'absolu que ce qui touche à la morale. Ce n'est pas cependant que nous disions avec Pope :

> For forms of government, let fools contest;
> Whate'er is best administer'd, is best (1).

Si quelque chose ressort clairement du livre de Montesquieu, c'est la nécessité de réunir dans les meilleures proportions possibles, les éléments distinctifs qui président à chaque forme de gouvernement. C'est une sorte d'éclectisme créateur, par lequel il a devancé son temps et deviné le nôtre. La pensée politique du dix-neuvième siècle est la sienne ; s'il se trompe, nous nous trompons avec lui.

Les vues de Montesquieu sont les plus hautes, parce qu'elles sont les plus compréhensives. Mais il en est fort mal à propos du domaine des esprits comme il en est du royaume des cieux : les violents le ravissent.

---

(1)      Des Whigs et des Torys fuis la guerre obstinée !
         La meilleure cité, c'est la mieux gouvernée.
             (POPE, *Essai sur l'homme,* épître III, traduction de FONT NES.)

L'homme est naturellement sectaire, si les hommes vraiment grands ne le sont pas ; l'esprit humain ne veut qu'une chose à la fois ; il est à la merci des génies véhéments et exclusifs : on fait deux pas en avant, on en fait un en arrière ; telle est la marche de l'esprit humain. Ne croyons pas toutefois que les génies sereins et modérés perdent leur temps et leur peine. Leur jour vient, ou plutôt c'est éternellement leur jour. Qu'ils se consolent de ne pas recevoir les applaudissements populaires réservés aux cerveaux plus passionnés et plus étroits.

Louons encore plus, chez Montesquieu, le respect de l'humanité, l'amour de la justice et de la vérité, sa philanthropie véritable, sa vénération pour toutes les vertus qui ennoblissent l'homme et sa destinée, enfin son attachement aux principes qui font la base de la société humaine. A ce dernier égard il faut citer ce qu'il a écrit sur la continence publique :

« Il y a tant d'imperfections attachées à la perte de « la vertu dans les femmes, toute leur âme en est si « fort dégradée, ce point principal ôté en fait tomber « tant d'autres, que l'on peut regarder, dans un état « populaire, l'incontinence publique comme le der- « nier des malheurs, et la certitude d'un changement « dans la constitution.

« Aussi les bons législateurs y ont-ils exigé des « femmes une certaine gravité de mœurs. Ils ont pro- « scrit de leurs républiques, non-seulement le vice, « mais l'apparence même du vice. Ils ont banni jus- « qu'à ce commerce de galanterie qui produit l'oisi-

« veté, qui fait que les femmes corrompent avant
« même d'être corrompues, qui donne un prix à tous
« les riens, et rabaisse ce qui est important, et qui fait
« que l'on ne se conduit plus que sur les maximes
« du ridicule, que les femmes entendent si bien à
« établir (1). »

Ce n'est plus l'auteur des *Lettres persanes* ni l'homme de son siècle qui parle. Il s'applique à fortifier ce que la plupart des moralistes de son temps cherchaient à affaiblir et à détruire. Il y a là un peu plus de philosophie sociale que dans cette phrase d'un éditeur de Voltaire, résumant ce que Voltaire lui-même avait dit ou insinué en cent endroits : « Il y a plus de raison, « d'innocence et de bonheur dans une vie voluptueuse « et douce, que dans une vie occupée d'intrigues, « d'ambition, d'avidité et d'hypocrisie..... Cherchez « sur tout le globe un pays où l'austérité des mœurs « soit en grand crédit, vous serez sûrs d'y rencontrer « tous les vices et tous les crimes (2). » C'est la doctrine favorite du dix-huitième siècle. Non-seulement Voltaire, mais bien d'autres grands esprits lui donnèrent des gages. Voyez, par exemple, Rousseau et Condorcet. On n'a pas voulu voir que tout se tient, que la corruption des mœurs est tout près de cette légèreté, et qu'un vice ouvre la porte à tous. Surtout on n'a pas voulu voir ce qui avait frappé Montesquieu, et ce que La Rochefoucauld avait vu avant lui, c'est que la femme, en perdant la pudeur, perd tout à la fois. Encore aujour-

(1) Livre VII, chapitre VIII.
(2) Avertissement des éditeurs de Kehl, en tête de *la Pucelle*.

d'hui les misères de la France, l'imperfection de sa civilisation s'expliquent par là en grande partie.

Sur plusieurs points nous écouterons Montesquieu lui-même, et en premier lieu sur la modération des peines :

« Il ne faut point mener les hommes par les voies « extrêmes ; on doit être ménager des moyens que la « nature nous donne pour les conduire. Qu'on exa- « mine la cause de tous les relâchements ; on verra « qu'elle vient de l'impunité des crimes, et non pas « de la modération des peines (1). »

— « Il y a deux genres de corruption : l'un, lors- « que le peuple n'observe point les lois ; l'autre, lors- « qu'il est corrompu par les lois : mal incurable, parce « qu'il est dans le remède même (2). »

— « L'atrocité des lois en empêche l'exécution. Lors- « que la peine est sans mesure, on est souvent obligé « de lui préférer l'impunité (3). »

Ailleurs, sur les lois pénales dans leur rapport avec les offenses à la religion, Montesquieu s'exprime ainsi :

« Dans les choses qui troublent la tranquillité ou la « sûreté de l'État, les actions cachées sont du ressort « de la justice humaine ; mais, dans celles qui bles- « sent la Divinité, là où il n'y a point d'action pu- « blique, il n'y a point de matière de crime : tout s'y « passe entre l'homme et Dieu, qui sait la mesure et « le temps de ses vengeances. Que si, confondant les « choses, le magistrat recherche aussi le sacrilége

(1) Livre VI, chapitre XII.                    (2) *Ibid.*
(3) Livre VI, chapitre XIII.

« caché, il porte une inquisition sur un genre d'action
« où elle n'est point nécessaire : il détruit la liberté des
« citoyens, en armant contre eux le zèle des conscien--
« ces timides et celui des consciences hardies.

« Le mal est venu de cette idée, qu'il faut venger
« la Divinité. Mais il faut faire honorer la Divinité, et
« ne la venger jamais. En effet, si l'on se conduisait
« par cette dernière idée, quelle serait la fin des sup-
« plices? Si les lois des hommes ont à venger un être
« infini, elles se régleront sur son infinité, et non pas
« sur les faiblesses, sur les ignorances, sur les capri-
« ces de la nature humaine (1). »

— « Il faut éviter les lois pénales en fait de religion :
« elles impriment de la crainte, il est vrai; mais
« comme la religion a ses lois pénales aussi qui inspi-
« rent de la crainte, l'une est effacée par l'autre. Entre
« ces deux craintes différentes, les âmes deviennent
« atroces (2). »

Sur l'évidence de la morale :

« Il nous est bien plus évident qu'une religion doit
« adoucir les mœurs des hommes, qu'il ne l'est
« qu'une religion soit vraie (3).

— « Pour qu'une religion attache, il faut qu'elle ait
« une morale pure. Les hommes, fripons en détail,
« sont en gros de très honnêtes gens ; ils aiment la
« morale, et si je ne traitais pas un sujet si grave, je
« dirais que cela se voit admirablement bien sur les
« théâtres : on est sûr de plaire au peuple par les

(1) Livre XII, chapitre IV.      (2) Livre XXV, chapitre XII.
(3) Livre XXIV, chapitre IV.

« sentiments que la morale avoue, et on est sûr de le
« choquer par ceux qu'elle réprouve (1). »

Montesquieu n'est pas théologien, ni même bon
chrétien ; on ne peut dire qu'il se donne pour tel ;
mais parmi les laïques, personne, au dix-huitième
siècle, n'a si admirablement parlé du christianisme :

« Chose admirable ! la religion chrétienne, qui ne
« semble avoir d'autre objet que la félicité de l'autre
« vie, fait encore notre bonheur dans celle-ci (2). »

— « M. Bayle, après avoir insulté toutes les reli-
« gions, flétrit la religion chrétienne : il ose avancer
« que de véritables chrétiens ne formeraient pas un
« État qui pût subsister. Pourquoi non ? Ce seraient
« des citoyens infiniment éclairés sur leurs devoirs,
« et qui auraient un très grand zèle pour les rem-
« plir ; ils sentiraient très bien les droits de la dé-
« fense naturelle ; plus ils croiraient devoir à la reli-
« gion, plus ils penseraient devoir à la patrie. Les
« principes du christianisme, bien gravés dans le
« cœur, seraient infiniment plus forts que ce faux hon-
« neur des monarchies, ces vertus humaines des ré-
« publiques, et cette crainte servile des états despo-
« tiques (3). »

Voici ce que dit Montesquieu au sujet des crimes
inexpiables :

« Il paraît, par un passage des livres des ponti-
« fes, rapporté par Cicéron, qu'il y avait, chez les
« Romains, des crimes inexpiables... La religion

(1) Livre XXV, chapitre II.                (2) Livre XXIV, chapitre III.
(3) Livre XXIV, chapitre VI.

« païenne, qui ne défendait que quelques crimes
« grossiers, qui arrêtait la main et abandonnait le
« cœur, pouvait avoir des crimes inexpiables : mais
« une religion qui enveloppe toutes les passions; qui
« n'est pas plus jalouse des actions que des désirs et
« des pensées ; qui ne nous tient point attachés par
« quelques chaînes, mais par un nombre innombrable
« de fils ; qui laisse derrière elle la justice humaine,
« et commence une autre justice ; qui est faite pour
« mener sans cesse du repentir à l'amour, et de l'a-
« mour au repentir ; qui met entre le juge et le cri-
« minel un grand médiateur, entre le juste et le mé-
« diateur un grand juge ; une telle religion ne doit
« point avoir de crimes inexpiables. Mais quoiqu'elle
« donne des craintes et des espérances à tous, elle fait
« assez sentir que, s'il n'y a point de crime qui, par
« sa nature, soit inexpiable, toute une vie peut l'être ;
« qu'il serait très dangereux de tourmenter sans cesse
« la miséricorde par de nouveaux crimes et de nou-
« velles expiations ; qu'inquiets sur les anciennes
« dettes, jamais quittes envers le Seigneur, nous de-
« vons craindre d'en contracter de nouvelles, de com-
« bler la mesure, d'aller jusqu'au terme où la bonté
« paternelle finit (1). »

Montesquieu, avec toute la modération de son langage, a-t-il imprimé au front de toutes les tyrannies
une flétrissure moins profonde que ne l'ont fait les dé-
clamations passionnées de quelques autres écrivains de
la même époque? En est-il aucun surtout qui l'ait égalé

---

(1) Livre XXIV, chapitre XIII.

en équité, en impartialité, qui ait examiné toutes
choses avec des yeux aussi peu prévenus? Cette équité
est d'une belle âme ou d'un grand esprit, et je crois
que, chez Montesquieu, elle est de l'un et de l'autre.
Voltaire a dit : « L'humanité avait perdu ses titres :
« M. de Montesquieu les a retrouvés et les lui a ren-
« dus. » Cette fois-ci Voltaire a été juste, et l'a été ma-
gnifiquement.

Nous ne dirons que peu de mots des autres ouvrages
de Montesquieu. Il nous suffira même de nommer la
*Défense de l'Esprit des lois* (1750). Contre ceux qui
taxaient *l'Esprit des lois* d'irréligion Montesquieu cite,
pour sa justification, plusieurs passages de son livre,
et ajoute : « Ce sont des passages formels ; on y voit
« un écrivain qui non-seulement croit la religion chré-
« tienne, mais qui l'aime (1). » Quant à l'esprit et au
ton de cette défense, ils sont excellents. Montesquieu
était digne d'écrire ces mots : « Ceux qui nous aver-
« tissent sont les compagnons de nos travaux. Si le
« critique et l'auteur cherchent la vérité, ils ont le
« même intérêt ; car la vérité est le bien de tous les
« hommes : ils seront des confédérés, et non pas des
« ennemis (2). »

*Le Temple de Gnide* parut en 1725. On s'étonne de
voir cet ouvrage sortir de la même plume que *l'Esprit
des lois*. C'est la morale ou la casuistique de l'amour ;
et cet amour n'est pas le mysticisme d'un sentiment

(1) Première partie.          (2) Troisième partie.

profond et délicat ; ce n'est pas non plus ce mysticisme d'un autre genre, tombant dans un écart qui se comprend encore; c'est un amour froid, un jeu de l'esprit, où le sentiment n'est pour rien. On y trouve des pages brillantes, de la rapidité, du trait ; mais l'abandon et la grâce y manquent. Montesquieu n'a pu se débarrasser du poids de sa pensée et de son style nerveux. En général, ses sentiments se transformaient volontiers dans l'expression; ils se condensaient comme la vapeur qui s'attache au couvercle, et de même que les gouttes retombent en eau, ils n'arrivaient sous sa plume qu'en pensées. C'est, comme on l'a dit, l'aigle qui voltige dans un bocage et brise les rameaux en ouvrant ses ailes. Il ne peut s'empêcher d'être sublime : « On adore « en secret les caprices de sa maîtresse, comme on « adore les décrets des dieux, qui deviennent plus « justes lorsqu'on ose s'en plaindre (1). »

*Lysimaque* est un petit récit admirable, plein de sublime ; c'est l'histoire du philosophe Callisthène, mutilé par Alexandre, et de Lysimaque, général et ensuite successeur de ce dernier.

« Lysimaque, me dit-il ( c'est Callisthène qui lui « parle ), quand je suis dans une situation qui de- « mande de la force et du courage, il me semble que « je me trouve presque à ma place. En vérité, si les « dieux ne m'avaient mis sur la terre que pour y me- « ner une vie voluptueuse, je croirais qu'ils m'au- « raient donné en vain une âme grande et immortelle.

(1) Chant I.

« Jouir des plaisirs des sens est une chose dont tous les
« hommes sont aisément capables ; et si les dieux ne
« nous ont faits que pour cela, ils ont fait un ouvrage
« plus parfait qu'ils n'ont voulu, et ils ont plus exécuté
« qu'entrepris. »

— « Prexape, à qui je m'étais confié, m'apporta
« cette réponse : « Lysimaque, si les dieux ont résolu
« que vous régniez, Alexandre ne peut pas vous ôter
« la vie ; car les hommes ne résistent pas à la volonté
« des dieux. » — Cette lettre m'encouragea ; et, fai-
« sant réflexion que les hommes les plus heureux et
« les plus malheureux sont également environnés de la
« main divine, je résolus de me conduire, non pas par
« mes espérances, mais par mon courage, et de dé-
« fendre jusqu'à la fin une vie sur laquelle il y avait
« de si grandes promesses. »

Le *Dialogue de Sylla et d'Eucrate* est le développement de la pensée que Montesquieu avait exprimée
dans les *Considérations sur les causes de la grandeur et
la décadence des Romains :* « Dans toute la vie de Sylla,
« au milieu de ses violences, on voit un esprit républi-
« cain ; tous ses règlements, quoique tyranniquement
« exécutés, tendent toujours à une certaine forme de
« république. Sylla, homme emporté, mène violem-
« ment les Romains à la liberté (1). »

L'*Essai sur le goût* ne se compose que de quelques
pages qui se lisent encore aujourd'hui avec intérêt, et

(1) Chapitre XIII.

qui renferment des pensées très ingénieuses. Malheureusement cet *Essai* est demeuré incomplet.

Nous avons déjà parlé de Montesquieu comme écrivain. Ajoutons, en résumé, qu'il laisse à désirer sous
le rapport de la douceur, de l'harmonie, de la fluidité,
de l'élégance, de la correction même. Les grands prosateurs du dix-septième siècle avaient été simples;
Montesquieu ne l'est pas. Il est même recherché; mais
il l'est à sa manière, comme un génie qui joue avec
sa force. Il brusque l'idiome français, il le dompte et
lui fait tout à coup rompre ses habitudes. Il laisse à
peine échapper toute sa pensée, comme s'il craignait
de s'avilir en se prodiguant. Il est serré, concis, dé-
coupé, épigrammatique; il s'avance dans son sujet
par vives et impétueuses saillies. C'est par le tissu
que pèche le style de Montesquieu, et c'est précisément le tissu qui fait la perfection du style au dix-
septième siècle. Sous ce rapport, le dix-huitième avait
conscience de son défaut, et quelquefois il a su y
échapper.

Chez Montesquieu, le caractère de l'expression est
celui d'une force qui se condense ou se concentre.
Toute sa poétique ou sa rhétorique se résume pour
moi dans son admiration pour Florus et dans ce passage de son *Essai sur le goût :* « Ce qui fait ordinaire-
« ment une grande pensée, c'est lorsqu'on dit une
« chose qui en fait voir un grand nombre d'autres, et
« qu'on nous fait découvrir tout d'un coup ce que nous
« ne pouvions espérer qu'après une grande lecture. »

Montesquieu est brillant, mais non efféminé ; ce qui brille sur sa personne, c'est le poli d'une armure d'acier, non la broderie d'or de la pourpre asiatique.

Bossuet et Montesquieu sont les deux plus sublimes de nos prosateurs. Sûrement le style de Bossuet est bien plus pur et plus classique que celui de Montesquieu ; mais ce sont les mêmes élans de pensée, c'est la même portée et la même rapidité de regard.

# TABLE DES MATIÈRES.

## DEUXIÈME GROUPE.